MARGOT DOUAIHY

VERBRANNTE GNADE

Blumenbar

MARGOT DOUAIHY

VERBRANNTE GNADE

ROMAN

Aus dem Amerikanischen
von Eva Kemper

Blumenbar

Die Originalausgabe unter dem Titel
Scorched Grace
erschien 2023 bei Gillian Flynn Books, Zando, New York.

FSC www.fsc.org
MIX
Papier | Fördert gute Waldnutzung
FSC® C083411

ISBN 978-3-351-05129-7

Blumenbar ist eine Marke der
Aufbau Verlage GmbH & Co. KG

1. Auflage 2024

www.aufbau-verlage.de
10969 Berlin, Prinzenstraße 85

Satz Greiner & Reichel, Köln
Druck und Binden CPI books GmbH, Leck, Germany
Printed in Germany

www.blumenbar.de

1

Der Teufel steckt nicht im Detail. Das Böse gedeiht im toten Winkel. In der Leere, im negativen Raum, wie dem Trugbild eines Taschenspielertricks. Die Details sind Gottes Werk. Meine Aufgabe ist es, diese Details zu ordnen.

Ich brauchte viereinhalb Stunden, um die Wäsche zu machen und die Buntglasfenster zu putzen, und danach fühlte ich mich völlig zerschlagen. Jede Sehne war strapaziert. Selbst das Schlucken schmerzte. Als meine Schwestern dann ins Lehrerzimmer pilgerten, Mappen und Papierstöße ans schwarze Habit gedrückt, huschte ich für etwas geistliche Besinnung – eine Zigarettenpause – in die Gasse hinaus. Es war Sonntag, Abenddämmerung.

Eine Sünde am Sabbat, ich weiß. Keine Glanzleistung. Aber carpe diem.

Eine Stunde für mich, mehr brauchte ich nicht. Den ganzen Tag lang hatte mich eine bedrohliche Aura verfolgt. Die Luft war dick und staubig, als wäre sie auf eine Schlägerei aus. Schwüle Hitze, typisch für New Orleans, aber schlimmer an diesem Tag. Die Sonne rot und geschwollen wie ein Mückenstich. Ein leises Köcheln, das über die Wucht der Siedetemperaturen hinwegtäuschte. Ich konnte mir jetzt nicht schon wieder eine Standpauke anhören.

Das Herbsthalbjahr hatte vor einer Woche begonnen, und schon hatten sich zwei Kinder über mich beschwert. *Sie treibt uns ständig an*, hatte ein Schüler geschrieben, *ich spüre meine Fingerspitzen schon nicht mehr!* Ein anderes Kind (anonym, möchte ich anmerken): *Musikunterricht ist FOLTER!!!* Ich fürchtete, Schwester Augustine – unsere Rektorin und Mutter Oberin, stark und zuverlässig wie ein Seemannsknoten – würde mich während der Sonntagsbesprechung vor allen anderen befragen. Was unweigerlich dazu führen würde, dass Schwester Honor jede kleine Verfehlung für ihren Kreuzzug gegen mich nutzen würde. Die Bosheit dieser Frau war so gekonnt verfeinert, dass sie fast heilig war. Und sicher, ich stellte hohe Ansprüche. Sehr hohe. Die Saint Sebastian's School gehörte zu den wenigen katholischen Privatschulen, die es noch gab, kein Nobelschuppen, aber definitiv eine Eliteschule. Ich ließ meine Klassen eine Stunde am Stück üben, fünf Tage die Woche. Als wären sie richtige Ensembles. Wie sollten sie denn sonst lernen? Jeden Tag muss man sein Bestes geben. Sonst würde ich den Schülern – und Gott – einen schlechten Dienst erweisen. Sich zu quälen ist ein Privileg.

Leiden ist ein Zeichen für Wachstum.

Schmerz bedeutet, dass wir uns verändern.

Und jeder ist imstande, sich zu verändern. Selbst ich.

Was allerdings nicht bedeutet, ich würde immer alles richtig machen. Wenn ich bestraft wurde, bestand meine Aufgabe jedes Mal darin, die riesigen Buntglasfenster der Kirche zu putzen. Dazu musste ich unsere wackelige Leiter hinaufklettern und das Glas polieren, ein kunstvoll gearbeitetes Fenster nach dem anderen. Elf insgesamt. In kräftigem Blau, Koralle, Farngrün und meiner Lieblingsfarbe Blutrot, der Farbe heiligen Weins, dem lebendigen Rot einer singenden Zunge bei der Vesper. Unser Buntglas erzählte Geschichten aus dem Alten und dem Neuen Testament. Moses, der mit ausgebreiteten Armen das himmelblaue Meer teilt. Die Evangelisten: Matthäus als geflügelte menschliche Gestalt, Markus als Löwe, Lukas als fliegender Ochse und Johannes als Adler. Das Trauma des Kreuzwegs in Zeitlupe. Engel, die voller Verehrung bei der Geburt Jesu, unseres Herrn über dem Stall schwebten, in den kleinen Händen Harfen mit Juwelenglanz. So schön, dass der Anblick manchmal schmerzte.

So, wie zu sehen, wie Menschen in der Kirche knien und beten. Aufheulen und das Gleichgewicht verlieren. Ich sehe Menschen an ihrem absoluten Tiefpunkt. Ich höre, wie Menschen Gott und Maria und Jesus um eine zweite Chance anflehen. Einen Planeten entfernt von ihrer besseren Hälfte oder ihren Kindern gleich neben ihnen auf der Bank. Oder so allein, dass sie zu Geistern geschwunden sind. Wir sind immer da, wir Nonnen, um Zeuginnen zu sein, um in dem Schrecken, der Langeweile, der Brutalität des Lebens einen Raum für Wunder zu lassen. Um alles wahrzunehmen, um zu sehen, wie Ihre Hände zittern, um den Wert Ihrer Fragen anzuerkennen, um Ihren Schmerz zu ehren.

Sie sehen nie, dass wir Sie sehen. Nonnen entgehen einem leicht.

Mit meinem besonderen Tuch rieb ich Jesu Dornenkrone und die Friedenstaube ab. Die vergoldeten Bildelemente erinnerten mich an meine Tätowierungen, die ich mit schwarzen Handschuhen und einem schwarzen Halstuch verdecken musste, selbst in der schwülen Augusthitze – eine von Schwester Augustines Maßnahmen, um zu retten, was zu retten war.

Die Fenster zu putzen sollte meine Buße sein, und es war Knochenarbeit, aber sie gefiel mir. Jedes einzelne Fenster verzauberte mich. Besseres Drama als Facebook. Oder eine Kneipenschlägerei.

Manchmal kam Jack Corolla, einer der Hausmeister der Saint Sebastian's, mit seiner Leiter, um zu helfen. Wobei *helfen* eine großzügige Beschreibung ist. Ich musste oft heruntersteigen und seine Leiter festhalten, weil er ungewöhnlich tollpatschig war und Höhenangst hatte. Jack gefiel das Fenster mit dem Seraph am besten, er war ganz betört von dem feinen Engelshaar, dem leuchtenden Gold eines Glühfadens. »Das das das ist der Fluch von so alten Gebäuden«, erklärte Jack mit seinem melodischen Südstaatenakzent und Stottern jedes Problem auf dem Schulgelände, das er nicht lösen konnte. Undichte Rohre, flackernde Lichter, was auch immer. Jack war paranoid, wenn es um Blei im Wasser und Schimmelsporen nach Unwettern ging, und war ständig überzeugt, dass bald etwas Schlimmes passieren würde. Er erinnerte mich an meinen kleinen Bruder Moose. Keiner von beiden würde je zugeben, abergläubisch zu sein, aber so sicher, wie die Sonne im Westen unterging, klopften sie dreimal auf Holz. »Filter dein Wasser zweimal, Schwester!«, warnte Jack. »Einmal reicht nicht. Zweimal filtern!« Sorge, die an Schikane grenzte. Liebe Schikane. Beide quatschten gern und dackelten einem hinterher unter dem Vorwand, zu arbeiten. Beide bildeten sich ein, sie wären Handwerker, und hatten dabei zwei linke Hände. Aber wir erfinden uns neu, oder? Wir versuchen es immer wieder, weil Wandel Überleben ist, wie Jesus bewiesen und wie Moose mich gelehrt hat. Mein Bruder wusste besser als jeder andere, welchen Preis man zahlte, um seine Wahrheit zu leben. Ich wünschte, ich hätte früher auf ihn gehört.

Bei der ersten von zahlreichen Strafaktionen, die Schwester Augustine mir auferlegt hatte, fand ich heraus, dass man am Fenster, das die Geburt Jesu darstellte, sein Gesicht an Marias Gesicht drücken, durch ihr klares Auge schauen und New Orleans wie einen Mottenflügel schimmern sehen konnte. Auf der höchsten Stufe der Leiter, Auge an Auge mit Maria, sah ich zur Linken Faubourg Delassize und Livaudais und zur Rechten die Tchoupitoulas Street und das hypnotisierende Band des Mississippi. Die Stadt stand zu jeder Uhrzeit unter Strom, aber in der Dämmerung staunte ich über die Energie der Farben, die im seidenen Licht pulsierten. Im Garden District erstreckten sich Shotgun-Häuser, rosa, gelb und rotorange gestrichen, so lang und schmal wie Zuggleise. Violette und grüne Perlenschnüre von der Mardi-Gras-Parade und graues Louisianamoos tropften von den Ästen knorriger Eichen. Ich beobachtete die Straßenbahn auf der Saint Charles, die Fahrgäste, die langsam ein- und ausstiegen, während das Metallglöckchen der Bahn laut bimmelte. Die meisten Trottel stellen sich New Orleans als Ramsch und Karikatur vor – die Tyrannei der Bourbon Street und der grüne Schrecken von Jello Shots. Sich in die Gosse oder ins Krebsétouffée übergeben. Und ja, über den Blödsinn im French Quarter habe ich auch schon die Augen verdreht. Aber die Stadt ist vielschichtiger und auf eindrückliche Weise hintergründiger, als ich es mir je vorgestellt hätte. Mythisch und echt.

So echt, wie eine Geschichte nur sein kann.

Der berauschende Geruch der Süßen Duftblüte und des Nachtjasmins. Kopfsteine so groß wie Bibeln. Die furchterregende Symmetrie der Stürme – die Augen und Regenbänder der Hurrikans. Sturzregen, der die Luft zerfetzt. Fluten und Wiedergeburt.

Überall in der Stadt stolperte ich über zufällige Schätze, etwa über göttliche Visionen wie das Gesicht der Heiligen Anna in den Palmen. Während meiner ersten Woche im Orden holte ich meine Ordenskleidung bei der Gilde ab und ging danach in einen staubigen Kuriositätenladen, der im Samtschwarz niederländischer Stillleben gestrichen war und nur Vogelschädel, Beinschnitzereien und Murmeln verkaufte. Den Laden habe ich nie wiedergefunden. Durch das Portal von Marias Augen sah ich Pfauen in den knalligen Tönen eines LSD-Flashbacks durch die Straßen ziehen und beneidete sie um ihre Freiheit. Ich sah Nebel, der wie ein neonweißer Schleier über dem Fluss hing, und den Eckladen an der Magazine Street, in dem man, wie Schwester Therese herausgefunden hatte, für fünf Dollar ein Stück Seife und ein Fläschchen Liebestrank kaufen konnte. Den Liebestrank nahm sie nie mit, aber jedes Mal, wenn sie ihn erwähnte, funkelten ihre Augen.

Manchmal, wenn sich die stille Verzweiflung meines Atems auf dem Buntglas niederschlug, wollte ich hinauslaufen und bei den spontanen Verandakonzerten mitmachen, die jederzeit losgehen konnten – Waschbrettjazz, Bebop, Zydeco, Funk, Punk, Klassik, Swing. Ich wollte einem Musiker die Gitarre aus den Händen nehmen und spielen. Dieses irdische Reich für einen Moment verlassen und meine Finger für mich denken lassen. Bis mir der Schweiß vom Kinn tropfte.

Aber der Orden stellte an mich die Herausforderung, zu bleiben, die Dornen meines irdischen Seins zu entschärfen.

Die Erde kann der Himmel oder die Hölle sein, je nach Perspektive. Wenn man seine Gedanken kontrolliert, entscheidet, worauf man sich konzentriert, kann man seine Wahrheit verändern.

Durch Marias Auge konnte ich die vier Gebäude auf dem Gelände der Saint Sebastian's sehen. Unser Kloster, die Kirche und das Pfarrhaus standen getrennt, aber nah beieinander nördlich der Prytania Street. Unsere Schule mit ihren drei Flügeln – Osten, Mitte und Westen, angeordnet wie ein eckiges Hufeisen – lag auf der anderen Straßenseite, weiter südlich. Zwischen dem östlichen und dem westlichen Flügel hauchte ein Hof mit Rasenfläche dem *U* der Schule Farbe und Leben ein. Schüler lagen flach wie Schatten im Gras unter den alten Palmen, oder sie saßen auf langen Granitbänken, tratschten, schwärmten, machten alles außer Hausaufgaben. Üppige Blumen strahlten das ganze Jahr über im Hof. Selbst nachts tanzten ihre Blüten und Dolden im eigenen Feuer.

Nicht, dass ich groß im Dunkeln um die Häuser gezogen wäre. Ohne Autos mussten die Schwestern überallhin zu Fuß laufen. Im peitschenden Regen liefen wir. In der grellen Sonne liefen wir. Bei kräftezehrendem Wind liefen wir.

Wir hatten keine Computer im Kloster. Keine Fotoapparate. Keine Telefone oder Handys bis auf ein grünes Wandtelefon in der Küche, ein Relikt mit fester Schnur und Wählscheibe. Kein eigenes Geld. Unser Radio war ein altmodisches Gerät mit Drehknopf, ein Geschenk von Pater Reese. Dinge wie Bücher, Zichorienkaffee, rote Lakritze und Doritos (die gingen auf die Kappe von Schwester Therese) tauschten wir ein. Wir bauten siebzehn verschiedene Arten von Obst, Gemüse und Kräutern im Garten zwischen der Kirche und dem Kloster an. Die Schüler durften unseren Garten nicht betreten, aber ein-, zweimal fiel mir auf, dass Ryan Brown Feigen und Satsumas mampfte, die mir recht bekannt vorkamen. Unsere Eier stammten von unseren eigenen Hennen: Hennifer Peck und Frankie. Bei besonderen

Messen oder Spendensammlungen nach einem Unwetter gingen wir in unserem Faubourg von Haus zu Haus. So lernte ich einige Nachbarn kennen und fragte und sorgte mich, was sie von einer Nonne wie mir hielten. Nicht, dass ich selbst gewusst hätte, was ich von einer Nonne wie mir halten sollte – Goldzahn nach einer Kneipenschlägerei, schwarzes Halstuch und Handschuhe zum Verdecken meiner Tattoos, schwarze Ansätze unter schlecht blondierten Haaren.

Gott urteilte nie so streng über mich wie ich selbst.

Wenn du mit irgendwem anders so reden würdest, wie du mit dir selbst redest, sagte Moose, *würde das als Beleidigung gelten.*

Zum Glück hatte ich nicht viel Zeit, um meine Gedanken schweifen zu lassen. Wenn ich nicht in der Messe war, Gitarre unterrichtete, stumpfsinnige Hausaufgaben korrigierte oder mit dem Chor probte, dann putzte ich, wischte den edlen Holzboden unseres Klosters und achtete darauf, keinen Schaum zu verkleckern, wenn ich den Blecheimer mit Murphy Ölseife und warmem Wasser weitertrug. Beim Schrubben trug ich meine weiße Schürze, wie Schwester Augustine es mir aufgetragen hatte. So hatten wir eine Bilanz von all dem Schmutz und Schmier, unseren Mühen, unserer harten Arbeit. Wir mussten unsere Umgebung sauber halten. Tückische Feuchtigkeit drang in jedes Gebäude, zerfraß geliebte Bauten von innen heraus, wie Lügen. Unsere Häuser waren von Schimmel durchwuchert. Man säuberte eine Stelle mit Bleiche und entdeckte am nächsten Tag neue Schimmelblüten an einer anderen Wand. Asphaltschwarze Ausschläge.

Jeden Mittwoch nahm ich vor dem Morgengrauen den ausziehbaren Staubwedel, schlich in meinen Hausschuhen durchs Kloster und entfernte die schaurigen Spinnweben in den hohen

Zimmerecken. Wir töteten niemals ein Tier, weil wir die heilige Energie jedes Lebewesens wertschätzten, selbst gesichtsloser Höllenbiester. Mit einer Tasse und einer Zeitung trug ich Tausendfüßer, Kakerlaken, Spinnen und riesige Motten nach draußen in den Garten und ließ sie vorsichtig unter dem blühenden Orangenbaum frei. Die Wespen brummten wütend und prallten gegen die Tasse. Manche Spinnen waren so groß, dass ich ihre vielen Augen ausmachen konnte, glänzend wie schimmernde schwarze Löcher.

Insekten befreien, Seelen retten – wir machten alles. Dienst bedeutete Taten. Worte waren Schall und Rauch. Selbst von den Schülern wurde erwartet, sich einzubringen. An diesem Sonntag hörte ich nach meinem verschwitzten Putzmarathon das tiefe Läuten der Altarglocke. Jamie LaRose und Lamont Fournet verließen die Sakristei, die Arme voller Metallgegenstände, die von den Prismen des Fensters Farbstreifen auffingen.

»Hallo, Schwester Holiday!« Lamonts Stimme umfing mich wie eine feste Umarmung, als er von unten heraufrief. Sie brachten die liturgischen Gaben der Messe weg. »Tut uns leid, dass wir Sie stören!«

Ich war immer skeptisch, wenn Leute sich grundlos entschuldigten, es kam mir vor, als wollten sie für spätere Regelverstöße Punkte gutmachen. Aber Lamont und Jamie, beide siebzehn und im letzten Schuljahr der Saint Sebastian's, waren unsere verlässlichsten Messdiener. Immer pünktlich bei der Chorprobe. Ließen nie das Weihrauchschiffchen fallen oder gaben Pater Reese Widerworte. Lamont war knappe einsachtzig groß und prahlte gern mit seiner kreolischen Familie, gekrönten Gottheiten auf dem Paradewagen der Krewe du Vieux. Jamie war der Stillere der beiden und stämmig, gebaut wie ein Banktresor. Blickte ständig zu Boden und schlurfte mit den Füßen. Eine spürbare Schwere lag auf Jamie, er lächelte nur mit den Zähnen, nie mit den Augen, als würde der Junge seine Seele tief in sich verschlossen halten. Er entstammte eine Cajun-Familie, Franko-Kanadier, die in welchem Jahrhundert auch immer an den Golf gezogen waren. Die unbedingte Ernsthaftigkeit der Jungen, ihre in die Hosen gesteckten Hemden und ihr Drang, mir alles über ihr junges Leben zu erzählen, wirkten in einem Meer aus Teenagersarkasmus und Verwahrlosung erfrischend – sogar befremdlich.

Nachdem Jamie und Lamont die Kirche an diesem Sonntag verlassen hatten, putzte ich in der schwülen Hitze zu Ende und schloss ab. Vergewisserte mich, dass auf dem Hof und der Straße niemand war, ging der Prozession zur bevorstehenden elenden Besprechung aus dem Weg und schlich dann in meine Gasse. Ich nenne sie meine Gasse, weil ich der einzige Trottel war, der sich dem Lärm des Theaters und dem fauligen Gestank des Müllcontainers aussetzte. Sie war mein Geheimnis.

Jeder hat Geheimnisse, besonders Nonnen.

Wie jedes gute Versteck war meine Gasse gleichzeitig verborgen und augenfällig. Man konnte direkt an ihr vorbeigehen, ohne sie zu bemerken. Eine eingeplante Lücke. Meine heimliche Raucherecke. Und an diesem Tag mein Logenplatz bei einem Verbrechen, das alles verändern würde, dem ersten Stoß, der alles aus den Fugen brachte.

Ich hatte natürlich kein Geld für Zigaretten, aber zu rauchen, was ich von meinen Schülern konfiszierte, ging in Ordnung. Schüler dürfen an der Saint Sebastian's nicht rauchen – es war meine Pflicht einzugreifen. Und Schwester Honor sagt, Verschwendung sei eine Sünde. Und so stand ich am Sonntagabend vor der Tür in meiner Gasse, kümmerte mich um meinen eigenen Kram, schmorte in der Hitze, die nie nachließ, nicht einmal in der Abenddämmerung. Aus einem Auto irgendwo auf der Prytania drang Django Reinhardts Gitarre. Musik war das Bindegewebe von New Orleans – immer da, wenn man sie brauchte, wie Gebete. Sowohl Gebete als auch Musik waren heilig und hatten mich armes Schwein schon öfter gerettet, als ich zählen kann.

Ich war eine echte Gläubige, auch wenn ich nicht so aussah.

Deshalb hatte Schwester Augustine mich letztes Jahr so freudig an der Saint Sebastian's School aufgenommen. Sie hatte mein Potenzial erkannt. Sie war die Einzige, die mir eine Chance gab, als niemand anders es wollte, nicht einmal die Tagesbetreuung, wo Wachleute arbeiteten, die für Gefängnisse zu ruppig waren, oder die Autowerkstätten, wo alle auf Meth waren, oder die Versicherungsagenturen in Bensonhurst. Ich war bereit, nachts und an den Wochenenden zu arbeiten, verdammt nochmal, und ich hatte alles, was man als richtig gute Detektivin brauchte: zu gleichen Teilen methodische Konzentrationsgabe und Impulsivität gepaart mit der Geduld einer Jägerin und einem Geschmack für Femmes fatales. Trotzdem sagten sie Nein. Aber nicht Schwester Augustine. Sie lud mich nach New Orleans ein, in den Orden, wenn auch mit Bedingungen.

Wir waren nur zu viert: Schwester Augustine (unsere hingebungsvolle Mutter Oberin), Schwester Therese (ein ehemaliger Hippie mit von Natur aus glückseliger Miene, der streunende Katzen fütterte), Schwester Honor (eine langweilige Nörglerin, die mich nicht ausstehen konnte), und ich, Schwester Holiday, die die unwahrscheinliche Wahrheit queerer Gläubigkeit vertrat. Wir waren so unterschiedlich wie das Buch Levitikus, das Hohelied und das Buch Judit. Aber als Orden, als Schwestern vom Erhabenen Blut, funktionierten wir zusammen. Für Gottes Liebe – die einzig wahre Liebe –, für unsere Schülerinnen und Schüler und für unsere Stadt. Unser Motto *Licht in eine dunkle Welt bringen* hängt eingraviert in eine Plakette an der Tür unseres Klosters.

Wir waren ein moderner Orden, aber immer noch katholische Nonnen mit Regeln, die es zu befolgen oder, in meinem Fall, deren Grenzen es auszutesten galt. Wir waren konzentriert und arbeiteten gewissenhaft in der Schule, der Kirche, dem Gefängnis und unserem Kloster. Unsere Schlafzimmer waren bescheiden. Das Badezimmer unseres Klosters war eine spartanisch eingerichtete Höhle mit der Atmosphäre einer modrigen Gruft. Nirgends Spiegel. Kein Haarföhn. Billige Plastikvorhänge vor den Duschkabinen. Wenn ich unter der Dusche in Gedanken abdriftete (nie zu lange – Schwester Therese stoppte meine Zeit, damit ich Wasser sparte), sah ich zu, wie Tröpfchen unter der Decke winzige Stalaktiten bildeten. Die Gemeinschaftsräume des Klosters waren so asketisch wie heilige Gräber eingerichtet und ebenso kalt, ein Segen in der glühenden, unnachlässigen Hitze.

Selbst in meiner schattigen Gasse herrschten brütende Temperaturen. Ich trug meine gottverdammten Handschuhe und das Halstuch, wie Schwester Augustine verlangte, und es fühlte sich an, als wären sie mit meiner Haut verschmolzen. Trotzdem genoss ich diesen herrlichen Augenblick allein, bevor das Mitarbeitertreffen vertagt wurde, bevor ich zum Abendessen das Kloster betrat, nur ich und zwei Zigaretten, die ich Freitagnachmittag Ryan Brown hinter den spitzen Ohren hervorgezogen hatte. »Ach, Schwester, schon wieder?«, jammerte Ryan Brown, im zweiten Jahr an der Saint Sebastian's, Meister darin, sich selbst ein Bein zu stellen, als ich ihm die Glimmstängel abnahm. »Kommen Sie schon.« Er warf die Hände hoch wie ein Kleinkind. Von all meinen Schülern war er der am wenigsten pfiffige. Meinen Nachschub an beschlagnahmten Waren verdankte ich diesem seltsamen Kind. Die meisten Schüler ergriffen die Flucht, wenn ich einen Raum betrat, aber Ryan Brown blieb. Wie unverhohlen er sich über unser Tabakverbot hinwegsetzte, machte fast den Eindruck, als wollte er erwischt werden. Oder er war schlicht nicht gut darin, ungezogen zu sein. Im Gegensatz zu mir.

Ich hielt die Zigaretten hoch. »Bist du ein harter Typ, wenn du deine Zigaretten zeigst?«

»Aber ich –«

»Lern, für das, was du willst, zu kämpfen«, unterbrach ich Ryan. Keine Zeit für Ausreden. »Oder lern, es besser zu verstecken. Sonst verlierst du alles.«

Meine Weisheit war in gewisser Weise gnädig, ich gebe es zu.

Ich bot meinen Schülern das Einzige, was im Leben zählte – Ehrlichkeit –, und ich ließ sie ihnen zuteilwerden, wie ich es auch mit Rache tat, nämlich eiskalt. Bei den meisten Sachen war ich eine Versagerin, aber wenn ich etwas machte, dann mit Hingabe, wie eine Python eine Ziege frisst, mit Sehnen und Hufen und Knochen und allem. Wie meine Schwestern tat ich alles, was ich konnte, um die Schüler aufzubauen, jeden einzelnen, um ihnen zu helfen, das Licht in ihren eigenen Händen zu tragen, statt es für sie zu halten. Manchmal bedeutete das, ihnen ihre Faulheit und ihre Schandtaten vorzuhalten. Und wenn mich jemand für dumm verkaufen wollte, erkannte ich es, weil ich früher selbst so war. Um ein Pferd oder einen Menschen zu brechen, muss man verstehen, was es heißt, wild zu sein.

Das ganze Wochenende lang hatte ich auf den perfekten Moment gewartet, um die Zigaretten zu genießen, und am Sonntag war er endlich gekommen. Ich hatte alle Lagen meiner Ordenskleidung durchgeschwitzt, aber ich brauchte noch mehr Zeit draußen. Wenn ich keine Minute für mich hatte, würde ich Schwester Honor anschnauzen. Ich ging immer noch gefährlich schnell in die Luft, und Schwester Honor wusste genau, wie sie die Lunte zünden konnte.

Ich nahm eine der gestohlenen Kippen aus meinem Gitarrenkoffer, in dem ich sie immer versteckte. Zog sie unter meiner Nase durch, schnupperte daran und zündete sie mit dem letzten Streichholz im Briefchen an. Ein Schwarm Mücken zerstob so schnell, wie er sich gebildet hatte, anders als der Sonnenuntergang, der schimmerte wie das gehämmerte Gold einer Taschenuhr, die die Zeit verlangsamt. Die Dämmerung ist das Scharnier zwischen Tag und Nacht. Dunstige Hitzewellen wogten um mich herum. Meine Haut schrumpelte unter den Handschuhen. Es heißt, wenn man es in New York schafft, schafft man es überall. Dabei ist die eigentliche Feuerprobe New Orleans. Die Heimat von Wundern und Flüchen – weder Leben noch Tod, sondern beides. An einem solchen Ort, der einer Schwelle gleicht, als würde man in einer offenen Tür stehen, konnte man drinnen oder draußen sein, verdammt oder erlöst.

Schweiß rann mir den Rücken hinab. Ich war überrascht, dass es da draußen so still war, in dieser mückenverseuchten Gasse, dass in dem alten Theater weder eine Show noch eine Probe lief. DER TEUFEL IST LOS IM VAUDEVILLE, verhieß das Plakat. Als würde der Teufel sich von irgendwem sagen lassen, wo er los sein dürfte. Wie so vielen anderen prächtigen Gebäuden in der Stadt setzten die Stürme, die jedes Jahr stärker wurden, auch dem Theater zu. Von der Eingangstür schälte sich die Farbe in breiten, mahagonifarbenen Streifen. Halb verfallen, immer noch ein Genuss. Prachtvoller als der verdammte Buckingham Palace.

Weil alle Streichhölzer aufgebraucht waren, musste ich meine beschlagnahmte Ware Kette rauchen und eine Zigarette an der anderen anzünden. Sehr edler Tabak – wahrscheinlich importiert. Unsere reichsten Schüler waren Arschlöcher – es tut mir leid, Herr, aber es stimmt –, aber sie rauchten besseres Zeug als den Müll, an dem ich damals in Brooklyn fast erstickt wäre, in meinem alten Leben, in dem meine Finger bluteten für die Miete, für Trinkgeld, für meinen nächsten Whiskey.

Der Sichelmond hing am Himmel wie eine Kralle. Frösche quakten im Schutz ihrer nächtlichen Verstecke. Ein knarziger Chor, diese Nocturne. Besonders eindrucksvoll in diesem tropischen Dunst und den bernsteinfarbenen Schwaden der Straßenlaternen. Fleischige Magnolienblüten bargen in sich schimmernde rosa Venen, kleine Herzen schlugen in jedem Blütenblatt. Ich nahm noch einen Zug, ließ ihn wirken.

Plötzlich hatte ich einen sauren Geschmack in der Kehle. Meine Augen brannten, als mich eine zusätzliche Hitzewelle traf.

Dann verwischtes Rot und Orange. Der Nachthimmel explodierte. Erst nach einem Moment begriff ich, was ich sah.

Feuer.

Die Schule. Meine Schule brannte. Im Ostflügel der Saint Sebastian's war Feuer ausgebrochen.

Lodernde Flammen schlugen aus einem offenen Fenster.

Innerhalb von Sekunden brach das Chaos aus. So kommt es einem vor – wie ein Moment, der gleichzeitig unglaublich schnell und langsam vergeht. Derart unerwartete Dinge verzerren die Zeit, sie lassen alles scheußlich klar erscheinen und verwischen es zugleich. Wie ein Autounfall. Wie der erste Kuss. Winzige Details werden vergrößert und verborgen.

Ein in Flammen stehender Körper fiel aus dem ersten Stock des brennenden Ostflügels und schlug auf dem Boden auf wie eine zornige Faust.

»Großer Gott.« Ich ließ meine Zigarette fallen und rannte aus der Gasse über die First Street zu der Person auf dem Rasen. »Hilfe!«, schrie ich, aber es war niemand in der Nähe. Atemlos, das Wort abgehackt.

Jack. Es war mein Putzgefährte, und er war tot.

»Jack!« Ich kniete mich neben ihn. »O Gott.«

Kein Blinzeln, kein Zucken, er schwelte nur. Ein schmales Rinnsal Blut sickerte aus seinem rechten Nasenloch, so zart, als wäre es sorgsam mit einem feinen Pinsel gemalt.

Jack versengte das Gras, seine Gliedmaßen waren ausgestreckt – die erschütternde Haltung einer zertretenen Kakerlake. Sein verbranntes Fleisch roch stechend und furchtbar süßlich.

War er durch ein offenes Fenster gefallen, als er dem Rauch entkommen wollte?

War er gestoßen worden?

Herr, halte Jack nah bei dir.

Nach der Mitarbeiterbesprechung, die vor über einer Stunde geendet hatte, der Besprechung, die ich geschwänzt hatte, wurden die Türen immer abgeschlossen.

Hilfe.

Ich dachte, ich hätte drinnen jemanden rufen hören. Ich musste sicher sein, dass niemand im Gebäude war. Der Türgriff war noch nicht heiß, also zog ich mein kurzes Halstuch über den Mund wie eine Banditin und schloss auf. Rauch flutete mir entgegen.

»Hallo!« Rufend und hustend lief ich den Flur entlang. Eine eigentümliche Stärke trieb mich weiter. »Ist hier jemand?«

Rauchwölkchen krebsten seitwärts unter der Decke entlang. Aschgraue Tentakel drangen durch Fugen in der Wand, leise wie Atem.

Der Feuermelder klemmte. Alte rote Farbe blätterte ab, als ich am Griff zog. Ich fluchte, als würde das helfen. Endlich gab er nach, schnappte nach unten und löste einen schrillen Alarm aus, der die Toten wachgerüttelt hätte. Aber die Sprinkler gingen nicht an.

»Jemand hier?« Meine Kehle war wund.

»Hilfe!«, rief jemand. Er schien gleichzeitig weit entfernt und direkt vor mir zu sein, aber ich konnte kaum etwas sehen. »Wir brauchen Hilfe!« Die Stimme war vertraut, aber in meiner Panik konnte ich sie nicht zuordnen, wie ein Song, den man schneller abspielt.

Durch den Rauch drehte sich alles um mich, er roch nach heißem Müll. Wie in Brooklyn, in der Brandnacht. Der Nacht, in der mein altes Leben endete.

Nichts war am richtigen Ort. Niemand hätte im Gebäude sein sollen. »Redet weiter! Ich finde euch.«

Die Luft war dick, wie Zement, aber ich sah Bewegung – jemand war am Ende des Flurs.

»He!« Nach Luft ringend rannte ich zu ihnen, dabei rutschte ich auf einem Haufen Glasscherben aus. »He.«

Der Schatten streckte sich, dann verschwand er plötzlich so geschmeidig und glatt wie ein schwimmender Fisch. Ein gesegneter Geist. Ich hatte mein ganzes Leben lang darauf gewartet, den Heiligen Geist zu sehen, und jetzt musste es hier sein? Wenn schlechtes Timing eine Religion wäre, wäre ich der Papst.

Die Rufe wurden lauter – hinter mir. Ich fuhr herum und versuchte, ihnen zu folgen. Die Tür zum alten Religionsraum stand offen, und im Zimmer, zusammengekauert am Boden, waren Jamie und Lamont. Warum waren sie hier? Was hatten sie gesehen? Was hatten sie getan?

Ich lief zu ihnen.

»Er hat sich geschnitten!« Lamont zeigte auf Jamies Oberschenkel, aus dem Blut strömte. »Ich habe mir den Knöchel gebrochen, glaube ich.«

Die Jungen saßen nebeneinander unter der Tafel. Sie hätten wie Kindergartenkinder ausgesehen, die auf die Märchenstunde warteten, wären da nicht der Glutofen aus Feuer und Rauch gewesen und das Blut an Jamies Bein. Eine Glasscherbe, so groß wie eine offene Hand, ragte aus Jamies Oberschenkel. Das zerbrochene Sprossenfenster, durch das ich im Flur geschlittert war. Heulend hielt er sein Bein umklammert und krümmte sich. Seine blauen Augen funkelten wild.

»Ich bringe Sie raus.« Ich kniete mich hin. »Lamont, legen Sie den Arm um mich. Jamie, jetzt Sie. Haben Sie Jack hier oben gesehen?«

Keiner der Jungen antwortete, sie waren starr vor Schreck. Oder vor Schuldbewusstsein?

Ich versuchte, die beiden hinauszuschleppen, kam aber kaum einen Fingerbreit hoch, bevor wir mit einem scheußlichen Knall wieder auf den Boden sackten.

Jamie brüllte. Die Scherbe musste sich tiefer in seinen Oberschenkel gegraben haben.

Wenn ich noch einmal versuchen würde, sie zu stützen, könnte es noch schlimmer enden.

Die Funktionsweise des menschlichen Körpers war mir ebenso rätselhaft wie die des Geistes, aber selbst ich wusste, dass ich Jamies Bein stabilisieren musste. »Eins, zwei«, sagte ich, und bei »drei« nutzte ich meinen Handschuh, um besser zuzupacken und die blutverschmierte Scherbe aus Jamies Bein zu ziehen. Ein wenig von ihm klebte am Glas, an meinen Handschuhen. Er schrie, als würde er bei lebendigem Leib von einem Metzger tranchiert.

Lamont saß hilflos da und versuchte, Jamie zu trösten. Der biss fest die Zähne zusammen, das Blut lief ihm zu beiden Seiten am kräftigen Oberschenkel herab.

Gegrüßet seist du, Maria.

Nichts bereitet einen auf das brutale, nasse Rot einer offenen Wunde vor. Ein zweiter Mund. Dämonisch.

Ich betete und versuchte, mir Moose vorzustellen.

Beten ist schizophren, hätte er gesagt, um mich und Mom zu ärgern. *Du redest mit jemandem, der nicht da ist.* Ich hatte ihn angefleht, nicht zum Militär zu gehen, so wie er mich angefleht hatte, nicht in den Orden einzutreten. Als hätte es etwas gebracht. Umgekehrte Psychologie war Routine in unserer Familie. Am selben Tag, an dem ich dem Kloster beitrat, meldete Moose sich zur Kampfsanitäterausbildung an. Wir tauschten unsere alten Leben gegen neue, als wäre es einfach oder albern, leichter, als man einen Vierteldollar verschwinden lässt. Ein Bühnentrick. Wer hätte je gedacht, dass die queeren Walsh-Kinder Nonne und Soldat werden. *Tada.*

Ich riss mir das Halstuch – das dünne Stoffband, das Schwester Augustine mich zu tragen zwang – ab und band es fest um Jamies Oberschenkel. Ein improvisierter Druckverband. »Ich wünschte, ich könnte Sie beide stützen, aber ich bringe Jamie zuerst raus – er hat so viel Blut verloren.«

»Lassen Sie mich nicht zurück!«, rief Lamont; seine braunen Augen waren blutunterlaufen, er weinte vor Angst.

Ich zog Jamies Druckverband fester zusammen, legte mir seinen linken Arm über die Schultern und zog ihn an der Taille hoch. »Los!« Wie ein betrunkenes Paar in billigen Jazz-Flitterwochen humpelten wir los, als wären wir zusammengewachsen. Jamie war größer als ich und muskulös, aber ich konnte ihn soweit stützen, dass er gehen konnte.

»Ich komme zurück, Lamont. Ich schwöre es.«

Adrenalin donnerte durch meine Adern, wie die Aufputschmittel, die ich früher geschnieft hatte, wie eine himmlische Woge göttlicher Kraft in den Gleichnissen, die ich zu lieben gelernt hatte.

Sei gegrüßt, o Königin, Mutter der Barmherzigkeit, unser Leben, unsre Wonne, unsre Hoffnung. Mein drittes Auge.

Ich schleppte uns humpelnd in den Flur. Lamont lag wimmernd am Boden, robbte uns wie ein Seehund hinterher, rief nach mir, rief nach Gott. Blut strömte aus Jamie und machte mit meinem jämmerlichen Druckverband kurzen Prozess. Es wäre perfekt gewesen, wenn der Heilige Geist uns in dem Moment ein Wunder geschickt hätte, aber auf göttliches Eingreifen konnten wir nicht warten.

Glühende Asche schoss in mein linkes Auge – »Scheiße« – wie ein Bajonett, das in meine Hornhaut stach. Wie schrecklich präzise Dinge sind, die man nicht kontrollieren kann.

Wir taumelten zur Treppe. Ein Moment im Windschatten des Rauchs, eine Antwort auf ein Stoßgebet. Da sah ich Jacks Leiter und seine Werkzeugkiste. Die Hausmeister erledigten das Putzen und ihre kleinen Reparaturen meist abends, aber an einem Sonntag?

Hatte Jack das Feuer etwa gelegt? Die Jungs? Das ergab alles keinen Sinn.

Aber das tut es nie. Ich habe dem Tod jetzt zweimal ins Auge geblickt. Ich weiß, dass er es auf mich abgesehen hat. Auf uns alle. So lange ich ihm davonlaufen kann, tue ich es.

Jamies Augen waren geöffnet, aber sein Blick war leer, er wirkte resigniert, als hätte er aufgegeben. Ich schlug ihm kräftig ins Gesicht. »Konzentrieren Sie sich«, sagte ich, obwohl meine Gedanken in zehn Richtungen gleichzeitig stoben. Ich dachte *wir sind am Arsch!* und *wir schaffen das!*, und dass ich wissen musste, was die Jungs wussten. Ich drückte meine Zunge gegen meinen Goldzahn, so fest, dass Blut floss. Das war ein nervöser Tick, aber es erdete mich, ein geheimer Bund, unbemerkt von jedem außer mir und Gott; es half mir, meinen Weg zu finden.

Als wir das Erdgeschoss erreichten, schrillte ein anderer Alarm los. Die hohen, schweren Feuertüren im Ostflügel der Saint Sebastian's schwangen langsam hin un her.

Die automatischen Türen wollten uns einsperren.

»Wir kommen hier raus.« Ich war selbst überrascht, welchen Energieschub das Wort *wir* mir gab.

Mit einem Tritt stieß ich die Eingangstür auf, einen Atemzug, bevor die magnetischen Brandschutztüren den Ostflügel verriegelt hätten.

Heiliger Geist, verlass uns nicht.

Ich ächzte, als wir nach draußen taumelten, wo es Schulunterlagen und Asche regnete. Jack Corollas Leiche lag vollkommen steif vor dem Eingang. Eine jetzt leere Hülle, die früher alles in sich geborgen hatte, was Jack zu Jack machte – das Reden mit vollem Mund, das Walrosslachen, die nervöse Energie. Jacks Geist war nicht mehr da.

Jamie, kaum noch bei Bewusstsein, murmelte: »Ist das … eine Leiche?«

Das Heulen der Sirenen von Polizei, Krankenwagen und Feuerwehr fuhr mir in die Knochen. Ein Löschfahrzeug bremste ab und hielt vor uns, als wir schwankend dastanden. Feuerwehrleute sprangen vom Wagen, entrollten die orangefarbenen Schläuche und rannten auf die lichterloh brennende Schule zu.

Jamie sackte zu Boden, die Augen geschlossen, der Mund offen, als würde er tief sabbernd schlafen. Sanitäter eilten herbei. Diesen geschundenen, blutüberströmten Jungen in ihren fähigen Händen zu sehen, war eine enorme, fast unerträgliche Erleichterung. *Danke, Herr.*

»Da ist noch ein Schüler drin!«, rief ich mit meiner Sandpapierzunge. »Lamont. Er ist verletzt.«

»Wo?«, fragte ein Sanitäter.

»Erster Stock, Straßenseite. Jack ist durch das Fenster gestürzt.« Ich drehte mich um und zeigte auf Jacks Leiche im Gras. Als ich meine Hand hob, fühlte sie sich wie behauener Marmor an.

Eine Frau mit einer Dienstmarke stand plötzlich neben mir und fing mich auf, als ich im Begriff war zu fallen. Einen blitzartigen Moment lang fielen wir beide. Aber dann stemmte sie die Beine in den Boden, machte den Rücken gerade und spannte die Arme an, um uns aufrecht zu halten.

»Gemütlicher Sonntagabend, was«, sagte die Frau mit einem Lächeln, das einen Mundwinkel höher zog als den anderen, wie ein kenterndes Schiff.

»Ich muss« – ich keuchte – »drinnen.« Ich bekam die Worte nicht aneinander.

Sie packte meinen Oberarm mit eisernem Griff. »Nee. Wir übernehmen hier. Hier draußen mit mir sind Sie weniger tot.«

Der Ausweis der Frau klemmte an der linken Brusttasche ihrer zerknitterten Bluse – Brandermittlerin Magnolia Riveaux, Feuerwehr New Orleans. »Schön weiteratmen. Ich bin Maggie.« Im Scheinwerferlicht des Krankenwagens glänzte ihr Gesicht vor Schweiß. »Sind Sie verletzt?«, fragte sie, obwohl sie die Antwort kannte.

»Glühende Asche in diesem Auge.«

»Das spülen wir gleich aus.« Sie führte mich zu einem Krankenwagen, der mit laufendem Motor im Innenhof stand. Die Rettungssanitäter richteten einen Sammelpunkt ein.

»Sie haben den Sturz gesehen?«, fragte sie. »Habe ich das richtig gehört?«

»Jack Corolla.« Ich hustete, und als meine Lippen aufeinandertrafen, merkte ich, dass sie von der Hitze aufgerissen waren. »Weiß nicht, ob er gesprungen ist oder jemand nachgeholfen hat oder was. Jack ist unser Hausmeister.«

Sofort hob sie ihr Funkgerät und presste die Lippen gegen die löchrige Oberfläche des Sprechteils. »217 an Zentrale.«

»Ich höre, 217«, sagte die Stimme im Funkgerät.

»Ich habe eine Zeugin« – Ermittlerin Riveaux heftete ihren Blick auf mich – »wie heißen Sie?«

Ich öffnete den Mund, aber es kam nichts heraus. Es machte mich wütend, dass mein eigener Körper mich zum Schweigen brachte.

»Möglicherweise ist die Lunge geschädigt«, sagte sie dem unsichtbaren Radiomenschen.

Die Nachtluft war berauschend und widerlich, wie ein Schluck Sumpfwasser. Mit diesem modrigen Geschmack auf der Zunge wurde ich ohnmächtig. Mein Körper war wie ein nasser Sack, und ich rutschte aus ihrem Griff.

Als ich aufwachte, spürte ich überrascht, dass ich nicht am Boden lag, sondern auf einer Krankentrage. Eine Plastikmaske bedeckte meinen Mund. Der sanfte, wunderbare Sauerstoff erleichterte mir das Atmen.

Wie lange war ich ohnmächtig gewesen? Wo waren Jamie und Lamont? Jede Sekunde enthielt bedeutungsvolle Schichten – geschuppt, wie Kiemen. Schreie, Weinen, Erleichterung, Gebet, Angst. Meine schwarze Polyesterhose, meine Ordenskleidung, in meine Haut eingebrannt. Die Handschuhe längst fort.

Meine goldene Kette hatte irgendwie gehalten, das Kreuz lag noch schwer auf meiner Brust. Meine Bluse war zerrissen, von der Schulter gerutscht und entblößte meine Tätowierungen. Die Tinte zog sich um meinen Hals, bis zum Kiefer und den Rand des Schädels. Offenbar waren die Knöpfe abgesprungen, als ich Jamie herausgeschleppt hatte. Riveaux kniff leicht die Augen zusammen, als sie meine entblößte Haut musterte, mit dem Blick meinen Tätowierungen folgte. Auf meinen Knöcheln stand *LOST* und *SOUL* – verlorene Seele. Auf meinem Hals hielt Eva ihren Apfel. Das Palindrom *DEIFIED* – vergöttert – zog sich grün und gold glitzernd in geschwungenem, unheildrohendem Prunk über meine Brust, wie die Schlange im Garten Eden. Dieses Tattoo hatte mich die meisten Schmerzen gekostet. Eine Erinnerung an den Preis der Selbstsucht, daran, was auf dem Spiel steht, wenn man nur an sich selbst denkt, egal, wie genüsslich es ist. Es war auch mein Lieblingstattoo, weil ich es im Spiegel beinahe lesen konnte. Nicht, dass wir im Kloster Spiegel gehabt hätten. Riveaux formte mit den Lippen stumm das Wort *deified* – sie las mich oder versuchte es zumindest.

Ich zog die steife blaue Decke hoch, die ich von den Sanitätern bekommen hatte.

»Hübsches Beißerchen.« Mit ihrem knochigen Finger zeigte sie auf meine goldene Zahnkrone.

Ich bleckte die Zähne wie ein Hund. Es war anstrengend, die Lippen zurückzuziehen.

»217 an Zentrale.« Die Ermittlerin drückte das Funkgerät wieder an ihren Mund. Sie sagte: »Brandstiftung. Kein Zweifel.«

Brandstiftung. Woher wusste sie das so schnell? Was hatte es verraten?

Riveaux blickte in mein gutes Auge. »Ihr Name nochmal?«

»Holiday Walsh. Ich meine, Schwester Holiday.«

»Schwester?« Sie war verblüfft. »Ich dachte, Sie wären die Death-Metal-Schulköchin.«

»Ich fühle mich auch tot. Wie geht es den Jungs?«

»Schwer verletzt«, sagte Riveaux, »aber sie werden wieder. Wenn sie im Krankenhaus stabilisiert sind, mache ich ihnen richtig Feuer unterm Hintern.« Das einzig Beeindruckende an ihren Wortspielen war, dass sie durchgehend misslangen, trotzdem wirkte Riveaux recht zufrieden mit sich. Ihre Augen schimmerten violett und holzfarben, das melancholische Licht eines Sommergewitters.

Mir war brennend heiß, ich musste kalte Erde unter mir spüren. Als der Einsatzleiter der Feuerwehr Riveaux beiseite zog, streifte ich meine Maske ab, ließ mich von der Trage rollen und kroch zu einem Fleckchen mit Fingerhirse. Im Gras vor mir lagen verstreute Übungsblätter und Prüfungsarbeiten und ein kleines Holzkreuz. Ein Arm war verbrannt bis zum Mittelteil. Es sah aus, als läge es gut in der Hand, wie eine Pistole. Ich wollte es an mich drücken. Aber als ich die Hand danach ausstreckte, hob ein Sanitäter mich hoch, seine starken Hände unter meinen nassen Achseln. Zurück auf die Trage.

Riveaux und der Sanitäter beobachteten mich, als ich mich im Krankenwagen hinlegte. Die Sauerstoffmaske wurde mir wieder über Nase und Mund gesetzt. Sie ließen mich nicht aus den Augen. Ich würgte, rang nach Atem, erstickte in meinem eigenen Körper.

Nachdem das Adrenalin verbrannt war, spürte ich den Kampf – Engel, Teufel. Jetzt hatte ich schon zweimal den Tod gesehen und die Flammen überlebt. Man muss nicht die Bibel lesen, um zu wissen, wie die Elemente uns quälen und am Leben erhalten. Feuer, Wut, Wasser, Erlösung. Welche unerwartete Wendung hatte zu der Brandstiftung geführt? Irgendwann würde ich es herausfinden – oder dabei draufgehen. Spürsinn und Sturheit waren meine Geschenke Gottes, Werkzeuge, von denen sie wussten, ich würde sie brauchen. Ja, mein Gott ist ein sie, Plural, zu mächtig für eine einzige Person oder ein Geschlecht oder sonst eine Kategorie, die einfache Sterbliche je verstehen könnten. An diesem Tag öffneten Gott und der Heilige Geist die Tür, und ich lief in die Flammen, um den Jungs zu helfen. Wir waren im Feuer, in seiner rot-lila Umklammerung, gefangen zwischen den Wänden eines rhythmisch pulsierenden Organs. Aber als ich auf dieser Trage lag, halb blind, halb tot, war ebenso offensichtlich, dass mich kein Mensch und keine Heilige und kein Psalm retten würde. Das würde ich selbst tun müssen.

2

Die Dämmerung ging in die Nacht über, während ich im offenen Krankenwagen wartete. Nachdem er mich ausgeschimpft hatte, weil ich die Glasscherbe aus Jamies Bein gezogen hatte – »das dürfen Sie nie tun, niemals!« –, wiederholte der Sanitäter ständig »ganz ruhig«, während er meine Vitalwerte nahm. Trotzdem setzte ich mich auf den gebleichten weißen Laken der Trage immer wieder auf und sah den Flammen zu.

Der Eigensinn des Feuers. Seine Leichtigkeit. Wie fest unsere Welt zusammengefügt und vernagelt ist, wie schnell sie sich entzünden kann.

Feuerwehrleute besprühten den Ostflügel aus gewundenen Schläuchen. Wo das Wasser auftraf, schlugen die Flammen ihm entgegen. Blinzelnd suchte ich den dunklen Innenhof nach dem Heiligen Geist ab, aber ich konnte kaum etwas sehen. Mein Auge juckte, als hätten Feuerameisen hineingebissen.

Von unserem Kloster auf der anderen Straßenseite hatten sich meine Schwestern einen Weg durch die Menge gebahnt und stellten sich im Halbkreis hinter dem Krankenwagen auf.

Mit ihren Schleiern hätten die Schwestern Honor, Augustine und Therese einer Daguerreotypie aus dem vorletzten Jahrhundert entstammen können. Sie waren die einzigen Nonnen in

New Orleans, die traditionelle Habite trugen, lange, schwarze, zeltartige Gewänder. Goldkreuze. Das komplette Paket.

Schwester Augustine reckte dem stickigen Himmel die Arme entgegen. »Herr, erbarme dich.« Eine Wendung, die die Leute jeden Tag ironisch oder als Witz nutzen, aber für uns sind die Worte so echt wie Blut. Nicht anders als der Zauberspruch einer Hexe. Die Stimme unserer Oberin war gefestigt, ihre blauen Augen waren klar, aber sie musste ihr Habit richten und um Fassung ringen. Sich Schweißperlen abwischen.

Selbst eine Heilige konnte überwältigt sein; nicht, dass Schwester Augustine eine Heilige gewesen wäre, aber so beherrscht, wie sie sich immer gab, vergaß ich manchmal, dass sie sterblich war.

»O heiliger Gott, Allmächtiger«, rezitierte Schwester T mit ihrer musikalischen Stimme, »leite uns.« Sie hatte den leicht gebräunten Teint und das wohlanständige Gesicht meiner Tante Joanie, ein Gesicht, dem man vertraute, weil es unscheinbar war. Ihr Rücken war gekrümmt, ein Zeichen dafür, dass die Frau sich auf die Achtzig zubewegte. Aber sie war zäher, als sie aussah. Schwester T konnte im Garten große Steine durch die Gegend wuchten und allein ein Regenfass hochheben.

So schlicht, als würde ich die Zeit nennen, sagte ich: »Jack ist tot.«

Schwester T drückte ihre kleinen Hände aufs Herz und bedachte mich mit dem besorgten Blick einer Katzenmutter. »Du hast Jamie gerettet, Schwester. Und Bruder Jacks Seele hat eine ewige Heimstatt.«

Ja. Jack ist von uns gegangen, aber er ist in Sicherheit. Er ist frei. Solange er nicht das verdammte Feuer gelegt hat. Falls doch, wird seine letzte Bleibe für alle Zeiten lodern.

Schwester Honor nahm die molligen Hände vom Mund und fragte: »Wie konntest du Lamont dort drinnen lassen?« Sie schüttelte ihren klobigen Kopf und schnalzte mit der Zunge.

»Sag so etwas nicht«, bat Schwester T. »Wie hätte sie denn zwei Jungen auf einmal stützen können?« Sie bekreuzigte sich.

Schuldgefühle stiegen in mir auf und ließen meine brennende Brust und mein Gesicht noch heißer werden.

Mein Herz schien für einen Moment stehenzubleiben. *Moose, ich habe einen Herzinfarkt.*

Nein, hast du nicht, stellte ich mir vor, wie Moose mir widersprach. Ich konnte hören und sehen, wie mein Bruder mich belehrte. Er konnte recht herablassend wirken, wenn er wollte, aber er hatte immer die freundlichen Augen eines Huskywelpen, und er würdigte jede Silbe, die er sprach. *Du hast eine Panikattacke.*

Riveaux und ein Sanitäter drängten sich durch den engen Halbkreis meiner Schwestern. Der Sanitäter hatte himmlisch kalte Hände und ein Grübchen so groß wie ein Geleebonbon. Er spülte meine Augen aus und klebte eine Kompresse auf die verletzte Seite.

»Gefällt mir, die Augenklappe. Beim Klabautermann«, sagte Riveaux. Sie war mit ihrem Job verheiratet, wenn man sich ihre unironisch getragenen Mom-Jeans ansah, die splissigen Haare und die formlose Bluse mit dem Je ne sais quoi einer Flughafenbar. Unter ihren Achseln prangten triefnasse Schweißflecken. Ihre Brille mit Metallrahmen war für ihr schmales Gesicht zwei Nummern zu groß. Sie musterte mich im Schein einer Taschenlampe.

Wer war diese Frau? Ihre schlechten Witze. Ihre schlechte Jeans. Warum ließ sie mich nicht in Ruhe?

Nachbarn, Schüler und Reporter standen grüppchenweise auf

der Straße zwischen der Kirche und der Schule. Eine Reporterin rauschte auf einem Motorrad heran und begann zu filmen, bevor sie den Helm abnahm. Rote Rhododendren nickten im Rhythmus der Menge. Im Innenhof, in der Nähe des Sammelpunkts der Einsatzkräfte, machte der Querulant Ryan Brown mit seinem Handy Fotos, bis er von Polizisten weggescheucht wurde. Die Schwestern lösten ihre Formation hinter dem Krankenwagen zu einer schwarzen Woge auf, zu einer gestrengen Schar Raben, die Ryan Brown zur anderen Straßenseite geleiteten und mit ihm beteten.

Im Krankenwagen zischten Gesprächsfetzen aus Riveauxs Funkgerät. Verschlüsselte Codes, sich überlagernde Stimmen.

Seit ich Jamie aus der Schule geholt hatte, war eine halbe Stunde vergangen. Die gesamte erste Etage des Ostflügels stand in Flammen. Das epileptische Blinken der Warnleuchten tat meinem nicht verbundenen Auge weh.

Der Sanitäter mit dem Grübchen drückte auf der Trage an mir herum. Ich war zu schwach, um ihn wegzuschieben. »Sauerstoffsättigung ist okay.« Der Sanitäter maß meinen Blutdruck und hörte mein Herz ab. »Blutdruck 90 zu 60. Grenzwertig, aber noch im Normalbereich.«

Auf dem Innenhof ging es so hektisch zu wie in einem Feldlazarett. Ein weiteres Polizeiauto hielt neben einem ramponierten roten Pick-up, der, wie ich später erfuhr, Riveaux gehörte. Die Stoßstange fiel fast ab.

Ich sog die sanfte Luft aus dem Beatmungsgerät tief ein, nahm alle dreißig Sekunden die Maske ab und hustete. Ich musste ausspucken – meine Zähne waren voller Ruß –, aber mein Mund war zu trocken, meine Zunge fühlte sich wie Kies an. Das Trauma, meinen Körper mit Gift vollzupumpen, jeden

Zentimeter bis zum Äußersten zu treiben, war ein altbekanntes Gefühl. Moose hat früher immer gesagt, Leute wie wir würden mit dem Rauchen anfangen, damit wir eine Ausrede haben, um tief einzuatmen. Auch damit hatte er recht gehabt.

»Schlag mir in den Bauch«, hatte Moose mich vor Jahren aufgefordert, nach dem Angriff. »Schlag mich, so fest du kannst.«

»Ich schlage doch meinen kleinen Bruder nicht.«

»Mach schon.« Er nahm meine rechte Hand und bog sie zu einer Faust zusammen. Die Schwielen an seinen sonst feinen Händen waren ungewohnt. Normalerweise waren seine Finger eleganter als meine vernarbten Griffel.

»Nein.«

»Ich muss stärker werden. Schlag mich.«

»Nein.«

»Schlag mich.« Moose schloss die Augen. »Tu es.«

Also tat ich es. Mein Bruder bat mich, ihn zu schlagen, ihm wehzutun, um ihm bei der Heilung zu helfen, und so stieß ich ihm die geballte rechte Faust in den Bauch und spürte, wie sein weiches Fleisch nachgab. Er stöhnte beim Aufprall. Ein seltsames Elixier, jemandem wehzutun. Gut darin zu sein, Schmerzen zuzufügen.

Riveauxs Stimme drang durch den Nebel in meinem Kopf. »Wurde jemand, der hier arbeitet, Sie eingeschlossen, oder einer der Schüler schon mal verhaftet oder hatte etwas mit Brandstiftung zu tun?«

In Brooklyn wäre ich fast verhaftet worden, nicht nur einmal. Aber dank meines alten Herrn, der lange Jahre Polizist war, wurde ich nie angeklagt. Diese Nebensächlichkeiten behielt ich für mich.

Schwester Honor tauchte wieder auf und warf ein: »Prince

Dempsey!« Sie zeigte auf Riveaux. »Schreiben Sie auf: P-R-I-N-C-E-D-E-«

»Hm-hm«, beendete Riveaux die Buchstabierstunde. »Was gibt es über Prince Dempsey zu sagen?«

»Ein Schüler aus schwierigen Verhältnissen«, sagte ich. »Ein ziemlicher Angeber, aber im Grunde nur ein kleiner Rabauke.«

»Dessen können wir uns nicht gewiss sein, Schwester Holiday!« Welch hehrer Zorn, welch theatralischen Worte; Schwester Honor kam nichts über die Lippen, das nicht wie ein Bibelvers oder ein Shakespeare-Sonett klang.

Aber sie hatte recht. Prince Dempsey war schwer einzuschätzen. »Ich weiß es nicht«, sagte ich ehrlich. »Prince rettet Hunde«, fügte ich hinzu, »aber mit Menschen kommt er gar nicht gut zurecht.«

Schwester Honor zuckte ein paarmal mit den Schultern und nestelte an ihrem Schleier, während sich Schweißperlen durch ihre Stirnfalten schlängelten. »Nun, Prince Dempsey hat im letzten Jahr zwei Feuer gelegt, hier auf dem Schulgelände.« Sie sprach in einem Stakkato, als müsste sie sich zusammenreißen, als wollte sie Tränen unterdrücken, bevor sie wieder flossen.

»Ein Feuerteufel. Interessant.« Riveaux kritzelte etwas in ihren schmalen Notizblock, warf noch einen kurzen Blick auf meine Tätowierungen, dann wandte sie sich ab und sprach in ihr Funkgerät. Weitere Codes, Feuerwörter. Begriffe, die ich nicht verstand.

Was ich verstand, war Körpersprache, und so, wie Riveaux und Schwester Honor mich ansahen, schienen sie fast zu vermuten, dass ich etwas mit dem Feuer zu tun hatte. Oder mit Jacks brutalem Sturz.

Dieses Rätsel würde ich selbst lösen müssen, und sei es nur, um allen das Gegenteil zu beweisen.

Riveaux pendelte zwischen dem Krankenwagen und dem brennenden Gebäudeflügel hin und her. Wenn sie zum Fahrzeug zurückkam, wirkte sie jedes Mal überzeugter. Wovon, weiß ich nicht.

Meine drei Schwestern standen deutlich im Herbst des Lebens, aber als sie jetzt von ihrem Gebetskreis zurückgekehrt waren, bat keine um einen Stuhl oder darum, sich auf die Kante des Krankenwagens setzen zu dürfen.

Schwester Honors Wangen hingen schlaff herab, als sie das brennende Gebäude betrachtete. »Sieh unsere Trauer, o mächtiger Herr.« Schluchtartige Falten umgaben ihre Augen. Ich sah, wie Tränen über ihr Gesicht rannen. »Schwester Holiday«, blaffte sie, »was in Gottes Namen starrst du so an? Verspotte meine Trauer nicht!«

Warum, dachte ich, *verabscheust du mich so?* Meine Abneigung Schwester Honor gegenüber – oder war es Angst vor ihr? – machte sich körperlich bemerkbar, das Gefühl strömte durch meine Brust und meinen Kopf.

Vergib mir, Herr. Ich versuche, mich zu bessern.

Mit mir auf der Trage und meinen Schwestern unten auf dem Boden war es, als sei ich auf der Bühne. Schwester Augustine lächelte. In ihrer Nähe zu sein war ein physischer Trost, das Pendel, das den Takt vorgab. Sie holte tief Luft. »Der Herr ist unser Hirte. Alles wird gut.«

»Nichts ist gut! Jack ist tot«, rief Schwester Honor, »er liegt wie Unrat auf dem Boden! Und Schwester Holiday erfreut sich an diesem Chaos.« Sie segnete sich mit nachlässigen Bögen statt den präzisen Geraden des Kreuzes.

Schwester Augustine hob die Hände zum Gebet und sah mir ins funktionierende Auge. »Vergib Schwester Honor, sie ist sehr aufgeregt. Das sind wir alle.«

»Ich habe versucht zu helfen.«

»Zu helfen?« Schnaubend wandte Schwester Honor sich an Schwester T. »Der einzige Mensch, dem Schwester Holiday hilft, ist sie selbst.«

»Was hätte sie denn tun können?«, widersprach Schwester T ihr. »Sei nachsichtiger mit ihr.«

»Alle sind nachsichtig mit Schwester Holiday!« Schwester Honors Stimme wurde härter. »Sie sollte gar nicht hier sein. Ich durchschaue sie. Ich sehe *alles*.«

Schwester Honor war so unerbittlich und unerquicklich wie ein Hurrikan beim Jazz Fest, aber sie hackte nicht auf allen herum. Nur auf mir. Früher hatte ich versucht, sie für mich zu gewinnen, indem ich freiwillig Aufgaben übernahm: Ich trug große Schaben aus ihrem Zimmer und musste dabei jedes Mal würgen; ich wusch ihre Unterwäsche, betete, sie würde nicht so scheußlich sein wie befürchtet, und gab einen zusätzlichen Löffel Bleichmittel in die Maschine; ich lobte ihren Gesang, selbst wenn er schief klang. Griesgrämige Menschen zu bezirzen war für mich einmal eine unterhaltsame Herausforderung. Eine Sucht. Nach New Orleans brachte ich diese Fähigkeit nicht mit. Schwester Honor bügelte mich bei jeder Gelegenheit ab.

Sie drehte sich auf dem Absatz um, ihr Schwerpunkt lag so tief wie bei einem Pinguin. Sie ergriff Schwester Augustines Hände, und wieder beteten sie.

Am liebsten hätte ich mir die Maske abgerissen und wäre weggelaufen. Aber zu verschwinden hat noch nie ein Problem gelöst. Wenigstens das wusste ich genau.

Riveaux saß neben mir im Krankenwagen, verschwitzt von ihrer Lauferei zum qualmenden Gebäudeflügel, die Bundfalten ihrer hässlichen Jeans vorgewölbt wie eine Schamkapsel. »Einen Moment noch. Wir fahren gleich.«

»Was?« Warum sollte eine Brandermittlerin den Brandort verlassen?

»Ins Krankenhaus«, antwortete Riveaux. »Ich befrage die Jungs, und Sie werden geröntgt und untersucht.«

»Untersuchen Sie mich selbst. Geben Sie mir Medikamente. Ich will nach Hause.«

»Nee.« Sie schlug die Knöchel übereinander. »Nicht Ihre Entscheidung. Können kein Risiko eingehen.« Sie sah zur brennenden Schule hinüber und nickte. »Heftig. Heftig.« Ihr fester Blick, ihre Selbstgespräche. Riveaux war eine eindrückliche Person und dabei so beruhigend wie starker Regen. Sie war zierlich, nur gute eins sechzig, aber durch ihr Selbstvertrauen – ihre Scheiß-drauf-Haltung – wirkte sie größer. Sie stützte das Kinn auf ihre Faust und starrte mich an. »In dem Kloster leben Nonnen?«

Als ich nickte, wurde mir schwindlig. Zum ersten Mal seit einem Jahr fühlte ich mich fast, als wäre ich betrunken. Ein Teil von mir hielt mich in diesem Gift, in diesem unguten Taumel, vollzog wieder die vertraute Flucht. Der Ritt auf dem mechanischen Bullen, bis man heruntergeschleudert wird.

»Waren Sie in der Schule, als das Feuer ausgebrochen ist?« Sie legte den Kopf leicht schief und wirkte dadurch, als würde sie intensiv zuhören.

»Nein«, antwortete ich.

»Wo waren Sie?«

Mit einer Kopfbewegung deutete ich auf die Gasse neben dem Theater. »In der Gasse und habe geraucht.«

»Eine rauchende Nonne? Wer hätte das gedacht. Haben Sie von der Gasse aus jemanden gesehen?«, hakte sie nach.

Abgesehen von einem brennenden Menschen, der vom Himmel gefallen ist, du Volldepp?, dachte ich, aber sagte es nicht. Weil ich nicht richtig atmen konnte, schüttelte ich den Kopf. Das war nicht schlecht, denn ich wollte, dass sie ging. Allmählich fand ich ihre Nähe erdrückend.

»Nein.« Ich spürte, wie das Wort über meine Lippen drang, aber ich konnte mich nicht hören. Als hätten meine Ohren die Verbindung zu meinem Gehirn gekappt. Stumm betete ich: *Heilige Maria voll der Gnade. Bitte schaffe diese Frau von mir fort.*

»Was tun Sie an der Schule?«

»Unterrichten.«

»Was unterrichten Sie?« Riveaux tupfte sich die Stirn mit einem zerfransten Papiertaschentuch ab, das weiße Stippen hinterließ. Sie zog ihren Pferdeschwanz fester.

»Gitarre.«

»Singen Sie auch? Wie Schwester Mary Clarence. Klassiker.« Sie lächelte über ihren abgedroschenen Witz. »Fliegen Sie auch? *Die fliegende Nonne?* Oder mit Ihrem Goldzahn vielleicht lieber *Die flotte Nonne?*« Sie kicherte.

Wenn Riveaux den Kopf bewegte, sah ich rosige Lichtschlieren. Ich wackelte mit den Zehen, um sicherzugehen, dass meine Füße noch festsaßen. Meine Nasenhaare fühlten sich verbrannt an. Ich nahm meine Atemmaske und die nutzlose Augenklappe ab. »Jack ist tot« – ich hustete – »und Sie machen Witze?«

»Ich weiß, ich weiß.« Sie ließ ihren Hals knacken.

Warum saß sie noch bei mir im Krankenwagen? Sie war keine Sanitäterin.

»Wenn man jeden Tag sieht, was ich sehe, muss man Witze machen. Wissen Sie, was ich meine?«

Anders als der unerträgliche Singsang mit steigender Intonation, in dem meine Schüler sprachen, stürzten sich Riveauxs Sätze auf das Ende, ihre Fragen landeten schwer wie Aussagen. Sie rieb mit den Händen über ihre Oberschenkel, um sich an ihrer Jeans den Schweiß abzuwischen.

Ein Ruck ging durch den Krankenwagen. Der Fahrer hatte die Handbremse gelöst. Je eher ich im Krankenhaus untersucht wurde, desto eher könnte ich zurück nach Hause, zurück an die Arbeit. Würde diese verdammte Sauerstoffmaske loswerden. Masken war ich gewohnt. Ich hatte mein Leben lang welche getragen. Aber ich konnte die Luft nicht schnell genug oder tief genug einatmen, als wäre in mir ein Loch, das sich vergrößerte.

»Die Schule war tatsächlich abgeschlossen, Fragezeichen.« Riveaux sprach das Worte *Fragezeichen* aus, was ihre Frage zu einer verdrehten Aussage machte.

»Ja. Ich habe sie mit meinem Schlüssel aufgeschlossen.«

Riveaux klopfte sich auf die Brust, rechte Seite, dann linke Seite, aber abgesehen von ihrem Ausweis und ihrer Dienstmarke waren ihre Hemdtaschen leer. Sie machte mit ihrer Jeans weiter, die zu weit war für ihren zierlichen Körper, ihre Besenstangenbeine. »Schüler sind auch am Wochenende hier, Fragezeichen.«

Verdutzt über ihre Sprechweise holte ich Luft. »Normalerweise nicht. Sie genießen jede Sekunde, die sie nicht hier verbringen müssen.«

Der Sanitäter neben Riveaux hörte auf den Namen Mickey. Er wandte sich mir zu. Es war wieder der Typ mit dem Grübchenkinn. Augen wie saphirgrüne Strudel. Auf seinem Unterarm war SEMPER FI tätowiert. Ein Marine.

Soweit ich wusste, hatte mein Bruder als Sanitäter zwei Einsätze in Afghanistan absolviert. Vielleicht drei.

Moose und ich waren uns sehr ähnlich und gleichzeitig verblüffend unterschiedlich. Wir hatten beide blaue Augen und den »Walsh-Blick« – einen Schlafzimmerblick, bei dem uns Freunde und Fremde fragten, ob wir bekifft seien. Und die Chancen dafür standen gut. Während er sanft und arglos wie ein Reh wirkte, war ich eher ein wilder Fuchs. Mit welchen absurden Aktionen wir unseren Mut beweisen wollten – ich genauso wie Moose. Wir wollten der Welt zeigen, dass wir durchhalten konnten. Auferstehung? Nur zu. Wenn der Zauberer auf der Bühne jemanden in zwei Teile sägt, ist es ein beeindruckender Trick, und die Menge tobt, aber zu welchem Preis? Kann man die Leute wirklich wieder zusammenfügen?

Für einen Moment verwehte der Rauch und ließ den schädelweißen Mond durch das Fenster des Krankenwagens blinzeln.

Wir fuhren langsam vom Hof, blieben auf der Prytania Street aber wieder stehen.

Unserem Schneckentempo zufolge war mein Leben offenbar nicht mehr in Gefahr.

Der Ostflügel brannte. Jack Corolla war tot. *Warum?*

Und wichtiger: *Wer?*

Riveaux glaubte, dass es Brandstiftung war. Jemand hatte das Feuer gelegt.

Ich war nicht so gebildet wie die anderen Nonnen (das College ist fauler Zauber, und Anweisungen zu befolgen war nicht gerade meine Stärke), aber ich habe früher oft Krimis gelesen, um dem Leben zu entfliehen, daher weiß ich das eine oder andere über Rätselknacker. Die alten mochte ich am liebsten. Klassische Bücher über Privatdetektive sind kitschig, lächerlich und regelrecht berauschend, wie großartige Karaokesongs. *Gefahr ist mein Geschäft*, sagte Philip Marlowe, der beste aller Privatdetektive. Mit seiner Besessenheit trotz der finsteren Umstände, seinem Hang zur Zerstörung kam er mir besonders echt vor. Schon komisch, wie wir uns in erfundenen Geschichten sehen, ähnlich dem überraschenden Moment, wenn ich mein Spiegelbild im Buntglas erkenne. Und ich war nicht naiv. Als queere Frau und als eine Schwester vom Erhabenen Blut blickte ich auch hinter das Offensichtliche. Ockham war Mönch gewesen – ein Punkt für ihn – aber Ockhams Rasiermesser war ein Witz. Antworten steckten in Widersprüchen. Der erste Eindruck war meist falsch.

Völlig falsch.

Jede Stadt, jedes Schulgelände brauchte eine Spürnase. Bei uns war das wohl oder übel ich. In meinem ersten Jahr im Kloster hatte ich eine Reihe bescheidener Rätsel gelöst: Den Fall des verschwundenen Rosenkranzes (er lag im Kühlschrank) und den Fall der entwendeten Augengläser (Schwester Ts Lesebrille, die Voodoo, unsere Gartenkatze, gemopst und unter der Bank versteckt hatte, wo sie gern Nickerchen machte). Der Fall des verlorenen Glaubens war eine größere Sache.

Der Krankenwagen kam kaum voran. Als Riveaux ihren Notizblock fallen ließ, hob sie ihn grummelnd wieder auf. Ihre Stirn war feucht, die Brille rutschte ihr immer wieder auf der kräftigen Nase herunter. »Wie sind die Jungs in die abgeschlossene Schule gekommen?«, fragte sie.

Die furchtbaren Bilder – Jamie überströmt von Blut, der weinende Lamont, der mich anflehte zu bleiben – ließen mich zusammenzucken. Trotzdem setzte ich meinen queeren Spürsinn ein. Zwei Jungen im Teenageralter allein. Beide Sportler. Beide attraktiv. Lamonts Hand auf Jamies Schulter. Beide Messdiener aus tiefreligiösen Familien, von der Sorte Spinner, die glauben, man könnte das Queersein wegbeten. Nach Unterrichtsende. Zu jung, um in eine Bar zu gehen.

Ich zog meine Atemmaske herunter. »Mit der richtigen Motivation finden Jugendliche immer einen Weg. Vielleicht wollten sie lernen, aber wahrscheinlich wollten sie ungestört sein.«

Riveaux nahm die Brille ab und wischte sich Schweiß aus den Augenwinkeln. »Junge Liebe«, sagte sie. »Aber sich ausgerechnet in der Schule zu treffen.«

»Vielleicht hatten sie sonst keinen Ort, von dem sie sicher waren, allein zu sein.«

Sie sah mich von der Seite her an. »Glauben Sie, dass Jamie und Lamont das Feuer gelegt haben?«

Ich zuckte mit den Schultern. Solange ich nicht wusste, ob ich Riveaux vertrauen konnte, wollte ich mir nicht in die Karten schauen lassen und prägte mir die Einzelheiten ein. Jack war brennend wie Ikarus zu Boden gestürzt und dann auf dem Rasen verkohlt. Jamie und Lamont hatte ich in einem Klassenzimmer im ersten Stock gefunden. Wenn Jack die beiden in flagranti erwischt hatte, könnten sie ihn durch das Fenster gestoßen haben, damit ihre Familien nichts erfuhren. Sehr unwahrscheinlich, aber ich konnte nichts ausschließen.

»Jemand hat den Notruf gewählt und das Feuer gemeldet«, drängte Riveaux sich an meinem Schweigen vorbei. »Der gute Samariter hat keinen Namen genannt. Waren Sie das?«

»Nein. Nonnen haben keine Handys.«

Sie ließ ihre Fingerknöchel auf eine Art knacken, die ebenso beruhigend wie schmerzhaft wirkte, wie es bei Gewohnheiten oft der Fall ist, bei Ticks, die so vertraut werden, dass wir sie nicht mehr hinterfragen. »Hm-hm.«

»Glauben Sie mir nicht?«

»Ich habe Sie gerade erst kennengelernt.« Riveaux angelte eine Zigarette aus einer Schachtel und steckte sie sich zwischen die trockenen Lippen. Wir waren in einem geschlossenen Krankenwagen, also gehörte es offenbar zu ihrem Auftritt, mit einer nicht angezündeten Kippe zu posieren. Beinahe wie Ryan Brown oder Prince Dempsey.

Oder ich.

»Feuer ist eine Wissenschaft für sich, eine sehr eigene, kunstvolle Wissenschaft«, sagte sie, die Zigarette immer noch zwischen den Lippen und mit einem fast erstaunten Unterton. »Eine Kettenreaktion.« Jazzhände.

»Vom Teufel gesandt.«

»Sie hatten Glück, Schwester.«

Ich blinzelte mit tränenden Augen. »Kommt mir nicht so vor.«

»Keine Sorge. Sie sind in guten Händen.« Sie tippte auf ihre Dienstmarke der Feuerwehr. »Ich bin die erste Schwarze Brandermittlerin in New Orleans, das sagt Ihnen schon, dass ich fünfundfünfzig Mal besser bin als die weißen Männer.«

»Ich bin die erste Punk-Nonne.«

Riveaux schloss ein violettes Auge, als sie ihre Belustigung überspielte.

Sie sagte, man könne erst in einigen Stunden sicher sein, dass es keine Glut mehr gab, die das Inferno neu entfesseln konnte. Es würde bis drei Uhr morgens dauern.

Auf der Fahrt Richtung Süden zum Krankenhaus schmerzten meine Muskeln, mein Inneres fühlte sich an, als würde es brennen, und ich stellte mir vor, wie meine Schwestern die chaotische Straße verließen und unter Tränen ins stille Kloster schlurften.

Durch das kleine rechteckige Fenster des Krankenwagens beobachtete ich eine Polizeidrohne, die wie ein mechanischer Engel sanft über allem schwebte. Sie wollte sicher Luftaufnahmen des Schadens machen. Wie musste es sich anfühlen, diese Verwüstung von oben zu sehen, ohne die Hitze zu spüren?

Mit welcher Leichtigkeit das Feuer das Holz verschlungen hatte, gierig wie eine Flutwelle. Feuer ist gewaltig und grenzenlos; es wächst und mehrt sich, bis Wasser oder Luft es aufhalten. Wenn Gott uns liebt, warum hat er uns so schutzlos und Feuer so mächtig gemacht? Eine sinnlose Diskussion. Wir sind das Feuer, und das Feuer ist wir. Wir werden mit Elektrizität in unseren Herzen geboren, mit der göttlichen Flamme. Wenn wir sterben, kehren wir zu den Elementen zurück. Asche zu verdammter Asche.

3

Ich erinnere mich, dass ich ohne große Umstände aus dem Krankenhaus entlassen wurde, aber ich weiß nicht mehr, wer mich nach Hause begleitet hat. In meiner nächsten klaren Erinnerung stehe ich um vier Uhr morgens zu Hause unter der eiskalten Dusche. Licht spendeten nackte Glühbirnen, die mit ihrer geringen Wattzahl und ihrem fleischfarbenen Schein unserem klösterlichen Badezimmer die gedämpfte Beleuchtung eines Tiefkühlraums verliehen. Die Wände waren schmucklos. Zitternd und trotzdem noch schwitzend verließ ich die Dusche. Zu schwach, um mir die Haare mit dem Handtuch trockenzureiben.

Eine Stunde lang saß ich in meinem spartanisch eingerichteten Zimmer nackt auf dem schmalen Bett und atmete rasselnd. Obwohl jeder Funken Energie aus meinen Gliedmaßen gewichen war, konnte ich nicht schlafen. Der kleinste Laut klang in meinen Ohren wie ein Trommelschlag. In meinem linken Auge pulsierte ein skalpellscharfer Schmerz.

Ich sehnte mich danach, Musik zu hören, aber ich konnte die anderen nicht mit meiner Gitarre wecken. Konnte das verdammte Instrument nicht einmal halten. Ich hätte nahezu alles für meine Stereoanlage und mein Mixtape gegeben, Bröckchen meines alten Lebens, die ich aus Brooklyn mitgebracht hatte. Nur hatte Schwester Augustine das Tape und meine alte Boombox vor einem Jahr, an meinem ersten Abend im Kloster, konfisziert. »Zu laut.« Schwester Augustine war an meine Tür geeilt, die zarten Hände auf die Ohren gedrückt. »SISTER AXT« hatte sie die mit schwarzem Edding gekritzelte Beschriftung des Mixtapes vorgelesen. »Soll ›SISTER AXT‹ ironisch sein?«, hatte sie gefragt. Ich hatte genickt. Die Songs waren vor allem von Bikini Kill, dazu kamen frühe Versionen von acht Stücken unserer Band. Nina hatte es auf meinen Briefkasten gelegt an dem Tag, an dem ich ging. Für immer. Ich hatte mich nicht bedankt und es nur einmal angehört, trotzdem ließ es mich nicht los.

Ich wälzte mich auf meiner harten Matratze, bis es um sechs Uhr anfing zu schütten. Immer wieder sah ich Jacks Leiche vor mir und hörte, wie sie mit diesem erstaunlichen Knall auf den Boden schlug. Regen trommelte aufs Dach. Eine Flut wie für Noahs Arche. Wie die unsichtbare Magie, die diese wilde Stadt beherrscht, verbindet der Regen den Himmel mit dem Hades. Und umgekehrt.

So schnell der Sturzregen gekommen war, so schnell zog er sich zurück. Unser übellauniger alter Zwerghahn Big Red flippte aus. Der verdammte Vogel krähte sich heiser. Unsere Gartenkatze Voodoo maunzte. Voodoo und Big Red waren keine Freunde, aber sie wollten sich auch nicht gegenseitig ans Leben. Besser als die meisten Menschen.

Mein Kissen verbrannte mir den Hinterkopf. Meine Laken fühlten sich hart und pieksig an wie Stroh, wie das Zeug, das wir jedes Weihnachten in die Krippe stopften. Ich brauchte Kaffee. Dem Geruch nach hatte Schwester T eine Kanne von ihrer Zichorienmischung aufgesetzt. Beim ersten Mal war er eine Offenbarung gewesen, dieser volle, erdige Geschmack wie von gerösteten Haselnüssen. Aber schon bei dem Gedanken an etwas

Heißes schreckte ich zurück. Es roch auch, als hätte Schwester T frisches Brot gebacken – wahrscheinlich bestrich sie es gerade mit Butter für mich –, aber ich hatte keinen Appetit.

Als ich meine Kleidungsstücke zählte, wie ich es jeden Morgen tat – ein beruhigendes Ritual, wie die Perlen meines Rosenkranzes zu berühren –, fiel mir etwas Ungewöhnliches auf. Eine meiner schwarzen Blusen fehlte. Jede Schwester hatte fünf schwarze Blusen von der Gilde. Ich zählte zwei Blusen in meinem Schrank. Mit der ramponierten von gestern Abend und derjenigen, die ich für heute herausgelegt hatte, waren es vier. Ich suchte in allen Ecken meines bescheidenen Zimmers, unter dem Bett, im Wäschekorb, in der Kommode. Nichts.

Ich wusste nicht, wann oder warum, aber am Sonntag war eine meiner Blusen verschwunden.

Jemand hatte sie aus meinem Zimmer genommen.

Sherlock sagte: Das Spiel hat begonnen. Aber ein Rätsel ist eher wie ein Sprung aus einem fahrenden Auto. Fängt man einmal an, gibt es kein Zurück mehr. Man zieht es durch, bis es gelöst ist. Und ich fing gerade erst an.

Um sieben Uhr hatte sich der Morgen aufgeheizt, der Himmel war auffallend klar. In New Orleans war der Morgen trügerisch. Ruhig und gemächlich ging es los, während die Hitze ihre ungeheure schwüle Macht sammelte. Palmen nickten einander zu. Knallgrüne Mönchssittiche führten auf Eichenzweigen Vogelunterhaltungen. Mit meinem gesunden Auge musterte ich die Fassade des verkohlten Gebäudeflügels, dann betrachtete ich die Blumen und Bäume, die den Ansturm der Löschfahrzeuge, des

Verkehrs und des nächtlichen Regens überstanden hatten. Die Sträucher der Süßen Duftblüte, die Goldmelisse und dazwischen der blaue Phlox, den Bernard Pham, unser anderer Hausmeister, pflegte. Jack und Bernard hatten ständig zusammen irgendwelche Rohre oder kaputten Flurlichter repariert, aber Bernards wahres Talent war die Gartenarbeit. Er hatte einen grünen Daumen und ein gutes Auge für Details. Endlose Stunden lang hatte er unter Schwester Ts Anleitung die Blumen, Kräuter und Obstbäume in unserem Schulgarten versorgt.

Als ich auf den Stufen vor der Kirche stand, kamen zwei Frauen auf einem Fahrrad vorbei. Sie fuhren auf der falschen Seite, ihre wehenden Haare tanzten seitwärts im wilden Wind. Eine Frau strampelte sich ab, die andere saß auf dem Lenker. Ein kleiner Huckel hätte gereicht, und die Galionsfigur wäre mit dem Gesicht voran in den entgegenkommenden Verkehr gesegelt. Sie johlten, die Fahrerin strampelte schneller, als würde sie die Zeit auftrennen, sie drängte voran, während ihre Mitfahrerin die Hände hochhielt, um sie vor der brennenden Sonne abzuschirmen. So etwas verlangen Frauen sich oft gegenseitig ab, solche unmöglichen Positionen, in denen sie das Gleichgewicht halten sollen. Wenn ich atmete, ging ein Zittern durch meinen ganzen Körper, als wäre meine Lunge verbrannt. Ein Schwärmer huschte vorbei.

Die Schwestern vom Erhabenen Blut besuchten jeden Morgen die Messe. An diesem Montag war es nicht anders, abgesehen von der Tatsache, dass Jack nicht mehr lebte, unser Ostflügel beinahe niedergebrannt war und zwei Schüler schwer verletzt waren, außerdem war mein linkes Auge zugeschwollen, eine meiner Blusen fehlte, und meine Brust fühlte sich wie eingedrückt an. Wir saßen zusammen in der zweiten Bankreihe vor dem Altar. Schwester T wiegte sich im Gebet vor und zurück, körperlich ganz versunken in die Andacht. Schwester Augustine rieb mir leise summend die Schultern und den Rücken, wenn ich hustete.

Unser Priester, Pater Reese, hielt eine grässlich einfallslose Predigt »zu Ehren« von Jack Corolla, in der er die Tugend der Bußfertigkeit pries. Irgendwie deutete er Jacks Tod in einen weiteren Grund um, uns selbst zu hassen. Was war mit Barmherzigkeit? Mit Trost? Wenn Strafe hetero ist, ist Vergebung queer, und sei es, weil wir uns ständig zwanghaft entschuldigen.

Schwester Honor schnaubte leise und raunte Schwester Augustine an mir vorbei zu: »Genau das brauchen wir jetzt, solche halbherzigen Worte von Pater Reese. Es ist eine Schande, dass ich das sagen muss, aber den Herrn nicht in vollem Umfang zu loben, erscheint mir unangemessen und sogar gefährlich, da sich das *Böse* schon in unsere Mitte geschlichen hat.«

»Amen«, antwortete Schwester Augustine und rieb mir weiter den Rücken.

Pater Reeses Predigt war jämmerlich. Ebenso wie Schwester Honor tat es mir für die Gemeinde leid, die nach Jacks Feuertod dringend ein paar inspirierende Worte brauchte. Wir alle waren in der Kirche, um uns von Gottes Wort trösten zu lassen. Defibrilliere uns. Versetze unseren Herzen einen Schock. Sag uns, dass Schmerz dazugehört. Dass das Leben beschissen ist und sich trotzdem lohnt. Sag uns, dass Schmerz ein wichtiger Teil jedermanns Geschichte ist – jeder Geburt und Wiedergeburt. Sag uns, dass wir nicht jede Frage beantworten müssen. Das göttliche Mysterium hatte meine Bekehrung entfacht. Wenn es bei mir funktioniert hatte, konnte es jeden erheben. Vielleicht war Pater Reese erschöpft. Das waren wir alle. Aber mal ehrlich. Ich wünschte mir so oft, ich oder eine meine Schwestern könnten auf der Kanzel stehen und wir könnten die Leidenschaft teilen, die wir jeden Tag empfanden. Selbst die kratzbürstige Schwester Honor konnte uns so bewegen, dass wir Gott spürten, oder uns zumindest Angst machen. Jedes Gefühl war besser, als nichts zu spüren.

»Ist es nicht unsere Berufung, Herr, Deinen Ruf zu hören, den Ruf Gottes?«, schwafelte Pater Reese.

Ich seufzte laut, worauf Schwester Augustine mich anstieß.

Auf der großen Kanzel wirkte Pater Reese wie eine schmächtige Gestalt. Er war gerade aus Houston von der Lesereise für sein neuestes Buch zurückgekommen. Er hatte ein Dutzend Bände über den erneuernden Geist des Zweiten Vatikanischen Konzils geschrieben – seine Predigten von zwanzig Jahren zusammengebunden zu lückenreichen Memoiren, aufgeblähte Lobgesänge auf seine eigenen intellektuellen Höhenflüge. Nachdem sich gestern Abend die Nachricht über das Feuer verbreitet hatte, war ein Gemeindemitglied die ganze Nacht hindurch gefahren, um ihn zurück nach New Orleans zu holen, der Mann hatte Pater Reese praktisch zur Tür der Kirche getragen, wie einen nichtsnutzigen Prinzen, den er aus dem Wald gerettet hatte. Ich sah, wie sich die Lippen des Paters bewegten, aber ich hörte nur das geisterhafte Schrillen des Feuermelders. Weihrauch brannte in dem bronzenen Schiffchen, das auf dem Altar stand, weil Jamie und Lamont es nicht halten konnten.

Normalerweise liebte ich das Singen in der Kirche, unsere alten Rituale, Kerzenrauch, herabtropfendes Wachs. Die Paraphernalien, die vor mir von Hunderten Händen berührt worden waren. Heutzutage dreht sich so vieles um die neueste App, den letzten Trend, die jüngste Methode, sein Image zu formen. Das sind bewegliche Ziele, Messlatten, die immer höher gelegt werden. In der Kirche liegt die Macht in den alten Dingen. In den ältesten. Feuer, Wasser. Das Weinen eines Babys oder ein Tier, das vor Schmerzen stöhnt. Gesang und Gebet nutzen dieselbe Frequenz. Der Klangteppich des Gottesdiensts. Aber ich konnte nicht aufrecht stehen, geschweige denn singen. Der weite Innenraum der Kirche überwältigte mich.

Bernard Pham saß hinter uns und weinte während der gesamten Messe. »Jack!« Er reckte die Fäuste, als wollte er gegen eine unsichtbare Decke schlagen. Bernard war ebenso wie Jack und ich Musiker. Im Gegensatz zu mir hatte Bernard studiert. An einem schicken College namens Bard, was erfunden klang, weil er Bernard hieß. Seinen Master hatte er auf unbestimmte Zeit verschoben, um Bass zu spielen bei Discord, einer örtlichen Punkband, bei der vor allem vietnamesischstämmige Leute mitmachten. Die Nachfahren der Fischer, Ärzte, Bäcker und Professoren, die während des Kriegs oder danach von Vietnam nach Louisiana gezogen waren. Bernards Mom betrieb Phamtastic, die beliebteste Königskuchenbäckerei in Metairie.

Nach dem Abendmahl, die Oblate hatte sich auf meiner trockenen Zunge noch nicht aufgelöst, betrachtete ich mit meinem guten Auge die Gesichter der Heiligen. Das Buntglas, mein Trickspiegel, gleichzeitig durchsichtig und opak. Scheiben, Schmerzen. Mutter Maria, die Jesus als Baby hält und dann Jesu verletzten Körper an sich drückt. In dem strukturierten Glas brach sich das Morgenlicht.

Dann wurde der heilende Schein von *ihnen* ausgelöscht: Der Diözese.

»Sie sind hier«, hauchten Schwester Honor und Schwester T gleichzeitig.

»Sie sind hier«, wiederholte Schwester Augustine mit Trotz und Demut in der Stimme.

Der Bischof und seine beiden Vikare – seine Kumpane – kamen in die Kirche marschiert. Den Bischof nannte ich den Don. Vikar Eins war der Ghul, wegen seiner eingefallenen Wangen und den Zähnen, die an Grabsteine erinnerten. Vikar Zwei war der Bart, wegen seiner grässlichen Gesichtsbehaarung, die aussah wie eine Bienenwolke, die an seiner toten Haut knabberte.

Diese unheilige Dreifaltigkeit nannten wir die Diözese, obwohl damit üblicherweise ein Gebiet gemeint ist. Eine Region der Intoleranz. Sie besaßen die volle Kontrolle über die Finanzen der Saint Sebastian's, über die Speisepläne für das Schulessen, die Kaffeesorte, die wir im Kloster und im Lehrerzimmer kochten, die Farbe unserer Flure.

Jetzt würde sich die Diözese bis ins letzte Detail in unsere Katastrophe einmischen.

Schwester Honor sprach ein Ave Maria, während sich die gesamte erste Reihe leerte, um dem Trio die besten Plätze im Haus zu überlassen. Meine Schwestern reservierten die Bank vor dem Altar immer für unsere Gemeindemitglieder. Die Diözese beanspruchte alles Heilige für sich selbst.

Der Unterricht fiel aus, trotzdem versammelte sich die Hälfte der Schüler, in Jogginghosen und Pyjamas statt in ihren Schuluniformen, aber mit umgehängten Büchertaschen. Manchmal ist die Routine tröstlich. Manchmal ersetzt die Routine das Denken.

Das Unwetter am frühen Morgen hatte Regenpfützen hinterlassen. Sie glitzerten im schwachen Wind, bis sie in der Hitze getrocknet waren. Von dem Gestank des Ostflügels – verkohltes

Linoleum, versengte Kabel, verbrannte Computer und Schreibtische – kam es mir fast hoch. Aber ich musste den Ort unter die Lupe nehmen, jeden mit Asche bedeckten Zentimeter.

Ein Fernsehteam und die geballte Kraft der Polizei von New Orleans war ebenfalls da. Frauen und Männer in Blau und Schwarz, die Hemden straff gespannt über den schusssicheren Westen. Die Beamten schienen unter ebenso viel Druck zu stehen wie die Magazinfedern der Pistolen in ihren Halftern.

Die beiden anderen Mitarbeiter der Saint Sebastian's, unsere Lehrerin für Naturwissenschaften Rosemary Flynn und unser bebrillter Geschichtslehrer John Vander Kitt, waren ebenfalls in die Schule gekommen. John war ein Schlauberger mit permanent hohem Koffeinspiegel, aber ein wirklich lieber Kerl. Ein eingefleischter Dungeons-and-Dragons-Experte. Die verdrossene Rosemary Flynn verzog beim Anblick der Polizisten, der Feuerwehrleute auf Leitern und der Reporter das Gesicht. Darin war sie so kunstfertig, sie hätte Preise gewinnen können. Spielte sich selbst unter Nonnen auf, als würde ihr Heiligenschein drücken. Rosemary hatte die Arme fest verschränkt. Mit der linken Hand hielt sie ein Taschentuch mit Spitzenrand umklammert. Sie gab sich sittsamer als die Schwestern. Ironischerweise, denn ihrem eigenen Bekunden nach war sie Atheistin. Rosemary fluchte nie, sie tratschte nicht im Lehrerzimmer und machte keine unangemessenen Bemerkungen. Sie trug weder Accessoires noch Make-up, bis auf ihren Lippenstift im keuchenden Rot eines aufgespießten Tiers und eine einreihige Perlenkette. Ihr rötlichblonder Pony war ebenso streng wie alles an ihr und über den Augenbrauen gerade geschnitten. Die restlichen Haare hatte sie zu einem schmerzlich strammen, hohen Dutt aufgesteckt. Rosemarys altmodischen Stil fand ich interessant und verwirrend, aber extremes Verhalten verstand ich. Ich fühlte mich davon angezogen. Sie trug auch eine Uniform, wie Bernard und Jack ihre Overalls, wie die Schwestern ihr klassisches Schwarz. Wir alle präsentieren uns. Wählen aus. Spielen unsere Rollen im Stück, in der Geschichte, im Theater des Lebens.

Rosemary, John und Schwestern Therese, Augustine und Honor scharten sich mit mir am wespengelben Band zusammen.

»Oje, oje, oje«, sagte John. Die dicken Gläser seiner Brille verliehen ihm Knopfaugen.

Ermittlerin Riveaux war auch wieder da, sie trug dieselbe graue Bluse und die unseligen Jeans und wirkte erschöpft. Sie drehte den Kopf nach rechts und links, bis ihr Hals knackte, um die wachsende Menge zu betrachten. »Alle Einwohner von New Orleans hier?«

John sagte stolz: »Ich unterrichte hier. Ich bin John Vander Kitt.« Mit einem energischen Ruck streckte er die rechte Hand aus, aber Riveaux ergriff sie nicht. In der Linken hielt er seinen Thermobecher Kaffee.

Riveaux fasste jeden von uns ins Auge, bis sie zu Rosemary Flynn kam, die zurückwich und den Blick abwandte. »Haben alle ausgesagt?«, fragte Riveaux die Gruppe.

»Bei der Polizei, ja«, sagte Schwester T.

»Ich habe nichts gesehen«, sagte Rosemary Flynn. »Es gibt nichts zu berichten.«

Ein hölzerner Rosenkranz war locker um Schwester Augustines rechte Hand und das Handgelenk geschlungen. »Wir stehen immer noch alle unter Schock«, sagte sie.

John schwankte, vielleicht wegen der chemischen Dämpfe.

Im Blätterdach der moosbehangenen Bäume an der Prytania Street schien immer noch Rauch gefangen zu sein, obwohl er längst fort war. Feuer hinterlässt seine Geister – Rauch, Asche, Ruß, schwelende Glut. Ein lebloses Äußeres mit einem entflammbaren Herzen.

Ermittlerin Riveaux rückte näher an den Halbkreis aus Lehrern und Schwestern. »Wer war gestern Abend bei der Besprechung?«

»Wir waren alle da.« John Vander Kitt sprach laut und stoßweise.

»Bis auf Schwester Holiday«, sagte Schwester Honor.

»Hör gar nicht auf sie.« Bernard Pham tauchte zu meiner Linken auf und nahm mich in den Arm. Er wollte mir mit einem verstohlenen Zwinkern Mut machen, nur hatte Bernard seine Gesichtsmotorik nicht im Griff, weshalb sein heimliches Zwinkern zu einem Muskelzucken wurde. Ich war für Bernards unbeholfene Zuneigung dankbar. *Lieber Gott, lass mich so warmherzig sein wie Bernard.*

Bei unserer ersten Begegnung hatte Bernard mich umarmt wie eine alte Freundin, die er jahrelang nicht gesehen hatte. Er war umgänglich, langweilte sich manchmal bei der Arbeit, freute sich aber immer, mich zu sehen. Mit seinen Tätowierungen, dem Kinnbart und den zerschlissenen Chucks sah Bernard aus wie die Soundtechniker damals in Brooklyn.

Bernard hatte seine langen Haare ebenso wie Rosemary Flynn zu einem hohen Dutt zusammengebunden. Während Rosemarys Haare rot waren, waren Bernards tiefschwarz.

Schwester Augustine rückte ihren Schleier zurecht. »Unser Schulausschuss trifft sich an jedem letzten Sonntag im Monat nachmittags von sechs bis sieben.«

»Hm-hm.«

Weitere Menschen waren an der Saint Sebastian's eingetroffen, sie versammelten sich auf der Straße hinter der Polizeiabsperrung. Einige Schüler weinten. Ihre Eltern weinten auch.

Ein Mann und eine Frau in Zivilkleidung mit angesteckten Dienstmarken der Polizei von New Orleans an den Jacken kamen gemächlich zu mir und Riveaux herüber. Sie musterten mich von oben bis unten, begutachteten meine schlecht gefärbten Haare, meine schwarze Ordenskleidung, das Halstuch, die Handschuhe. Zur Begrüßung nickten sie.

»Riveaux, alles cool?«, fragte die Frau. Kein Händeschütteln.

»Sergeant Ruby Decker.« Sie zeigte mir kurz ihre Marke. »Der alte Knabe hier ist Detective Reginald Grogan.«

Er lächelte gelassen und wedelte vorbeischwebende Löwenzahnsamen vor seinem Gesicht weg. »Nennen Sie mich Reggie.« Detective Grogan holte Luft. »Wir sind bei der Mordkommission.«

»Und zwar bei der besten Mordkommission in ganz Louisiana«, sagte Riveaux.

Mord? Jack Corollas Tod war möglicherweise Mord. Ich hatte es noch nicht verinnerlicht. Jack war fort. Wir lernten uns gerade erst richtig kennen. Anfangs war er mir auf die Nerven gegangen, wenn er plumpe zweideutige Witze über Jesus und seinen »Hang zum Nageln« machte. Einmal boxte ich ihm auf den Arm. Aber Jack riss Witze, um Aufmerksamkeit zu bekommen, irgendeine Art von Aufmerksamkeit. Ohne ihn würde Bernard ins Rudern kommen. Sie waren Kumpel gewesen, von einer lieblosen, klischeebehafteten Welt als Außenseiter abgestempelt. Die Jungs schienen einander zu verstehen. Und ich hatte sie verstanden.

»Wann haben Sie den Verstorbenen entdeckt?«, fragte Sergeant Decker.

Ich zögerte. »Den Verstorbenen?«

»Die Leiche von Jack Corolla.« Decker wirkte gereizt. »Erzählen Sie uns genau, was Sie gesehen haben?« Sie roch stark nach Seife. Blitzblank. Zu sauber. Als wollte sie etwas abschrubben.

Detective Grogan trat vor Decker. »Die Schwestern vom Erhabenen Blut sind ein religiöser Orden«, erklärte er seiner Partnerin, »und etwas, ähm, kreativ.« Er klopfte auf die Aufschläge seines Sakkos und richtete die stahlgrauen Augen auf das beschädigte Schulgebäude. »Ich bin hier früher zur Schule gegangen.« Er wandte sich mir zu. »Der Druckverband für Jamie war eine gute Idee. Das haben uns die Ärzte gesagt. Wir würden Ihnen gern eine Reihe Fragen stellen, wenn Sie heute Morgen in der Lage sind, sie zu beantworten.«

Schwester Honor hatte wohl gelauscht, denn bei dem Kompliment über den Druckverband schnalzte sie abfällig mit der Zunge. Ihre Wangen waren schlaff, ihr Gesicht war zu einer dauerhaft finsteren Miene erstarrt, wie eine billige Karnevalsmaske.

»Was gibt es Neues von den Jungs?«, fragte ich die Mordermittler.

»Noch ein paar Minuten, und sie wären vom Rauch ohnmächtig geworden«, antwortete Sergeant Decker. »Lamont geht es bald wieder gut. Jamie musste operiert werden, er brauchte eine Hautverpflanzung.«

Detective Grogan legte seine Hände auf meine. »Dank Ihnen werden es beide überstehen, so Gott will.« Mit seinem dichten blonden Haar und seinem gedehnten Südstaatenakzent wirkte er seltsam vertraut, wie ein Ururgroßonkel, der den ganzen Tag im Schaukelstuhl sitzt und auf einem Fernseher mit verrauschtem Bild Baseball schaut.

Ich hörte ein Lachen hinter mir. Es kam von Prince Dempsey, der mit sich selbst sprach und sein Zippo-Feuerzeug immer wieder auf- und zuschnacken ließ. Der blonde, blauäugige Prince war kleiner als die meisten Jungs in seiner Stufe und einer der wenigen Schüler an der Saint Sebastian's mit Tätowierungen. Seine Unterarme wurden von einer Reihe Pistolen und Herzen verziert, einer ungewöhnlichen Kombination für einen Fiesling wie Prince. Er war von einer Gruppe herübergekommen, die sich hinter dem Absperrband der Polizei bildete. Neben ihm stand sein weißer Pitbull BonTon an einer roten Leine. Prince nahm an meinem Musikunterricht teil, und ich gab mir alle Mühe, ihn nicht zu hassen.

»Habe gehört, jemand hat hier gestern Abend gezündelt«, sagte Prince, dann ließ er BonTon mit einer Geste Sitz machen. BonTons rechtes Auge war zugenäht. Entweder hatte sie nie ein Auge gehabt, oder es war entfernt worden. Beide Möglichkeiten wirkten grauenhaft.

»Jetzt ist nicht der richtige Zeitpunkt für Ihre Pietätlosigkeit, Mr Dempsey«, sagte ich, obwohl Prince' schwarzer Humor oft auf meiner Linie lag.

Schwester Honor mischte sich lautstark ein. »Prince hat ein Feuerzeug!«

»Schwester Honor, bitte«, sagte ich ruhig, eine Oktave tiefer als sonst.

Aber Prince hatte tatsächlich ein Feuerzeug. Er spielte ständig mit dem verdammten Ding.

Ryan Brown machte mit seinem Handy Fotos – von der Polizei, den weinenden Eltern und Nachbarn, von mir.

»Mr Brown«, sagte Schwester Augustine, »genug mit dem Unsinn. Sie Schüler« – sie sah Prince und Ryan an – »sind Gottes

Versprechen, also zeigen Sie Dankbarkeit. Halten Sie an Ihrem Glauben fest.«

»Hausmeister Jack ist zur Erde gestürzt«, sagte Prince mit einem unverfrorenen Lächeln und schlug, BonTons Leine in der Hand, das Kreuzzeichen in umgekehrter Reihenfolge, »wie ein Engel, von dem Gott die Schnauze voll hat.«

Ich hustete wieder, und Schwester Augustine kam näher. »Musst du zurück ins Krankenhaus, Schwester Holiday? Hat das Röntgen ernste Schäden gezeigt?«

Du hast keine Ahnung, welche Schäden ich habe, dachte ich, behielt es aber für mich.

»Es geht mir gut.« Das nächste Husten schluckte ich herunter.

Ich neigte mich Prince entgegen, was der einäugigen BonTon ein Knurren entlockte.

»Wo waren Sie gestern Abend um acht?«, fragte ich Prince.

»Wow. Schwester Holiday will mein Alibi. Acht Uhr an einem Sonntag. Ich war mit meinem Mädchen spazieren, um meiner Scheißmutter aus dem Weg zu gehen.«

»Wer kann das bestätigen? Hat Sie jemand gesehen?«

Prince wischte sich die Nase ab. »Woher soll ich das wissen?«

Schwester Augustine drehte sich zu dem verwüsteten Gebäudeflügel um, die mageren Arme zum Gebet emporgestreckt. »Mögen wir uns dank der Kraft deiner Schwingen aus den Trümmern erheben, Herr. Schwestern, schließt euch mir an.«

Die Schwestern T und Honor rückten näher zu ihr, dann intonierten sie gemeinsam: »Stärke uns durch deine Kraft und Macht, o Herr. Ziehe uns deine Waffenrüstung an, damit wir den listigen Anschlägen des Teufels widerstehen.«

Ein Gebet nach Epheser 6,10–12. Ich sprach es jeden Morgen.

»Amen«, sagte Schwester T, die Stimme zart und hell wie ein Gänseblümchen.

»Amen«, schluchzte Schwester Honor.

»Wieso sind alle so am Boden?«, fragte Prince. »Will nicht jeder so einen heißen Abgang machen?« Prince zog ruckhaft an BonTons Leine und spuckte einen grünen Schleimklumpen auf den Gehweg. »Es kann schon mal schiefgehen, wenn man mit dem Feuer spielt. Oder, Schwester?«

Ich sagte nichts, auf Prince' Provokationen würde ich nicht eingehen. Stattdessen drückte ich meine Zunge gegen meinen Goldzahn und hoffte, ich würde Blut schmecken. Ich sah den Hund an, der Prince ansah, der mich anstarrte, ein Dreieck aus Misstrauen und Loyalität.

Prince' Aufsässigkeit zu erleben war, als würde ich in einen Spiegel blicken – einen Spiegel, den ich am liebsten zerschlagen hätte.

4

In einer normalen Woche hätte ich jetzt meinem Anfängerkurs Gitarrenensemble in der dritten Stunde eine mixolydische Tonleiter demonstriert. Aber an diesem Tag zündeten die Kinder Kerzen an und legten Blumen auf den Gehweg. Die Menschen hatten Rosenkränze, Weihrauch, Briefchen und Gebetskerzen gebracht – ein provisorischer Schrein für Jack. Ein Foto von ihm, auf dem er stinksauer aussah und eine weiße Baseballkappe mit der Aufschrift SLAY ALL DAY trug, lag mit einem Blumenstrauß und den Kerzen auf dem Boden. Hier draußen in der Hitze waren die Nelken schon vertrocknet. Armer Jack. Mein Buntglaskamerad. Eltern und Schüler weinten, andere machten neben dem gelben Absperrband Selfies. Überall Tränen und blanke Nerven und teilnahmslose Teenagermalaise.

Die meisten unserer Schüler waren wohlhabend, Abkömmlinge von örtlichem altem Geldadel, Magnaten und fraglos einigen Mitgliedern des Ku-Klux-Klans. Rassismus ist wie Nassfäule – im Innern verborgen, unersättlich und zutiefst zerstörerisch, ist er bestens getarnt, bis alles zusammenbricht.

Wir unterrichteten auch Schüler von der Kehrseite der finanziellen Medaille, wie Prince Dempsey. Unsere Stipendiaten, mindestens ein Dutzend an der Zahl, waren die gefährdeten Jugendlichen von Louisiana, bei denen der Staat oder ihre Familien versagt hatten. Sie konnten unsere Privatschule kostenlos besuchen, dank derjenigen, die das volle Schulgeld zahlten. Allerdings liefen die Stipendien Gefahr, gestrichen zu werden. Die Diözese drohte immer wieder, wir müssten »das Programm zum Abschluss bringen«, was bedeutete, wir sollten keine neuen Stipendien vergeben. Aber das würde Schwester Augustine nie zulassen. Die Kinder aus schwierigen Verhältnissen konnten am meisten vom Besuch der Saint Sebastian's profitieren, aber bei ihnen war es auch wahrscheinlicher, dass sie früh abbrachen und von der Bahn abkamen, ohne einen Treuhandfonds, der sie auffing. Wir waren aus dem gleichen Holz geschnitzt, deshalb wusste ich, welche Anziehungskraft der Abgrund ausübte. Ein schwankender Zustand der Gnade ist kein fester Boden, aber immer noch ein Wunder. Jeder Segen lohnt, für ihn zu kämpfen.

»Ist Jack, ich meine, gesprungen?«, fragte eine Schülerin eine andere, zu leise, um die Stimme zu erkennen. »Ist Selbstmord nicht, ich meine, die schlimmste Sünde oder so?«

»Ich hasse diese Schule«, sagte ein anderes Mädchen. »Ich wünschte, der ganze Laden würde abfackeln. Dafür werde ich beten.«

»Wir brauchen Überwachungskameras«, erklärte ein Elternteil der Menge.

»Man muss von den Mitarbeitern Fingerabdrücke nehmen«, sagte eine Mutter, die einen Trenchcoat und eine Mütze trug, obwohl es so heiß war, dass mir der Schweiß vom Gesicht tropfte.

»Das ist illegal!«, antwortete ein anderer Erwachsener.

Detective Grogan und Sergeant Decker inspizierten immer noch den beschädigten Ostflügel. In ihrer Nähe war Ermittlerin Riveaux, die nur einen Thermobecher bei sich trug. Ein Handy in der Gesäßtasche. Ihr Funkgerät am Gürtel. Sie folgte ihnen wie ein Schatten in einem Zypressensumpf. Hinter ihrem linken Ohr steckte eine Zigarette, der Blick ihrer violetten Augen war sanft. Warum hatte sie es nicht eilig?

Wir mussten ausschließen, dass Jack das Feuer verursacht hatte, und nachvollziehen, wo Jamie und Lamont gewesen waren.

Instinktiv suchte ich noch einmal den Boden nach irgendetwas Ungewöhnlichem ab. Wichtige Details werden oft schlicht übersehen. Wenn man nicht mehr genau hinschaut, wenn man nur eine Sekunde lang nachlässt, bemerkt man nicht, was man direkt vor der Nase hat. Dann entdeckte ich es mitten auf der Straße, etwa da, wo gestern Abend der Krankenwagen gestanden hatte. Ich hielt meine schwachen Arme hoch, um den Verkehr aufzuhalten, und ging in die Mitte der Straße. Dort fand ich, platt wie ein überfahrenes Tier, einen einzelnen braunen Handschuh. ULINE stand darauf. Er sah aus wie ein Gartenhandschuh, nur viel dicker. Wo war der andere? Mit meinen eigenen Handschuhen hob ich den Uline vom Asphalt auf und kehrte zu der Gruppe aus Lehrern und Schülern zurück.

»War das Absicht?«, fragte ein Elternteil einen Polizisten.

Aus der Menge rief jemand mit schriller Stimme: »Sagen Sie uns, was Sie tun, um unsere Kinder zu beschützen!«

»Wir müssen in dieser Situation Einigkeit beweisen«, sprach Schwester Augustine in ihr Megafon, als die Gruppen näher drängten. »Sie ist eine Prüfung unseres gemeinsamen Glaubens, aber wir bleiben standhaft, gestärkt durch göttliche Liebe. Wir wollen zusammen beten.« Sie bekreuzigte sich, ich wiederholte ihre Bewegungen. Die Hand hoch an die Stirn, ans Herz, dann von links nach rechts. Das Kreuz hatte auch Ähnlichkeit mit der Detektivarbeit. Die horizontale Linie stand für die *Handlung*. Die vertikale Linie für den *Glauben*.

Verborgen zwischen den Schwestern hielt ich den Handschuh von Uline umklammert. Er war eindeutig ein Beweisstück. Jemand hatte ihn mitten auf der Straße fallen lassen. Ich musste Riveaux davon erzählen, aber sie war auf der anderen Seite des Pulks. Im Ostflügel – ich musste eine Möglichkeit finden, an der Reihe der Polizisten vorbeizukommen – konnte ich nach weiteren Hinweisen suchen, vielleicht nach dem anderen Handschuh.

»In dieser Zeit der Krise«, sagte Schwester Augustine der Menge, sah allen nacheinander in die Augen und segnete sie mit erhobenen Händen, »zeigt der Herr uns deutlich unseren Weg. Aus diesem Feuer werden wir alle auferstehen.«

»Amen«, rief jemand. Ich drehte mich um und sah, dass es Bernard war, die Hände in Gebetshaltung vor dem Herzen aneinandergedrückt. Bernard war ebenso wie Rosemary nicht gläubig, trotzdem suchte er im Glauben Trost.

Eine Libelle schwebte in der Nähe von Jack Corollas Foto. Ihre strahlenden Flügel fingen die Sonne ein. Man vergaß leicht, dass ein so schönes Wesen ein Raubtier sein konnte. Jede Libelle hat vier Flügel, als wäre sie zwei in einem. Ihr eigener Doppelgänger.

»Wir vertrauen der Polizei und den Ermittlern.« Schwester Augustine zeigte auf Grogan, Decker und Riveaux, die der Menge zuwinkten. »Aber vor allem wird unser Glaube an Jesus Christus Vergebung erwecken. Das ist die Prüfung.«

Die Hälfte der Eltern betete mit Schwester Augustine. Die andere Hälfte brüllte was von Überwachung und Durchsuchungen der Spinde.

Das Triumvirat aus Riveaux, Grogan und Decker bewegte sich durch die Menge in meine Richtung. »Riveaux!«, rief ich und hielt den Handschuh hoch, aber sie war ins Gespräch vertieft und antwortete nicht. Mit meinem Daumen über dem Buchstaben *N* stand da U LIE – du lügst.

»Nimm von allen an der Saint Sebastian's Aussagen auf – von den Lehrern, Mitarbeitern, Schülern, allen«, trug Detective Grogan Decker auf.

»Diesen Prince Dempsey sollten wir uns so schnell wie möglich ansehen«, sagte Riveaux. »Er hat auf dem Schulgelände zwei Feuer gelegt, laut« – sie blätterte in ihrem Notizblock – »Schwester Honor.«

»Alles klar. Mit zweihundertsechzig Schülern zu reden, wird ein, zwei Tage dauern, wie Sie wissen«, antwortete Decker mit einem leicht herablassenden Unterton.

»Riveaux«, sagte ich, »ich muss mit Ihnen reden.«

»Klar. Gleich, Schwester«, tat sie meine Bitte ab.

Grogan kaute auf einem Zahnstocher, und als er ihn aus dem Mund schob, konnte ich einen winzigen Riss erkennen, wie die gespaltene Zunge einer Schlange. »Eine Schande. Die Saint Sebastian's ist eine Stütze der Gemeinde«, sagte er. »Das hier ist eine richtige Kirche. Nicht dieser weichgespülte, politisch korrekte Schwachsinn. Schwester Holiday scheint allerdings in schlechter Verfassung zu sein«, sagte er zu Riveaux und Decker, als hätte ich nicht direkt vor ihnen gestanden.

»Wollen Sie dabei sein, wenn ich ihre Aussage aufnehme?«, fragte Decker Riveaux.

»Ich habe sie gestern vor Ort befragt«, antwortete Riveaux.

»Eine vollständige Aussage«, ergänzte Grogan, »aber überanstrenge sie nicht.«

»Wie reizend«, spottete Decker.

»So reizend wie ein Vorschlaghammer.« Riveaux lachte.

»Meine Damen, von mir ist genug für alle da.« Er klopfte sich auf die breite Brust und lächelte sanft. Im Profil war seine Nase so scharf geschnitten wie eine Speerspitze.

»Decker, wird Ihre Frau nicht eifersüchtig?«, neckte Riveaux.

»Hattet ihr noch keine ›Lesbenscheidung‹?«, fragte Grogan Decker. »Darf ich das sagen? Ich komme nicht mehr mit, was die Schwulen und die Transgenderleute heutzutage von uns hören wollen. Wir weißen Heteromänner sind langsam vom Aussterben bedroht.« Er verbog seinen Zahnstocher. Das Ding war zwar angeweicht, aber noch trocken genug, um zu zerbrechen.

»Zu langsam«, warf Riveaux mit einem spöttischen Grinsen ein.

So offen, wie sie vor mir sprachen, dachten sie sicher, ich würde beten. Ich ließ sie in dem Glauben. Wieder bekreuzigte ich mich. Die Leute betrachten Nonnen als namenlose Klone, eher als Sammelbegriff denn als Individuen. Was ironisch ist, weil Nonnen, denen sogenannte Luxusgüter wie Handys und soziale Medien versagt sind und die ein Leben voll Hingabe und Gebet verbringen, ein reiches Innenleben kultivieren. Einen echten inneren Dialog. Die meisten Mystikerinnen waren Nonnen. Beatrijs van Nazareth. Consolata Bretone. Schwester Helen Prejean ist mehr Kämpferin als die meisten selbsternannten Radikalen, die über den moralischen Bankrott von Einwegplastikstrohhalmen lamentieren. Nonnen knüpfen echte Verbindungen von Seele zu ewiger Seele. Was bleibt uns anderes übrig, als auf schmerzliche Weise im Hier und Jetzt zu sein?

Nicht, dass mich jemand gefragt hätte.

»Ermittlerin Riveaux«, wiederholte ich.

Sie drehte sich zu mir um. »Was gibt es, Schwester Goldzahn?« Sie tippte ihren Eckzahn an. Meine Goldkrone, für die ich mich buchstäblich aus Verzweiflung entschieden hatte, schien sie zu amüsieren. Höchstwahrscheinlich ein Zeichen, dass sie ein langweiliges Leben führte.

»Lange Nacht? Sie tragen dieselbe Kleidung«, sagte ich.

»Sie sind ja aufmerksam.«

»Offenbar aufmerksamer als Sie. Ich habe dieses Beweisstück gefunden.« Ich hielt den braunen Uline-Handschuh von der Straße hoch. »Da hier niemand den Tatort untersucht, dachte ich, ich helfe aus.«

»Das ist ein feuerfester Handschuh, Schwester.« Sie zog einen Asservatenbeutel aus einem Einsatzkoffer in der Nähe, nahm den Handschuh mit einem Stift und ließ ihn hineinfallen. »Hervorragende Entdeckung. Wo war er?«

»Da drüben.« Ich zeigte auf die Mitte der Straße, die das Kloster und die Kirche von der Schule trennte.

»He«, sagte Bernard, der von dem Schrein herübergekommen war. »Warum ist mein Handschuh in Ihrem Beutel?«

»Er lag auf der Straße«, sagte ich.

»Hm. Das ist einer meiner Arbeitshandschuhe.«

»Wann hast du ihn zum letzten Mal gesehen?«, fragte ich.

»Überlassen Sie die Fragen mir, Schwester.« Riveaux kniff die Augen zusammen. »Wann haben Sie den Handschuh zum letzten Mal gesehen?«

»Freitag. Ich habe sie getragen, um den Müll rauszubringen und eine tote Tarantel aus einem Schülerspind zu holen. Wir hatten einen Tipp bekommen, dass eine exotische Spinne im Gebäude war.«

Ich bekreuzigte mich. »Das arme Ding.«

Riveaux trat zurück und musterte Bernard eingehend. »Warum haben Sie feuerfeste Handschuhe? Haben Sie den Müll verbrannt oder so was?«

»Ich wusste nicht, dass sie feuerfest sind. Im Geräteschuppen liegen sechs, sieben verschiedene Paar Handschuhe.« Er zeigte auf den Schuppen, der gerade groß genug für den Aufsitzrasenmäher war.

Riveaux wandte sich schnell ab und fummelte an ihrem Funkgerät herum. Sie drückte zweimal auf den falschen Knopf, bevor sie kryptische Anweisungen durchgab.

»Diese Stadt ist verflucht«, sagte Bernard. Unter seiner Hausmeisteruniform trug er ein T-Shirt von The Cure, und er sah aus, als hätte er seit einer Woche nicht geschlafen, seine kohleschwarzen Augen waren weit aufgerissen. Er drückte mich an sich, seine langen Arme schlangen sich fast zweimal um mich. Rosemary legte den Kopf schief, als sie das sah.

»Schwester Holiday«, flüsterte Bernard dicht an meinem Ohr, »du bist unsere Schuldetektivin. Sag uns, was hier los ist.«

Bernards Körperwärme war zu viel. Ich versuchte, mich aus seiner verschwitzten Umarmung zu winden, aber er ließ nicht los. Er roch nach frisch geschnittenem Gras und Gin.

»Ich bekomme keine Luft«, sagte ich.

»Tut mir leid.« Er ließ die Arme sinken, lief zum Schrein und zündete eine der Kerzen an, die der Wind ausgepustet hatte. »Ohne Jackie bin ich niemand. Jack, der Schlaukopf. Checker Jack.«

Ich kniete mich hin, um zwei Kerzen anzuzünden und zwei Gebete in den Äther zu senden. »Ich habe Menschen verloren«, sagte ich Bernard. »Menschen, die ich geliebt habe. Es ist eine unerträgliche Last. Es zerreißt einem das Herz, und es geht nie weg. Aber wir finden Möglichkeiten, damit zu leben. Ich bete für dich und Jack. Für uns alle.«

In diesem Moment wurde Bernard von mir weggezogen.

Ein Polizist stand hinter ihm, drehte Bernard zur Straße und bugsierte ihn herum wie eine Schaufensterpuppe.

»Ist das Ihr Handschuh?« Der Polizist hatte eine absurd bedrohliche Kopfform, wie eine Kanonenkugel. Mit einem Nicken deutete er auf den Asservatenbeutel in Riveauxs Händen.

»Ja.« Bernard richtete seinen glasigen Blick auf Riveaux. »Das habe ich ihr schon gesagt.«

»Kommen Sie mit uns.«

»Warum?«

Statt zu antworten, führte der Polizist Bernard vor der wachsenden Menge aus Schülern und Eltern zu einem Polizeiauto und stieß meinen Freund auf den Rücksitz.

»He! Tun Sie ihm nicht weh!«, rief ich, aber vergebens.

Riveaux lief eilig zu den Polizisten, um ihnen den Asservatenbeutel zu geben, dann kehrte sie zur Gruppe zurück. Die Autotür schlug mit einem harten Knall zu.

Was für eine miese Nummer – Bernard vor aller Augen zum Verhör aufs Revier zu bringen. Damit brachten sie die Gerüchteküche schön zum Brodeln.

»Ich fasse es nicht, dass sie Bernard gewaltsam mitgenommen haben«, sagte ich. »Er hat freiwillig zugegeben, dass der Handschuh ihm gehört.«

Aber auch die besten Kriminellen machen manchmal so einen Zug, dachte ich. Sie planen und planen und ziehen jeden Bauern, bis der König in die Enge getrieben ist.

»Sie werden jeden an der Schule befragen«, sagte Schwester Honor, »nicht nur deine ›Clique‹. Sie werden mit mir sprechen, mit allen Angestellten und mit allen Lehrern.«

Wieder fiel mir Rosemary Flynn auf. Sie betete nicht. Keine große Überraschung, ich hatte sie noch nie beten sehen. Stattdessen betrachtete sie die spontan entstandene Gedenkstätte für Jack und schüttelte missbilligend den Kopf. Sie stellte die Kerzen zu einer dichten Reihe auf, von der kleinsten zur größten, und entfernte eine verwelkte Nelke.

Die Sonne brannte extrem, mit einer metallischen Hitze. Ein herber Geruch nach Holz lag in der Luft.

Ich trat hinter Rosemary und sagte Hallo. Offenbar hatte ich sie erschreckt, denn sie sprang zurück.

Rosemary drehte sich um und blinzelte. »Sie sind ein erschreckender Anblick.«

»Und Sie finden immer die richtigen Worte.«

»Ruhen Sie sich lieber aus, bevor Sie tot umfallen.«

»Sie haben Bernard mit aufs Revier genommen«, sagte ich.

»Habe ich gesehen«, antwortete Rosemary zweifelnd. »Ich –« Sie zögerte; entweder wusste sie nicht, was sie sagen sollte, oder sie wusste nicht, wie.

Auf einem hohen Ast gurrten Trauertauben. Polizisten fotografierten den Bereich der Straße, in dem ich den Handschuh gefunden hatte.

Detective Grogan und Sergeant Decker kamen zu mir, nachdem sie ein paar Worte mit dem Polizisten gewechselt hatten, der Bernard in den Wagen zum Revier verfrachtet hatte. »Wir haben weitere Fragen für Sie«, sagte Decker. »Wir brauchen für die Akten eine vollständige Aussage.«

»Geht's Ihnen gut?« Grogan legte mir seine große rechte Hand auf die Schulter. »Haben was aufs Auge bekommen, was, Schwester?«

Ich nickte. »Mir fehlt nichts. Im Krankenhaus hat man mir Augentropfen gegeben.«

Grogan war tadellos gekleidet. Gestärktes weißes Hemd,

mattschwarze Krawatte, gestärkte Hosenbeine, die schwarzen Schuhe spiegelblank poliert.

Er war durch und durch adrett. Der einzige Makel an Grogans Äußerem war der Kautabak, der in seinem Mund erschienen war. Seine Wange war gewölbt, als würde er sich ein Lachen verkneifen. Er spuckte morastbraune Flüssigkeit in einen Pappbecher.

»Bist du schon wieder mit diesem Mist zugange?«, fragte Decker genervt. »Ich dachte, du hättest das Priemen aufgegeben.«

»Auf keinen Fall«, antwortete Grogan, »damit kann ich mich besser konzentrieren.«

»Schmeiß den Tabak raus, bevor ich dich rausschmeiße«, sagte Decker. »Das Zeug verätzt dir dein ganzes Zahnfleisch.«

Grogan kicherte. »So, so, Sergeant. Dir liegt mein Wohlbefinden also am Herzen.«

»Dieser Scheiß ist die Spucke des Teufels«, grummelte Decker. Sie richtete ihren Ärger auf mich. »Wo *genau* haben Sie Jacks Leiche gesehen?« Ihre große Sportsonnenbrille zeigte mir mein Phantombild. Ringe unter den Augen, als hätte ich mich als Goth geschminkt.

»Vor der Schule. Ich sah ihn fallen, als ich aus der Gasse lief.«

»Aus welcher Gasse?«, fragte Grogan und spuckte wieder Saft in seinen umfunktionierten Kaffeebecher.

»Neben dem Vaudeville-Theater.«

»Haben Sie an den Fenstern da oben jemanden gesehen, jemanden, der ihn gestoßen haben könnte?« Deckers Haut war vollkommen glatt. Kein Fältchen zu sehen. Vielleicht lachte sie nicht besonders oft.

»Nein.«

»Haben Sie zu der Zeit jemand anderen in dem Gebäudeflügel gesehen? Andere Schüler, zum Beispiel diesen Prince Dempsey, den Schwester Honor erwähnt hat?«

»Abgesehen von Lamont und Jamie habe ich keine Schüler gesehen. Ich habe draußen das Bewusstsein verloren, mir könnte also etwas entgangen sein.«

Ich hatte in dem brennenden Gebäude versucht, diesem seltsamen Schatten zu folgen, aber das erwähnte ich nicht. Wie hätte ich es erklären sollen? Er sah aus – und fühlte sich an – wie der Heilige Geist. Als wäre es Schicksal gewesen, dass er dort war. Um mich zu leiten. Um uns zu erlösen.

Ein weiterer Polizist näherte sich Grogan und raunte ihm etwas ins sonnenverbrannte Ohr. »Wir müssen uns kurz um etwas kümmern. Es kommen noch Fragen. Trinken Sie genug.«

»Gehen Sie nicht weg«, warf Sergeant Decker ein.

Rosemary seufzte. Sie hatte meinen Wortwechsel mit den Mordermittlern belauscht. *Verzieh dich*, dachte ich. Ich war die Einzige, die lauschen durfte.

»Brauchen Sie etwas?«, fragte ich Rosemary, nachdem Decker und Grogan gegangen waren.

Sie zeigte auf mein Halstuch, das sich ein wenig gelockert hatte. »Sie sind *entblößt*.«

Ich zog den Knoten fester zu.

Rosemary war mir gegenüber sehr launisch, als ob sie mich nicht mochte, als ob sie mich für eine verkrachte Existenz hielt, womit sie recht hatte. Das Klischee von der Naturwissenschaftslehrerin im Clinch mit der Musiklehrerin. Rosemary Flynn war unberechenbar – einen Moment lang war sie hellwach und anwesend, mischte sich besorgt aus dem Hintergrund ein, dann verschwand sie plötzlich wie ein heller Blutstropfen, der sich im Wasser verteilte.

Schwester Augustine gesellte sich zu mir und Rosemary. Bis auf Rosemarys roten Lippenstift ähnelten die Frauen sich, sie hätten sogar Mutter und Tochter sein können. Beide groß und blass, beide überzeugt, dass »die alten Methoden« überlegen waren, von schriftlicher Division bis zur Schreibschrift. Worin sie sich unterschieden, war ihre Berufung: Rosemary hatte es zur Wissenschaft gezogen, Schwester Augustine in die Kirche.

»Schwester Augustine«, flüsterte Rosemary, »wird die Diözese uns schließen? Uns zwingen, den Unterricht abzusagen?« Ihre grauen Augen saßen hoch im Kopf und waren zu schmalen Schlitzen zusammengekniffen, ihre geschlossenen Lippen formten ein Herz.

»Wir werden durchhalten. Wir werden unsere Mission und unsere Schüler nicht aufgeben. Gott erlegt uns nie mehr auf, als wir ertragen können, und seine Wege sind unergründlich«, gab Schwester Augustine sich kämpferisch. Die würdevolle Haltung unserer Direktorin, unserer Mutter Oberin, ließ Rosemarys sonst spröden Körper sanfter werden.

Schwester Augustine umarmte Rosemary, klopfte ihr sanft auf den Arm und schickte sie zu einigen Eltern, um sie zu trösten. Dann blickte Schwester Augustine mich mit ihren klaren grünen Augen an. »Wir müssen stark sein, Schwester Holiday, für die Gemeinde, für uns und für den Herrn. Wie die Heilige Regel besagt: ›Um gute Lehrerinnen zu sein, werden die Schwestern sich bemühen, ruhig zu bleiben und sich oft die Gegenwart Gottes ins Gedächtnis rufen.‹«

Schwester Honor ruderte mit den ausgebreiteten Armen. Sie war zurückgekommen, nachdem sie mit den besorgten Eltern auf der anderen Straßenseite gebetet hatte, wobei ich mir nicht vorstellen kann, dass es eine beruhigende Erfahrung war. Sie richtete den Blick ihrer geröteten Augen wie einen wütenden Laserstrahl auf mich. »Sieh dir das an.« Schwester Honor deutete auf das Gedränge von Nachbarn, Schülern und Eltern, die vor dem Absperrband hin- und herliefen, Fotos machten und weinten. »Allesamt Geier. Sie lassen sich nie bei der Sonntagsmesse blicken. Sie tragen nichts zu unserem Kuchenbasar bei. Dann bricht ein Feuer aus, Jack kommt ums Leben, und wir können sie nicht von den Kameras fernhalten«, sagte sie finster. »Manche Leute gieren nach Aufmerksamkeit.«

Schwester Augustine streckte Schwester Honor die Hände entgegen. »Ich weiß, dass du erschüttert bist, aber unsere Gemeinde wird Fragen haben. Du und ich und unsere Schwestern und die lebensspendende Liebe Jesu Christi unseres Herrn werden ihnen Trost bringen.«

Schwester Honors Miene hellte sich auf. »Wir werden unsere Nachbarn – unsere Stadt – zurück zum Wort Gottes leiten.«

»Wichtig ist nicht, worauf der Blick fällt, sondern was man sieht.« Schwester Augustine betrachtete die verbrannte Schule. »Ich sehe Überleben. Ich sehe Erneuerung.«

»Danke, dass du uns Mut zusprichst«, bemerkte Schwester T auf ihre sanfte Art, wie ein Sonnenstrahl, der durch dichte, dunkle Wolken drängte. »Du riechst sogar neugeboren, Schwester Augustine, wie neue Bäume, neue Blätter und Ringelblumen«, sagte Schwester T.

Schwester Augustine lächelte und schloss Schwester T fest in die Arme. »All deine Arbeit in unserem Garten und im Gefängnis haben dir Weisheit verliehen. Du bist uns ein Vorbild.«

Bernard schnaufte, als er zur Schule zurückkehrte. Ich war immer noch draußen und schweißgebadet, nachdem ich zum Baumarkt und zu zwei nahe gelegenen Apotheken gelaufen war und nachgefragt hatte, ob eine Form von Brandbeschleuniger gekauft oder Überwachungskameras zerstört worden waren. Aber Fehlanzeige.

»Die Polizei hat doch ernsthaft *mich* nach dem Feuer und meinem Alibi gefragt!« Bernard war stinkwütend. »Sie haben mir hundert Fragen gestellt. Jack war mein Kumpel! Für meinen Brudi hätte ich mich auf die Gleise geworfen.«

»Diese Deppen müssen uns alle befragen.« Ich spuckte aus. Es waren immer noch Spuren von Ruß in meinem Mund, obwohl ich mir zweimal die Zähne geputzt hatte. »Was haben sie gesagt, als sie dich haben gehen lassen?«

»Dass ich ein belastbares Alibi habe.«

»Gut. Aber jemand hat es auf uns abgesehen. Die ganze Sache ist faul. Ich werde dem auf den Grund gehen.«

Bernard sah mich an und senkte die Stimme. »Fünfzig Mäuse, dass es Prince Dempsey war«, raunte er. »Er gibt gern den harten Kerl, oder? Prince mit seinem Pitbull und seinen unechten Goldketten.«

»Er schleicht ständig in der Nähe herum und spielt sich auf«, sagte ich, »aber wir müssen *alle* im Auge behalten. Was ist eigentlich dein Alibi?« Ich ging in die Hocke, um mir einen grünen Papierfetzen auf dem Boden anzusehen, merkte aber schnell, dass es ein welkes Blatt von einem der Blumensträuße war. »Was hast du ihnen gesagt?«

»Die Wahrheit«, antwortete Bernard. »Ich war gestern Abend in meiner Garage und habe mit meiner Band geprobt. Jasper, Chuck und Dee können alle für mich bürgen.« Meine Fragen verblüfften ihn, er hielt die Hände vor die Brust und krümmte sich leicht, als würde er sich gegen den Wind stemmen.

»Wir sind treue Seelen, du und ich«, sagte ich und nahm mir vor, ihn später noch einmal nach seinem Alibi zu fragen und zu sehen, ob sich seine Geschichte verändert hatte. Niemand verdiente unbedingtes Vertrauen. Nicht einmal ich selbst. »Wir brauchen mehr Beweise. Handfeste Beweise. Feuer hinterlässt Spuren. Es bricht nicht einfach von selbst aus.«

»Ich habe früher ab und zu mit Feuer gespielt«, sagte Bernard und sah mich an, den Kopf leicht schiefgelegt. Seine Füße zeigten zur Schule. »Aber nicht, um jemanden zu verletzen. Nur um zu sehen, wie es funktioniert. Jedes Feuer bewegt sich anders, egal wie sehr man versucht, es zu kontrollieren.«

Eine spiralförmige Wolke verdeckte die Sonne. Die Diözese war aufs Schulgelände zurückgekehrt, die drei Männer standen vor dem Schrein, so aufgeblasen, als gehörte ihnen der Gehweg, das Schulgelände, die Stadt. Sie verströmten den schalen Muff althergebrachter Autorität. Dem Bischof und seinen Lakaien waren wir Nonnen scheißegal. Sie scherten sich einen Dreck um unsere Schule, unsere Schüler – darum, wie sehr wir uns alle für die Kids abmühten, damit sie eine tiefere Verbindung zu sich selbst und zu Gott aufbauten. Der dicke Hals des Dons schwoll an, als er irgendein Kauderwelsch über Gottes Gnade betete. Als der Bart grinste, gefror mir das Blut in den Adern. Diese sargschwarzen Augen, dieser Mund übervoll mit winzigen Opossumzähnen. Ihre Tage waren gezählt, so Gott wollte. Das Patriarchat mitsamt allem »Guten«, das es in der Welt bewirkt hatte. Der Wandel konnte nicht schnell genug kommen.

Als Schwester Augustine zu den Männern ging, um sie zu begrüßen und zu einer Besprechung hineinzugeleiten, wie eine

Nanny, die sich um umgezogene Kinder kümmerte, ging auch Bernard.

Schwestern T und Honor wandten sich einander zu.

»Es war so viel *einfacher*, als sie das Sagen hatte«, klagte Schwester Honor mit dem Eifer und der Überzeugung eines tratschenden Teenagermädchens. »Weißt du noch, als *wir* die Entscheidungen getroffen haben, und Schwester Augustine sich nicht jede Kleinigkeit absegnen lassen musste? Damals hatten wir viel mehr Freiraum.«

Schwester T bekreuzigte sich zweimal. »Amen, Schwester. Du hast so recht. Ich erinnere mich. Es ist erst fünf Jahre her, aber es fühlt sich wie eine Ewigkeit an.« Dann fügte sie geziert oder frustriert hinzu: »Männer lassen sich die Macht nicht nehmen, oder?«

5

Der Montagabend brach chaotisch an. Über dem Mississippi braute sich ein Sturm zusammen, senkte sich aber nicht aufs Land. Ich konnte nicht in meinem Zimmer sitzen und nichts tun. Meine Augen brannten, meine Brust war noch wund, aber es drängte mich, nach Hinweisen zu suchen und diejenigen zu begreifen, die ich schon gefunden hatte.

Alle Angestellten der Saint Sebastian's und die Schwestern – plus Bernard, Jack, Jamie und Lamont – hatten offensichtlich Zutritt zum Gebäude. Prince konnte sich überall reinschleichen. Sein Timmy-und-Lassie-Alibi war so schwach wie verwässerter Abendmahlswein. Aber bisher sah ich bei ihm kein anderes Motiv, als mich zu verärgern. Lamont und Jamie könnten das Feuer gelegt haben, um ihre Beziehung zu schützen. Sie könnten sogar Jack gestoßen und ihn so grausam getötet haben. Menschen sind zu allem imstande, wenn sie in die Enge getrieben werden.

Langsam ging ich die Schule, die Kirche und das Kloster ab. Die Diözese war verschwunden, das grässliche Trio hatte sich in sein protziges Pfarrhaus in der Innenstadt zurückgezogen. Es war beschämend zu sehen, wie meine Schwestern um sie herumwuselten. *Ja, Bischof. Ja, Vikar.* So ein Scheiß. Besonders widerlich war, dass Schwester Augustine bei ihren abgeschmackten Spielchen mitmachen musste.

Mein Blick streifte methodisch über den Gehweg. Ich begutachtete jeden Zentimeter Boden. Nur war die Straße von Überresten des Feuers übersät. Sie war beschädigt, wie alles in dieser von Stürmen durch die Mangel gedrehten Stadt. Alles wirkte verdächtig.

Als ich hierherzog, war ich überrascht, wie tropisch New Orleans war. Die Palmen mit ihrer beeindruckenden Präsenz. Die immergrünen Bäume hier hielten Ordnung oder zumindest den Anschein von Ordnung, während die Bäume zu Hause im Prospect Park, die ihre Blätter abwarfen, knorrige, launische Gesellen waren, die eine Hälfte des Jahres in einem Rausch von Farbe und Laubwerk verbrachten und die andere Hälfte nackt. Die Palmen am Golf standen aufrecht da und verloren nur selten ihr Grün, solange sie nicht von Stürmen geschüttelt oder herausgerissen wurden. Sie glichen allzeit präsenten Jüngern.

Vor dem Ostflügel standen drei Polizeiwagen mit laufendem Motor. In jedem saßen zwei Polizisten, so reglos, als würden sie schlafen. Plötzlich drehte sich eine schwarze Mütze in meine Richtung. Sergeant Decker. Ich ging weiter. Jeder Schritt, den ich machte, schien ein Echo zu haben, als würde ich irgendwo auf Bildschirmen, die ich nicht sah, verfolgt und gespiegelt werden. Es gab mich zwei, drei, vier Mal.

Der Himmel verwirbelte. Niedrige bauschige Wolken drohten mit einem Regenguss. Vor dem Ostflügel bremste ein Auto mit Gaffern darin ab. Es waren keine vierundzwanzig Stunden vergangen, seit das Feuer endlich gelöscht worden war. Sein Giftgestank hing noch abstoßend in der Luft. Auf dem Rasen lagen nasses Holz, Putz und verbranntes Papier. Jacks Schrein hatte weitere Kerzen angesammelt. Manche groß und bunt, manche kurz und weiß. Ihre Flammen zuckten im plötzlich aufgekommenen Wind. Es gab so viel zu riechen, zu sehen, aber ich musste methodisch vorgehen. Gezielt suchen.

Weil der Ostflügel beobachtet wurde, ging ich zum Westflügel der Schule, um die Klassenzimmer, die Turnhalle und die Mensa zu untersuchen.

»Ausweis?«, verlangte der Polizist, der vor dem Haupteingang des Westflügels stand.

Ich zeigte meinen Lehrerausweis der Saint Sebastian's vor, den ich laminiert über meinem Goldkreuz trug. Der Polizist legte den Kopf schief, las meinen Namen, dann betrachtete er mein Gesicht, mein Halstuch und meine Handschuhe. »Schwester Holiday, Musik. Hm! Ne Nonne?«

Ich starrte ihn verdutzt an und nickte.

»Beim Karaoke singe ich immer ›Sister Christian‹. Den Song kennen Sie nicht, weil Nonnen so was nicht hören, oder? Aber davon ab, Sie sehen viel zu jung aus für eine Nonne. Wie alt sind Sie, zwanzig?«

»Dreiunddreißig, so alt wie Jesus Christus, als er sich für unsere Sünden opferte.«

»Ich begehe keine Sünden.« Er lachte. »Ich bin unschuldig wie ein Lamm. Was wollen Sie da drinnen? Es soll niemand in die Schule.«

»Ich muss dringend Klausuren holen und benoten«, log ich.

»Zwei Minuten.«

»Gott segne Sie«, sagte ich zu ihm, aber auch, um mich zusammenzureißen und ihm keine reinzuhauen.

Ich lief durch das Erdgeschoss des Westflügels und streckte den Kopf in jedes Klassenzimmer. Mir fiel nichts Ungewöhnliches auf, nur die Atmosphäre wirkte ungewiss.

Im oberen Stock blieb ich im Eingang meines Musikraums

stehen und ließ seine Weite auf mich wirken. Er war der perfekte Sammelpunkt für meine unbeholfenen angehenden Musiker und ihre riesigen Rucksäcke, Gitarrenkoffer und Notenständer. Oft stellten wir die Stühle zu einem großen Kreis oder zu kleineren Gruppen auf. Eine Ecke des Musikraums war für meinen Schreibtisch reserviert, an dem ich auch meinen Ermittlungen nachging. Jeder hartgesottene Privatdetektiv, sogar Mike Hammer, dieser Sack, hatte ein Büro. Aber ich hatte ein Plakat – mit dem Quintenzirkel – vor meine Ermittlungstafel gehängt, und so ahnte niemand etwas.

Kurz nachdem ich den Raum betreten hatte, fiel mir auf, dass jemand den Papierkorb verstellt hatte. Ich zerriss oft mit dramatischer Geste plagiierte Hausaufgaben zur Musiktheorie und warf sie vor den Augen der Schüler weg, daher wusste ich, wo der Müll normalerweise stand. Ich zog den Korb näher an meinen Schreibtisch und griff mit behandschuhten Händen hinein. Zwischen dem Papier, gebrauchten Taschentüchern – eklig – und Kaugummipapier fand ich sie.

Eine schwarze Bluse mit einem verbrannten rechten Ärmel. Mehr als verbrannt, er schien geschmolzen zu sein. Billiger Polyester, genau wie die Bluse, die ich gerade trug. Sie gehörte zur Ordenskleidung der Schwestern vom Erhabenen Blut. Wir alle trugen die gleichen schwarzen Blusen, Teil der Standardgarderobe, die von der Katholischen Gilde in der Stadt ausgegeben wurde. Jede Schwester hatte fünf Blusen, genug, um durchzuwechseln und regelmäßig zu waschen, ohne die Grenze zur Maßlosigkeit zu überschreiten.

Das musste meine fehlende schwarze Bluse sein. Warum lag sie in meinem Papierkorb? Wer konnte es mir in die Schuhe schieben wollen? Schwester Honor und Rosemary Flynn hatten kein Problem damit, ihre Empörung über mich und mein überraschendes Eintreffen an ihrer Schule öffentlich zur Schau zu stellen. Aber würde eine von ihnen so weit gehen?

Ich musste Ermittlerin Riveaux und Detective Grogan sofort von der Bluse erzählen.

Die Kirchenglocke läutete sechs Mal. Sechs Uhr abends. Bald würde die Messe beginnen. Mit der verbrannten Bluse unter dem Arm verließ ich das Schulgebäude und hielt auf die Stufen vor der Kirche zu.

Meine Stirn war schweißnass. Auf der anderen Straßenseite kam Bernard gerade aus dem Geräteschuppen. Es war noch hell draußen, das buttrige Licht des frühen Septembers an der Golfküste. Warum arbeitete Bernard so spät noch? Um das Schulgelände nach der Störung durch die Einsatzfahrzeuge wieder in Ordnung zu bringen? Vielleicht versuchte er auch, den zweiten Uline-Handschuh zu finden.

Bernard blickte auf und sah mich. »Hallo!« Seine Stimme schallte über die Prytania Street. »Schwester! Was gibt's?«

Da mir die Kraft fehlte, laut zu rufen, winkte ich Bernard zu mir herüber.

Er rannte über die Straße und sprang die Stufen herauf, immer zwei auf einmal. »Hi.«

»Warum arbeitest du noch?«

Sein Blick huschte zur Seite, als drei Besucher hinter uns die Kirche betraten. »Das Polizeirevier hat mir eine Scheißangst eingejagt. Ich brauche was zu tun, sonst werde ich irre.«

»Geht mir auch so. Und ich muss mit dir über etwas reden …« Ich hob die gefundene Bluse hoch, aber die Messe fing gleich an, und ich durfte mich nicht verspäten. »Nach dem Gottesdienst?«

»Klar. Ich laufe nicht weg.« Er nickte, überquerte wieder die Straße, sah dabei nach links und rechts und auch zurück, und verschwand im Schuppen. Bernard kam nie zur Ruhe, er war ständig in Bewegung.

Die Abendmesse beruhigte mich immer, vor allem, wenn mir viel durch den Kopf ging oder ich an einem Tiefpunkt war. Normalerweise wurden unsere Gottesdienste nur spärlich besucht, die meisten Bänke blieben leer. Im ganzen Land verloren katholische Kirchen jeden Tag mehr Gemeindemitglieder, und Saint Sebastian's bildete da keine Ausnahme. Als ich ein Kind war, ging jeder, den ich kannte, in die Kirche. In meinem Jahr als Novizin war es ungewöhnlich, beim Gottesdienst mehr als zwei oder drei Besucher zu sehen. An diesem Abend jedoch nahmen Dutzende Menschen teil und beteten mit mir, meinen drei Schwestern und Pater Reese, der trotz seines paläolithischen Alters eine Stimme wie ein Radio-DJ hatte. Hätte er mit dieser Stimme doch nur etwas Inspirierendes gesagt. Mein mattes Spiegelbild folgte mir im Buntglas, der ersten Station des Kreuzwegs, als ich mich beim Gang zum Abendmahl an jeder hölzernen Rückenlehne festhielt.

Nach dem Gottesdienst tauchte ich vor dem Ausgang meine Hände in das kalte Weihwasser und stolperte über meine eigenen Füße. Fast hätte ich mir an dem Marmorbecken den Schädel aufgeschlagen. Meine Beine ließen sich nur schwer steuern, als gehörte mein Körper nicht zu mir.

»Dir ist nichts passiert«, sagte Schwester Augustine, als sie mir aufhalf. Ihre Stimme war sanft, aber ihr Blick zeigte deutlich, dass sie sich Sorgen um mich machte. »Sollen wir sehen, ob Krankenschwester Connors uns besuchen kann?«

»Nein. Mir fehlt nichts, ich bin nur müde.«

Sie lächelte. »Tja, vor Jacks Beerdigung ist ein Haarschnitt fällig.« Sie legte ihre warme Hand an meinen Hinterkopf. Schwester Augustine konnte gut mit Scheren umgehen, und sie schnitt mir die Haare im Garten der Saint Sebastian's, während Voodoo ihren schwarzen Schwanz um meinen Knöchel schlang. Meine Haare wuchsen erstaunlich schnell, störrische schwarze Ansätze schoben sich in meinen weißblond gefärbten Schopf. Schwester Augustine erlaubte mir, sie mit der Riesenflasche Peroxid des Klosters zu bleichen.

Ich hatte gedrängelt, bis sie nachgegeben hatte. Ein Hauch von Eitelkeit, den ich nicht ablegen konnte.

Ich hielt die Bluse aus dem Papierkorb hoch. »Schwester, ich habe etwas in meinem Klassenzimmer gefunden.«

»Mach dir heute Abend um die Wäsche keine Sorgen, Schwester. Überanstreng dich bitte nicht.«

»Aber Schwester.«

»Schwester Augustine!« Eine Gruppe besorgter Kirchgänger überfiel sie. Sie ging ruhig mit ihnen hinaus, wo ich sie nicht hörte.

Bernard stand an der Kirchentür. »Erzähl mir was Neues.«

»Ich habe in meinem Papierkorb eine schwarze Bluse mit einem geschmolzenen Ärmel gefunden.«

»Was?«

»Jede Schwester hat fünf identische schwarze Blusen, und von meinen hat eine gefehlt.«

»Und die Bluse lag bei dir im Müll?«

»Jemand will mir das anhängen«, sagte ich.

»Ich bin es nicht!« Bernard fiel die Kinnlade herunter.

»Ich werfe dir ja gar nichts vor. Aber jemand will mir die Schuld in die Schuhe schieben und hat eine verbrannte Bluse in mein Klassenzimmer gelegt.«

»Wir haben Prince heute gesehen.« Bernard kniff sich in den Kinnbart. »Vielleicht war er es. Er ist vor dem Westflügel herumstolziert. Was, wenn er sich irgendwie an den Polizisten vorbeigeschlichen hat?«

»Prince ist ein naheliegender Verdächtiger, aber wir können uns nicht nur auf ihn konzentrieren. Sonst übersehen wir was. Ich werde sein Alibi überprüfen.«

Ich trat bedächtig auf die Straße, um Schwester Augustine zu suchen und ihr weiter von der verbrannten Bluse zu erzählen, aber sie war nirgends zu sehen. Erschöpft machte ich mich auf den Weg ins Kloster. Schroffer Wind fegte seitlich heran und fuhr senkrecht empor.

In meinem Zimmer zählte ich wieder zwei Blusen in meinem Schrank. Ich würde Schwester Augustine morgen früh sofort davon erzählen müssen. Und Riveaux. Und der Polizei.

Die Ermittler glaubten ohnehin, ich hätte etwas mit dem Feuer zu tun, und jetzt wollte mir jemand die Sache anhängen. Wer es auch war, er hatte einen entscheidenden Fehler begangen. Er hatte mich unterschätzt und sich damit in die Karten blicken lassen. Er war arrogant. Fast so arrogant wie ich. Ich war eine wandelnde Katastrophe, sicher, aber an meiner Hingabe hätte nie jemand zweifeln sollen. Wenn ich mich auf etwas konzentrierte – einen Plan, eine Idee oder eine Person –, dann war's das. Ich war wie ein Hund mit einem Knochen. Und ich würde lieber an ihm ersticken, als ihn loszulassen.

6

Der Dienstagmorgen war hart. Ich hatte kaum geschlafen, weil mir die schrecklichen Bilder durch den Kopf tosten – Jacks Sturz, Jamies aufgerissenes Bein, der kriechende Lamont. Ich betete im Bett, nannte die Bücher der Bibel und zählte von Hundert rückwärts, aber nichts brachte mir Ruhe.

Im Morgengrauen war Schwester Augustine beim Schrein auf dem Gehweg. Betete mit geschlossenen Augen. Ich gesellte mich zu ihr und sprach auch ein kurzes Gebet. *Gegrüßet seist du, Maria, voll der Gnade.*

Langsam fuhr ein Polizeiwagen an uns vorbei. Schwester Augustine öffnete die Augen, als erwachte sie aus einer Trance.

»Du rätst nie, was ich gestern gefunden habe.« Ich präsentierte ihr die verbrannte Bluse. »Sie lag im Müll, in meinem Musikraum. Ein Ärmel ist geschmolzen. Das muss mit der Brandstiftung zusammenhängen.«

»Mein Kind, das ist eine erschreckende Entdeckung«, sagte Schwester Augustine mit harmonischer Stimme. Sie besaß die Gabe der Gelassenheit, selbst im Sturm blieb sie standhaft.

»Ich weiß, ich –«

»Hast du«, sie legte den Kopf schief und fragte, ohne ihren Gleichmut zu verlieren, »etwas mit dem Feuer zu tun, Schwester? Falls du beichten musst –«

»Nein, verdammt. Ich meine … Tut mir leid.« Unter meinen Brauen sammelte sich Schweiß. Ich ballte die Fäuste, bis meine Fingernägel Halbmonde in die Handflächen gruben. Ich hasste es, wenn mir vor Schwester Augustine ein Ausrutscher passierte.

»Hast du der Polizei von der Bluse erzählt?«

»Noch nicht. Ich wollte nicht, dass sie glauben, ich hätte etwas damit zu tun. Sie haben mich schon im Verdacht – das spüre ich. Du hast ja gesehen, wie sie mit Bernard umgesprungen sind.«

»Wir müssen es den Behörden sofort melden. Keine Zeit zu verlieren. Suchen wir Ermittlerin Riveaux.«

Praktisch Arm in Arm machten wir uns auf die Suche. Es war herrlich, so entschlossen, so zielgerichtet an Schwester Augustines Seite zu gehen. Als der Wind uns umwehte, spürte ich den Puls der Welt und auch, dass ich ein Teil dieser Welt war. Als queerer Mensch aufzuwachsen, von meinen Eltern »toleriert« zu werden, ständig in Sorge zu sein, dass Moose abstürzen könnte, Angst vor Pops Launen zu haben und vor Moms melodramatischem Märtyrergehabe, aus unserer Wohnung geworfen zu werden – all das hatte in mir die Sehnsucht nach einer anderen Art von Familie geweckt, nach einer selbst gestalteten Gemeinschaft. Ich war dankbar dafür, eine Schwester zu sein, unserem Orden anzugehören. Anfangs war es mir verdammt schwergefallen. Die Flut abfälliger Bemerkungen in meinen ersten Tagen als Lehrerin. Mir Schwester Honor gegenüber auf die Zunge zu beißen. Aber die Wochen vergingen. Mit meinen schwarzen Handschuhen und dem Halstuch – meiner schwarzen Standardtracht – gehörte ich irgendwann einfach zu den Nonnen.

Wir drehten eine Runde über das Schulgelände, ohne Riveaux zu finden.

»Ich bin gleich wieder da«, sagte Schwester Augustine. Sie machte sich auf den Weg in ihr Büro, um die Polizei anzurufen, ihr schwarzer Schleier umwehte sie wie ein Schutzzauber.

Der Himmel war blau-weiß marmoriert, durchzogen von Vogelgezwitscher. Papageien, Wanderdrosseln und silberne Trauertauben sangen ihre geheimen Botschaften.

Der östliche und der westliche Flügel unserer Schule waren getrennt durch den mittleren Gebäudeteil und weit genug voneinander entfernt, so dass Polizei und Feuerwehr uns erlaubten, den Unterricht an diesem Tag wiederaufzunehmen, wenn auch nur im Westflügel. In meinem Auge waren noch immer geplatzte Äderchen zu sehen, mein Körper war noch empfindlich, aber ich konnte genauso wenig wie Bernard nur herumsitzen. Ich wäre die Wände hochgegangen. Hätte ich Zugang zum Tatort und zu allen Berichten und Beweisfotos gehabt, hätte ich den Fall knacken können. Die Polizei war nutzlos. Meine Abneigung ihr gegenüber gefiel mir selbst nicht, aber die Uhr tickte. Die Zeit drängte, Beweise zu finden, Ecken abzusuchen, Leute auszufragen.

Schwester Augustine tauchte wieder auf – »Lobe den Herrn, Schwester Holiday, ich habe die Ermittler angerufen, sie sind auf dem Weg« – und begleitete mich über die Straße zur Schule. Die Brandschutztüren hatten den Rauch größtenteils einsperren können, trotzdem drangen mir im Innern des Westflügels die stinkenden Dämpfe von verbrannten Computern und geschmolzenem Plastik beißend in die Kehle.

Da eine komplette Seite unserer U-förmigen Schule nicht genutzt werden konnte, belegten die Lehrer der Saint Sebastian's den Westflügel doppelt. Wir setzten unsere Schüler in geteilte Klassenzimmer. Trotz meines Protests verkündete Schwester

Honor, Vorsitzende des Klassenzimmerkomitees für christliche Werte und verantwortlich für die Einhaltung der guten Sitten, dass Rosemary und ich uns meinen Raum teilen sollten. Rosemary Flynns Raum für Naturwissenschaften war vom Feuer zerstört worden. Offenbar waren sämtliche Fenster zerborsten. Der Musikraum war der größte, der uns blieb, und ließ sich leicht neu einteilen, weil man Tische und Stühle umstellen konnte. Nur mein Schreibtisch vorne im Zimmer, ein schweres hölzernes Ungetüm, musste an seinem Platz bleiben. Diese Ecke war mein Detektivbüro mit meinen Notizen über das Feuer, meiner Liste von Verdächtigen (alle) und einer Liste mit Hinweisen. Bisher waren es nur zwei: die verbrannte Bluse und der Handschuh von der Straße.

Ich stopfte die verbrannte Bluse in meinen Schreibtisch und machte mich für den Unterricht bereit, während die Schüler hereinschlurften. Rosemary und ihre Klasse nahmen die andere Hälfte des Raums in Beschlag. Ich grummelte und bemühte mich, sie zu ignorieren, aber jedes Geräusch von der anderen Seite störte mich.

Heilige Maria, bitte gib mir Kraft.

Wenn Polizisten an der offenen Tür des Musikraums vorbeigingen, beobachteten sie jede meiner Bewegungen. Ich drückte meine Gitarre an mich und spürte Blicke, wohin ich mich auch wandte. Oder war es die nebelhafte Hitze des Feuers, die ich nicht abschütteln konnte? Phantomflammen kitzelten meine Ohrläppchen. Mein Plektrum, ein Glücksbringer, schwelte in meiner Gesäßtasche.

Zu Beginn des Unterrichts spielten meine Schüler der Reihe nach einzeln. Am anderen Ende des Raums stand Rosemary Flynn vor einem riesigen Kruzifix an der Wand. Sie betonte jedes *t* überdeutlich, während sie einen Vortrag über Flüssigkei*t*sreibung herunterleierte.

»Ich habe gehört, Schwester Holiday hat Jamie das Bein abgeschnitten«, erzählte eine Schülerin bei den Naturwissenschaftlern aufgeregt, dass es die ganze Klasse hören konnte.

»Bernard Pham haben sie wegen Brandstiftung angeklagt!«, sagte ein anderer Schüler. Es brodelte in der Gerüchteküche. »Sechs Polizisten mussten Bernard festhalten, weil er von den Drogen so high war!«

»Schluss jetzt!«, sagten Rosemary und ich gleichzeitig. Das erste – und wahrscheinlich letzte – Mal, dass wir einer Meinung waren.

»Bernard Pham wurde nicht angeklagt und wird auch nicht angeklagt, wegen gar nichts«, erklärte ich den Kindern. Sie machten große Augen, und ich bemerkte, dass ein Mädchen mich mit seinem Handy filmte.

Bevor ich die Schüler dafür rügen konnte, während des Unterrichts ihre Handys zu nutzen – ein ebenso fruchtloses Unterfangen wie Vögeln das Singen zu verbieten –, drang Schwester Augustines kräftige Stimme aus dem Lautsprechersystem.

»Liebe Schülerinnen und Schüler, willkommen zurück nach einer unaussprechlichen Katastrophe«, sagte sie. »Eure lieben Mitschüler Jamie und Lamont sind auf dem Wege der Besserung – *dem Herrn sei Dank.* Während ihrer Genesung werden sie auf unbestimmte Zeit der Schule fernbleiben. Wir werden für unseren Hausmeister Jack Corolla beten, Gott habe ihn selig, der bei dem Feuer sein Leben verloren hat. Wir werden für innere Stärke beten. Wir werden beten.« Schwester Augustine beendete ihre Durchsage und schaltete die Lautsprecheranlage mit einer schrillen Rückkopplung aus.

Prince Dempsey hob die Hand. Ich ignorierte ihn. Er ließ sie sinken und räusperte sich. Dann klappte er sein Zippo-Feuerzeug auf und verschmorte ein paar Härchen auf seinem Arm und ein Stück Schorf, das er von seinem Ellbogen geknibbelt hatte.

»Stecken Sie das Feuerzeug weg.« Ich spielte einen E-Dur-Akkord und ließ ihn ausklingen. »Fleur, der E5. Ryan, Sie auch.« Fleur holte Luft, und Ryan Brown biss sich auf die Lippe, während die Schüler ihre linke Hand neu auf den Saiten positionierten.

Mein Anfängerkurs Gitarrenensemble war eine Einführung, aber sicher nicht einfach. Wir arbeiteten an der Unabhängigkeit der Finger, Dreiklängen, dem Barré-Griff, pentatonischen Tonleitern. Wir lernten Strumming, Takt und Timbre. Improvisationstechniken waren wichtig, damit die Kids den Unterricht und mich nicht komplett furchtbar fanden und am Ende nicht übten. Zumindest bei den meisten funktionierte es. Die Jugendlichen verließen meinen Unterricht voller Selbstvertrauen. Wir fingen mit den Ramones an und arbeiteten uns zu Vivaldi vor. Ein bisschen Beatles zum Aufwärmen. Jimi Hendrix für den genüsslichen Funk. Django Reinhardt fürs Fingerpicking.

Die Klasse war klein. Ohne Jamie und Lamont bestand sie aus nur sechs Schülern. Sam, ein Wettkampfschwimmer, der unseren Raum mit Chlor einnebelte. Fleur, die sich mit fünfzehn fast wie fünfzig benahm, das Haar so sorgfältig frisiert und das Betragen stets so angemessen, dass ich sie mir als gute Köchin vorstellen konnte. Die hochgewachsene Rebecca, ein grundgutes Mädchen im zweiten Highschooljahr, das Jesus wirklich zu lieben schien. Das merkte man daran, wie fest sie beim Vaterunser die Augen schloss. Ryan Brown, der Querulant, der unbedingt cool sein wollte, und trotzdem im Winter eine Schottenmütze mit Bommel trug und nie den Anstecker mit der Aufschrift *Mamas Liebling* abnahm, den seine Helikoptermutter an das Revers seines Schulblazers gesteckt hatte. Dramaqueen Skye, Vorsitzende des Rede- und Debattierclubs, die jeden Ton perfekt sang, aber aufgrund ihres ADS ruhelos war und Schwierigkeiten hatte, kontinuierlich zu üben. Und Prince Dempsey, jugendlicher Missetäter. Die Beschwerden über mich konnten auch von Kindern aus anderen Klassen stammen, aber ich fragte mich, ob Prince Dempsey einfach zwei verschiedene Handschriften benutzt hatte. Ich hätte das ohne mit der Wimper zu zucken gemacht, um einen Lehrer, den ich nicht ausstehen konnte, in die Pfanne zu hauen. Rache ist eine dumme Art, sich das Gefühl zu verschaffen, man habe alles unter Kontrolle. Wie bei allen Drogen hält das Gefühl nicht lange an, aber währenddessen macht es schon richtig Spaß.

»Was ist die schmerzhafteste Art zu sterben?«, fragte Prince lächelnd. BonTon lag zusammengerollt neben seinem Schreibtisch. Als Halsband trug sie eine grobe Gliederkette wie aus dem Baumarkt, die Prince wahrscheinlich geklaut hatte. Das einäugige Kraftpaket folgte Prince überallhin. BonTon war als Assistenztier für Prince' posttraumatische Belastungsstörung und Typ-1-Diabetes zugelassen. Die Hündin war darauf trainiert, einen hohen oder niedrigen Blutzuckerspiegel bei ihrem Menschen im Speichel zu riechen.

Ich hielt inne und blinzelte langsam. Die Schüler sahen mich an und warteten darauf, dass ich etwas sagte. »Spielen Sie alle weiter. Ignorieren Sie Mr Dempsey.«

Wieder lächelte Prince. »He, ich habe Sie gefragt: ›Was ist die schmerzhafteste Art zu sterben?‹ Verbrennen, durch einen Sturz sterben oder erstochen werden?« Der Blick von Prince' Augen, die so blau waren wie eine Propangasflamme, war fest auf mich gerichtet.

»Die *schmerzhafteste* Art zu sterben?«, wiederholte ich Prince' Frage. »Ihre Musiklehrerin zu sein.«

Einige Schüler lachten. BonTon hob Prince die kaugummirosa Nase entgegen, gähnte und rollte sich wieder zu einer weißen Schnecke zusammen.

Ich drückte mein Instrument fester an mich. Mir fehlte meine E-Gitarre. Ihr Knistern. Dafür ließ sich meine Yamaha Akustikgitarre besser in die Arme nehmen und klang melancholischer. Ich wünschte, sie könnte die Umarmung erwidern.

Rosemary stand aufrecht an ihrem Ende des Klassenzimmers. Sie gab eine stattliche Figur ab – so unumstößlich wie ein biblisches Gebot. Entweder war sie so in ihren Unterricht vertieft, dass sie das Theater in meiner Ecke nicht bemerkte, oder sie überhörte es bewusst.

Ich zog mein Plektrum aus der Hosentasche.

Prince Dempsey pfiff mir zu. Dunkelblonde Haare, vernarbtes Gesicht, ein ewiges Grinsen. Dieses Großmaul, das nie seine Hausaufgaben machte, das regelmäßig den kleinen LGBTQ-Club der Schule schikanierte, flammte jetzt ein weiteres Stückchen Haut ab und schnipste Schorf von seinem Ellbogen in die Mitte des Stuhlkreises.

Als Prince im letzten Halbjahr in meinen Musikunterricht in der dritten Stunde versetzt wurde, begriff ich, dass Gott mich auf die Probe stellte.

»Was wir im Inneren empfinden, ist das, was wir der Welt geben«, hatte Schwester T mir vor Beginn des Halbjahrs gesagt.

Schwester T hatte recht. Wie Prince den starken Mann markierte, kam mir vertraut vor. Ein Schutzpanzer statt Schmerz.

Aber davon durfte ich mich nicht ablenken lassen. Schwester Honor und Bernard waren überzeugt, dass Prince hinter dem Feuer steckte. Ich musste ihn genauer im Auge behalten.

Mit der Tonleiter in G übten die Schüler, ihre Finger unabhängig voneinander zu benutzen. Meine Finger mussten sich bewegen, deshalb beugte ich mich über meine Gitarre und spielte ein Arrangement des Quintenzirkels. Musik war eine andere Form des Gebets. Wenn ich die Gitarre an meinen Körper drückte, übernahmen meine Finger das Denken. Ich bin furchtbar ungeschickt, es sei denn, es geht um Sex, Prügeleien oder das Gitarrespielen. Das sind die Sachen, die mich interessieren. Ich kann ums Verrecken nicht tanzen oder eine Yogapose halten, aber anderen beizubringen, ein Instrument zu spielen, gehört zu meinen Gaben.

»Also gut, Leute.« Ich drehte meine Gitarre, bis der Hals fast mein Kinn berührte. »E-Dur, A-Dur. Viervierteltakt. Gut.« Rebecca, Fleur, Sam und Skye stiegen gut ein, schön im Takt, die Griffwechsel und das Strumming genau auf den Punkt. Ryan Brown mühte sich ab. Prince hatte nicht einmal seine Gitarre – eines der ramponierten Leihinstrumente der Schule – aus dem Koffer genommen.

Skye sang dazu »I Wanna Be Sedated« wie eine Arie. Sam und Ryan Brown summten verschämt, sie waren immer noch zu schüchtern, uns an ihren Stimmen teilhaben zu lassen.

Schwester Honor verschlug es den Atem, als sie hereingewackelt kam und den Text hörte, aber sie sagte kein Wort. Nicht einmal die Miesmacherin Schwester Honor konnte mein Talent als Lehrerin abstreiten. Das Schuljahr lief kaum zwei Wochen, und schon konnte meine Klasse einen ganzen Song spielen. Eine einfache Melodie mit einem konstanten Rhythmus, aber trotzdem. Wenn es ums Unterrichten geht, bin ich so ernst wie ein Herzinfarkt, und die anderen Lehrer wussten das. Schwester Honor brachte Rosemary Flynn einen Stoß Papier. Während ich spielte, spürte ich ihre bohrenden Blicke; in diesem Moment sahen beide aus, als würden sie mir nur zu gern Brandstiftung und Mord anhängen.

Ich beobachtete die Gesichter der Schüler, klopfte den Takt der Ramones mit und korrigierte Rebecca und Fleur bei ein paar unsauberen, verhaltenen Akkorden. Zwischendurch ging mein Blick immer wieder zur Uhr; ich brauchte, was sie mir nicht geben konnte, Zeit allein, um die Hinweise zusammenzutragen und zu sehen, ob etwas zueinander passte.

Der Unterschied zwischen mir und anderen Detektiven ist nicht, dass ich eine Nonne bin. Um mich geht es überhaupt nicht. Es geht darum, das Gleichgewicht zu wahren – für das Gute zu kämpfen.

Und was wäre so gut wie Gott?

7

Rosemary Flynn beschloss spontan, an diesem Nachmittag mit ihrer Klasse einen Ausflug zum Planetarium von New Orleans zu machen. Ich war extrem erleichtert. Ich brauchte meinen Raum. Offenbar hatte der Brand Rosemarys Ängstlichkeit geschürt. Vor Anspannung zog sie die Schultern so hoch, dass sie fast die Ohren berührten. Sie war so überlegen, so beherrschend – hinter ihrer ruhigen Fassade tobte eine chaotische Energie –, dass man sich in ihrer Gegenwart kaum entspannen konnte.

In weniger als einer Stunde würde der Unterricht zu Ende gehen. Die Polizisten hatten die Schüler einen nach dem anderen aus der Klasse geholt und zur Befragung in Schwester Augustines Büro zitiert. Ich stellte mir vor, wie die angesengte Bluse in meinem Schreibtisch zu Asche zerfiel. Bei einem Blick aus dem Fenster sah ich Eltern, die mit besorgter Miene vor der Schule parkten.

Plötzlich bellte BonTon.

»Pst, Bonnie«, beruhigte Prince sie. »Schon gut, Schätzchen.«

Ich sah Sergeant Decker in der Tür. Detective Grogan stand hinter ihr.

»Haben Sie kurz Zeit?« Sergeant Decker schlug ihren Spiralblock auf.

»Klar. Ich hänge nur mit meinen Fans im Green Room ab und lasse mich bewundern. Nein, ich habe nicht kurz Zeit.«

»Sie sehen auch aus, als wären Sie beschäftigt«, zog Decker mich auf, »mit Ihren ganzen Spielsachen.« Sie hob einen Capo auf und ließ ihn um ihren Finger wirbeln.

»Ich unterrichte, wie Sie deutlich sehen können.«

Detective Grogan fuhr sich mit einer Hand durch die dichten honigblonden Haare. Sergeant Decker schnalzte mit ihrem Kaugummi. Sie war klein und kräftig. Eintönig bis auf ihre langen Braids, die sie im Nacken mit violetten, goldenen und grünen Perlen zusammengebunden hatte – den Farben des Karnevals. »Augustine sagte, Sie wollten uns etwas mitteilen. Wir brauchen noch mehr Details über den Ostflügel.«

»Jetzt? Hier?«

»Jetzt«, antwortete Decker. »Es sei denn, Sie wollen lieber mit aufs Revier kommen?«

»Oooohh«, rief Skye theatralisch.

»Schwester Holiday hat Ärger«, sang Ryan Brown.

»Klappe halten, Mister Brown«, sagte ich, was Rebecca ein reflexartiges Zwinkern entlockte. »Fünf Minuten, Leute. Versuchen Sie, nicht den Rest der Schule abzufackeln. Rebecca und Fleur, Sie haben das Sagen. Wenn jemand ein Handy rausholt, berichten Sie mir.«

Die Mädchen nickten.

Rebecca und Fleur waren meine besten Schülerinnen und während Jamies und Lamonts Abwesenheit die einzigen verlässlichen. Sam war nicht aufsässig, aber auch nicht besonders vielversprechend. Er konzentrierte sich nur aufs Schwimmen und nichts anderes. Ryan war schwer einzuschätzen, aber nicht abgebrüht genug, um eine echte Gefahr darzustellen. Den meisten Jungs konnte man nicht trauen. *Testosteronvergiftung*, hatte Moose oft junge Männer kommentiert, die sich aufplusterten.

Wenn mein Bruder das sagte, stellte ich mir immer vor, wie Comicgift durch die Adern der Jungen floss.

Mein Halstuch war erstaunlich stark durchgeschwitzt. Ich zog meine Handschuhe fest an, dann trat ich mit den Mordermittlern in den Flur. »Also gut, was gibt's?«

»Als Sie Jamie die Treppe hinuntergeholfen haben, haben Sie da etwas gehört?«

»Den Feueralarm. Lamonts lautes Weinen. Sonst nichts.«

»Sie haben nichts vor dem Haupteingang der Schule gesehen, bevor Sie ohnmächtig wurden?«

»Nein.«

»Wie lange waren Sie weggetreten?«, fragte Grogan.

»Woher soll ich das wissen? Ich war« – ich lehnte mich vor – »bewusstlos.«

»Nur ruhig Blut, Schwester«, sagte Sergeant Decker mit einem Grinsen, als hätte sie gerade etwas höchst Amüsantes und Originelles gesagt.

Ich sammelte mich. »Sie sind die Ermittler«, sagte ich. »Sehen Sie sich die Tatortfotos an. Oder noch besser, zeigen Sie mir die Fotos.«

»Nur ruhig Blut«, wiederholte Sergeant Decker. »Arbeiten Sie mit uns zusammen, Schwester. Haben Sie draußen neben Jack Corollas Leiche etwas gesehen? Ein Handy? Ein Portemonnaie?«

»Nein, ich –«

»Haben Sie den anderen Hausmeister gesehen«, Decker blinzelte aufgeregt, »ähm, Bernard Pham?«

»Nein. Ich habe Bernard nicht gesehen. Bis auf Lamont und Jamie war die Schule leer. Ich wollte Ihnen noch erzählen, dass Jack Corolla vor seinem Tod gesagt hat, es würde bald etwas

Schlimmes passieren. Vielleicht war es Vorsatz, und das Feuer sollte Jack zum Schweigen bringen. Er hat seine Vorahnungen immer sehr ernst genommen.«

Die Bluse erwähnte ich nicht.

Auch nicht den Heiligen Geist.

Polizisten trauten mir nicht, und ganz sicher traute ich ihnen nicht. Den Handschuh hatte ich schon abgegeben, und die Bluse würde ich zuerst Riveaux zeigen und sehen, was sie davon hielt.

»Hm-hm.« Grogan musterte mich vom Scheitel bis zur Sohle. »Vorahnungen.«

Decker lachte.

Selbst mit meinem Halstuch und den Handschuhen fühlte ich mich nackt.

»Also, Jamie und Lamont. Wir interessieren uns für die beiden«, sagte Decker. »Das heißt, sie sind mögliche Verdächtige.«

»Ich weiß, was das heißt, verdammt!« Deckers Auftreten ging mir gegen den Strich. »Es ist ja sinnvoll, den Kreis der Verdächtigen weit zu fassen,«, widersprach ich, »aber das sind liebe Jungs. Die würden niemandem was tun.«

Hätte ich meinen Verdacht über Jamie und Lamont und ihr mögliches schwules Romeo-und-Julia-Drama erwähnen sollen? Vielleicht. Aber erst, wenn ich sicher war, dass die Polizei meinen Jungs keine Falle stellen würde. Ich musste sie beschützen. Rassistische, homophobe Typen wie Grogan träumten wahrscheinlich davon, schwule schwarze Jungs wie Lamont mit Schlagringen zu bearbeiten. Jamie zusammenzuschlagen wäre dann noch ein Bonus gewesen.

»Hm, na gut«, entgegnete Decker. »Jetzt zu Prince Dempsey. Dieser Schüler hat ein hübsches Vorstrafenregister. Und er hat schon zwei Feuer gelegt. Deshalb glauben wir –«

»Und das Motiv?«, unterbrach ich.

Prince Dempsey zu verdächtigen, war natürlich naheliegend, aber meine queere Paranoia hatte mir antrainiert, nach weniger offensichtlichen Antworten zu suchen.

»Dazu ermitteln wir«, sagte Grogan.

»Haben Sie Prince' Alibi überprüft, dass er mit seinem Hund spazieren war?«

»Der Hund will nicht reden«, witzelte Grogan.

»Haben wir«, sagte Decker, »und niemand im Viertel hat ihn bemerkt. Außerdem kennt er dieses Gebäude gut und findet sich leicht zurecht.«

»Ich auch.« Ich verschränkte die Arme.

»Oh, das ist uns bewusst.« Sergeant Decker lächelte Grogan an.

»Außerdem ist das kein Motiv«, sagte ich und stellte mich auf die Fußballen.

»Na schön, Schwester«, sagte Decker. »Sagen Sie uns Bescheid, wenn Sie den Täter geschnappt haben. Aber denken Sie daran, dass New Orleans nicht Cabot Cove ist.«

Ich werde den Fall vor euch lösen, dachte ich und schlug das Kreuz. Der Tanz meiner Muskeln war ein geschmeidiges Ritual, das mich beruhigte und erdete. *Im Namen des Vaters, des Sohnes und des Heiligen Geistes.* War es falsch, dass ich mich in jedem Namen wiederfand, dass ich mich als Teil von ihm fühlte? Sind wir nicht alle heilige Flammen im unbegreiflichen Feuer des Lebens?

Grogan trat vor Decker und legte mir wieder eine Hand auf die Schulter. Mein alter Herr war Polizist, und er berührte nie einen Zivilisten, es sei denn, er kniete auf jemandem, der bei seiner Verhaftung Widerstand leistete. Für einen so großen Kerl hatte Grogan zarte Hände. »Danke, Schwester, dass Sie Anteil nehmen und Ihre Überlegungen mit uns teilen. Keine Sorge. Wir ermitteln in diesem Fall in alle Richtungen.«

Decker sah wieder auf ihren Notizblock. Verkehrt herum las ich die Namensliste: Bernard Pham, John Vander Kitt, Rosemary Flynn, Pater Reese, Schwester Augustine, Schwester Honor, Schwester Therese, Schwester Holiday (zu meinem Leidwesen doppelt unterstrichen), Jamie LaRose, Lamont Fournet und Prince Dempsey (eingekreist).

Decker kniff sich in die Nase und klappte ihren Block zu. »Wollen wir los?«, fragte sie Grogan.

»Also gut, fahren wir.« Grogan kratzte sich grotesk im Schritt, aus einem Reflex heraus oder vielleicht, um seinen Status als Alphaaffe zu signalisieren. Dann drehte das Duo sich um und verschwand den Flur hinunter.

»Rebecca, Tempo«, sagte ich, nachdem ich in den Musikraum zurückgekehrt war. Ich war aufgeregt, aber mit der Gitarre in der Hand konnte ich mich wieder konzentrieren. »Näher am Bund.«

Ich demonstrierte, wie man die Handgelenke beugte und die Saiten mit dem Daumen anschlug, als wäre er ein Pinsel. Ich wollte meinen Verstand ausschalten und meine Hände die Bewegung bestimmen lassen. Wenn ich spielte, war mein Körper glücklich. Ich versteckte mich nicht hinter meinem Instrument, aber mit der Gitarre in der Hand konnte ich ganz ich selbst sein. Sogar mit Energievampiren wie Prince Dempsey im Kurs erschien es mir nie als Zeitverschwendung, Musik zu unterrichten. Meine Schüler mussten die Techniken gründlich lernen, damit sie ein eigenes musikalisches Gespür entwickeln konnten. Damit beim Spielen ihr Körper übernehmen konnte. Das Muskelgedächtnis. Gitarre zu spielen – egal, ob man ein Lick perfekt hinbekam oder als Übung nur etwas ausprobierte – war die beste

Art, die eigenen Gedanken auszublenden und Dampf abzulassen. Aber statt meine Bewegungen nachzumachen, starrten die Schüler auf meine Hände. Sam kniff seine großen, chlorgrünen Augen leicht zusammen. Wenn meine Finger sich bewegten, waren meine Tätowierungen schwer zu lesen, aber die Kinder wussten schon, was dort stand. *Lost* (rechte Hand). *Soul* (linke Hand). *Verlorene Seele.* Trotzdem starrten sie.

Ich hatte mich längst an meine Tattoos gewöhnt, aber eines fühlte sich so lebendig an, dass ich es unmöglich vergessen konnte. Es war die Tätowierung, die mein Bruder und ich uns beide hatten stechen lassen. Während unserer Kindheit in Brooklyn hielten uns alle für zweieiige Zwillinge. Ich nannte ihn Moose, und er nannte mich Goose. Wir lasen dieselben Bücher (Nancy Drew, Sherlock Holmes), legten dieselben Puzzles, spielten dasselbe Detektiv-Brettspiel (Cluedo). Wir hatten eine eigene Sprache. Unsere achtzehn Monate Altersunterschied spielten keine Rolle. Ich war oft in Gedanken verloren (zu viel Es, behauptete Moose, nicht genug Über-Ich). Es gab die üblichen Rivalitäten. Wir sahen uns sehr ähnlich, obwohl meine Haare rabenschwarz waren – und sich nur verdammt mühsam blondieren ließen – und seine kastanienbraun. Nur unsere Augen waren vollkommen gleich.

Mein Bruder brauchte mich. Nachdem er sich im ersten Highschooljahr geoutet hatte, wurde er ständig gemobbt. Als ich sechzehn war und er fünfzehn, wurde Moose in der Umkleide von drei Mitgliedern des Footballteams der Schule brutal angegriffen. Er musste mit vier Stichen am Kopf genäht werden und mit mehr an anderen Stellen. Er war in der Leichtathletikmannschaft, die sich die Umkleide mit diesen Football-Neandertalern teilte. Nachdem sie ihn mit Fäusten geschlagen und ihm gegen den Kopf und in den Bauch getreten hatten, versperrten sie die Türen, und drei von ihnen vergewaltigten ihn. So etwas hatte ich noch nie gehört. Ich hätte nicht gedacht, dass Jungen vergewaltigt werden konnten.

Wie naiv ich damals war. Danach schwor ich mir, die unersättliche Kontrollsucht von Männern nicht mehr einfach so hinzunehmen. Mir würde nichts mehr entgehen.

Nach dem Angriff blieben Mom und ich zwei Tage lang bei Moose im Krankenhaus. Dad kam morgens vor seiner Schicht vorbei.

Ich weiß noch, wie sich seine weichen Haare anfühlten, als ich Moose den Kopf streichelte. »Sag mir, wer das getan hat.«

»Hör auf, Holly«, sagte Mom. »Er will keine Anzeige erstatten. Lass ihn, er muss sich ausruhen.«

Moose fielen die Augen zu, seine langen Wimpern warfen Schatten auf sein eingefallenes, vernarbtes Gesicht. Fünfzehn Jahre alt und schon kaputtgemacht.

»Sie werden dafür bezahlen«, sagte ich und ignorierte Mom.

Die Räder seines Betts quietschten, als Moose sich von mir wegdrehte.

»In dem Team sind fünfzehn Typen. Ich liste sie auf, und du sagst einfach Ja oder Nein.«

»Holiday, lass es sein!« Dad war so leise hereingekommen, dass ich ihn nicht bemerkt hatte. »Gabriel wird niemanden anzeigen.«

»Die Schule unternimmt nichts, wenn Moose keine Namen nennt. Er hat furchtbare Angst. Wir müssen ihm helfen!«

»Hör auf deinen Vater.« Mom konnte mich nicht ansehen.

»*Mom*. Sie haben Moose den Kiefer gebrochen. Diese Schweine werden bezahlen.«

»Nur Gott kann über die Sünder urteilen.«

»Gott braucht meine Hilfe, um diese Monster vor Gericht zu bringen.«

»Hör auf, Goose.« Moose weinte in sein Kissen.

Mom schüttelte den Kopf. »Nur Gott kann ihr Schicksal bestimmen. Vergib ihnen, Holiday. Nur wer leidet, lässt andere leiden.« Worte, die Schwester Augustine Jahre später wiederholte. »Nur verletzte Menschen können andere verletzen«, sagte Mom. »Konzentriere dich auf deinen Bruder. Es geht hier nicht um dich. Du stehst nicht immer im Mittelpunkt.« Als sie sich vorbeugte und Moose' Schulter streichelte, rannen Tränen über ihr Gesicht und tropften vom Höcker ihrer langen Nase.

Trotzdem stellte ich meine eigenen Nachforschungen an.

In der Schule fragte ich herum, ob irgendjemand etwas wusste. Natürlich hatte jeder einen Teil der Geschichte gehört, aber niemand wollte reden. Ich meldete mich zum Aufnahmetest für die Leichtathletikmannschaft an, prägte mir die Trainingspläne ein und beschattete alle fünfzehn Teammitglieder. Ich stellte mich dumm. Ich tat, als wäre ich hetero. Ich biederte mich an. Ich tat alles, was nötig war, um an sie heranzukommen. Im Laufe von drei Wochen machte ich mit vier Teammitgliedern rum, um ihnen Informationen zu entlocken. Diese Versager reimten sich nicht zusammen, dass ich Moose' Schwester war, trotzdem ging mein Plan nicht auf. Einem Typen blies ich einen in der Umkleide nach einem Spiel. Meinen Gaumen und die Lippen hatte ich mit Koks betäubt, aber das schwierigste war, meinen Ekel zu überspielen. Bei einer Hausparty in Greenpoint kippte ich vier anderen Typen Korn in die Drinks, um sie betrunken zu machen. Alkohol ist kein Wahrheitsserum, aber ich wollte ihre Hemmschwelle senken. Das funktionierte endlich. Todd McGregor, so abgefüllt, dass er die Augen nicht aufbekam, gestand. »Nnna uuund? Ich hab's gemacht.« Sein Lallen nahm ich mit dem Handy auf. »Schwuchteln – die wollen das doch. Die wollen durchgenommen werden. Ich hab ihm nen Gefallen getan.« Er leckte sich die Lippen, als wären sie mit Zuckerguss überzogen. Aus den Mundwinkeln sickerten Speichelfäden. »War irgendwann fällig. Sind wenigstens alle gut bestückt. Fand er sicher geil. Weil ich nen guten Schwanz hab. Ich könnte ein Unterwäschemodel sein. Willste sehen?« Er nannte zwei weitere Jungen, nestelte an seinem Reißverschluss herum und verlor das Bewusstsein. Ich sprühte VERGEWALTIGER auf die Spinde der drei Angreifer. Und Todd McGregor? Den ließ ich bei der Hausparty, an Händen und Füßen mit seinem Gürtel und seiner Krawatte gefesselt, mit dem Gesicht nach unten in seinem Erbrochenen liegen.

Klingt hart? Glauben Sie mir, ich hielt mich zurück. Am liebsten hätte ich mit diesem Arsch dasselbe gemacht wie Judit mit Holofernes. Das Team zu beschatten war leicht. Die Typen reinzulegen hat Spaß gemacht. Sie zu bestrafen war ein Genuss. Da fing alles an. Ich begriff, dass meine Spürnase eine weitere Gabe war, die ich Gott darbringen konnte. In einer kaputten Welt für Gerechtigkeit sorgen. Und sei es für einen flüchtigen Moment.

Die Aufnahme von Todd McGregors betrunkenem Geständnis schickte ich meinem Vater per Mail, aber er löschte es, ohne es sich anzuhören. Sagte, ein erzwungenes Geständnis sei vor Gericht auf keinen Fall zulässig.

»Zum letzten Mal, Holly, denk an die *Familie.*« Er schüttelte den Kopf. »Es klingt, als hätte dein Bruder den ersten Schritt getan. Ein unerwünschter Annäherungsversuch? Du weißt doch, wie Jungs sind. Echte Männer …« Dad unterbrach sich mitten im Gedanken, vielleicht begriff er zum ersten Mal wirklich die Tragweite der ganzen Sache. Die Schwere des Angriffs und seiner Reaktion darauf, ein Tornado, der uns alle auseinanderreißen und das Gefüge unserer Familie für alle Zeiten verändern würde. Aber er blieb dabei. »Gabriel hätte es besser wissen müssen.«

»Du willst doch nicht etwa sagen, Moose hätte es verdient?«

»Lass es gut sein. Ich bin da zu nah dran. Als Polizist darf man sich heutzutage nicht den kleinsten Fehler erlauben. Das weißt du. Es tut mir sehr leid, Holl. Wir als Familie werden Gabriel wieder auf die Beine helfen. Jungs können gemein sein, aber –«

»*Gemein?* Siehst du nicht, was sie Moose angetan haben? Sieh ihn dir an. Sie haben ihn verge–«

»Stopp.« Er hielt mir den Mund zu, bevor ich das Wort ganz aussprechen konnte. »Hör auf. Vertrau mir. Ich bringe das in Ordnung. Wir bringen das in Ordnung.« Dad nahm mich in die Arme, ich spürte seine weiche Wange an meiner Stirn. Polizisten in Brooklyn sind zäher als die Steaks, die meine Mom regelmäßig einäscherte, und Dad hatte einen Ruf zu wahren.

Nach dem Angriff wagte Moose sich nicht zurück in die Schule. Wir fingen an, gemeinsam zu schwänzen, dann brach er ab und machte seinen Abschluss an einer Abendschule. Er verlor sein Licht. Ohne Ambien oder Gras konnte er keine Nacht schlafen. Schon stillzusitzen triggerte ihn. Vor dem Angriff hatten wir uns oft mit unseren Insiderwitzen so zum Lachen gebracht, dass wir keine Luft mehr bekamen. Wir hatten beim Minigolf herumgealbert. Moose und Goose. Wir hatten uns Schneeballschlachten geliefert und auf den Kopf des anderen gezielt. Aber dann brachten wir uns gegenseitig bei, nichts zu brauchen, uns abzusondern, zu sublimieren. Erinnerungen waren wie Tretminen – wir lernten, welche Stellen wir meiden mussten. Er dachte, in meinen Augen wäre er nur Moose, der kaputte Junge, obwohl er doch Gabriel sein sollte, der Beschützer. Er hatte nicht unrecht. Ich hätte ihn so gern in die Arme genommen und das Stundenglas umgedreht.

Ich dachte, es würde ihn aufheitern, wenn wir uns zusammen tätowieren ließen. Wir entschieden uns für den Baum des Lebens. Eine Erinnerung an unsere Wurzeln, daran, dass er und ich immer miteinander verbunden sein würden. Verknüpft durch das, was wir sehen und was wir nicht sehen konnten. Mein Baum bedeckte fast meinen ganzen Rücken. Er sollte groß und kühn sein – so grell, dass er die Sonne überstrahlte und sein eigenes Licht auf diese beängstigende Welt warf. Moose' Baum war kleiner. Damit er Platz zum Wachsen hätte, sagte Moose. Er wartete im vorderen Bereich, während ich bäuchlings auf der Liege der Tätowiererin lag. Das Summen von Aimees Tätowiermaschine ließ meine Knochen vibrieren. Während der gesamten vierstündigen Prozedur sang Aimee. Mir gefiel, wie ihr Atem über meinen Nacken strich, während sie arbeitete. Ihre starke Hand auf meiner Schulter hielt meinen Körper absolut reglos, während ihre Nadel Wurzeln, Äste und eine unglaublich zarte Maserung der Rinde in mich stach. Bäume gehörten zu Gottes zahlreichen Wundern. Quelle von Energie, Leben, Schatten, Schutz. Heutzutage allerdings blieb mein Baum des Lebens verborgen. Ein Ich begraben unter dem anderen.

Prince' Lachen schreckte mich aus meinem Tagtraum auf. Er hatte weiter Schorf abgeknibbelt und starrte aus dem Fenster.

»Mr Dempsey, da draußen sind keine Antworten auf die drängenden Fragen des Lebens zu sehen. Wenden Sie sich der Musik zu, falls es Ihnen möglich ist.«

»Nerven Sie nicht so beschissen rum, falls es Ihnen möglich ist.« Er kratzte sich am Nacken. Obwohl ich einen halben Schritt entfernt stand, fiel mir sein schlechter Atem auf, er roch nach Schwefel und billigen Zigaretten.

Prince sah sich im Musikraum um und beobachtete, wie die anderen Schüler reagierten. Ihm ging es nur um Aufmerksamkeit. Vielleicht hatte das Abfackeln der Schule ihm den zweifelhaften Ruhm gebracht, nach dem er sich sehnte. Am liebsten hätte ich Prince von seinem Stuhl gestoßen und ihn am Kragen gepackt. Stattdessen schob ich seinen Gitarrenkoffer mit dem Fuß hinter seinen Stuhl, außerhalb des Sitzkreises. Dann gab ich den Kindern eine schwierige Übung auf – ein Arpeggio, einen gebrochenen Akkord, bei dem die Noten nicht gleichzeitig, sondern nacheinander gespielt werden – damit sie auf ihre sechs Gitarrensaiten sehen mussten.

Solange ich mal eine Minute unbeobachtet war, konnte ich unbemerkt Prince' Koffer öffnen. Hinter seinem Rücken, wo BonTon noch ein Nickerchen machte, durchsuchte ich seinen Gitarrenkoffer nach Beweisen – nach irgendetwas, das Prince' Schuld oder Unschuld aufzeigen konnte. Ich strich über die Satintaschen des Koffers. Nichts. Ich tastete ihn nach einem doppelten Boden ab. Einen Moment lang fürchtete ich, ein Schüler könnte sich umdrehen und fragen, was ich da tat. Aber sie waren wie üblich so mit sich selbst beschäftigt, dass sie nicht einmal bemerkt hätten, hätte es Grashüpfer geregnet. Meinen einzigen Fund machte ich in einer Seitentasche, ein Plastiktütchen mit bildhübschen blau-grauen Marihuanabuds. Ich steckte es für mich und Bernard ein.

Bernard würde es zu schätzen wissen. Seine leicht anarchistische Punkader und sein großes, chaotisches Herz waren für mich wie Anker, und ich war froh, dass ich ihm eine kurze Auszeit, einen Takt einer Rhapsodie spendieren konnte. In mancher Hinsicht war sein Leben ganz ähnlich wie meines verlaufen – seine anständigen, hart arbeitenden Eltern hatten ihn nicht verstanden, offenbar von klein auf, und hatten versucht ihm einzureden, er würde sich selbst nicht kennen. Sein Vater, ein Fischer im Golf, war der festen Ansicht, Kunst sei ein hedonistischer Zeitvertreib. Nicht unbedingt eine Sünde, aber von der Erlösung Welten entfernt.

Prince stellte seine Füße auf den Gitarrenkoffer, den ich wieder vor ihn geschoben hatte, ohne dass er oder ein anderer es bemerkt hätte. Ich war wieder unsichtbar. Eine Nonne und ein Detektiv haben viel gemein. Beide verschmelzen mit ihrer Umgebung. Und versuchen Sie es ruhig, aber man kann uns nicht zermürben. Wir sind so geduldig und hartnäckig wie Blut.

Ryan Brown entfuhr ein leiser Schrei, als er sein Handy fallen ließ. Er hatte wohl versucht, heimlich zu schreiben. Oder die Klasse zu filmen. Herumzuschnüffeln. Am Abend des Feuers hatte er auch Fotos gemacht.

»Handy, bitte.« Ich streckte die Hand aus, und Ryan Brown gab es mir. »Danke. Nach dem Unterricht bekommen Sie es zurück.« Ich steckte es in die Gesäßtasche meiner schwarzen Hose, dann fuhr ich mit der linken Hand am Gitarrenhals auf und ab und spielte drei Akkorde. »Und keine Widerrede, Mr Brown.«

»Ich habe gar nichts gesagt!«

»Aber Sie wollten es, oder?« Ich nickte langsam, und Ryan nickte mit. »Entschuldigen Sie«, sagte ich ein paar Dezibel lauter, damit die ganze Klasse es hörte, »da sehe ich wieder Detective Grogan.«

Nur war Grogan gar nicht da. Ich schlüpfte mit dem Handy

auf den leeren Flur. Wie leicht und hell es war. Mir fehlte es, ein Handy zu haben – die Abhilfe gegen Langeweile. Ich suchte seine Fotoapp. Sie enthielt Bilder von Blunts und Jugendlichen beim Zocken, ein paar Fotos von mir am Sonntagabend im Krankenwagen (ich sah richtig jämmerlich aus) und von der brennenden Schule. Nichts, was ich nicht schon gesehen hätte. Ich hörte auf dem Flur, dass die Schüler unruhig wurden. Ich schaltete Ryan Browns Handy aus und trat schnell in den Raum.

BonTon stand auf und streckte ihren muskulösen Körper. Rebecca weinte. Ihr schlaksiger Körper war zusammengesackt wie eine alte Vogelscheuche.

»Was ist passiert?«

»Prince hat mir ein paar Haare ausgerissen.« Rebeccas Stimme kippte.

Es roch nach angesengten Haaren.

»Mr Dempsey.« Ich schloss die Augen. »Haben Sie tatsächlich Rebecca Haare ausgerissen und sie verbrannt?«

»Die Alte spinnt«, sagte er. »Das hat sie erfunden.«

»Das macht er ständig, schon seit er die Toilette abgefackelt hat«, sagte Ryan finster.

»Wo sind die Beweise?« Prince hielt lächelnd die Hände hoch. Sein Zippo lag auf seinem Tisch.

»Rebecca, bitte nehmen Sie meine Entschuldigung für diesen Übergriff an.« Ich wandte mich an Prince. »Sehen Sie sich vor.« Ich griff nach seinem Feuerzeug, aber er bewegte sich zu schnell.

»Lass Prince den Raum, zu lernen und Fehler zu begehen, zu *wachsen*«, hatte Schwester Augustine mir vor acht Monaten aufgetragen, nachdem er auf der Toilette Feuer gelegt hatte. »Prince und seine Mutter waren nach Katrina vierundzwanzig Stunden auf dem Dach ihres Hauses gefangen.«

»Genau wie viele andere.« Ich rückte mein Halstuch zurecht.

In Schwester Augustine kam Leben. »Streng zu sein ist leicht. Mitgefühl ist schwer.« Unsere Direktorin missionierte stets mit einem Lächeln. »Sei geduldig. Betrachte das große Ganze. Jede Schwester spielt eine wichtige Rolle dabei, die Welt zu erlösen. Dein Beitrag könnte der allerwichtigste sein, Schwester Holiday.«

»Sei nicht so 'ne Schwuchtel, Ryan.« Prince' Stimme zerrte mich zurück in die Gegenwart.

»Prince Dempsey, halten Sie Ihr Proletenmaul, sonst stopfe ich es Ihnen.«

Prince lief rot an und ließ sich auf seinem Stuhl nach unten rutschen.

Ich war zu weit gegangen, aber ich konnte es nicht ungeschehen machen.

Als die Schulglocke läutete, blieb Prince mit BonTon zu seinen Füßen reglos sitzen.

Herr, vergib mir. Gewähre mir die Kraft, zu verstehen. Ich zog die Schultern fest zurück. Prince war ein Kind – bei all seinen Launen und seinem Großtun war er ein verletztes, verlorenes Kind, das wütend war über die Ungerechtigkeit des Lebens. Wütend darüber, dass die Welt mehr nahm, als sie gab.

8

Nach Unterrichtsschluss musste ich mit meiner Gitarre in die Innenstadt laufen, zu meiner Schicht im Geburtszentrum des Gefängnisses mit Schwester T. Das war mein Dienst an der Gemeinde, jede Woche fünf Stunden.

Bevor ich mich auf den Weg machte, bemerkte ich Prince und BonTon vor der Schule. Die beiden Polizeiautos, die den ganzen Tag dort geparkt hatten, waren nirgends zu sehen.

Die violette Kreppmyrte verströmte Hitze, durch den aufsteigenden Dunst flog ein schwarzer Schmetterling. Prince und BonTon erreichten Jacks Kerzenschrein. Als Prince mit dem Rücken zu mir vor einer Gebetskerze stehenblieb, dachte er wohl, er wäre allein, oder es war ihm egal. Mit einer Hand hielt er BonTons Leine. Die andere hatte er vor sich. Etwas plätscherte. Zwei Kerzen erloschen.

Der Junge pinkelte auf die Gedenkstätte. Vielleicht genügten Respektlosigkeit und Wut doch als Motiv.

Ein Polizeiwagen kehrte zurück, und Prince und BonTon trotteten weiter.

In mir stieg Zorn auf, aber ich sagte nichts. Hielt ihn nicht davon ab. Auf der Straße prägte ich mir die Einzelheiten dieser Szene ein.

Nonnen konnten nicht mal Päckchen Kaugummi kaufen, geschweige denn eine hochauflösende Kamera. Für mich gehörte mein Gedächtnis zu meinem wichtigsten Handwerkszeug. Manche Menschen prägen sich Dinge ein, indem sie sich Namen, Einzelheiten und Zeitpunkte laut vorsagen, wie eine Beschwörung. Ich listete Einzelheiten stumm auf, für mein geistiges Ohr. Ich könnte ein, zwei Stunden damit zubringen, die feinen Verästelungen der Sprünge im Toilettenspiegel einer Kneipe, die ich nur einmal besucht hatte, zu beschreiben.

Jeder durchschaute das als Zwangsstörung. Bis auf Nina.

Aber Nina durchschaute mich.

»Die Holiday-Steuer«, nannte Nina es, den Preis, den sie zahlen musste, um mir nahezukommen.

Nina Elliott. Wir spielten in derselben Band. Und sie nahm mir meine Jungfräulichkeit, wenn man es so nennen konnte, aber in Wahrheit gab ich sie bereitwillig. Begierig.

Nicht, dass irgendein Aufklärungsunterricht, an dem ich je teilgenommen hatte, erklärt hätte, wie lesbischer Sex ablief oder was »queer« bedeutete, deshalb war ich mir damals nicht sicher. Nina war die Tochter eines eigenwilligen Aktienhändlers und einer Virtuosin in der Welt des Cool Jazz, der alles andere als cool war und mit Jazz so viel zu tun hatte wie eine Autoalarmanlage. Sie hatte diesen Schlafzimmerblick von Playboymodels aus den Siebzigern, bronzefarbene Haut und einen Hauch von Filmstar, dazu enge gestreifte Oberteile und Feuer in ihren verschiedenfarbigen Augen. Ein Auge war grün. Das andere sepiabraun wie ein altes Foto.

»Typisch Bisexuelle«, sagte ich, »nicht mal deine Augen können sich entscheiden.«

»Du bist nur neidisch«, entgegnete Nina und blinzelte zweimal.

Natürlich war ich neidisch.

Wir fingen an rumzumachen, als wir siebzehn waren. Sie war der klügste und schärfste Mensch, dem ich je begegnet war, und hatte einen Körper, der mich um den Verstand brachte. Ihr Hintern war so straff wie ein Trampolin. Auch ihr Verstand machte mich an. Zu hören, wie sie über Bibliothekswissenschaften ins Schwärmen geriet. Fünfzehn Jahre später machten wir immer noch herum, bis ich den Schlamassel, den ich angerichtet hatte, hinter mir ließ und nach New Orleans ging.

Wenn Nina oder ich zu viel getrunken hatten und der anderen schrieben, landeten wir zusammen im Bett, selbst nachdem sie Nicholas geheiratet hatte.

Nina und Nicholas: Das perfekte Paar stand auf der Save-the-date-Karte, die ich in meiner Spüle verbrannte.

Ihre Heirat brachte mich fast um, und obwohl ich es nie zugab, wusste Nina es. Ich antwortete nicht auf die offizielle Einladung. Erschien nicht zum Probeessen. Tauchte bei der eigentlichen Feier in irgendeiner Hochzeitsfabrik in Long Island City auf, in einem umwerfenden blauen Kleid und monumental abgefüllt. Nachdem ich zusehen durfte, wie sie zu »I Swear« tanzten, kippte ich drei Bourbons, pur. Ein Hoch auf kostenlosen Alkohol. Und dann vollbrachte ich das Glanzstück, ihren Hochzeitsbogen umzutreten, dass Löwenmäulchen und Allium nur so flogen. Wie gut es sich anfühlte, sie für einen Moment aufzuhalten. Ihre Rosen zu zertreten. Ich trampelte auf ihrem prachtvollen *N+N* herum, bis ich meinen Fuß auf einem rostigen Nagel aufspießte und ein Glatzkopf namens Onkel Kevin mich hinaustrug. Den restlichen Abend verbrachte ich im Mount Sinai und wartete auf eine Tetanusspritze. Liebe war doch auch nur eine Infektion. Wie Gift, das man den Zähnen einer Klapperschlange entnimmt, kann ein wenig davon heilen. Ein tiefer Biss, und das Herz bleibt stehen.

Nicholas Nieman Jordan hatte einen Namen wie ein Serienkidnapper und dazu die passende narzisstische Persönlichkeit. Nina lernte ihn im kultivierten Paris kennen, als sie dort studierte. Er war in diesem Semester ihr Professor für Malerei, ein Kunstwissenschaftler, der Kunst zu verabscheuen schien, so, wie er sich darüber lustig machte. Nina schien seine Großtuerei zu gefallen. Das Gegengift für ihre halbherzigen Eltern. Als Bonus war er ein Amerikaner in Paris. Für Nicholas Kidnapper Jordan war alles eine Zerstreuung – die Wissenschaft, höfliche Gespräche, die Ehe. Ich durchschaute seinen Charme, aber er konnte Nina stärker an sich binden als ich. Sie gab sogar ihren Nachnamen auf und nahm bei der Hochzeit seinen an.

In diesen langen Jahren unserer Liaison, in denen Nina und ich sagten, wir würden die andere nicht zu nah an uns herankommen lassen, waren wir zum Scheitern verurteilt. Sie liebte mich und ich liebte sie, aber wir hatten kein Vertrauen in uns. Wir glaubten nicht, dass es je für ein »uns« reichen würde. Sexismus und Homophobie hatten wir so verinnerlicht, dass sie sich bis ins Mark bohrten. Was hatte ich denn erwartet, als ich bei Ninas Hochzeit auftauchte? Dass sie es sich spontan anders überlegen und sagen würde: *Ich entscheide mich für Holiday*, einen Kniefall machen und mir den Ring reichen würde, wie in den dummen Filmen im Flugzeug, bei denen ich immer weinen musste? (Um meine Tränen darauf zu schieben, dass ich betrunken und dehydriert sei.) Ich war entsetzt darüber, welchen Weg Nina gewählt hatte. Aber sehen Sie mich jetzt an, Schwester Holiday, Braut Christi, ganz ohne Nachnamen.

Nina und ich hatten drei Dinge gemeinsam: Musik, Vögeln

und Fortgehen. Dieses Gefühl, dass sich hinter uns eine Tür schloss. Vielleicht war es wahre Liebe – uns einander körperlich hinzugeben, die Nähe der anderen zu genießen, so aufeinander eingestimmt zu sein, dass wir nicht reden mussten oder einen großen Wirbel machen oder unsere Beziehung definieren. Wir konnten sie einfach zusammengeknüllt auf dem Boden liegen lassen, bis wir bereit waren, uns wieder in sie einzuhüllen.

Mit ihr fühlte ich mich so lebendig, fast wie im Rausch, so tosend vor Leben, dass mir das Blut fast durch die Haut platzte. Mein Verlangen war wie ein Tinnitus des Herzens – ein flügelzartes Surren, das jeden Laut untermalte. Ich war wütend, weil Nina nie mir gehören würde. Wütend, weil wir uns nie eine echte Chance gegeben hatten. Ihre verschiedenfarbigen Augen. Ihre Haut, warm, immer glatt und fest, wie ein Stein in der Sonne. Ich hasste mich dafür, dass ich sie besitzen wollte. Hasste mich, weil ich lernte, den Schmerz zu lieben. Gibt es eine anmutigere Qual, als dem nachzujagen, was man niemals einfangen wird? Einer Liebe, die rein bleibt, weil man sie sich versagt und hinter Glas einschließt. Eine ewige Sehnsucht, die einen nie loslässt. Vielleicht war das der Prüfstein Gottes, die Schichten der Wahrheit, die ich über mich entdecken musste.

Dieser Dienstag war eine weitere Prüfung. Mit meiner Gitarre schleppte ich mich durch die heißeste Phase des Nachmittags und folgte schweißüberströmt einer Second Line. Frauen mit Trompeten und weißen Kleidern spielten und sangen beim Laufen. Ein besonderer Anlass war nicht nötig. Jeder Tag brachte eine Parade mit sich. Aufzuwachen war Grund genug, ausschweifend zu feiern. In New Orleans wirkten selbst die Puppen betrunken, anzüglich wie bei der Burleske. Mir gingen die grausigen und wundersamen Entdeckungen durch den Kopf, die ich in meinem Jahr als Schwester beim Putzen oder bei meinem Dienst gemacht hatte: Eine Tasche voll Geld, das hinter einer doppelten Wand der Kirche schimmerte (Pater Reese gegeben). Eine mumifizierte Katze im Kriechkeller des Klosters (im Garten begraben). Eine Tasse und eine leere Flasche Absinth (die Tasse gab ich Ryan Brown mit dem Hinweis: *falls du mal nicht alle Tassen im Schrank hast*). In der Second Line tanzten Jung und Alt, sie trugen ein großes Foto eines älteren Mannes bei sich und ehrten das Leben ihres Vaters, Cousins, Nachbarn, Freundes, Chefs, Mitmenschen. Alle Sünder und Heiler zusammen, betrunken von warmem Bier, in elfenbeinfarbener Trauerkleidung, beteten sie um Erlösung und erflehten eine Wiedergeburt. So wie ich. Wenigstens hatte ich einen Plan. Das heißt, Gott hatte einen Plan. Aber ich war eine verdammt gute Verstärkung.

Ein Werkzeug Gottes, das bin ich. Eine gesegnete Söldnerin in einer glutheißen Stadt, in der einen die Luft so fertigmachte wie ein Kater nach zu viel Whiskey. Nicht, dass ich in letzter Zeit einen Kater gehabt hätte. Aber manchmal will der Körper ein Fieber einfach nicht vergessen, wie sehr man sich auch bemüht. Wie sehr man auch schwitzt. Als der heilige Augustinus ins Inferno starrte, flehte er nicht um Wasser, sondern um Flammen: *Gebt mir das Feuer.*

Nach fünf Kilometern zu Fuß in der drückenden Hitze, mein Arm von der schweren Gitarre schon taub, war ich dankbar, als ich Schwester T vor dem Gefängnis entdeckte. Sie lächelte, als sie mich sah. Mit ihrem heftigen Überbiss wirkte sie ein wenig wie eine Comicfigur, wie eine Hasengroßmutter, ein surrealer Anblick unter dem gewundenen Stacheldraht auf dem Gefängnisdach. Vorausschauend wie immer brachte sie mir ein Glas Eiswasser, an dem Kondenswasser hinunterrann. Ohne mich zu bedanken nahm ich das Glas, legte den Kopf in den Nacken und leerte es schnell. Die Hälfte des Wassers strömte an meinem Mund vorbei, tropfte mir von Kinn und Wangen auf das durchnässte Halstuch. Die Eiswürfel zerbiss ich wie ein Otter in einem Aquarium. Schweiß sammelte sich an meinem Kreuz, an den Wurzeln meines Baums des Lebens.

Wir gingen durch die Metalldetektoren, trugen uns in die Besucherliste ein und folgten Wärterin Janelle zum Geburtszentrum des Gefängnisses, das nicht größer war als mein Musikraum in der Saint Sebastian's. Dort wurden schwangere Insassinnen untergebracht und versorgt, und es gab einen abgetrennten Raum, in dem junge Mütter, die immer wieder vorbeischauten, drei, vier Mal am Tag Milch abpumpen konnten. Schwester T und ich verstauten die Milch im Kühlschrank – Name und Datum mit schwarzem Marker auf die Flaschen geschrieben –, bis es Zeit wurde, sie zu segnen und den Wärtern mitzugeben. Eine kostbare Fracht.

Ich war stolz auf unsere Arbeit in dem Zentrum, das die Schwestern Augustine und Therese 2005 nach dem verheerenden Hurrikan Katrina gegründet hatten, mit dem Segen der Diözese, bevor der Bischof und die Vikare uns an die kurze Leine gelegt hatten und bevor Schwester Augustine jedes neue Programm, jede Änderung der Abläufe und Schwester T zufolge jede Rolle Toilettenpapier rechtfertigen musste. Aber die Umstände, die das Zentrum nötig machten, brachen einem das Herz. Diese Frauen, von denen viele Missbrauch erfahren hatten, wurden schwanger inhaftiert. Die Strafen reichten von acht bis sechzehn Monaten. Drogen- und Diebstahlsdelikte. Ich bin verdammt sicher, dass meine Verfehlungen schlimmer waren. Diese Frauen brauchten Hilfe, keine Haft, nicht noch mehr Gewalt durch das System. Die Gefängniswärter richteten oft mehr Schaden an, als dass sie zu ihrer Heilung beitrugen.

Verletzte Menschen verletzen Menschen, hatte Mom mir und Moose gesagt. *Und geheilte Menschen heilen Menschen.*

Es war entsetzlich, wie wenig Kontakt jungen Müttern mit ihren Neugeborenen zugestanden wurde. Inhaftierte Mütter konnten ihre Kinder nur in den ersten vierundzwanzig Stunden nach der Geburt im Krankenhaus in den Armen halten. Zum Teil waren es vaginale Geburten, meist aber Kaiserschnitte. Sie waren schneller und leichter zu planen. Nach vierundzwanzig Stunden, um »eine Verbindung aufzubauen«, wurden die Mütter zurück ins Gefängnis gezwungen und die Kinder zu Verwandten oder Pflegeeltern gebracht. Oder in spezielle Pflegeheime. Von Anfang an wurden Familien auseinandergerissen.

Linda vertraute mir und Schwester T an, dass ihr vor der Geburt graute. Sie war schon mit ihrer Tochter schwanger gewesen, als sie ins Gefängnis kam, und hatte furchtbare Angst davor, sie zu verlieren. Solange sie das Kind in sich trug, konnte sie es fühlen, es nähren, seine Eigenarten und Gewohnheiten kennenlernen. Hatte ihre Tochter ihren Körper verlassen, würde Linda eingesperrt bleiben. Die Trennung war grausam, eine zweite Strafe.

Im Zentrum fanden die Frauen ein wenig Trost – beieinander und auch bei mir und Schwester T. Wir lasen die Bibel und Horoskope. Wir sangen, beteten und weinten. An manchen Tagen wollten die Frauen, dass ich ihnen zuhörte. Sie halten Death Metal für heftig? Dann hören Sie mal die Schreie aus tiefster Seele und das schwere Schluchzen von Frauen, die sich danach sehnen, ihre Babys zu stillen, sie im Arm zu halten, sie zu riechen. Das Zentrum war ein Ort, an dem Frauen unter den wachsamen

Augen von Wärterin Janelle und zwei Überwachungskameras trauern und Freude finden konnten. So oft wäre ich am liebsten hochgeklettert und hätte die Kameralinsen zerschlagen. Aber ich bemühte mich, ein gewisses Maß an Anstand zu wahren. Keine leichte Aufgabe an einem so menschenverachtenden Ort.

Mom wäre stolz gewesen.

Manchmal gab ich den Frauen meine Gitarre und hielt mich zurück, während sie etwas schrammelten.

»Sehe ich cool aus?«, fragte Yasmine.

»Total heiß«, sagte Linda.

»Sie steht Ihnen wirklich gut«, sagte Schwester T und lächelte wie ein kaputter Reißverschluss.

Musik zu machen war für mich, wie im Mutterleib zu sein. Sie umfing mich vollkommen. Ich wollte den schwangeren Frauen und jungen Müttern die Gelegenheit geben, das selbst zu erfahren, wenn sie wollten.

Der Gedanke, ein Kind zu haben, ist mir selbst ein oder zwei Mal gekommen. Nina und ich hatten sogar darüber gesprochen. Wie hätte es anders sein können? Es ist der größte Zaubertrick von allen. Wir, wir Frauen, waren die ersten 3D-Drucker. Generative Fertigung. Ein Körper – oder zwei, wie bei Renees Zwillingen – entsteht aus einem anderen.

An diesem Dienstagnachmittag pumpte Renee Milch für ihre Söhne ab. Yasmine, Peggy, Linda und Mel, die alle unterschiedlich weit waren, redeten, tratschten, erzählten Geschichten. Manchmal kam es mir vor wie früher in Brooklyn mit meiner Band. Nur ohne Drama und Drogen.

Schönheiten, diese Frauen. Die Narben und Geschichten. All die Masken, die sie tragen.

Aber vor Gott können wir uns nicht verstecken.

Im Zentrum gab es keine Fenster. Keine Lightshow durch Buntglasscheiben. Keine beruhigenden Pflanzen oder blaue Teddybären. Keine weichen Kissen. Aber die Frauen sagten, es sei der einzige ruhige Ort in dieser Sardinendose von Gefängnis.

An diesem Tag dösten Mel und Linda auf der Seite liegend, in ihren weißen Uniformen drückten sie Halbmonde in die dünnen Matratzen, die so hellbraun waren wie altes Papier. Yasmine saß auf ihrem schmalen Bett und rieb sich über den wachsenden Bauch. Weil Peggy las, konnte ich ihr orangefarbenes Armband mit ihrer Häftlingsnummer sehen. Farblose Wände, das Brummen der Milchpumpe und eine Luft, in der sich kein Hauch regte, verstärkten die dumpfe Atmosphäre des Zentrums.

»Sind sie nicht perfekt?« Schwester T zeigte auf ein Foto von Renees frühgeborenen Zwillingen, die sich einen Brutkasten teilten.

Ich nickte und fügte hinzu: »Zähe kleine Kerlchen, die beiden. Die werden sie doppelt auf Trab halten.«

Aber das Foto der Zwillinge machte mir Angst.

Sie waren zu klein. Kabel verliefen über ihre unfassbar zarten Körper in einem Brutkasten der Neugeborenen-Intensivstation.

Mein Blick huschte über die Betonwände. Renee saß in der Ecke in einem grauen Schaukelstuhl und pumpte Milch ab. Was für ein Gefühl es sein musste, ihre verletzlichen Söhne zu sehen, die so früh zu Welt gekommen waren, und sie nicht berühren zu können.

»Wunder gibt es überall.« Schwester T schien vor ihren eigenen Worten Ehrfurcht zu haben. »Gott hat uns reich gesegnet«, sagte sie zu Renee und vielleicht auch zu mir. »Es mag jetzt schwer zu erkennen sein, aber die göttliche Hand des Herrn ist am Werke.« Sie verteilte einen Stapel Babybücher an die Mütter, damit sie etwas hineinschreiben konnten. Wir würden sie dazulegen, wenn wir das nächste Mal die Milch verschickten.

Wärterin Janelle folgte uns, wenn wir durch den Raum gingen.

»Am selben Abend, an dem Jack Corolla in Gottes Reich aufgenommen wurde«, Schwester T unterbrach sich und schlug ein Kreuz, »brachte Renee zwei neue Leben auf diese Welt.« Ihr Lächeln und ihre freundlichen Augen wärmten den muffigen Raum. »Das Leben ist ein endloser Kreislauf«, sagte sie. »›Die Sonne, die aufging und wieder unterging, atemlos jagt sie zurück an den Ort, wo sie wieder aufgeht.‹ Prediger 1,5.«

Ich stellte mir vor, wie sich Jacks Lebenskraft teilte und diesen winzigen Zwillingen zusätzlichen Kampfgeist verlieh.

»Können Sie die Milch segnen?«, bat Renee mich. Sie hatte ein elegantes ovales Gesicht und ganz sanfte Augen.

Ich zog meine Handschuhe aus und legte Renee eine Hand auf die Schulter. Sie hörte auf zu schaukeln und atmete scharf ein, als ich sie berührte. Wir beteten zu Gott, er möge sie und die Kinder gesund erhalten.

Nachdem wir die Milch gesegnet hatten, nahm ich meine Gitarre aus dem Koffer neben Wärterin Janelle.

Mel, die eine einjährige Strafe absaß, rief von ihrem Bett herüber. »Schwester Holiday, können Sie ›You Are My Sunshine‹ spielen? Das hört meine Jenny am liebsten.«

Mit einem Kind draußen und dem zweiten unterwegs hatte Mel immer ein Foto von ihrer Jenny, einer kleiner Elfe mit strahlenden Augen, auf ihrem beigefarbenen Kissen.

Schwester T sang mit ihrer brüchigen Stimme, während ich spielte. Mel summte mit geschlossenen Augen, und ich fragte mich, ob sie betete, sich Jenny herbeidachte oder sich irgendwohin außerhalb dieser Mauern versetzte.

Ich spielte nacheinander die größten Hits des Zentrums – ›Somewhere over the Rainbow‹, ›On Eagle's Wings‹, ›Turn! Turn! Turn!‹ –, dann musste ich für eine andere Stimmung sorgen. »Wie wäre es mit meiner, na ja, Lieblingshymne, ›Ring of Fire‹?«

Renee und Mel lachten.

Mel setzte sich auf. »Ich liebe Johnny Cash. Bei dem Song kriege ich Lust, ungezogen zu werden. Darf ich das sagen?«

Wärterin Janelle zog die Schultern hoch und setzte sich auf ihrem verbeulten Klappstuhl aufrechter hin.

»Das dürfen Sie«, sagte ich und schlug die Saiten an. »Wo wir gerade über Feuer sprechen, weiß jemand etwas über Brandstiftung?«

Auch die leiseste Erkenntnis würde mir helfen, das Feuer im Ostflügel aus einem anderen Blickwinkel zu betrachten. Trotzdem kam es mir niederträchtig vor, diese Frage zu stellen.

Es war still im Raum, bis Yasmine sprach. »Vor Jahren in Texarkana, echtes Drecksloch, da hat mein Ex wegen Brandstiftung gesessen.« Ihr grüner Lidschatten war tadellos aufgetragen. Sie achtete offenbar sorgfältig auf Details. »Mein erster Mann«, fuhr sie fort. »Eric. Er hat seine Grillbude abgefackelt, um die Versicherung zu kassieren. Dann hat er sich eine Woche später direkt vor den Laden gesetzt, vor den Augen der Polizei. Das machen Pyros so, wissen Sie.«

»Was machen sie?«

»An den Tatort zurückkehren«, sagte Yasmine. »Sie sehen sich ihr Werk gern an. Da stehen die drauf. Eric ist gefilmt worden, wie er einen Tag, bevor alles abgebrannt ist, zwei Kühlschränke und einen Smoker vertickt hat. Was ein Idiot. Ehemänner sind nur für eine Sache gut, und selbst dabei stehen sie nicht immer ihren Mann, wenn Sie verstehen, was ich meine. Oh, tut mir leid, Schwester! Ich –«

Ich zwinkerte. »Ich weiß, was Sie meinen.«

Meine unkonventionelle Art schien den Damen zuzusagen. Sie machten Bemerkungen über meine blond gebleichten Haare und meine tätowierten Hände, als ich »Let It Be« spielte. Ich war mit vierzig Jahren Abstand die jüngste Nonne im Orden. In meinem alten Leben hatte es zu meinen lesbischen Superkräften gehört, Heterofrauen ein so sicheres Gefühl zu vermitteln, dass sie mir ihre dunkelsten Geheimnisse anvertrauten. Intensives Zuhören war eine Kunst der Unheiligen und Heiligen zugleich, von Strippenziehern wie Svengali bis zum Papst. Aber ich würde sie nie verraten.

Schwester T, eine intuitive Seele, die immer still beobachtete, merkte, dass meine Gedanken abschweiften. »Schwester Holiday, meine Damen, wir wollen beten.« Sie wischte ein Fläschchen mit einem abgenutzten Handtuch ab, stellte es auf die Theke und trocknete sich pfeifend die Hände ab. Schwester T pfiff ständig. Musik und Stille waren gleichermaßen Möglichkeiten, das Wort Gottes zu teilen und in sich aufzunehmen.

Das Wort hatte mich schon immer fasziniert, aber die allermeisten Priester langweilten mich. Deshalb hatte ich mich direkt der Bibel zugewandt, schon als ich den Text noch nicht verstand. Als wir Kinder waren, hielt Pater Graff so oft dieselbe monotone Predigt über Vergebung, dass Moose und ich mit Anstarrwettbewerben versuchten, uns wachzuhalten. Mom hielt nichts von prunkvollen Marmorkirchen, stattdessen bestand sie darauf, dass wir die Saint Peter's besuchten, die kleinste und älteste katholische Kirche in Bay Ridge. Es war kalt und klamm in unserem maroden Gotteshaus, und ständig herrschte Durchzug. Wenn die Hostie sich auf meiner Zunge auflöste, versuchte ich, Gott zu hören, indem ich mir die Hände vor das Gesicht hielt. Ich blendete Pater Graff aus und lauschte nach innen. Selbst Schwester Regina machte eine Bemerkung über meine Frömmigkeit.

Ich weiß noch, wie sehr Moose sich bemühte, sein Lachen zu unterdrücken.

»Du machst sogar aus dem Beten einen Wettkampf.« Er stieß mich mit dem Ellbogen an.

Ich zog meine Handschuhe ein zweites Mal aus und nahm Lindas warme Hände. Mit geschlossenen Augen sagte ich: »›Deswegen bejahe ich meine Ohnmacht, alle Misshandlungen und Nöte, Verfolgungen und Ängste, die ich für Christus ertrage; denn wenn ich schwach bin, dann bin ich stark‹, schrieb Paulus im 2. Korintherbrief 12,10, ›denn nur wenn ich schwach bin, bin ich wirklich stark.‹«

»Genau, verdammt«, sagte Linda.

9

Ich war durstig und schwach vor Hunger, als Schwester T und ich vom Gefängnis nach Hause liefen. Wir kamen am Josie's vorbei, einer Kneipe mit Neonschriftzügen im Fenster und einer Mosaiksteinfassade. Ich stellte mir mein altes Ich dort drinnen vor, das billigen Whiskey trank mit einem eiskalten Abita hinterher.

Drei Straßen vom Kloster entfernt blieben wir kurz stehen. Ich stellte meine Gitarre ab und schüttelte meinen Arm aus, während wir dem spontanen Konzert einer Brassband in grüngoldenen Anzügen zuhörten. Ihre Instrumente zuckten dramatisch, sie selbst wanden sich mit den Klängen, hoben und senkten ihre Trompeten, die Musik äscherte das rote Geißblatt am Straßenrand quasi ein. Schwester T wippte im Takt. Selbst die Bougainvilleen schienen verzaubert von dieser Musik niederzuknien. In New Orleans ist Jazz alles. Nicht die zugeknöpfte Art, bei der Leute höflich sitzen oder hinter einem Podium stehen. Der Jazz in New Orleans ist voller Schwung und Schlenker. Eine so kurvenreiche Klanglandschaft, dass sie nur wahrhaftig sein kann. Banjo spielen, auf Waschbretter schlagen, auf Klaviertasten einhämmern, Trompeten und Posaunen und weiß der Teufel was noch herumschwenken. All das verschmilzt miteinander, und die Leute bekommen nicht genug davon.

Erschöpft und schweißnass erreichten wir das Kloster, aber statt mich zum Abendessen in die Küche zu begeben, in die Kakophonie klappernder Teller und zu Schwester Honor und ihren abschätzigen Blicken, die mich durchbohrten wie eine Eiserne Jungfrau, verabschiedete ich mich von Schwester T und streifte über das Schulgelände.

Yasmine hatte gesagt: *Brandstifter kehren an den Tatort zurück. Da stehen die drauf.* Vielleicht könnte ich den Wichser – oder die Wichser – auf frischer Tat ertappen. Ich musste noch weitere Hinweise finden.

Eine Taube gurrte. Ich spürte, dass etwas näherkam, als würde ich verfolgt. Im Osten brüllte ein Ochsenfrosch. Ein anderer antwortete im Westen. Ich sprach ein kurzes Dankgebet für die kleinen Wesen, die ich nie sah, die mich aber wissen ließen, dass ich nicht allein war.

Im Innenhof der Schule rieselten in der Brise die Windrädchen des Jasmins herab. Ein Tausendfüßer trippelte auf seinen haarfeinen Beinchen direkt vor mir vorbei und verschwand in einer Lücke zwischen den Gehwegplatten. Von der Holzbank lösten sich durch die anhaltende Feuchtigkeit Splitter. Die Luft war belastend heiß, eine heiße Last. Ich erschlug eine Mücke, die auf meiner schwarzen Hose gelandet war. Die Mücken in New Orleans konnten sich durch Metall fressen.

Ich suchte die Bordsteine und Gullys ab und stocherte im Gebüsch herum, wo ich Bonbonpapier, eine leere Tüte M&Ms und eine Karnevalsmaske fand. Ich sah unter den Steinbänken nach. Nichts. An der Ecke Prytania und First stand eine übervolle Mülltonne. Ich vergewisserte mich, dass niemand in Sichtweite war, dann ging ich zu dem dampfenden Unrat. Eine Flasche voller Pisse lag darin. Eine Chipstüte von Zapp's, Geschmacksrichtung Flusskrebs. Fettverkrustete Pizza. Leere Zigarettenschachteln. Nichts von dem, was ich fand, wirkte auffällig, aber so dumm war ich nicht. Dem ersten Eindruck sollte man immer misstrauen.

Vögel sangen ein abendliches Lied. Voodoo legte ihren glänzend schwarzen Schwanz um meine Wade. Spitzbübisch sah sie mich an. Ein Falke stand im Dämmerlicht in der Luft, dann stürzte er sich ins hohe Gras, seine Beute fest anvisiert. Einmal hatte ich Nina dabei erwischt, wie sie mich so ansah, wie ein Raubtier, das Fleisch als Bewegung sah und es dann zerfetzte. Die Erinnerung ließ mein Herz höher schlagen.

Es liegt eine erhabene Vollkommenheit darin, einander in den Armen zu halten, sich in andere Körper einzufügen. Wir essen den Leib Christi. Wir trinken das Blut. Nach so vielen Jahren erfüllte Ninas Geschmack noch immer meinen Mund – Champagner, Schweiß, von einem Daumen gelecktes Graphit. »Nicholas ist mein Mann«, hat Nina einmal gesagt, »aber dich liebe ich.«

Plötzlich schwärmte eine Gruppe Schülerinnen und Schüler mit Masken und Kronen auf den Haupteingang des Mittelteils der Schule zu. Ein halbes Dutzend Jugendlicher, die sich mit Make-up und extravaganten Kostümen verwandelt hatten. Im Gewirr dieser furchtbaren Woche hatte ich den Schülerball vergessen, den Spätsommerball der katholischen Schulen unserer Region. Ein kleines Mardi Gras, nur ohne den Alkohol.

Schwester Augustine hatte versprochen, den Ball wie geplant stattfinden zu lassen, trotz der Feuerwehr und der Polizei auf dem Schulgelände, trotz der Befragungen von Schülern und Mitarbeitern und der Elternproteste. Trotz Jacks Tod. Die Diözese, die uns seit Montag wie Geier umkreiste, hatte widerwillig zugestimmt, nachdem sie Zeit und Energie verschwendet hatte. Angestachelt vom Ghul und dem Bart traf der Don mit seinem Wetterballonkopf die meisten Entscheidungen über den Lehrplan, die Auswahl der Schüler und über Schließungen der Schule. Der Ball durfte nicht abgesagt werden, weil die Kinder sich *kreativ ausdrücken* mussten, hatte Schwester Augustine vorgebracht.

Der Ball sollte in der Aula stattfinden, mit John Vander Kitt und fünf Eltern als Aufsicht. Zum Unterricht ließen sich die Schüler selten pünktlich blicken, aber wenn es ein Fest gab, kamen sie zu früh. Eine Gruppe, die sich näherte, brach in wildes Gelächter aus. Jungen wie Mädchen trugen Lockenperücken und lange grüne Bärte.

Aber kein Prince Dempsey. Der harte Kerl der Saint Sebastian's glänzte mit Abwesenheit.

Eine Schülerin trug ein Samtkleid und Netzstrümpfe. Chiffon. Seide. Satin. Eine andere trug eine Vogelmaske, ein Korsett und rubinrote Pumps. Jemand anders war wie ein Aristokrat am Hof von Versailles gekleidet – eine lange, rosafarbene Perücke, das Gesicht kreideweiß geschminkt.

Aus der Entfernung beobachtete ich meine Schülerinnen und Schüler, wie sie in ihren Ballkostümen herumalberten, mit einem Hochgefühl fast wie von Drogen, weil sie für einen Abend jemand anderes sein konnten. Weitere Schüler versammelten sich in dem Innenhof, wo ich vor zwei Tagen auf einer Trage gelegen und Fragen von Ermittlerin Riveaux beantwortet hatte. Die maskierten Jugendlichen konnte ich nicht erkennen, aber Ryan Brown war leicht auszumachen, er trug eine grüne Strumpfhose und eine lange Jacke mit Schößen. Auf seinem Kopf saß ein riesiges weißes Hirschgeweih aus Pappmaché.

Ryan löste sich von der Gruppe und schlenderte auf mich und Voodoo zu, die jetzt hinter einer Bank ein Nickerchen machte. »Schwester Holiday, heute Abend findet der Ball statt!«

»Genau.«

»Warum tragen Sie kein Kostüm?«, fragte er.

»Tue ich doch.«

»Wenn Sie meinen.«

Ich konnte mir nicht vorstellen, wie er in dieser Aufmachung tanzen wollte, aber das schien ihm nicht wichtig zu sein. Niemand nahm in dieser Stadt viel wichtig, außer das Leben auszukosten. In den unregelmäßigen Briefen an Moose, der selten mehr antwortete als *pass auf dich auf*, und an meinen Vater, der gar nicht antwortete, versuchte ich die Eigenheiten meiner neuen Stadt zu beschreiben. Uralte Bäume, die immer blühten. Stadtviertel, denen katastrophale Fluten drohten. New Orleans war in jeder Hinsicht verschwenderisch, vor allem bei Bestrafungen. Man hat das Gefühl, die Stadt sei nicht von dieser Welt, wie Fiberglas, so fremd und eigenartig, dass man sie einfach berühren musste. Aber wenn man fest zugreift, zerfleischt sie einen mit unsichtbaren Zähnen.

Wie aufs Stichwort schrillte ein Feueralarm los.

Die Luft brandete wie Wellen heran.

Dämpfe. Rauch kratzte in meiner Kehle.

Nicht schon wieder.

»Schwester!«, schrie Bernard aus einem Fenster der Schulmensa. Er wedelte wie verrückt mit den Händen. »Bleib da! Ruf die Schüler zurück!«

»Was zum Teufel, Bernard?«

»In der Mensa brennt es!«

»Was?«

»Ich kümmere mich darum. Habe schon die Feuerwehr gerufen.« Bernard keuchte. »Sie ist auf dem Weg. Bleib da!«

Bernard verschwand vom Fenster. Die Jugendlichen rannten verwirrt im Kreis herum. »Weg da!«, blaffte ich sie an. Fleur verlor ihre Perücke, als sie weglief. Ryan Brown lief im vollen Galopp und hielt sein Geweih fest.

Ich scheuchte die verkleideten Schüler auf die Straße.

Als sie in sicherer Entfernung waren, rannte ich wie irre zur Mensa. Ich musste sichergehen, dass Bernard nicht wie Jack enden würde.

Bernard tauchte mit einem Feuerlöscher in der Hand am Eingang auf.

Rauch drang durch die Tür.

»Raus!« Er spuckte beim Schreien. »Bleib draußen!«

»Bernard«, ich drängte mich an ihm vorbei, »ich muss das machen.«

Ich stürmte durch die Mensatür. Es musste hier doch einen Hinweis geben. Beweise. Oder sogar den Brandstifter, der versteckt zusah, berauscht von seinem Werk.

Nirgends waren Flammen zu sehen. Das Feuer war nichts im Vergleich zu dem Inferno im Ostflügel. Trotzdem brannte der Rauch in meinen Augen und nahm mir den Atem.

Heilige Maria. Heiliger Geist, hilf mir doch, verdammt nochmal.

Am Fuß der langen Treppe, die von der Eingangshalle zur Mensa im Untergeschoss führte, sah ich eine unordentlich hingeworfene, schwarz-weiße Decke.

Nur war es keine Decke.

Es war Schwester T, mit dem Gesicht nach unten, am Fuß der steilen Treppe.

»Schwester T!« Ich rannte zu ihr. »Nein! Schwester.«

Sie hatte ihren Schleier verloren und einen Schuh. Ihre schwarze Socke war am großen Zeh durchgescheuert.

Ich hielt meine Finger an ihren Hals. Kein Puls. Ihr linker Knöchel war verdreht, der Fuß zeigte in einem unnatürlichen Winkel nach hinten. Sie war reglos, so starr wie der Boden unter ihr.

Meine Augen verdrehten sich. Ich kniete neben Schwester T, eine Hand auf ihrer Schulter, betete, verfluchte Gott. Warum?

Wie konntest du das zulassen?

Barmherziger Gott, mach es ungeschehen. Nimm es zurück.

Deshalb halten dich alle für ein Arschloch.

Wenn du allmächtig bist, dann mach den Scheiß rückgängig.

Benommen sah ich mich um, suchte die Umgebung nach etwas – irgendetwas – ab, das mir Antworten geben konnte. Neben Schwester Ts zerschlagenem Körper entdeckte ich etwas Vertrautes. Mein Plektrum. Es musste aus der Tasche ihrer Tunika gefallen sein. Oder es war dort platziert worden. Ich nahm es rasch an mich. Wenn sie mein Plektrum hatte, könnte sie versucht haben, mir die Schuld in die Schuhe zu schieben. Hatte Schwester T das Feuer gelegt und war dann die Treppe hinuntergefallen? Aber das Feuer brannte nur im Kellergeschoss, und sie lag auf den letzten Stufen, mit dem Gesicht nach unten. Sie roch nicht nach einem Brandbeschleuniger. Und sie liebte mich. Das spürte ich.

Es dauerte kein *Ave Maria*, bis Sanitäter und ein Gesicht mit Grübchen, das ich von Sonntagabend wiedererkannte, eintrafen.

»Wie ist die Lage?«, fragte Grübchen.

»Schwester Therese … sie hat sich nicht bewegt.«

»Gehen Sie raus.«

Mit einer energischen Bewegung schob er mich beiseite und

fing an, sie zu untersuchen. Bevor ich durch die Mensatür ging, hörte ich ihn am Funkgerät: *Genickbruch, kein Puls.*

Als ich hinaus in die Abendluft trat, war Löschwagen 62 eingetroffen, ein kastenförmiger, riesiger roter Wal, und dazu ein weiteres Fahrzeug.

Nach einem Moment erkannte ich Riveaux. Ihr Kopf und ihr Körper waren nicht im Gleichklang, sie bewegten sich in verschiedene Richtungen, wie bei einer Wackelkopffigur.

Sirenen heulten. Mein Herz hämmerte, es war wie ein Metronom, das ein unmögliches Tempo vorgab. »Riveaux!«, rief ich.

Sie lief in ihrer durchgeschwitzten kurzärmligen Button-Down-Bluse an mir vorbei und in die Mensa.

»Riveaux«, rief ich noch einmal, als sie im Rauch verschwand.

Als sie eine Minute später wieder herauskam, fluchte sie in ihr Funkgerät.

Auf der Straße drängten sich Menschen zusammen, so wie sie am Sonntagabend den Flammen zugesehen hatten, die den Ostflügel verschlungen hatten, als würde die Hölle herniederregnen. Eine Rauchsäule schoss wie ein Speer aus dem Fenster der Mensa. Worauf hofften die Leute, auf eine weitere aberwitzige Vorstellung? Panische Eltern trafen ein, um ihre Kinder vom Ball abzuholen. Jemand hatte zwei Gebetskerzen von Jacks Gedenkschrein umgetreten und Glas zerbrochen.

Detective Grogan und Sergeant Decker trafen ein und stürmten in die Mensa, wo Feuerwehrleute die Flammen bändigten.

Riveaux stand im Innenhof, Schweiß rann ihr von Hals und Stirn. Sie roch wie ein Aschenbecher und Orangenschalen, die sich in der Sonne zusammenziehen. Sie schob ihre Brille mit dem Metallgestell nach oben. Als sie wieder zur Mensatür ging, folgte ich ihr.

»Bleiben Sie draußen!« Ihre Stimme war laut, aber spröde und unsicher. »Ein totales Déjà-vu. Warum treffe ich Sie ständig bei Tatorten? Wo waren Sie, Fragezeichen.«

»Mit Schwester T auf dem Rückweg zur Schule. Vor zehn Minuten.«

»Haben Sie jemanden in der Nähe gesehen, Fragezeichen.«

»Bernard hat uns von der Mensa aus gewarnt –«

»Er war im Gebäude?«, unterbrach Riveaux.

»Ja! Er hat ›Feuer!‹ gerufen, als die Schüler gerade kamen.«

»Diese ausgeflippten Jugendlichen da hinten?« Sie zeigte auf Ryan Brown mit seinem Geweih.

»Wir waren alle im Innenhof, als der Alarm losging. Der Ball sollte etwa jetzt anfangen.«

»Oh, schön, eine Party.« Riveaux lief wie ein Roboter zurück in die Mensa, Arme und Beine bewegte sie gerade so viel wie nötig. Entweder war sie erschöpft oder mit ihrer Geduld am Ende. Oder beides.

Als ich mich umdrehte, kamen Schwestern Honor und Augustine zu mir.

»Sie ist tot, oder?«, fragte ich wütend. »Schwester T?«

Schwester Augustine drückte die Hände zum Gebet fest zusammen. »Die Polizisten haben gesagt, dass die Sanitäter getan haben, was sie konnten.« Aus ihren rotgeäderten Augen sprach Schmerz. Sie hatte geweint.

Mit Schwestern Augustine und Honor dort zu stehen, fühlte sich furchtbar an. So leer.

Unser Orden war nicht mehr in Ordnung.

Schwester Augustine war unsere Mutter Oberin, unser Fels, aber Schwester T war die Leichtigkeit, die uns trug. Der kleine Funken Bestätigung, den ich brauchte, um durchzuhalten. Die reifen Feigen, die sie mir auf den Schreibtisch gelegt hatte. Die winzigen Opfergaben, die sie Gott auf dem Altar dargebracht hatte, und die ermutigenden Worte, die sie an meine Tafel geschrieben hatte, manchmal in Form eines Haikus. Die Hände, die mir beigebracht hatten, wie man Milch segnete.

Schwester Honor schüttelte den Kopf. »Vater unser, der Du bist im Himmel.« Tränen liefen über ihre Wangen. Sie war so aus der Bahn geworfen, dass sie mir nicht einmal Vorwürfe machte. »Und vergib uns unsere Schuld«, fuhr sie unter Tränen und Schnodder fort, »wie auch wir vergeben unsern Schuldigern; und führe uns nicht in Versuchung, sondern erlöse uns von dem Bösen.«

Ich stimmte in das Gebet nicht ein. Das Vaterunser sprach ich selten, obwohl ich seinen Rhythmus liebte. Ich bat nur Maria – nur Frauen – um Vergebung.

Fünfzehn Minuten später war das Feuer in der Mensa gelöscht, aber aus den Fenstern und Türen drang noch brauner Rauch. Riveaux stakste zur Mensatür, sprach ein paar Worte mit einem Feuerwehrmann und winkte mich dann herüber. Ich ließ Schwestern Augustine und Honor ins Gebet versunken zurück. Schwester Honor stützte sich mit den Händen auf den Knien ab, ihre Tunika spannte sich straff über ihren gebeugten Körper. Ich stellte mir vor, meinen schwarzen Schuh gerade hoch genug zu heben, um ihr in den Hintern zu treten, und zu sehen, wie sie umkippt. Ich sprach schnell ein Gebet, um diesen Gedanken aus meinem Kopf zu vertreiben.

»Der Brandbeschleuniger war Petroleum.« Riveaux schaute nach links, dann nach rechts und sprach leiser weiter. »Hat einen riesigen Stapel Servietten auf der Arbeitsplatte im Vorratsraum angezündet.«

»Ich muss es sehen.«

»Das hätten Sie gern, Schwester. Keine Chance.«

»Wie sieht es da drin aus?«, fragte ich. Ich wollte unbedingt hinein.

»Nur oberflächliche Schäden. Die Arbeitsplatte versengt. Ein Gerät verbrannt, der Toaster.«

»Riecht übel von hier aus.«

»Die Truppe wird den Geruch mit einer Ozonbehandlung aus dem Gebäude vertreiben.« Sie nahm ihre Brille ab und rieb sich die feuchten Schläfen. »Wäre das Feuer neben einer der Fritteusen gelegt worden, hätte durch das viele Fett der ganze Raum in Flammen gestanden. Das war begrenzt. Eingedämmt. Jemand wollte uns etwas sagen.«

»›Fangt mich, wenn ihr könnt?‹«

»Arrogant. Die Mensa ist in einer Woche wieder nutzbar, aber wir haben hier einen Feuerteufel. Wir müssen die Schule schließen.«

»Warum? Sie haben gesagt, dass es nur ein kleines Feuer war.«

»Durch den tiefliegenden zentralen Brandherd hat sich der Rauch in die anderen Gebäudeflügel verteilt. In der gesamten Schule muss die Luft behandelt werden. Aus Sicherheitsgründen. Und irgendwo müssen die Schüler essen.«

»Sie können draußen essen.«

»In dieser Hitze?« Sie senkte leicht den Kopf. »Sie haben diese Feuer nicht gelegt, oder?«

»*Ich?* Ich bin die Einzige, die nach Hinweisen sucht.«

Riveaux schnaubte. »Oder ihre Spuren verwischt.«

Bernard tauchte mit einem dicken Verband auf der Stirn auf.

»Bernard!«, rief ich. »Was hast du da unten gesehen? Hast du was gehört? Irgendwen entdeckt?«

»Nein. Nichts. Niemand. Ich habe den Mopp reingebracht, und da habe ich Rauch gerochen.«

Riveaux legte mir die Hände auf die Schultern wie eine Trainerin, die ihre Spielerin aufmuntern will, und drehte mich in Richtung Kloster. »Gehen Sie nach Hause, Schwester. Überlassen Sie die Sachen den Profis.«

»Aber ich habe eine Information für Sie.«

»Was für eine?«

»Ich habe gestern Morgen eine schwarze Bluse mit einem verbrannten Ärmel gefunden.«

»Wo ist sie?«

»In meinem Klassenzimmer. In meinem Schreibtisch – die Schublade unten links. Und eine von meinen fehlt.« Ich zog mein rotes Plektrum aus der Tasche. »Und das lag neben Schwester Ts Leiche. Jemand will mir die Sache anhängen.«

»Sie haben Beweismittel vom Tatort entfernt? *Zweimal?*« Mit finsterem Blick nahm sie mir mit einem Taschentuch das Plektrum ab und ließ es in einen Asservatenbeutel fallen. Sie verschloss ihn sorgfältig und legte ihn in einen zweiten Beutel.

»Ich gebe sie Ihnen doch.«

»Sie können nicht –« Riveaux unterbrach sich. »Gehen Sie nach Hause. Überlassen Sie das uns. Ich werde das Plektrum als Beweismittel aufnehmen und die Bluse holen. Dann untersuchen wir beides auf DNA, wenn Sie die Spuren nicht schon unbrauchbar gemacht haben.«

»Handschuhe.« Ich hob die Hände hoch, aber Riveaux war unbeeindruckt. Als ich mein Plektrum in ihrem Asservatenbeutel sah, fühlte ich mich, als würde ich getasert. Mir wurde flau zumute. »Jemand versucht, mir das anzuhängen.«

»Wer?«

»Schwester Honor? Rosemary Flynn? Prince Dempsey? Ich weiß es nicht, aber ich werde es herausfinden.«

»Vielleicht ist es Ihr Freund Bernard.« In Riveauxs violetten Augen lag eine sanfte Bewegung, wie das Wasser eines Sees in der Abenddämmerung.

»Er hat wegen des Feuers Alarm geschlagen. Was für ein Brandstifter macht denn mitten beim Brandstiften auf sich aufmerksam?«

»Es gibt für alles einen Grund.«

»Für das Feuer am Sonntag hat Bernard ein wasserdichtes Alibi«, sagte ich.

Riveaux unterbrach mich. »Sie haben vielleicht schon entscheidende Beweise unbrauchbar gemacht. Bleiben Sie bei Ihren Leisten, Schwester.« Sie kletterte in ihren abgewrackten Pick-up und raste davon.

Sie hatte gesagt: *Überlassen Sie das uns*, aber Jack war tot. Schwester T auch. Beide vielleicht ermordet. Wer auch immer Angst und Schrecken verbreitete, fing gerade erst an. Bernard war so charmant wie ein Sektenführer, aber er war harmlos. Aus seinem Gesicht hatte nackte Angst gesprochen, als er uns gewarnt hatte, wir sollten der Mensa fernbleiben. Er war zu emotional und kein Fünkchen dogmatisch. Er flog mit dem Herzen voran durch die Welt. Ein bisschen einsam, ein Außenseiter. Er lief mit einem Schlüssel in der Hand herum und wartete darauf, dass er irgendwo passte. Wie wir alle.

Ich betrat die Kirche, sackte auf einer Bank zusammen, vergrub das Gesicht in den Händen und weinte. Das Kniebrett federte stark, als ich dagegentrat. Meine Tränen strömten wie aus einem Hydranten, als ich für Schwester T und Jack betete. Für mich. Ich widmete mein Leben einem Gott, der so etwas zuließ. Immer wieder. Das ist doch scheiße.

Verborgen im Sturm gabst Du mir Antwort im Donnergrollen. Psalm 81.

War Gott die Stimme im Donnergrollen und der Sturm selbst?

Hell und dunkel sind gegensätzliche Säulen, die das Tor zur Erlösung einfassen.

Tritt man hindurch, bekommt man seine Antwort und stellt die Ordnung wieder her. Als würde man einen Fall lösen.

Man muss Verantwortung übernehmen, über sich hinauswachsen. Aber ich werde den Menschen nicht gerecht, nicht einmal in meinem neuen Leben, so wie früher. Ich habe meine Familie, meine Band, meine Beziehung zu Nina und mich selbst sabotiert, ich habe uns soweit gebracht, dass etwas Außergewöhnliches in greifbarer Nähe war, und es dann weggeworfen.

Wir brachten es langsam zu was, wir als Band. Nina, Hannah, ich und Smiles – unsere Leadsängerin hatte ihren Spitznamen bekommen, weil sie nie lächelte. Die vier Frauen von Original Sin. Die Ursünde – unseren Bandnamen hatte ich ausgesucht. Ich schrieb die Songs und Begleittexte. Smiles spielte perfekt die knallharte, heiße Frontfrau und half mir, als Leadgitarristin eine gute Show abzuziehen. Wir zerfetzten unsere Stimmbänder. Wir machten uns richtig kaputt, wenn wir als Vorgruppe für viel schlechtere Bands auftraten, um Bühnenerfahrung zu sammeln. Eine Location abgeranzter als die andere. Nadeln und Grastütchen auf dem klebrigen Boden. Herumliegende Plastikbecher. An den Wänden Papiergeister von Flyern.

»Holiday Walsh an der Leadgitarre!« Smiles erlaubte sich ein angedeutetes Lächeln, wenn sie mich auf der Bühne vorstellte, die meist eine Ecke in einer muffigen Kneipe war.

In der Schwesternschaft unserer Band, im verdorbenen Rausch unserer Liveauftritte, fühlte ich mich zugehörig wie nie zuvor.

Vielleicht sabotierte ich sie deshalb.

Nach einem Winterauftritt im Brick fanden wir im Green Room – kotzgrün, kaum ein richtiger Raum, und es stank wie eine Kloake – zurück in unsere Körper.

Nina trank eine Flasche Wasser auf ex und atmete durch. »Warum sitzt Hannah auf dem Schoß von dem Tontypen?«

»Sie ist völlig zugedröhnt.« Smiles runzelte die Stirn.

»Das hast du nicht gemacht.« Verachtung flutete Ninas Blick, als sie mich ansah.

Ich nahm meine Ohrstöpsel heraus. Schweiß rann in meinen Gehörgang. »Nur einen Hauch.« Ich hatte Hannah eine Prise Koks gegeben. »Ich bin nicht Hannahs Mutter. Sie kann machen, was sie will.«

»Holiday, du bringst mich um.« Nina schnippte ihre Zigarette nach mir, und ich duckte mich.

Ich musste mich auf Smiles ernstes Gesicht konzentrieren, um meine Aussetzer loszuwerden. Ich war selbst völlig überdreht. Hatte mir seit Wochen eine Menge Zeug reingezogen. Seit Monaten. Drogen betäubten mich gerade genug, um das Chaos in meinem Kopf zu beruhigen.

»Schwestern, streitet euch do—« Hannah war zu high, um ihren Satz zu beenden. Der Tontyp, Robbie, schob ihren eleganten Körper auf seinem Schoß zurecht und richtete sich stolz auf, wie ein lüsterner Weihnachtsmann.

Robbie und die anderen Tontechniker in Brooklyn – eine suspekte Spezies von Skinny-Jeans-Trägern – nannten sie »Knutsch-Hannah«, dabei hätte sie keinen von ihnen angerührt. Nur war Hannah in dieser Nacht so high und wacklig wie ein alter Satellit und strich mit ihren langen, rosa-weißen French Nails durch Robbies fettige Haare. »Findet ihre seine Haare nicht auch toll?«, sagte Hannah. Ihr Blick huschte durch den verdreckten Raum. »Er sieht aus wie Jesus!« Robbies Flanellhemd hatte Brandlöcher von Zigaretten.

»Äh, nein.« Ich bekreuzigte mich. »Der Typ sieht überhaupt nicht wie Jesus aus.«

»Woher weißt du, wie Jesus ausgesehen hat?«, fragte Nina leichthin und zog ihren Eyeliner nach, der bei unserem Auftritt verlaufen war. »Falls es ihn überhaupt gegeben hat. Hör dich mal an, Hols, wie du bei Jesus zur Demagogin wirst. Das Christentum ist eine Sekte.«

»Jesus war ein echter Mensch.« Ich hatte einen trockenen Mund, nachdem ich den ganzen Abend Kette geraucht, geschrien und gesungen hatte. »Jesus war eine wunderschöne, sanfte Seele mit langen, lockigen Haaren und großen Träumen, und er ist mit großen Plänen in die große Stadt gegangen, wie Patti Smith.«

»Was, wenn Jesus und die Heiligen alle, so, Außerirdische waren?« Robbie waren die Augen fast zugefallen. »Ich meine, auf den ganzen Bildern kommen die Engel in Traktorstrahlen runter. Das ist echt abgefahrener Alienscheiß.«

Ich drückte meine Zigarette am Türrahmen aus. »Religion ist wie Kunst, es kann jeder seine eigene Interpretation haben.«

»Äh, hallo, zehn Gebote«, widersprach Nina. »Zehn Gesetze, wie man leben, was man tun, wie man denken soll. Da bleibt nicht viel Raum für Interpretation. Hallo, Johanna von Orleans, verbrannt auf dem Scheiterhaufen. Willkommen zur Party, brennende Kreuze des Ku-Klux-Klans. Hi, Westboro Baptist Church. Religion ist böse. Ich fasse es nicht, dass wir das schon wieder durchkauen müssen.«

Ich ließ nicht locker. »Ein Kreuz ist ein Symbol. Es ist nicht dafür *geschaffen* worden, verbrannt zu werden. Das Problem sind die Fanatiker, die Religion verzerren und verschandeln, um ihre eigenen egoistischen –«

Smiles unterbrach mich. »Ist ja gut, wir haben's verstanden. Du bist eine gläubige Katastrophe, Holiday Walsh, aber ich habe dich trotzdem lieb. Komm morgen nicht zu spät, auf keinen Fall. Schwörst du es?«

»Ich verspreche es.«

»Sprich mir nach: ›Ich werde morgen nicht zu spät kommen.‹«

Ich flüsterte. »Ich werde morgen nicht zu spät kommen.«

»Brav.« Smiles drückte mir einen Kuss auf die verschwitzte Wange. »HANNAH.« Sie brüllte in Hannahs Richtung, aber Hannah war auf einem anderen Planeten. »Bring Hannah sicher nach Hause. Und zwar bald *und allein*«, formte sie lautlos mit den Lippen. »Johnny gibt uns keine zweite Chance.«

Am nächsten Tag sollten wir uns in Johnny Loves Studio treffen, um unser erstes komplettes Album einzuspielen, *Red Delicious*. Jeder Song mit Gemetzel und Erlösung und Queersein im Text. Ich fand immer, dass Queersein schon an sich Punkrock ist. Man begreift sein Queersein, indem man es lebt. Genau wie Punk. Und religiöse Offenbarungen.

»Sei ja pünktlich«, bekräftigte Nina, als sie ihre Sachen zusammenpackte. »Ich trage dich persönlich hin, wenn es sein muss.«

»Alles, um in deinen Armen zu landen.« Ich grinste.

»Du bist unmöglich.« Beim Rausgehen warf Nina ihre Zigarette über die Schulter auf den Betonboden.

Typisch Original Sin. Auf der Bühne legten wir einen guten Auftritt hin, hinter der Bühne war alles Flickwerk. Wir hielten unsere Instrumentenkoffer ebenso mit Panzertape zusammen wie unseren Verstand und unsere Beziehungen. Aber mit diesem Album hatten wir eine Chance auf den Durchbruch.

Statt zusammenzupacken, mich um Hannah zu kümmern und mit der Bahn nach Hause zu fahren, verbrachte ich die nächsten acht Stunden im Green Room des Bricks, leckte und schniefte Drogen von Schlüsselspitzen und trank mit Hannah und dem fettigen Jesus Wild Turkey.

»Blinzel«, befahl ich Hannah.

Hannah blinzelte. »Okay.«

»Blinzeln ist seltsam, wenn man drüber nachdenkt. Es ist schwerer als atmen.« Ich trank eine halbe Flasche Wasser in einem Zug. Meine Knie wippten. Ich konnte nicht stillsitzen. Das Koks rauschte durch mich hindurch.

»Nichts ist einfacher als atmen«, sagte Robbie.

Lügen ist einfacher als atmen, dachte ich. Ich log so einfach. So oft. Täuschung war leichter, sicherer, als meine Gefühle und Gedanken zu teilen. Lügen hielten mich über Wasser. Das Koks half auch.

Mittlerweile war es Morgen geworden. Keiner von uns hatte geschlafen. Robbie zog los, irgendwie konnte er noch reden und gehen. Er kam mit zwei Tüten zurück – Bagel und Kaffee.

Ich schlug die Zähne in einen Bagel mit allem. Im Rausch ist Essen etwas Transzendentales.

Hannah biss in ihren frischen Bagel. »Er ist so weich, als würde man ein Baby essen.«

»Wann hast du zum letzten Mal ein Baby gegessen?«, fragte Robbie.

»Müssen wir nicht bald im Studio sein?« Hannah wirkte besorgt.

»Nein«, log ich. »Das ist morgen.«

Wir tauchten nicht um zehn für die Aufnahme auf. Wir tauchten gar nicht auf.

Hatte ich Angst vor dem Erfolg, oder war ich nur daran gewöhnt, zu enttäuschen?

Mittags um eins sah ich auf mein Handy. Ninas zitternde Stimme drang aus meiner Mailbox. Unter Tränen schrie sie: »Du hast uns unsere einzige Chance versaut. Es tut mir leid, dass ich je geglaubt habe, du könntest dich ändern.« Ihre Worte durchstießen die Luft wie rostige Nägel, mein Körper zuckte, wenn jedes einzelne traf.

»Vergib mir«, bat ich mich selbst, aber ich rief sie wochenlang nicht zurück und ließ die Entfernung immer größer werden.

Ich sprach noch ein Gebet für Schwester T. Als ich aufblickte, war die Kirche leer. Bis auf die nachts stumpfen Gesichter in den Fenstern. Beobachtet, aber allein. Mein Schicksal. Eine einsame Wölfin, die durch die Dunkelheit schleicht.

10

Die Schule war eine Woche lang geschlossen, während Arbeitstrupps die Mensa reinigten und die Luft entgifteten. Riveaux sagte, sie habe die verbrannte Bluse aus meinem Schreibtisch geholt und zusammen mit dem Plektrum als Beweismittel erfasst.

Die Woche war elend. Fiebrig. Ich bekam nachts nur zwei, drei Stunden Schlaf, weil ich die Ereignisse, die Hinweise, die Verdächtigen immer wieder durchging. Die Überwachungsmaßnahmen wurden verschärft. Ich konnte mich weder in den Ost- noch in den Westflügel schleichen, kam nicht an meinen Schreibtisch und auch nicht an meine Notizen zu dem Fall. Die Diözese belagerte uns praktisch, die drei Männer hingen uns ständig im Nacken und kommandierten uns herum. Sie wollten nicht, dass wir eigenständig dachten. Oder sie glaubten, wir seien dazu nicht in der Lage, und sie würden uns mit ihren göttlichen Ansprüchen retten, so wie Männer schon immer Frauen unterschätzt haben.

Neben den üppigen Blumen und den gedrehten schmiedeeisernen Stäben des Hoftors betete Schwester Augustine jeden Morgen. Jeremia 17,14: »Heile mich, Herr, dann bin ich geheilt! Hilf mir, dann ist mir geholfen! Denn du bist der Grund für mein Lobgebet.« Jeden Tag streckte Schwester Augustine ihre Arme hoch empor.

Am Telefonmast in der Prytania Street klebte ein Poster, dass die Gegend überwacht wurde. Die Nachbarn hatten Angst. Die Eltern waren besorgt. Zwei Todesfälle und keine Verhaftung. Ich war ein Wrack, Beklemmung gemischt mit Adrenalin – ein teuflischer Cocktail, von dem ich immer reichlich intus hatte.

Da kein Unterricht stattfand, hätte ich mich im Hintergrund halten, beten und im Kloster Musik spielen können, aber ich lief jeden Morgen los und schnüffelte herum, bis ein Polizist grummelte und mir riet, ich solle »auf mich aufpassen«, was bedeutete, ich solle mich verdammt nochmal verziehen.

Wie eine Meise, die im Sturzflug einen Habicht drangsaliert, lief ich Schwester Augustine nach und drängelte, bis sie mir endlich ihren Segen und das Geld für die Straßenbahn gab, damit ich Jamie im Krankenhaus besuchen konnte. Lamont war schon entlassen worden, ihn würde ich mir schnappen, wenn der Unterricht wieder anfing.

Schwester T war tot. Jack war tot. Ich schämte mich bei beiden, dass ich sie auch nur eine Sekunde lang verdächtig hatte. Aber Verrat und Schuld waren ausgetretene Pfade auf dem Schrottplatz meines Verstandes. So viel verlorene Zeit. Ich brauchte Antworten.

Bevor ich am Dienstag zum Krankenhaus fahren konnte, hatte ich meine wöchentliche Schicht im Geburtszentrum des Gefängnisses. Ich unternahm den langen Marsch allein mit meiner Gitarre, und Wärterin Janelle hätte mich fast umarmt, bremste sich aber noch. Offenbar hatte sie von Schwester T gehört. Trotz der Metalldetektoren, des Moders und der ausgefeilten Grausamkeit – keine Babys, nichts Weiches, nur hartes Neonlicht, das Nacht und Tag unterschied – war es seltsam tröstlich, hier zu sein. Wohin ich mich auch wandte, konnte ich Schwester Ts Geist spüren.

»Wann wird sie beerdigt?«, fragte Renee und blinzelte mit ihren großen Augen.

»Ihr Tod wird noch untersucht.« Ich schüttelte den Kopf. »Die Trauerfeier wird am Ende in Idaho stattfinden. Da lebt ihre Familie. Bestattet wird sie in New Orleans.«

»Schwester Therese war für mich Familie«, sagte Yasmine.

»Für mich auch.« Linda wurde von einem produktiven Raucherhusten geschüttelt und hielt sich die blasse Hand vor den Mund.

»Sie hat ausgesehen wie meine Oma April.« Ein seltener Kommentar von Peggy.

Renee sagte nichts. Schwester T hatte ihr bei ihrer frühen Geburt Mut zugesprochen. Hatte ihr geholfen, zwei neue Leben auf die Welt zu bringen und es durchzustehen, als ihre Söhne ihr entrissen wurden.

»Ich bin gesegnet, weil ich sie kannte«, sagte ich und hielt Renees große Hände mit meinen kleinen behandschuhten.

Wie lieb ich Mels offenes Lächeln gewonnen hatte. Yasmines rasierten Kopf. Peggys lange rote Haare. Renees abgekaute Nagelhäute. Lindas Korkenzieherlocken. Ich erkannte mich in ihnen wieder.

Jede von uns hatte Tattoos, Narben, Geheimnisse und Verluste. Wir alle erhofften uns Vergebung.

Ich verließ mit meiner Gitarre das Gefängnis und machte mich auf den Weg zu Jamie. Rosemary Flynn, John Vander Kitt und ich hatten geplant, das Krankenhaus zusammen zu besuchen. Als Zeichen schulischer Solidarität, wie sie es sahen. Aber für mich war es eine Gelegenheit, Jamie auszufragen, was er am Abend des ersten Feuers gesehen hatte.

Als ich in meinem Gitarrenkoffer nach den Münzen suchte,

die Schwester Augustine mir gegeben hatte, fiel mir Rosemarys Lineal auf. Ich konnte mich nicht erinnern, dass ich es mir geliehen hätte, aber da war es, mit ihrem Namen in akkurater Schreibschrift auf der Rückseite. Dieser seltsame Fund war so überraschend und rätselhaft, dass mein Herz einen eigenartigen Tanz aufführte. Ich klimperte mit fünf Vierteldollarmünzen für die Straßenbahn in meiner Hand. Das zarte Gewicht und die Musik der Münzen, Metall auf Metall, Form in einer formlosen Welt.

Die Bahn kam pünktlich, ausnahmsweise. Ich stieg ein, nahm dabei zwei Stufen auf einmal, und ließ das Geld in den Zahlkasten fallen.

In dem Wagen drängelten sich die Leute. Immer wenn ich die Bahn nahm, versuchte ich, den Fahrgästen eine Sache anzusehen – ihr Wohnviertel oder ihre Arbeit. Ein kleines Detektivspiel, um mich zu beschäftigen. Rechts neben mir stand ein Sousafonspieler, wahrscheinlich unterwegs zu einem Auftritt im Quarter. Zwei Studenten tratschten. Ich tippte darauf, dass sie an der Tulane Jura studierten. Nachdem einige Touristen ausgestiegen waren, wurde ein Platz neben dem Fenster frei, und ich sicherte ihn mir.

Ich fragte mich, ob ich mit meiner vom Orden verordneten schwarzen Kleidung, der Hose, Bluse, dem geknoteten Halstuch und den vorgeschriebenen Handschuhen, für den unbedarften Beobachter eher wie eine Cateringmitarbeiterin aussah als wie eine Nonne kurz vor dem ewigen Gelübde.

Die Holzbank ruckelte, als wir uns dem New Orleans City Hospital näherten. Ich mochte das tiefe Rumpeln der Bahn auf ihren elektrischen Schienen. Alle Bahngleise waren ein Gleichheitszeichen.

Drei Polizeiautos fuhren vorbei. Die Anzahl der Streifen nahm zu, und auch die Anspannung in der Stadt.

An der Canal Street stieg ich auf der Südseite aus. Die rostrote Sonne besaß noch Kraft, als ich die wenigen Blocks zum Krankenhaus lief. Phlox verneigte sich im Wind. Hier gab es keine Oberleitungen. Kabel und Drähte waren wegen der Hurrikans und heftigen Sturmböen unterirdisch verlegt. Alles in New Orleans ist überfällig, überwuchert, tropfnass. Von den Eichen hingen Boas aus Louisianamoos. Frösche quakten und quiekten, bis der Mond unterging. Prunkwinden erdrückten mit ihren Ausläufern pinkfarbene Dächer, Blauregententakeln schaukelten im Wind. Eine Reihe traditioneller, einstöckiger Shotgun-Häuser: Fensterrahmen in leuchtendem Orange, minzgrüne Fensterläden und strahlend weiße Säulen. Auf einer nahen Veranda miaute eine Katze.

Von der gegenüberliegenden Straßenseite starrten mich zwei bekannte Gesichter an. Prince Dempsey und BonTon. Ich ging näher heran. BonTons weißes Fell wirkte glänzender. Sie hatte Schlappohren. Ich hatte zahllose Pitbulls mit verstümmelten Ohren gesehen. Menschen schneiden ihnen einen Teil ab, weil Pitbulls mit ihren von Natur aus dreieckigen, umgeknickten Ohren niedlich aussehen. Killer können nicht süß sein. Es sagte etwas aus, dass Prince BonTons Ohren nicht kupiert hatte.

»Laufen Sie mir nach?«, fragte ich. »Brauchen Sie Nachhilfe oder ein Nachmittagsgebet?«

Prince schnippte seine erst halb gerauchte Zigarette auf die Straße. BonTon schnaubte durch ihre große rosa Nase. »*Sie* laufen *mir* nach«, sagte er.

»Was haben Sie hier am anderen Ende der Stadt zu suchen?«

»Ich gehe mit meinem Mädchen spazieren.«

»Wollen Sie sich absetzen?«

Er lachte. »Ich genieße nur die extra Ferien, schön in der Sonne schmoren.«

»Zwei Menschen sind tot. Ich würde an Ihrer Stelle die Klappe halten, es sei denn, Sie wollen was gestehen. Wollen Sie?«

»Die Bullen und Sie alle haben mich an eine kürzere Leine gelegt als ich mein Mädchen hier. Aber wenn Sie einen Hund in eine Ecke drängen, beißt er.«

»Soll das eine Drohung sein?« Ich stellte meinen Gitarrenkoffer auf den Boden.

»Locker, Schwester. Chillen Sie mal. Ich fange hier nichts an. Hier gibt's keine Verbrechen bis auf Ihren jämmerlichen Versuch, sich die Haare zu färben.«

»Sie sind derjenige mit einem Vorstrafenregister.«

In einer spöttischen Nachahmung der Kreuzigung streckte er die Arme seitlich aus. »Ich bin ein verdammter Heiliger.«

»Ach, wirklich? Tut mir leid, dass ich Ihre Heiligsprechung verpasst habe.« Ich konnte ihn nicht ansehen. »Sagen Sie mir, was Sie über die Feuer wissen, über Jack und Schwester T?«

»Was habe ich davon?«

»Punkte als Heiliger.«

»Vergessen Sie's«, sagte er. »Davon habe ich reichlich.«

»Sagen Sie es mir, Prince!«

»Geben Sie mir einen Anreiz«, er holte Luft, »und vielleicht denke ich darüber nach.« Prince' Augen waren so milchig blau wie Curaçao, sein Gesichtsausdruck war ebenso bitter.

Er wusste etwas.

Vielleicht hatte Schwester Honor recht. Ich dachte an Schwester T, zerschlagen und zerknittert auf dem Boden. An

Jacks brennenden Sturz. An Jamies Blut und Lamonts quälende Angst. »Sagen Sie es mir jetzt, Sie kleiner Scheißer.«

»Schwester, Sie sind zum Brüllen, wenn Sie sich so aufregen, aber wir müssen weiter.« Bevor er sich abwandte, stichelte er: »Der Schule gehen langsam die Nonnen aus. Vergessen Sie nicht: stehenbleiben, fallen lassen und hin- und herrollen.«

Ich vergewisserte mich, dass uns niemand beobachtete, dann schubste ich ihn fest von hinten, so fest, dass er sich den Kopf an einem Zaun aufschlug und hinfiel. BonTon rastete aus.

Prince drehte sich zu mir um, Wut sprühte aus seinen Augen. Ich griff in die Seitentasche meines Gitarrenkoffers und zog Rosemarys Lineal heraus.

Klatsch.

Ich schlug ihm auf die Knie. Mit ganzer Kraft. *Gegrüßet seist du, Maria.*

»Scheiße!« Prince heulte, und BonTon heulte auch. »Jetzt haben Sie verschissen. Einen Schüler zu schlagen. Ein Kind!« Er wischte sich Blut von der Stirn. »Was ist das? Ein Reifenheber?«

»Das ist nur ein Lineal.«

»Das kostet Sie Ihren Job!«

»Sie sind achtzehn, technisch gesehen also erwachsen. Und ich habe Sie nicht geschlagen.«

»Ich bin ein kranker Teenager.« Er hielt seinen dürren Arm mit dem Blutzuckersensor hoch.

»Keine Zeugen.«

»Ich zeige ihnen meine Knie«, sagte er.

»Dann sage ich, dass Sie sich alles ausgedacht haben, dass Sie beim Skateboarden gestürzt sind. Nächsten Mal hören Sie vielleicht auf mich, verdammt. Das ist kein Spiel. Zwei Menschen sind tot, und Sie verbergen etwas.«

Er steckte sich seinen blutigen Finger in den Mund und zuckte zusammen. Vielleicht überraschte ihn der scharfe Kupfergeschmack seines Bluts. »Sie sind erledigt«, sagte er.

»Versuchen Sie's.« Lächelnd trieb ich es auf die Spitze. Dabei wusste ich, dass ich eine Grenze übertreten hatte.

Wieder einmal.

In mir hatte sich etwas entfesselt. Prince Dempsey zu stoßen, zu wissen, dass ich ihn verletzen, sogar vernichten konnte – ein köstliches Gefühl. Und ein furchtbares.

Er spuckte auf den staubigen, rissigen Gehweg, murmelte »Dreckstück« und fing dann wieder an zu pfeifen, als er mit Bon-Ton von der Canal Street nach rechts abbog. Ich machte kehrt und ging auf der Saint Charles zum New Orleans City Hospital. Die Sonne brannte über mir wie ein angezündeter Kerzendocht.

Gott, vergib mir, aber kämpfen konnte ich gut.

Früher war ich noch besser. Bevor ich mich dem Licht geöffnet hatte.

Wir hatten unser erstes Set beendet. Wir fühlten uns großartig, angeheitert von Whiskey, aber ganz im Moment verhaftet. E-Gitarre zu spielen ist weniger wie das Bändigen eines Instruments als wie ein Ritt auf einem Tsunami. Eine Klangpalette – treibend, turbulent. Geschrammelte Powerchords. Verzerrungen, Dissonanzen. Kinetisches Gebet.

Nina kam mit einem Wild Turkey in jeder Hand zu mir. »Dieser Penner an der Bar hat mir an den Arsch gefasst«, sagte sie angewidert. »Ich fühle mich tausend Prozent queerer. Männer sind widerlich.«

»Was hat der Typ gemacht?«

Der Whiskey war in einem Schluck ausgetrunken.

Ich schrie: »Wer zum Teufel hat sie angepackt?«, und zeigte auf Nina.

»Jetzt mach da keine Racheaktion draus«, bat Nina, »ich bin nicht deine Jungfer in Nöten.«

Aber jemand musste bezahlen. Ich marschierte zur Bar, wo ein großer Typ mit einer Jacke, deren rote Stickschrift ihn als Linebacker beim Collegefootball auswies, auf mich herabschaute und herzhaft lachte. Ich bohrte ihm einen Finger in die breite Brust. »Du Wichser.«

»Was ist, willst du auch mal?« Er lachte schallend, und mit ihm sein Kumpel, der den gedrungenen Körperbau und das gute Aussehen eines lädierten Wasserspeiers hatte. Der Linebacker war so groß, dass ich gleichzeitig hochspringen und zuschlagen musste, um das Überraschungsmoment zu nutzen. Aber ich traf. Meine Wut brandete durch mich hindurch und trat aus meiner Faust aus, als sie auf sein Kinn prallte. Hektisch blinzelnd berührte er sein Gesicht. Dann stieß er mich mit ganzer Kraft gegen die Wand.

»Scheiße.« Mein Hinterkopf war gegen die Backsteine geknallt. Ich sah dreifach.

»Das Miststück legt sich mit Jones an«, kicherte der Wasserspeier.

Mit einem Kerl aus Titan zu kämpfen, war sinnlos. Er war einen Kopf größer als ich und bestimmt fünfzig Kilo schwerer. Aber wie alles andere durchdachte ich die Sache nicht. Ich war beseelt von Rache und hatte wahrscheinlich eine Gehirnerschütterung. Dieser übergriffige Typ mit seinem gestärkten Hemd, den teuren Schuhen und seiner Footballjacke musste zurechtgestutzt werden. Und Gott stand mir bei. Ein lesbischer David gegen das Patriarchat Goliaths.

Ich drehte mich nach links, schnappte mir ein volles Bierglas von der Theke und schüttete es ihm ins Gesicht, dass seine lächerliche Jacke nass wurde. Sein Handy fiel mir vor die Füße – ich hob es auf und ließ es in den Wodka Cranberry auf Eis einer nichtsahnenden Frau plumpsen. »Sieht aus, als bräuchtest du ein Upgrade«, sagte ich, »und übrigens: verpiss dich.«

Er fischte eilig sein Handy aus dem Cocktail und verschüttete dabei die Hälfte auf der Bar. »Gifthexe.«

So schnell, wie das Bier verschüttet und das Handy zerstört war, befand ich mich wieder in der Luft. Dieses Mal war jemand hinter mir. Ich wurde von einem Polizisten aus der dreckigen Bar getragen, seine schusssichere Weste drückte hart gegen meinen Rücken. Aus seinem dunkelblauen Jackenärmel stieg winterlicher Zedernholzduft auf. Ich trat nicht um mich oder wehrte mich. Es war in gewisser Weise ein befreiendes Gefühl, getragen zu werden.

»Schön ruhig«, sagte der Polizist auf dem Weg nach draußen. »Das war's. Für Sie ist Feierabend.«

Am Straßenrand verklang der Lärm aus der Bar, als er mich stumm absetzte. Neben ihm stand seine Partnerin, Officer Keating, eine halbwegs attraktive blonde Frau. Sie war mir ein paarmal aufgefallen, als ich meinen Vater besucht hatte, den Leiter von Brooklyns neununddreißigstem Revier.

»Das gibt's ja nicht«, sagte Officer Keating ungläubig, als sie einen Blick auf meinen Ausweis warf. »Angelero, sieh dir das an. Das ist Holiday. Walshs Tochter.«

»Haben Sie eigentlich eine Ahnung, was Sie Ihrem alten Herrn antun?«, fragte Officer Keating. »Chief Walsh ist ein guter Mann. Und Sie bringen ihn um.«

»Wenigstens bin ich konsequent.«

»Konsequent bescheuert.« Officer Angeleros Blick war wie ein Kinnhaken.

Eine kleine Traube Menschen, manche mit Jacken, die meisten ohne, hatte sich aus der Bar geschoben, um sich das Spektakel anzusehen.

»Walshs Tochter«, sagte Keating. »Das ist doch verrückt. Was für eine Verschwendung.«

»Vielleicht hat seine Frau es mit dem Milchmann getrieben.« Angelero lächelte.

»Wohl eher mit dem Müllmann«, witzelte Keating.

Hätte ich die Klappe gehalten, hätte sich die Situation danach aufgelöst.

Stattdessen spuckte ich Keating ins rechte Auge. Sie wischte es mit der ganzen Hand ab, wie ein Clown, der eine Sahnetorte ins Gesicht bekommen hat.

Angelero drehte mich mit Schwung zum Polizeiauto herum und ließ Handschellen zuschnappen. Ich bockte, versuchte, mich aus seinen Händen zu winden, und knallte mit der rechten Gesichtshälfte auf das Autodach. Mein Kopf schlug so laut auf den Wagen auf, dass sogar die Kneipengäste verstummten. Unter den Pfennigabsätzen meiner Stiefel wackelte der Boden. Angelero zog meine Hände hinter meinem Rücken enger zusammen. Es fühlte sich an, als würden meine Schultern gleich brechen.

Officer Keating packte mich bei den Haaren und knallte mein Gesicht noch einmal aufs Dach. »Ganz ruhig.« Dann noch einmal. *Rumms.* Ich sah Sterne. »Ruhig. Hören Sie auf, Widerstand zu leisten.«

»Stopp! Sie leistet gar keinen Widerstand!«, schrie Nina, und ich konnte das Feuer in ihrer Stimme fast spüren. Sie trat ihre Zigarette aus und filmte die Handgreiflichkeiten mit ihrem Handy. »Ich rufe Legal Aid an. Seht alle her. Gewalt gegen Lesben!«

Die Polizisten drehten mich zu ihnen und der Menge hinter sich herum.

»Ruft die Bullen«, lallte ein Zuschauer so betrunken, dass es wie ein einzelnes Wort klang.

»Das sind die Bullen, du Spinner«, antwortete jemand genervt.

Ich war benommen, halb weggetreten, trotzdem bekam ich mit, dass einige Leute die Eskapade mit ihrem Handy filmten. Nina rief immer wieder: »Gewalt gegen Lesben!«

Etwas Heißes, Salziges brannte in meinem Mundwinkel. Als Keating meinen Kopf zum letzten Mal auf das Autodach geknallt hatte, hatte ich mir fest in die Zunge gebissen. Meine Lippe war aufgeplatzt, und ein Zahn war abgebrochen – mein oberer linker Schneidezahn.

Die Polizisten bemerkten meinen blutigen Mund und sprangen zurück.

»Das ist sie nicht wert«, sagte Angelero und schüttelte heftig den Kopf. »Ein Video von mir auf Youtube kann ich so gut brauchen wie einen Böller im Arsch.«

Die Polizisten nahmen mir die Handschellen ab und drehten meinen benebelten Körper herum. Sie kehrten zu ihrem schlammbespritzten Auto zurück und rasten los, bevor Keating auch nur ihre Tür geschlossen hatte.

Nina lief zu mir und strich mir die blutverschmierten Haare aus den Augen. Als sie mir einen Kuss auf die Wange gab, verzog ich das Gesicht. Die Menge löste sich auf. Leute in Skinny Jeans und Jacken mit Animal Print und Kunstfell schlenderten davon, als wäre nichts passiert.

»Ach, Schätzchen«, flüsterte sie. »Du weißt nie, wann du aufhören solltest.«

In der wohltuenden Winterluft gingen wir zur U-Bahn. Durch die Schmerzen im Mund stand ich unter Strom, meine Benommenheit ließ so schnell nach, wie ich blutete, die Wunden waren wie ein Sakrament. *Das ist mein Blut*, betete ich. *Mein Blut wird für die vielen vergossen werden zur Vergebung ihrer Sünden.* Matthäus 26,28.

11

Mit angehaltenem Atem betrat ich das Krankenhaus. Das war meine Chance, den Jungen zu befragen, den Abend von Jacks Tod noch einmal durchzugehen, zu verstehen, warum Jamie und Lamont in der Schule waren, als das Feuer ausbrach.

Der Anblick der weißen Arztkittel und der Tragen warf mich aus der Bahn, wie ein Kurzschluss in meinem Kopf. Ich lehnte mich an die kalte Wand und schloss die Augen, während in mir Panik brodelte.

»Hallo, Schwester Holiday.«

Ich tauchte wieder auf und sah John Vander Kitt, unseren bedächtigen Geschichtslehrer. Er stand neben dem Informationsschalter des Krankenhauses, einem wellenförmigen Holztresen mit einem Mosaikstreifen. Er trank einen Schluck aus seinem tarngrünen Thermobecher. »Ah, und da ist Rosemary.«

Rosemary Flynn kam auf uns zu. Sie gab sich den Schülern – und allen anderen – gegenüber steif und distanziert, deshalb wunderte es mich, dass sie sich die Mühe machte, Jamie im Krankenhaus zu besuchen.

Vielleicht hatte sie auch Hintergedanken.

Wir ließen uns Besucherausweise geben und stiegen langsam die Treppe zum dritten Stock hinauf, wo es am Stationstresen – einer langgezogenen, sterilen Insel – geschäftig zuging.

Zwei Computermonitore für sechs Schwestern und Pfleger. Mir fiel auf, dass ein Pfleger auf einen Ausdruck wartete, eine Hand unter den Ausgabeschacht des Druckers gestreckt. Hier arbeiteten Männer und Frauen, groß, klein, verschiedener Ethnien und Altersklassen, aber alle wurden von der gleichen taubenblauen OP-Kleidung vereint.

Die Klimaanlage lief auf Hochtouren. Rosemary klapperten die Zähne. Zur Abwechslung war ich mal froh, dass ich Handschuhe trug.

Wir gingen den Flur entlang, John las langsam die Nummern vor – »vierzehn, sechzehn, achtzehn« –, bis wir Jamies Zimmer erreichten. Zwanzig.

»Mr LaRose«, sagte John und strahlte, als er Jamie durch die halboffene Tür sah.

Wir betraten den Raum. Neben Jamies Bett konzentrierte ich mich auf ihn und versuchte, die Kabel zu ignorieren. Sie wanden sich um die Metallstangen der blinkenden Monitore, die seine Vitalfunktionen überprüften. Eine Maschine blinkte langsam und gleichmäßig.

»Hallo, Jamie.«

Erleichterung und Furcht flackerten in seinen Augen auf, als er versuchte, sich im Bett aufzusetzen. Der Junge, der fast in meinen Armen verblutet wäre, der eine Hautverpflanzung und eine Bluttransfusion gebraucht hatte. Dessen aufgerissenes Bein ich zugedrückt hatte. Wir waren wie Soldaten, die ein Trommelfeuer überlebt, die zusammen ein Schlachtfeld überquert hatten. »Wie geht es Ihnen?«, fragte ich.

»Gut«, antwortete Jamie, »nur der Wackelpudding ist eklig. Den bin ich leid.«

»Das glaube ich gern.« Ich setzte mich vor dem Fenster auf

einen braunen Stuhl mit helleren Streifen, wo die Sonne den Stoff ausgebleicht hatte. Ich behielt Jamie im Blick, damit mir seine Reaktionen nicht entgingen, aber aus dem Augenwinkel fiel mir eine Zeitung auf dem Boden auf. Ich hob sie auf und sah, dass jemand sich am Kreuzworträtsel versucht hatte; das Wort *HANOI* war mit blauer Tinte eingetragen. Wer besuchte Jamies Zimmer?

Mit John und Rosemary in der Nähe musste ich bei meiner Befragung strategisch vorgehen. »Was war das Verrückteste, was Sie hier gesehen haben?«, fragte ich.

Jamie drehte sich plötzlich von mir weg. »Ich habe auf dem Kopf eines Pflegers ein Kaninchen gesehen, aber ich bin von den Schmerzmitteln ziemlich high.«

»Nichts, wofür man sich schämen müsste.«

Er gähnte. »Ich weiß nicht, wann Tag und wann Nacht ist. Auf der Intensivstation habe ich gesehen, wie ein Typ mit einem Schraubenzieher im Auge reingerollt wurde.«

»Vielleicht hatte er eine Schraube locker.«

»Schwester!«, rügte Rosemary Flynn mich.

Jamie lächelte verstohlen. »Haben sie den Brandstifter schon geschnappt?«

»Nein. Die Polizei ist unfähig. Ich bin offenbar die Einzige, die Beweise findet.«

»Die Polizei freut sich bestimmt wie ein Schneekönig, dass Sie sich des Falls angenommen haben«, stichelte Rosemary und ließ eine leichte Südstaatenattitüde durchschimmern.

»Wie ein Schneekönig«, wiederholte ich. Ein linker Haken gegen das Kinn.

John nippte wieder an seinem Kaffee. »Der Ostflügel kann mindestens zwei Jahre nicht genutzt werden. Wahrscheinlich muss er abgerissen werden.« Er beschrieb mit der Hand einen waagerechten Bogen in der Luft. »Aber das Feuer im Keller hat nicht allzu viel Schaden in der Mensa angerichtet. Hätte es auf eine Fritteuse übergegriffen, wäre es …« Er sprach nicht weiter.

Woher kannte John so viele Einzelheiten, die Riveaux mir verraten hatte? Erzählte sie in der ganzen Schule vertrauliche Informationen herum?

Jamie drehte den Kopf zum Fenster, wich aber immer noch meinem Blick aus. »Ich habe an dem Abend noch jemanden gesehen. In der Schule.«

»Was meinen Sie?«, kam John mir zuvor.

»Ich habe jemanden gesehen«, sagte Jamie, »den Flur runter. Ich habe geschrien, damit er uns findet, aber es kam niemand außer Ihnen.«

Der Heilige Geist. Jamie hatte den Schemen auch gesehen.

»Haben De*t*ec*t*ive Grogan und Sergean*t* Decker Sie befrag*t*?« Rosemary Flynn sprach jedes *T* mit besonderem Nachdruck.

»Vor ein paar Tagen war jemand hier. Ich weiß nicht genau, wer.« Mit seinen Bartstoppeln und dem Krankenhaushemd im kalten Blau des Bedauerns wirkte Jamie LaRose gleichzeitig wie ein Mann, nicht mehr wie ein Junge, und dabei so zerbrechlich, wie ich ihn noch nie gesehen hatte. Ich wandte mich ab und trat ans Fenster. Vom Asphalt des Parkplatzes stieg Dampf auf und verwob die Luft zu einem Mosaik.

Jamie machte einen ernsten Eindruck, seiner gerunzelten Stirn sah ich an, dass etwas an ihm nagte. Er wollte reden, wusste aber nicht, wie. Ich hatte meine Gabe als Geheimnisträgerin trainiert, als ich mich noch nicht geoutet hatte, auch jetzt bei der Gemeindearbeit als Schwester, und ich hatte ein feines Gespür für die emotionalen Heimlichkeiten anderer. Sein Blick wanderte hinauf zu den aufgeschäumten Deckenplatten mit ihren unzähligen Löchern. Nicht größer als die schwarzen Punkte auf einem Würfel. Winzige Augen, die unentwegt beobachteten.

»Erzählen Sie mir mehr über den Abend, an dem Jack gestorben ist. Wann genau haben Sie Rauch gerochen?«

»Es ist alles so schnell passiert.« Jamies Blick wirkte aufrichtig, aber er machte auch einen verwirrten Eindruck. »Ich weiß es nicht mehr.«

»Hat Lamont Sie besucht?«

Jamie murmelte: »Er ist bei seiner Familie, glaube ich.«

Ich senkte die Stimme: »Jamie, Sie können mir vertrauen. Gibt es etwas, das Sie uns erzählen müssen?«

Er nickte.

Endlich kamen wir weiter.

Er biss sich auf die Lippe. »Ich wollte mich bedanken, Schwester, dass Sie reingekommen sind und uns gerettet haben. Was Sie gemacht haben, war echt krank.«

»›Krank‹ bedeutet gut«, übersetzte ich für Rosemary.

Sie seufzte und gab sich Mühe, entweder Belustigung oder Unmut zu unterdrücken.

John ging hinaus, um Kaffee zu holen. Seinen Thermobecher hatte er schon geleert. Rosemary folgte ihm wenig später, wahrscheinlich wollte sie eine Pause von mir.

Ich beugte mich näher zu Jamie und raunte: »He, ich glaube, Sie und Lamont haben an dem Abend etwas gesehen. Und es ist völlig in Ordnung.«

»Ich weiß nicht, was Sie meinen.«

»Haben Sie Jack gesehen, bevor er gestürzt ist? Glauben Sie, dass Jack das Feuer gelegt hat?«

Er flüsterte. »Mein Kopf tut so weh.«

»Was haben Sie und Lamont da überhaupt gemacht?«

»Vom Reden tut mir der Kopf weh«, sagte Jamie mit geschlossenen Augen.

»Sie können mir alles sagen.« Ich wollte Jamies rechte Hand nehmen, aber er zog sie zurück und verschränkte die Arme. Menschen machen sich klein, wenn sie etwas zu verbergen haben. Der Körper zieht sich zusammen, versucht zu verschwinden. »Ich merke, dass Sie mir etwas anvertrauen wollen, aber nicht wissen, wie. Ich möchte Ihnen helfen.«

»Die Besuchszeit ist vorbei. Er braucht seine Ruhe«, sagte eine Krankenschwester, die mit einem Klemmbrett und einem Pappbecher voll Wasser hereinmarschiert war. Ihre weißen Turnschuhe quietschten, als sie durch das wenig einladende Krankenhauszimmer eilte. »Auf Wiedersehen und danke«, sagte die Krankenschwester trocken und machte sich auf ihrem Klemmbrett Notizen. An Jamie gewandt fragte sie: »Wie geht es unserem Lieblingspatienten?« Aber er antwortete nicht. Seine Augen waren geschlossen, als wäre er eingeschlafen, aber das kaufte ich ihm nicht ab.

Am Mittwoch, an dem der Unterricht fortgesetzt wurde, kam ein Schwall Entschuldigungen herein. Vier Kinder hatten schon an die Saint Anne's gewechselt, sagte Shelly Thibodaux, die Schulsekretärin, eine chronisch fröhliche Nervensäge, nach deren Brownies mit doppelt Schokokaramell Schwester T sich insgeheim verzehrt hatte.

In der Schule war ein Polizist postiert worden, trotzdem hatten die Eltern furchtbare Angst. Die Stimmung war auf einem Tiefpunkt, die Anspannung hoch. Die Menschen waren nervlich am Ende. Im Unterricht lichteten sich die Reihen, dagegen waren die täglichen Messen so gut besucht wie noch nie. Pater Reese setzte zwei weitere Gottesdienste auf den Wochenplan, um den Ansturm zu bewältigen.

An diesem Morgen saß ich in der diesigen Hitze auf den Stufen vor der Kirche. Der Gehwegschrein mit seinen Kerzen hatte sich ausgeweitet. Jeden Tag fanden sich dort neue Kerzen, Blumen, Briefchen oder Gebetskarten für Jack und Schwester T. Schwester Augustine stand oft schweigend an ihrem Bürofenster und starrte hinaus auf das leuchtende Tableau. Trauer verlässt einen nie ganz, aber wenn man sie teilen kann, lernt man, mit ihr zu leben.

Vor dem Unterrichtsbeginn kamen Eltern zur Schule, hielten sich an den Händen und beteten.

»Wir wollen Ihre Zusage, dass unsere Kinder hier in Sicherheit sind«, schrie Ryan Browns Mutter und stocherte mit ausgestrecktem Finger in der Luft herum.

Der Unterricht brachte auch die Polizei zurück. Ermittlerin Riveaux, Detective Grogan und Sergeant Decker standen in der Nähe vor einem Polizeiwagen und unterhielten sich leise. Sie sprachen über die beiden Feuer – ihre Ähnlichkeiten, ihre Unterschiede. Sie schienen keine Hinweise zu haben außer denen, die ich ihnen gegeben hatte. Grogan musterte mit großen Augen die Schule. Ein starrer Blick wie von einer Eule, ohne zu blinzeln. Ich rückte näher heran. Ich musste mich nicht verstecken, um zu lauschen.

In New Orleans waren Verbrechen nicht ungewöhnlich. Bei Weitem nicht. Aber Brandstiftung kam relativ selten vor.

»Weniger als fünfzig Fälle von Brandstiftung letztes Jahr« sagte Riveaux zu Decker. Meistens hatten Autos gebrannt, Müllcontainer, Reifen und gelegentlich ein leerstehendes Haus. Aber an der Saint Sebastian's hatte es zwei Feuer und zwei Tote gegeben. Schon das war bemerkenswert, aber möglicherweise war es auch der Beginn einer Serie.

»Wie weit sind wir mit den Befragungen?«, wollte Grogan wissen. »Wie viele Aussagen haben wir?«

»Die Hälfte«, sagte Decker. Etwa hundertdreißig.«

»Die *Hälfte*?« Das hörte Grogan nicht gern. »Nach über einer Woche erst die Hälfte? Also ehrlich. Das muss schneller gehen.«

Grogan und Decker waren Partner, aber die logistische Arbeit lastete auf Decker. Typisch.

»Die Schule war geschlossen«, sagte Decker. »Die Eltern wollen ihre Kinder weder hierher noch aufs Revier bringen. Sie haben Angst.«

»Übe Druck aus und erledige das, Decker.« Grogan spuckte Tabaksaft auf den Boden.

Riveaux drehte sich um und bemerkte mich. »Waren Sie die ganze Zeit hier, Fragezeichen«, fragte sie auf ihre wunderliche Art.

»Ja.«

Sie musterte mich von oben bis unten und wischte sich Schweiß von der Stirn. »Was wollen Sie?«

»Ich will wissen, wer das war. Was wissen Sie denn?«

»Was wissen *Sie* denn?«, ahmte Riveaux mich scharf nach. »Schwester Goldzahn, Privatdetektivin.«

Sergeant Decker und Detective Grogan beendeten ihr Gespräch und wandten sich zu mir um. Der große, schlanke Grogan und die rundliche Decker sahen wie die Zahl 10 aus, wenn sie nebeneinander standen. Grogan wischte sich Schweiß vom Nasenrücken.

»Ich glaube, dass Prince Dempsey etwas weiß.« Das sicherte mir Deckers, Grogans und Riveauxs ungeteilte Aufmerksamkeit.

»Wir haben ihn befragt.« Der muskulöse Grogan bückte sich, bis wir auf Augenhöhe waren. »Wir interessieren uns immer noch für ihn.«

»Überprüfen Sie sein Alibi für das zweite Feuer.«

»Dasselbe wie beim ersten«, sagte Grogan, »die Nummer mit dem Gassigehen.«

Ich scharrte im Kies. »Prince könnte auf jeden Fall etwas gesehen haben. Oder etwas getan haben. Er treibt Spielchen, ich weiß nur noch nicht, mit welchem Ziel. Aber er passt nicht zum typischen Profil eines mordenden Brandstifters.«

»›Profil‹, was.« Grogan kicherte. »Die Sache ist zu groß für Sie.«

»Sie stehen doch nur rum. Jemand muss was unternehmen.«

Decker räusperte sich. »Der typische Täter macht viel Lärm und beschuldigt andere. Ein Meister der Irreführung. Gewöhnlich ein Misanthrop, der einen Groll hegt, und –«

»Reden Sie nicht um den heißen Brei herum«, unterbrach ich Deckers passiv-aggressiven Vortrag. »Wenn Sie glauben, dass ich es war, sagen Sie es.«

Decker lachte ohne jede Spur von Freude in der Stimme. Sie und Grogan stapften zu einer Polizistin hinüber, die von einem geparkten Polizeiauto an der Prytania Street gewinkt hatte.

»Auch wenn die beiden Spinner sind«, sagte Riveaux, »die Mordkommission wird den Fall knacken.« Die Hände ins Kreuz gedrückt sagte sie: »Grogan und Decker haben ihre Zweifel, aber ich vertraue Ihnen.«

»Kann ich *Ihnen* vertrauen?«

»Wenn Sie mir helfen«, sagte sie, »helfe ich Ihnen. Begleiten Sie mich ein, zwei Mal, wenn Sie wollen. Sagen Sie mir, was Sie hören und sehen. Ich brauche einen Insider in der Schule.«

»Glauben Sie mir, ich bin immer noch eine Außenseiterin. Ich bin erst seit einem Jahr hier und habe noch nicht mein Ewiges Gelübde abgelegt.«

»Wollen Sie wissen, was ich weiß, oder nicht?«

»Ja.« Ihre Direktheit gefiel mir.

»Wir haben vorsätzlich gelegte Brände im Ostflügel der Schule und in der Mensa. Wir haben ein schwarzes V-förmiges Muster im ersten Stock des Ostflügels und Hinweise auf einen Flashover in dem Raum, aus dem Jack gestürzt ist. Wir haben Petroleum in der Mensa. Wir haben eine verbrannte Bluse in Ihrem Papierkorb. Einen Handschuh auf der Straße. Ihr Plektrum neben der Leiche dieser Nonne.«

»Schwester T. Ich meine Therese, Schwester Therese, ein menschliches Wesen, nicht ›diese Nonne‹.«

Sie zuckte mit den Schultern. »Sie sind immer sehr schnell am Tatort. Deshalb deuten im Moment viele Beweise auf Sie hin, Schwester.«

»Aber die ganzen Beweise haben Sie von mir.«

»Deshalb ziehe ich Sie ins Vertrauen.«

»Was ist mit den Aussagen der Schülerinnen und Schüler?«, fragte ich. »Irgendwas Nützliches?«

»Die meisten waren zu Hause, als das Feuer im Ostflügel gelegt wurde, bis auf Jamie und Lamont. Diejenigen, die zum Maskenball gekommen sind, haben gesagt, sie hätten nichts gesehen.«

»Wie genau hat das Feuer im Ostflügel angefangen?«

»Ein langes Streichholz ist abgebrannt und hat mit Benzin getränkten Stoff entzündet. Es hat nicht länger als eine Minute gedauert, bis sich das kleine Feuer in einer Ecke des Geschichtsraums ausgebreitet hat«, erklärte Riveaux. »Die ganze erste Etage – weg. Durch die Leitungsschächte hatte das Feuer freie Bahn. Das war saubere Arbeit. Sehr gezielt. Jemand hat das ganz genau geübt – oder recherchiert. Und ich wette, dass es jemand aus dem Umfeld war.«

»Aus dem Umfeld?«, fragte ich.

»Wahrscheinlich jemand, den Sie kennen.«

»Prince Dempsey ist ein Zirkus auf Rädern. Ich traue es ihm durchaus zu, aber er ist zu unstrukturiert, um das allein durchzuziehen. Er könnte Hilfe gehabt haben, aber soweit ich weiß, ist er ein Einzelgänger.«

»Lehrerschaft?«, fragte Riveaux.

»Rosemary Flynn ist Wissenschaftlerin. Zumindest Lehrerin für Naturwissenschaften.«

Riveaux horchte auf. »Eine verrückte Wissenschaftlerin?«

»Möglich. Hält sich für ein unterschätztes Chemiegenie.«

»Sie würde verstehen, wie sich Feuer verhält – die Kettenreaktionen.« Riveaux schrieb ein paar Worte in ihr Notizbuch.

»Aber Rosemary ist sehr puritanisch und hasst jede Art von Unordnung.«

»Das war eine saubere Arbeit«, erinnerte Riveaux mich. »Andere Lehrer?«

»John ist der besorgte Typ, er macht sich über die kleinsten Dinge Gedanken.«

»Interessant.« Sie hörte genau zu und schrieb schnell mit. Ich konnte ihr ansehen, wie sich ihre Gedanken drehten und wendeten, wie ein Zauberwürfel aus Details und Hinweisen. »Bernard Phams Alibi hat sich bestätigt. Decker hat bei seinen drei Bandkollegen nachgefragt, ob er tatsächlich am Sonntagabend mit ihnen zusammen war.«

»Wie ich gesagt habe.« Mein Verstand ging für einen Moment in den Leerlauf. Ich war erleichtert, dass Riveaux es bestätigt hatte. Ich mochte ja ein Paradebeispiel erstklassiger Fiaskos und schäbiger Missetaten sein, aber mein Freund konnte nicht hinter diesem Grauen stecken.

»Wie lange sind Sie schon hier?«, fragte sie.

»Etwas über ein Jahr.«

»Wie sieht es mit Ihren Schwestern aus, Honor und Augustine?«

»Sie haben ihr Leben dieser Schule, unserer Kirche und unserem Orden gewidmet. Das hier ist ihr Zuhause. Meines auch.« Aber jeder würde alles tun, um zu überleben oder neu anzufangen. Dafür war ich der lebende Beweis. »Haben Sie schon die Diözese unter die Lupe genommen? Den Bischof und seine Vikare, meine ich.«

Riveaux nickte. »Ihren eigenen Besitz abfackeln, um dann anzurauschen und die Helden zu spielen.«

»Oder um uns unter Kontrolle zu behalten«, fügte ich hinzu.

Aus ihrem Feuerwehrfunkgerät meldete sich eine ferne, nasale Stimme.

Riveaux antwortete: »Ich bin unterwegs. Nein, bleiben Sie bloß da, verdammt.«

Mit der selbstsicheren Schnelligkeit eines Rennpferds, den Rücken voller Schweißflecke, lief sie zu ihrem roten Pick-up. Riveaux war stark, aber ihre Gedanken waren woanders, vielleicht zwei Schritte voraus. Oder irgendwo außerhalb ihres Körpers.

Wieder hatte ich das Gefühl, dass Blicke an mir hingen. Mir

fiel eine krumme Gestalt auf. Prince Dempsey hielt mit BonTon auf die Schule zu, er sprach mit der Hündin, zwischen den Lippen eine brennende Zigarette. Lächelnd und gelassen schlenderte er näher.

Licht fiel durch die Blätter und schuf ein zartes Schattenspiel, als Prince sich an mich heranwanzte. Er kratzte BonTon zwischen den Ohren. Dann ließ er einen Rosenkranz über ihrer Nase baumeln, und sie schnappte danach. Sicher ein vertrautes Spiel für die beiden. Einige der weißen Perlen wiesen Brandspuren auf.

»Hübscher Rosenkranz.« Ich lehnte mich näher zu Prince. Der ranzige Gestank seiner strähnigen Haare war so heftig, dass mir Tränen in die Augen traten.

»Den hat Schwester Augustine mir geschenkt«, sagte er. »Das ist eine richtige Lehrerin, nicht so wie Sie.« Prince trat näher und starrte auf das Kreuz an meinem Hals. »Ich besorge mir eines von diesen scheißgroßen Kruzifixen. Jesus sagt: ›Ich bin noch hier, ihr Säcke. Mich macht ihr nicht fertig!‹« Er spuckte beim Reden. »Genau, Schwester. Ich hole mir ein richtig großes Kreuz und trage es jeden Tag.«

»Nur zu. Es würde Ihnen guttun.«

Lächelnd schnippte Prince seine Zigarette auf die First Street. Ich zuckte zusammen, als die Glut an meinem Ohr vorbeiflog. »Das war knapp.« Er lachte. »Vorsicht, Schwester.« Er pfiff nach der schneeweißen BonTon, dann schlängelten sich die beiden durch den Schrein und warfen dabei eine Kerze um. Wachs floss in den Gully.

Ich kannte Prince' Geschichte. Traumatisiert durch Hurrikan Katrina. Familiendramen. Jugenddiabetes, dann Typ 1. Pflegefamilie. Missbrauch. Armut. Elend. Wenn er etwas anstellte, das eine Suspendierung rechtfertigen würde, sollten wir laut Weisung geduldig sein und ihm die Situation bewusst machen. Darauf achten, dass er seinen Blutzuckerspiegel maß. Beten. Auch wenn er sich benahm wie die Axt im Walde, ließ sich Prince Dempseys Geschichte für die Schule gut verkaufen. Der Spendenausschuss brauchte gute Geschichten. Ihn der Schule zu verweisen hätte für eine der letzten katholischen Schulen der Stadt ein schlechtes Beispiel abgegeben.

Prince hatte einen Hang zum Chaos, aber wie sah es mit einem Motiv aus? Brauchte er eines?

Menschen waren jederzeit zu allem fähig.

Sogar Schwester Honor, deren Verstand zu kleingeistigem Starrsinn geronnen war, nachdem sie jahrzehntelang in ihrer Einsamkeit geschmort hatte. Sie könnte das Streichholz angezündet haben, um zur Abwechslung den Ton anzugeben. Um alles auf den Kopf zu stellen.

Ich musste alle Verdächtigen abhaken, jeden, der Zugang zum Ostflügel gehabt hatte, einen nach dem anderen. Wenn ich nur einen klaren Kopf bekommen könnte, würde ich die Sache aufklären.

Aber ich stolperte über meinen eigenen Schatten. War immer noch stinksauer auf Gott.

Eine verlorene Seele, die dem Heiligen Geist nachjagte.

12

Auf dem altersschwachen Fernseher im Lehrerzimmer sahen John Vander Kitt und ich, wie die Diözese, Sergeant Decker und Detective Grogan eine jämmerliche Pressekonferenz zur Untersuchung der Todesfälle auf dem Schulgelände gaben. Es war Mittwoch nach Unterrichtsschluss. Die Mordkommission und unsere Kirchenleitung standen im eintönigen Foyer des New Orleans Police Department vor Fotografen, die ihre großen Kameras klicken ließen.

Die unheilige Dreifaltigkeit drängte sich ins Rampenlicht.

»Im Namen des Vaters, des Sohnes, des Heiligen Geistes«, intonierte der Don ins Mikrofon, so verdammt selbstzufrieden und aufgegeilt an seinem Glanz.

Ich konnte den fauligen Atem des Bischofs durch den Fernseher riechen. Mit ihren Goldketten und teuren Uhren hätten der Don, der Ghul und der Bart Auftragsmörder sein können. Vor Wut fühlte ich mich benommen, mir wurde fast schwindlig. Unsere »Patriarchen« hielten das Schicksal der Schwestern – mein Schicksal – in ihren tumben Händen.

»Wir ermitteln weiterhin im Todesfall Jack Corolla«, sagte Grogan, der auf dem Bildschirm zu sehen war, nachdem die Diözese Platz gemacht hatte. Grogan sprach mit besonders dickem Akzent, sein offener Mund war dem Mikrofon so nah, als wollte er ihm gleich einen Zungenkuss geben. So lässig und beherrscht Grogan sich auch gab, hatte der Typ doch etwas Beunruhigendes an sich. »Und es gibt neue Erkenntnisse«, fuhr er fort. »Der Tod von Schwester Therese wurde als Unfall eingestuft. Der Autopsiebericht der Pathologin hat keine Fremdeinwirkung festgestellt. Die langjährige Lehrerin und Schwester vom Erhabenen Blut ist auf der Treppe gestürzt, und der Aufprall führte zu ihrem Tod.« Er fuhr sich mit einer Hand durchs dichte Haar und starrte in die Kamera. »Gott segne sie«, sagte er, als hätte er es einstudiert.

Ich hämmerte mit einem Finger auf den Ausknopf der Fernbedienung und schüttelte den Kopf. Schweiß durchtränkte meine schwarze Bluse, und ich stellte mir vor, wie mein tätowierter Baum des Lebens aus jedem Tintenblatt weinte. Als ich die Augen schloss, sah ich Schwester Ts lächelndes Gesicht und ihren freundlichen Blick vor mir und ließ vor meinem inneren Auge unsere letzten gemeinsamen Stunden im Gefängnis ablaufen. Wie die fein gesponnene Kunst von Spinnweben konnten auch Erinnerungen einfangen und nähren. Das Erinnern an sich ist ein Labyrinth.

»Da sehen Sie. Schwester Therese wurde nicht gestoßen«, sagte John und schob seine Brille auf der Nase nach oben. »Dadurch sollten wir uns sicherer fühlen. Es war ein trauriger Unfall, kein Mord.«

»Doch, jemand hat sie diese Stufen hinuntergeworfen. Ich sage es Ihnen. Schwester T war fast achtzig, aber sie war ein zähes Mis—« Ich bremste mich, bevor ich das Schimpfwort aussprach. »Es war so brutal. Sie hat einen Schuh verloren. Ihre Beine waren verdreht und die Knöchel ganz umgeknickt wie bei einer Lumpenpuppe.«

»Sollten wir der Polizei nicht vertrauen? Sie weiß, was sie tut.«

Ohne ein weiteres Wort stopfte ich meine Papiere in meine Tasche, rettete mich nach draußen und ließ John murmelnd und mit seinem heißen Kaffee an einem heißen Tag zurück.

Johns harmlos-unschuldige Art war zu viel des Guten. Oder war sie nur vorgetäuscht?

Jemand versuchte, mir etwas anzuhängen.

Oder hatte es auf mich abgesehen.

Es konnte jeder sein.

Ich hatte mir solche Mühe gegeben, Menschen in mein neues Leben zu lassen. Aber wenn man sich selbst nicht kennt oder vertraut, wie soll man dann von anderen etwas Positives annehmen?

Riveauxs schrottreifer Pick-up parkte vor der Schule. Sie saß hinter dem Steuer und ging fluchend einen Stapel Papierkram durch, als ich die Beifahrertür öffnete. Winzige Fläschchen purzelten heraus. Eine Unmenge.

»Vorsichtig!«, schimpfte sie wie eine Verkäuferin in einem vornehmen Laden. »Fangen Sie sie auf! Nicht, dass sie kaputtgehen!«

Als ich mich in den stickigen Wagen schob, musste ich ein paar Flaschen beiseite räumen, die nach Weihrauch, Zitrone und Bergamotte rochen. Im Fahrerhaus, auf dem halben Rücksitz, lag ein Kissen. Hatte sie in diesem kümmerlichen alten Truck geschlafen? Riveauxs Kinn war schweißbedeckt.

»Was ist das?« Ich hielt eines der Fläschchen hoch, das nicht größer war als eine Pipette.

»Ich mache Parfum.«

»Schick.«

»Das hält meine Nase auf Trab. Hilft mir, Bestleistungen zu bringen. Immer weiter zu lernen.« Sie zog eine Ampulle aus ihrer Jeanstasche und hielt sie hoch. »Duftmoleküle sind mein Spezialgebiet.«

»Ich rieche nur Asche.«

»Was wollen Sie, Schwester?«, fragte sie und betrachtete die klare Flüssigkeit.

»Verschaffen Sie mir Zugang«, sagte ich. »Zum Ostflügel. Zur Mensa. Um die Tatorte zu untersuchen.«

Der Motor des Wagens lief, die Klimaanlage war bis zum Anschlag aufgedreht. Aber durch die Schlitze kam nur heiße Luft. Riveaux stank nach Zigaretten und unwirksamem Zitrusdeo. Wie Rum und der klebrige Schaum verrotteter Zitronen. Vielleicht kam der Geruch von einem der selbst angemischten Parfums, die im Truck herumflogen.

Die Hitze war feucht und zum Greifen dick. Ein sanfter Westwind zerzauste die Baumwipfel, verwirbelte die Wolken. Riveaux wischte sich mit dem Handrücken die Wange ab. »Sie haben eine Mission.«

»Verdammt richtig.«

Ich nahm mein Tuch ab und wischte mir damit den Schweiß ab.

»Hat es wehgetan?« Sie zeigte auf das Tattoo an meinem Hals – meinen weißen Vogel, ein Taubenküken.

»Sehr. Deshalb habe ich es gemacht.«

»Eine weiße Taube passt gar nicht zu Ihnen. Sie sind eher eine Mischung aus Einhorn und Honigdachs. Schwer zu erklären und –«

»Unmöglich zu vergessen.« Der Seitenspiegel des Pick-ups fing das Funkeln meines Goldzahns auf, als ich lächelte.

Sie verdrehte die Augen. »Sie dürfen mich nur begleiten, wenn Sie meine Fragen beantworten«, sagte sie, als wir ausstiegen. Sie ließ den Schlüssel in der Zündung. Der alte rote Chevy war eine Mülltonne auf Rädern, aber den Schlüssel stecken zu lassen erschien mir doch zu vertrauensselig. »Praktisch, dass Sie bei beiden Feuern ganz in der Nähe waren, als sie ausbrachen«, sagte Riveaux.

»Ich lebe und arbeite hier. Mit vielen anderen Menschen. Darunter zwei, die ermordet wurden.«

»Halten Sie die Klappe und kommen Sie mit«, sagte sie. »Ziehen Sie die an.«

Wir streiften blaue Überzieher aus Kunststoff über unsere Schuhe, um den Tatort nicht zu verunreinigen. Ich bückte mich unter dem gelben Absperrband vor dem Eingang zum Ostflügel hindurch. Riveaux stieg darüber hinweg. Rechtes Bein, linkes Bein, die Hände ins Kreuz gedrückt. Sie schloss die schwere Tür mit einem Generalschlüssel auf, und ich folgte ihr hinein.

Langsam gingen wir die Treppe hinauf. Mit jedem Schritt wurde die Luft giftiger. Trotzdem roch ich die ganze Zeit Riveaux vor mir, diese Spur von fauligem Zitronensorbet. Durch die Hitze waren die Flügel des Deckenventilators im Flur geschmolzen, im Korridor, wie Jack ihn genannt hatte. Er hatte gern genaue Bezeichnungen benutzt. Die Flügel hingen herab wie verwelkte Sonnenblumen. Die Glühbirne war zerplatzt.

Wir waren etwa gleich groß, aber Riveaux ging mit geradem Rücken, die Schultern gestrafft. An manchen Tagen barg ihr Körper Gewissheit und Präzision. An anderen wirkte es, als würde sie langsam zerbrechen. Konsequent inkonsequent. Vielleicht war sie nur müde, weil sie in ihrem Truck geschlafen hatte. Ich erinnerte mich an die unsichtbaren Narben der Polizeiarbeit, die mein alter Herr getragen hatte. Lange Nächte an einem ungeklärten Fall. Die tickende Uhr.

Der erste Stock des Ostflügels war ein Schlachtfeld. Alle Schattierungen von Dunkelheit, von Anthrazit über Schiefer bis zum Schwarz von Vogelaugen. Bis zum Nichts, der Farbe einer Leerstelle. Die Wand war schichtweise abgeplatzt.

»Durch die alten Lüftungsschächte des Gebäudes konnte sich das Feuer schneller ausbreiten.« Sie zeigte auf die freiliegenden Schächte. Dann deutete sie mit einem Nicken auf verbrannte Kabel, die aus der Wand hingen, halb vom Feuer verschlungen, halb intakt, ein abstoßender Anblick, wie erbrochene Nudeln. »Rock würde Ihnen wegen dieser ganzen Verstöße gegen den Brandschutz die Leviten lesen.«

»Wer ist Rock?«, fragte ich.

»Mein kritikfreudiger Mann. Ich strapaziere seit Jahren seinen letzten Nerv.«

»Das überrascht mich nicht.«

Es freute mich, dass Riveaux einen Partner hatte, dass sie nicht allein war. Allerdings stand die Beziehung offensichtlich auf wackligen Füßen. Vielleicht war sie deshalb manchmal neben der Spur, erschöpft. Weil sie retten wollte, was zu retten war. Riveaux hatte hohe Mauern um sich, so wie ich. Aber ich fing langsam an, sie zu mögen, wie die meisten Menschen, die mir Kontra gaben.

Wir betraten die schwarzen Überreste eines Geschichtsraums. Ich streckte die Hand aus, um die verbrannte Wand zu berühren. »Fassen Sie nichts an!«, schimpfte sie.

»Ich trage Handschuhe.«

»Sehen Sie sich um, *ohne* etwas zu berühren. Grogan und Decker werden mich teeren und federn, wenn Sie auch nur ein

Staubkörnchen bewegen. Glauben Sie mir, Grogan wird es merken. Ihm entgeht nichts.«

»Decker verdächtigt mich, das merke ich ihr an. Sehen Sie.« Ich zeigte auf Farbstreifen auf dem Fenstersims und dem Boden. »Die Klimaanlage. Das Gerät wurde irgendwann übermalt. Jemand muss es bewegt haben. Und wo ist das Kabel? Sie ist nicht eingesteckt.«

»Ach.« Riveaux nickte. »Sehr aufmerksam.«

»In einem Klassenzimmer ohne Klimaanlage würde man es nicht lange aushalten.«

Sie inspizierte den Boden, dann schaute sie hinaus zur Feuertreppe. »Vielleicht ist der Feuerteufel so hereingekommen. Er ist von draußen über die Feuertreppe eingedrungen und auf demselben Weg verschwunden. Ich wette, das Kabel ist da draußen.« Riveaux zog ihren Pferdeschwanz fest. Im sonderbaren Licht des ausgebrannten Gebäudeflügels erschien alles und nichts wie ein Hinweis.

»Oder Jamie und Lamont sind auf diesem Weg hereingekommen«, sagte ich. »Es könnte eine falsche Fährte sein.«

Sie lachte wie eine Sechsjährige. »Was wissen Sie über falsche Fährten?«

»Ich habe reichlich davon gelegt, als ich mich noch nicht geoutet hatte«, erklärte ich.

»Geoutet?«

»Lange Geschichte.«

»Das Geschichtenerzählen müssen wir verschieben. Sehen Sie hier, das sind die größten Brandspuren.« Mit einem knochigen Finger zeigte sie auf die Wand. »Wir haben Reste eines mit Benzin getränkten Stoffbündels gefunden.« Ihr Gesichtsausdruck wirkte ebenso aufgeregt wie ängstlich, die pure Anspannung von Basejumpern. Bei jedem Schritt achtete sie darauf, keinen Schutt zu verschieben. Sie zog ihren Überschuh zurecht, der abzufallen drohte. »Sehen Sie das hier? Hier hat der Flashover begonnen.«

»Flashover?«

»Der Übergang von einem Brand in einem Gebäude zu einem brennenden Gebäude«, sagte sie.

Die Fensterrahmen des Klassenzimmers waren zersplittert. Überall Glasscherben, als wäre die Schule bombardiert worden. Einige Glühbirnen hatten sich verformt, ohne zu platzen. Die Luft in dem verkohlten Gebäude war glutheiß.

»Woher wussten Sie bei dem ersten Feuer so schnell, dass es Brandstiftung war?«

»Tatortuntersuchungen und die Forensik haben Brandermittlungen verändert, das kann ich Ihnen sagen.«

Riveaux nannte wichtige Meilensteine der Verbrennungslehre und verglich sie mit Durchbrüchen in ihrer Herstellung von Parfums. »Proust hat gesagt, von allen menschlichen Sinnen sei der Geruch am stärksten mit dem Gedächtnis verbunden. Wie eine Zeitreise. Das unermessliche Gebäude der Erinnerung. Diesen Kram zu lesen hat in mir den Wunsch geweckt, Wissenschaft zu verstehen.«

»Mich haben Krimis in diesen Schlamassel gebracht.«

Ich kniete in einem Aschehaufen nieder und sah mir den Boden genau an.

»In diesem alten Geschichtsraum ist der Ausgangspunkt«, sagte sie.

Was bedeutete, dass sich hier mehr Hinweise versteckten. Vielleicht war vor dem Feuer etwas in diesem Raum gelagert worden.

Ich hörte, wie Riveaux ihren Rücken knacken ließ, und stand auf.

»Feuer hat eine Geschichte, wie alles andere. Man muss ihr zuhören. Sich Zeit lassen. Aufmerksam sein.« Riveaux redete sich warm. Ihre Fachkenntnis wirkte so natürlich, als wäre sie mit allem Wissen geboren worden. Es war viel interessanter als die Wissenschaftstiraden von Rosemary Flynn, die ich schon über mich ergehen lassen musste. »Schon der Geruch des Rauchs gibt Hinweise. Wie das Feuer klingt, gibt Hinweise. Wie es sich entlang der Wand, der Decke oder dem Boden bewegt. Man befragt die Rückstände. Man muss sie wie einen Menschen behandeln, der etwas zu verbergen hat. Ihr Verhalten genau beobachten.«

»Klingt nach einer tollen Verabredung«, sagte ich.

»Rock und ich sind für Verabredungen immer zu beschäftigt.«

Riveaux öffnete sich. Vielleicht hatte sie das Gefühl, sich mir gegenüber nicht verstellen zu müssen.

»Welche Geschichte hat Rock?«, fragte ich.

»Rockwell hat viele Geschichten«, sie legte den Kopf schief und blinzelte die Wand an wie einen Spiegel, »und jede Geschichte hat viele Kapitel.«

Riveaux wandte sich mir zu, hielt ihr Handy hoch und zeigte mir ein Foto von ihrem Mann Rock, auf dem er den Mittelfinger zeigte und die Zunge herausstreckte.

Ich nahm ihr Handy und erkannte bei genauerem Hinsehen einen Typen, der offensichtlich in eine höhere Liga geheiratet hatte. Klassischer Möchtegernrebell. Ein weißer Typ in einem Hawaiihemd mit so vielen billigen Tattoos, dass er aussah wie eine Kneipenklowand. Die Art pseudo-woker weißer Mann, der glaubt, eine Schwarze Frau zu heiraten, würde ihn von allen

Grenzübertretungen freisprechen, und er müsste weder denken noch sich weiterentwickeln.

Ich warf noch einen Blick auf den Mistkerl. »Ist er Koch oder so etwas, mit seinen ganzen Tattoos?«

Sie lachte, ohne zu lächeln. »Nee. Rock kann nicht mal Wasser kochen. Er war IT-ler beim NOPD. Dadurch haben wir uns kennengelernt, er hat mich bedrängt, bis ich mit ihm ausgegangen bin. Jetzt ist er einer dieser mobilen Informationstechniker, er richtet Netzwerke und Serverfarmen ein. Am liebsten würde er sich für seine ganzen Videospiele bezahlen lassen. Echt ein großes Kind.«

»Liebe ist sowieso eine Ablenkung«, sagte ich und gab das Handy zurück.

»Sind Sie deshalb Nonne?«

»Ein klarer Blick gehört als Bonus dazu.«

»Sehen Sie.« Sie zeigte auf die Zimmerecke, in der das Feuer das Bücherregal verschlungen hatte. »Brandstiftung wie aus dem Lehrbuch.« Sie kicherte über ihren Witz. »Aber im Ernst, was das Feuer sich nimmt, kann genauso viel verraten wie das, was es übriglässt. Riechen Sie mal.«

»Widerlich.«

»Eine besondere Art von Säure. Wie verwesendes Fleisch. Wahrscheinlich vom Dämmmaterial.«

Es war so scheußlich in dem Raum, dass ich mich zusammenreißen musste, um nicht zu würgen. In der Luft lag etwas abstoßend Süßliches. Seit den Bränden war mehr als eine Woche vergangen, trotzdem lebte der Rauch noch. Ich konnte immer noch die glühende Asche in meinem Auge spüren.

Riveaux wurde unruhig, als würde sie zu viel sagen.

»Wenn zweifelsfrei feststeht, dass beide Brände absichtlich

gelegt wurden«, unterbrach ich sie, »warum dauern die Ermittlungen dann so lange?«

»Weil es mehr zu tun gibt. Und wir haben noch kein klares Motiv«, sagte Riveaux.

Ich hielt dagegen. »Ist es nicht Ihre Aufgabe, das herauszufinden? Viele Schüler hassen ihre Schule«, sagte ich. »Lehrer auch.«

»Genug, um sie niederzubrennen? Eine Verhaftung zu riskieren? Den Tod?« Riveaux klatschte in die Hände. »Brandstiftern geht es um Rache, Kontrolle oder Geld.«

»Was ist mit Langeweile?«

»Nein. Dann würden sie ihre Opfer einfach online trollen.« Ihre Worte schnitten wie scharfe Klingen. »Selbst, wenn ein Schüler wütend wäre, weil er eine schlechte Note bekommen hat oder schikaniert wird – Gefühle sind keine Motive.«

»Motive wurzeln in Gefühlen. Denken Sie an die vielen Schulattentäter, an ihre Manifeste.«

»Feuer ist etwas anderes«, sagte sie, eine ärgerliche Antwort. »Die Motive für Brandstiftung sind fast immer Versicherungsbetrug oder Rache. Deshalb braucht man für die Ermittlung Zeit und Fachwissen. Deshalb sollten Sie gar nicht hier sein.«

»Sie haben mich reingelassen. Ich muss verstehen, was dahintersteckt.«

Sie lachte. »Es verstehen. Verschwenden Sie nicht Ihre Zeit damit, das verstehen zu wollen.«

»Zeit ist alles, was ich habe.«

13

Der Donnerstagvormittag verlief ruhig. Panische Eltern ließen ihre Kinder immer noch nicht in die Schule. Immerhin hatte ich dadurch meine sonst unruhigen Klassen besser im Griff.

Nach dem Klingeln ließen die Schüler die Verschlüsse ihrer Gitarrenkoffer zuschnappen und hängten sich ihre Rucksäcke auf die Schultern. Sie schoben sich in einer Traube langsam durch die Tür. Ich musterte jeden einzelnen sorgfältig, als würde einer von ihnen einen Hinweis durchsickern lassen.

Ich musste in dem Fall weiterkommen.

Und zur Ruhe kommen.

Es war schwierig, den Rhythmus meiner Doppelrolle als Lehrerin und Detektivin aufrechtzuhalten. Ständig lief ich Gefahr, dass sich vor dem Vorhang eine Falltür öffnete.

»Sie müssen in jedem Raum und jedem Treppenhaus Feuerlöscher haben«, wurde Schwester Augustine von dem Polizisten erklärt, der an diesem Tag Patrouille lief.

Während der Unterrichtszeit war immer jemand vom NOPD vor Ort, um die besorgten Eltern zu beruhigen. Die letzten Spinde hatte die Polizei während der Schulschließung durchsucht. Ein mühseliger Prozess, sicher, aber ich bezweifle, dass sie noch langsamer hätte sein können. Die Kids waren ohnehin zu schlau, um irgendwas Verfängliches in ihren Spinden zu lassen.

Rosemary Flynn diskutierte in ihrer Hälfte unseres geteilten Klassenzimmers mit einer Schülerin wegen einer Prüfungsnote, als ich einen großen Stapel Papier von meinem Schreibtisch – meinem Büro – holte.

»Ms Flynn«, rief ich, »schließen Sie ab, wenn Sie fertig sind.«

»Manche Menschen erdreisten sich ja und sagen ›bitte‹«, antwortete sie mit tragender Stimme wie eine Mimin.

»Gut zu wissen. Schließen Sie ab, wenn Sie fertig sind.«

Ich raste aus dem Klassenzimmer auf den lauten Flur und schlängelte mich zwischen Schülern hindurch, die wie in Trance texteten. Jede Delle in jedem Spind schien zu glänzen. Die Saint Sebastian's war ein wenig desolat, keine Frage. Das Gebäude war etwa so alt wie Schwester Augustine – achtzig Jahre. Die Eltern zahlten für den Segen Jesu, nicht für eine luxuriöse Einrichtung. Ohne Steuergelder als Sicherheitsnetz waren die Finanzen knapp. Die Diözese trieb liebend gern Spielchen mit uns und gab an, welche Mittel oder Programme als nächste auf der Abschussliste standen. Die wenigen Familien, die das volle Schulgeld zahlen konnten, sorgten dafür, dass der Betrieb weiterlief, arme Kinder wie Prince Dempsey einen Platz hatten und unsere Mensa mit Tiefkühlpizza und Tater Tots versorgt wurde. Dafür war die Lehre erstklassig – wir waren die Besten im ganzen Staat, dank Schwester Augustines hoher Ansprüche. Rosemary, John, Schwester T, sogar Schwester Honor und ich waren alle hervorragende Lehrende, wenn nicht auch ein wenig wahnsinnig.

Schwester Augustines Stimme aus der Lautsprecheranlage kündigte für sechzehn Uhr an diesem Dienstag eine Mitarbeiterbesprechung an. Ich verabscheute die Befragungen, die Anwesenheit der Polizei, den Unterrichtsausfall, das Getuschel unter der Schülerschaft und die Begegnungen mit Mordermittlern, vor allem mit Grogan, dessen zuckersüße Freundlichkeit mir langsam unangebracht erschien. Bevor die Brandstiftungen mich aus dem Rhythmus geworfen hatten, hatte ich mir alle Mühe gegeben, meine täglichen Abläufe als Schwester vom Erhabenen Blut zu akzeptieren. Messe, Mahlzeiten, unterrichten, beten, schlafen. Und von vorne. Es hatte mehr als ein Jahr gedauert, aber mit der Zeit hatte ich die Gleichförmigkeit zu schätzen gelernt. Die Reinheit des Rituals. Das wollte ich zurück.

Ich bog nach links ab zu Schwester Augustines Büro. Ich musste mir die Erlaubnis einholen, Prince' Schulakte zu lesen.

»Ist Schwester Augustine da?«, fragte ich Shelly.

»Oh, das tut mir leid. Sie haben sie gerade verpasst. Sie wissen ja, Schwester, die Arbeit des Herrn ist nie getan.« Ihr breites Lächeln machte mich nervös.

Das Telefon klingelte, und Shelly sprintete zu ihrem Schreibtisch. »Es kommen ständig Anrufe. Die Eltern regen sich über alle möglichen Sachen auf. Entschuldigen Sie mich, Schwester. Saint Sebastian's, Büro der Direktorin, hier spricht Shelly. Wie darf ich Ihnen an diesem gesegneten Morgen helfen?« Sie legte eine Hand auf den Hörer, hob das Kinn und sah mich an. »Schwester Holiday, kommen Sie doch in einer Stunde zurück. Dann sollte sie zurück sein.«

Ich nickte, aber als Shelly sich abwandte und den Postausgang durchsuchte, ging ich rückwärts und griff mit meiner behandschuhten Rechten nach dem Türknauf zu Schwester Augustines Büro. Ich betrat den Raum und fand hinter dem Schreibtisch nicht meine Direktorin, sondern Ermittlerin Riveaux vor.

»Ich war eine lausige Schülerin.« Sie schwang die Beine hoch und legte die Füße auf den Schreibtisch. Ihre schwarzen Lederschuhe waren abgewetzt.

»Schlaue Menschen langweilen sich schnell.«

»Genau.« Ihre violetten Augen wirkten munterer. Sie drehte mir den Rücken zu und schaute aus dem Fenster hinter Schwester Augustines Schreibtisch. »Ich muss kurz raus und mit Decker reden. Bleiben Sie hier. Gehen Sie nirgendwohin, Schwester Goldzahn.« Riveaux tippte sich auf den linken Schneidezahn.

Mein Goldzahn war meine Visitenkarte, eine stets präsente Erinnerung an mein früheres Leben.

»Du bist eine hinreißende Katastrophe«, schnurrte Nina nach meinem Gerangel mit den Polizisten. Sie beugte sich über die Armlehne des kleinen mokkabraunen Sofas, das wahrscheinlich schon dort stand, seit CCs Vater die Apotheke 1982 eröffnet hatte. Sie drückte mir einen sanften Kuss auf die zerbeulte linke Schläfe.

»Welchen Tag haben wir?« Ich weiß noch, dass ich meinen schmerzenden Kiefer berührte. Ein tiefer, nackter Schmerz. So vertraut. Manchmal fragte ich mich, ob ich mich in diesen beständigen Trommelschlag der Schmerzen verliebt hatte.

»Tage sind beliebig«, sagte Nina. »Kalenderhersteller haben die Namen der Tage erfunden, damit wir süchtig werden und weiter Kalender kaufen.«

»Du weißt auch alles.« Ich legte eine Hand auf ihren Oberschenkel, und wir küssten uns. Auch wenn es wehtat, war es so schön, ihre Lippen auf meinen zu spüren. Sie schmeckte nach süßem Ärger, nach Whiskey und Koks.

»Ich weiß, dass ich dich liebe, Holiday Walsh, Privatdetektivin.«

Nina räusperte sich. Ich wusste, dass sie tief enttäuscht war, weil ich es nicht erwidert hatte – dass ich sie liebte. Ich konnte es nicht aussprechen, *weil* ich sie liebte. Mehr als Flammen es lieben, Wände hinaufzusteigen. Mehr als die Abenddämmerung es liebt, den Tag aufzulösen. Stattdessen machte ich einen dummen Witz. »Schnüfflerin. So haben sich die altmodischen Privatdetektive genannt.«

Nina spielte mit. »Wenn du privat was schnüffeln willst, kannst du gern Detektivin spielen.«

Wir lachten. Meine Gehirnerschütterung und mein frischer Kater durchzuckten meinen Schädel wie die gezackten Zähne eines Blitzes.

Ich legte den Kopf auf ihre Schulter, atmete ihren Sandelholzduft ein und küsste ihren Hals. Ihre Haut war weich und warm. »Wir haben gewonnen, oder?«

»Haben wir«, sagte sie. »Wir werden mit den Jahren aufregender. Wie guter Wein.«

»Eher wie ein unbezahltes Knöllchen.«

Nina legte ihre Hände um meine. Ihre goldene Maniküre in der Farbe eines sonnenüberfluteten Sandstrandes bildete einen starken Kontrast zu meiner schwarzen Lederhose und dem tristen Sofa von CC.

Obwohl mein Gesicht dabei schmerzte, lächelte ich sie an. Bezaubernde Nina. Jetzt schien es unvorstellbar, dass wir seit über einem Jahr nicht mehr im selben Raum gewesen waren.

Mein Kumpel CC – tagsüber Apotheker, nachts Amateurzahnarzt – verpasste mir die Goldkrone. »Du willst mich doch verarschen.« Er machte keinen Hehl daraus, wie sehr ihn mein Besuch in seiner Praxis ärgerte. Sein Gesicht wurde zum großen Teil von einer dicken, schwarz gerahmten Brille verdeckt.

»Heute Abend Gold, Kumpel. Dann sind wir quitt. Versprochen.«

»Komm mit.«

Riveaux klopfte an und kehrte ins Büro zurück.

»Haben Sie Ihrer Mutter Oberin etwas zu beichten? Schlechtes Gewissen?«

»Ich bete nur, dass jemand den Fall noch in diesem Jahrhundert aufklärt.«

»Wir sehen uns alles und jeden an. Alle Schüler, Angestellten, Lehrer. Was wissen Sie über Rosemary Flynn?«

»Abgesehen von ihrem Wissen über Chemie, ihren Twinsets und dem Stock im Arsch?« Ich zuckte mit den Schultern. »Ich würde sagen, behalten Sie sie im Auge.«

»Behalten *Sie* sie im Auge.« Riveaux bedachte das große Kruzifix an Schwester Augustines Wand mit einem finsteren Blick. »Schauen Sie mal, was Sie herausfinden.«

Ich nickte.

Riveauxs Funkgerät meldete eine Adresse, »14 Renaissance Village«, gefolgt von einer Reihe von Fachausdrücken und Zahlen.

»Worum ging es?«, fragte ich. »Was haben sie gesagt?«

»Locker!« Es machte Riveaux Spaß, mir Anweisungen zu erteilen. »Verstanden. 217. Jetzt?«

»Verstanden«, sagte die Stimme am anderen Ende.

»Over.« Riveaux hob den Blick vom Funkgerät und sah mich an. »Das ist Dempseys letzte bekannte Adresse, ein Trailer der Katastrophenhilfe in einem Wohnwagenpark in Metairie. Unsere Leute sind gerade auf dem Weg dorthin. Es liegt ein offener Haftbefehl gegen Prince vor.« Sie sprang auf und reckte sich.

»Wegen der Brände?«

»Nein, nein. Vandalismus. Die Kathedrale in der Innenstadt wurde letzten Monat getaggt. Irgendwie hat er es geschafft, zwei der ältesten Gruften der Stadt aufzubrechen und sie komplett vollzusprayen.«

»Wenn der Haftbefehl schon vorlag, warum wurde Prince noch nicht einkassiert?« Ich folgte ihr, als sie hinausging.

»Er wurde gerade erst erteilt. Zu viele Straftaten, nicht genug Polizisten.«

Riveaux und ich liefen zu ihrem Pick-up, dessen Schlüssel immer noch in der Zündung steckte. Ich stieg in den kochenden Wagen. »Ich komme mit.«

»Den Teufel werden Sie«, sagte Riveaux. Schweiß sickerte von ihrer linken Augenbraue. Sie rutschte auf ihrem Sitz hin und her und warf ein Parfumfläschchen herunter. »Sie machen Ihre Arbeit und ich mache meine. Amen oder was auch immer. Wiedersehen.«

Riveaux war ein einziger Schweißtümpel hinter dem Lenkrad.

»Sie brauchen mich«, sagte ich. Ohne eine Antwort abzuwarten, nahm ich mir den Sitzgurt und schnallte mich mit der glutheißen Metallzunge an.

Riveaux lachte so herzhaft, dass ihre Augen tränten. »Sie wollen nur sehen, wie wir ihn hochnehmen.«

Ich hätte nichts dagegen zu sehen, wie Prince sich eine blutige Nase holt, dachte ich. »Ich will sehen, wie er reagiert«, sagte ich, »was er verrät. Er weiß etwas.«

Prince Dempsey war ein Einzelgänger, wie ich, und jemand, der sich durchschlagen konnte. Er wusste, wie er sich verstecken und wann er abhauen musste.

Riveaux drehte den Schlüssel, der Truck sprang hustend an und heulte laut auf. »Sind alle Schwestern so gehässig?«

»Nicht gehässig«, sagte ich. »Gründlich.«

»Sie lassen mich auf Teufel komm raus nicht in Ruhe, oder?«

»Nein.«

Von der diesigen Hitze im Truck bekam ich Panik. Ich zog

meinen Gurt zurecht und betrachtete mich im heruntergeklappten Spiegel. Wann immer sich die Gelegenheit bot, stahl ich einen Moment mit dem Spiegel und der Fremden dahinter.

Sie grummelte: »Den Scheiß hier werde ich als ›begleitete Fahrt‹ eintragen. Legen Sie da oben ein gutes Wort für mich ein.«

»Ich mache Sie zu einer Heiligen, wenn Sie auf das verdammte Gas treten. Los jetzt!«

Die Klimaanlage lief auf höchster Stufe und produzierte trotzdem keine Kälte. Sie blies uns brandheiße Luft entgegen wie ein Fön. Ein Husten kitzelte mich tief in der Kehle. Ich hielt ihn zurück.

Riveaux fuhr in der Mitte der Straße. Immer wieder wechselte sie auf den Seitenstreifen, um sich durch den Verkehr zu schlängeln. Mit hundertzehn Stundenkilometern schlossen wir uns einem Pulk Polizeiwagen mit heulenden Sirenen an. Alle anderen Autos waren an den Straßenrand gefahren, um uns vorbeizulassen.

Fünf Minuten später erreichten wir Prince' Wohnwagenpark in Metairie, wo die Wagenkolonne langsamer wurde, um seinen Stellplatz zu finden. Die Wagennummer 14 wurde fast vom hohen Unkraut, das sich vor der Tür bog, verdeckt. Am Ende setzte der Wagen vor uns einen Funkspruch ab, und der Disponent bestätigte. Sie hatten den Trailer gefunden. Als wir davor hielten, sprang Prince in ein Auto und raste los. Der knisternde Polizeifunk übermittelte sekundengenaue Einzelheiten, als die Polizisten versuchten, ihn anzuhalten. Riveaux und ich folgten in ihrem feuchtheißen Truck mit geringem Abstand. Aber Prince zwang das NOPD zu einer achtzehn Kilometer langen Verfolgungsjagd bis in die Innenstadt, und wir mussten hinterherfahren. Unterwegs war ich überzeugt, wir würden draufgehen.

Heilige Maria, Mutter Gottes. Gib, dass es im Leben nach dem Tod Klimaanlagen und heiße Frauen gibt.

Bei jeder scharfen Linkskurve drückten mich die Zentrifugalkräfte gegen die Beifahrertür. Mein Sitzgurt schnitt mir in den Hals. Riveaux bremste, blieb stehen, hängte sich an den Wagen vor uns und beschleunigte abrupt.

»So Auto zu fahren ist eine Sünde. Ich hasse es.«

Riveaux schüttelte den Kopf. »Ich dachte, Nonnen sollten nachsichtig sein.«

»Da bin ich nuanciert.« Galle brannte in meiner Kehle. »Lieber Gott«, betete ich laut, »lass mich lange genug leben, um Ermittlerin Riveaux wegen ihres Fahrstils umzubringen, dann erwecke uns beide zu Mardi Gras wieder zum Leben.« Mit geschlossenen Augen versuchte ich, meine Übelkeit zurückzudrängen.

Sie wischte sich Schweiß unter der Sonnenbrille weg. »Sie wollten doch unbedingt mitkommen.«

New Orleans' Fraktale wirbelten an uns vorbei. Blutrote Gladiolen. Der Diamantschimmer von Flachs. Zitronengelbe Tupfer auf einer Leinwand jägergrünen Laubs.

Als die Polizisten endlich Prince' Auto an den Rand der Erato Street drängten, hielten Riveaux und ich unmittelbar hinter ihnen an. Ihre Sirene gellte, die Räder des Pick-ups rutschten heiß über den Boden und zogen Reifenspuren über den Asphalt. Der Schweiß lief in Strömen an uns herab. Meine Finger verschrumpelten in meinen Lederhandschuhen.

Direkt hinter Prince' Auto stand der Wagen von Detective Grogan und Sergeant Decker. Interessant, dass Mordermittler hier waren, um einen Haftbefehl wegen Vandalismus zu vollstrecken.

Grogan stieg aus, krempelte die beigefarbenen Ärmel hoch

und näherte sich breitbeinig Prince' Auto. Durch ein Megaphon blaffte er: »Steigen Sie sofort aus dem Fahrzeug.«

Durch das offene Fenster sah ich Prince, mit nacktem Oberkörper, und BonTon, das Fell so weiß wie Kunstschnee. Sie blieben im Auto.

»Jetzt wird es richtig gefährlich«, sagte Riveaux, »wenn man versucht, jemanden aus seinem Auto zu bekommen. Ein Fahrzeug kann eine tödliche Waffe sein.«

Aber die Situation war bald entschärft.

Zwei Polizisten zerrten Prince aus dem Wagen. Auf seinem schweißnassen Rücken war die Freiheitsstatue mit hochgereckten Daumen tätowiert. Auf seinem rechten Bizeps prangte ein Herz mit einem Pfeil darin und den Worten THE STORM in feiner Schreibschrift quer darüber.

Sergeant Decker sagte: »Prince Dempsey, wir nehmen Sie fest aufgrund eines ausstehenden Haftbefehls wegen schweren Vandalismus' der Kathedrale Eau Bénite. Sie haben das Recht zu schweigen«, leierte sie herunter. »Alles, was Sie sagen, kann« – sie senkte ihre Stimme um eine Oktave – »und *wird* vor Gericht gegen Sie verwendet werden. Sie haben das Recht auf einen Anwalt. Wenn Sie sich keinen Anwalt leisten können, wird Ihnen einer gestellt.«

Prince wand sich auf dem Kiesboden hin und her und wollte um sich schlagen, als sie ihm seine Rechte vorlas. »Fassen Sie meinen Hund nicht an«, fauchte er.

»Wehren Sie sich nicht, Prince«, rief ich ihm von der anderen Straßenseite aus zu. »Sie machen es nur schlimmer.«

»Sie sind wohl hier, um die Show zu sehen, was?«, fragte Prince höhnisch.

»Ich will Ihnen helfen«, sagte ich, aber es machte ihn nur wütender. Er versuchte, Sergeant Decker zu treten, aber sie zwang ihn problemlos in die Knie.

»Schwester, gehen Sie zurück hinter das Polizeiauto«, wies Grogan mich an. »Wir führen hier eine Verhaftung durch.«

»Prince, hatten Sie mit dem Feuer etwas zu tun?« Ich wollte es unbedingt wissen, so oder so. Ich lief auf ihn zu und suchte in seinem verschwitzten Gesicht nach Antworten.

Aber in seinen Augen war nichts. Nichts als Angst. Vielleicht war er wirklich nur ein verkorkster Junge. Ein Vandale und Quälgeist, aber kein Mörder.

Prince drohte mir wütend. »Wenn BonTon was passiert, verbrenne ich Sie bei lebendigem Leib.« Ihm wurden hinter dem Rücken Handschellen angelegt.

Ein Polizist griff in den Wagen und führte BonTon auf den Gehweg.

»Wir werden ganz sanft mit ihr umgehen«, sagte der Polizist. »Riveaux, rufen Sie den Hundefänger. Großer weißer Pitbull.«

BonTon hatte ihre Schlappohren eng an den Kopf gelegt und war völlig verängstigt. Sie winselte und stieß ein einziges *Wuff* aus, als Prince weggezerrt wurde. BonTon war ein Muskelberg, aber sie war ihrem Menschen treu ergeben. Ein Softie mit harter Schale.

»BonTon«, schrie er, und sie bellte, die rosa Nase hoch in die Luft erhoben. »Keine Angst, Baby!« Prince wand sich, seine Augen waren verzweifelt und wütend. »Kein Hundefänger. Das ist nur Stress für sie. Meine Mom nimmt sie. Oder Schwester Augustine. Wenn Sie meinen Hund ins Tierheim stecken, dann schlitze ich Sie auf, ich schwöre.«

»Heute geht es ja Schlag auf Schlag«, bemerkte der Polizist mit BonTons Leine in der Hand. »Jetzt kommt noch ›Bedrohung eines Polizeibeamten‹ zu den Vorwürfen gegen den jungen Mann.«

»Lassen Sie ihn seine verdammte Mutter anrufen«, sagte ich.

Ein anderer Polizist nahm BonTons Leine und brachte sie in einen Truck, wo sie laut jaulte.

Auf der anderen Straßenseite hielt eine Beamtin Prince das Handy ans Ohr, während er seine Mutter anschrie. Als er fertig war, rief er mir zu: »He, Schwester Holiday.« Er küsste die Luft. »Sie sind ein Miststück.«

Bevor ich weitere Schande über den Orden bringen konnte, hielt Riveaux mich am Ellbogen fest. Ein Polizist setzte Prince in den Fond eines Streifenwagens, und das Fahrzeug raste davon. Der Truck mit BonTon fuhr in die entgegengesetzte Richtung davon.

»Na, das ist ja wie Weihnachten für mich«, sagte Decker. »Gut, dass Richterin Galvez unseren Durchsuchungsbeschluss genehmigt hat, denn schau mal einer an.«

In Prince' Kofferraum lagen eine rote Leine und eine graue, am Saum ausgefranste Reisetasche. In der billigen Tasche war eine Smith & Wesson M&P 9 mm. Marke und Modell kannte ich, weil mein alter Herr die gleiche Pistole hatte.

»Überprüfen Sie, ob er einen Waffenschein hat«, sprach Decker in ihr Funkgerät.

Aus ihren blauen Gummihandschuhen lief Schweiß über ihre Handgelenke, als sie vorsichtig Gegenstände aus der Tasche nahm und sie begutachtete. Außer der Waffe holte sie eine leere rote Spraydose hervor, ein kleines Taschenmesser, ein Päckchen Zigaretten, drei Packen Bargeld und eine leere Dose Petroleum.

»Die Dose sieht genauso aus wie die im Geräteschuppen der Schule«, sagte ich. »Vielleicht hat Prince sie gestohlen.«

»Eine verbreitete Marke«, tat Riveaux die Überlegung ab. »Steht wahrscheinlich in jeder Garage der Gemeinde.«

Ein großer Polizist, der jung genug aussah, um mein Schüler zu sein, machte Fotos und erfasste die Gegenstände aus dem Kofferraum. Er schluckte laut.

Riveaux starrte auf das Geld und zog die dünnen Augenbrauen zusammen. »Woher hat der Junge so viel Bares?«

»Babysitting und Zeitungen austragen«, sagte ich.

Riveaux verbiss sich ein Lachen, dann machte sie über ihr Funkgerät verschlüsselt Meldung. In New Orleans wurden zwar andere Begriffe benutzt, aber nachdem ich mit einem Polizisten als Vater aufgewachsen war, hörte ich heraus, dass Prince wegen der offenen Vandalismusvorwürfe festgenommen worden war und dazu der Besitz von vermutlich gestohlenem Bargeld und einer Handfeuerwaffe ohne Waffenschein kam. Außerdem hatte er sich der Verhaftung widersetzt.

Riveaux und ich gingen zu dem anderen Streifenwagen des NOPD, in dem zwei Beamte vor sich hin schwitzten. Eine scheußliche Schweißwolke waberte heraus. Riveaux beugte sich zum Fenster auf der Beifahrerseite herunter und sprach mit einem Kollegen, dessen hageres Gesicht sich verzerrt in ihrer Pilotensonnenbrille spiegelte. Der Beamte im Wagen zählte das Bargeld aus dem Auto.

»Als Nächstes überprüfe ich die Seriennummern«, sagte der andere Polizist.

Nach zwei stillen Minuten, in denen ich zehnmal das Ave Maria sprach, wurde Riveaux endlich laut genug, dass ich sie verstehen konnte. »Wie viel ist es?«

»Sechstausend Dollar.« Gähnend gab er das Geld seinem Partner. »Riveaux, wer ist das?« Er stieg aus dem Streifenwagen.

»Das ist *Schwester* Holiday«, sagte Riveaux süffisant, »von der Saint Sebastian's School. Eine Lehrerin von Prince Dempsey. Sie war bereit, uns bei seiner Identifizierung zu helfen.«

»Gibt's ja nicht.« Er lachte laut. »SIE? Eine Nonne?« Er zeigte auf mich. »Sie sieht aus wie die abgerissenen Lesben, die ich im Bywater verhafte. Heute wollte mich eine mit einer zerbrochenen Flasche aufschlitzen.«

»Vielleicht sollte Gott Sie aufschlitzen.« Ich lächelte ihn an.

»So was können Sie nicht sagen! Sie sind eine verdammte Nonne.« Der Polizist stolperte rückwärts, und als ich zu Prince' Auto ging, fühlte ich mich größer und stärker. So hart wie der Griff einer Axt.

»Was passiert jetzt?«, fragte ich Riveaux.

»Prince wird auf dem Revier registriert. Die Beamten, die ihn verhaftet haben, nehmen seine Daten auf.« Sie musterte mich. »Wollen Sie wissen, was ich denke?«

»Nein.«

»Einem Teil von Ihnen gefällt die Jagd.«

»Ich will nur helfen«, log ich.

Ich liebte die Jagd. Sogar die irrsinnige Autofahrt mit Riveaux. Nicht nur die Geschwindigkeit, sondern auch die Brutalität. Es gefiel mir, über rote Ampeln zu rasen. Kopfüber bis an den Abgrund. Sich die Haut so weit aufscheuern, dass sie brennt, aber nicht blutet. Manchmal war die Schnüffelei ein unmögliches Unterfangen, zum Scheitern verurteilt. Im Grunde war sie göttlich. Ein prächtiger Fluch. Wie eine Heuschreckenplage. Wie ein Kuss mit einer verheirateten Frau.

Als der Polizeifotograf seine Kameralinsen hervorholte, um die Szene einzufangen, spähte ich noch einmal in den Wagen und wurde von Neid gepackt. Vor ein paar Jahren wären eine

Dose Sprühfarbe, ein Messer, frische Kippen, eine Pistole und Bündel von Bargeld unwiderstehlich gewesen. Wenn Entsagung einen näher zu Gott brachte, sehnte ich mich nach ein wenig Abstand.

14

Bei der Messe am Freitagmorgen war die Kirche brechend voll. Weil es in den langen Bänken keine freien Plätze mehr gab, stellten sich Besucher in die Gänge. Hätte die Diözese einen Hauch Anstand besessen, hätte sie kein Gemeindemitglied vertrieben. Aber da saßen die drei, ganz vorn in der Mitte. Pater Reese hielt einen »Sermon« darüber, man solle sich seiner Angst stellen, wir sollten uns nicht vom Feuer kontrollieren lassen. Die Marionette des Dons. Dafür sang Schwester Augustine mit besonderer Inbrunst. Licht strömte durch die Buntglasfenster und machte aus den Darstellungen heiliger Momente ein lebhaftes abstraktes Farbenspiel. Ich dachte daran, wie meine Mutter im Gottesdienst die Kirchenlieder geschmettert hatte, was Moose peinlich war, aber mich inspirierte. Mom hatte eine furchtbare Stimme, zu nasal, aber sie sang mit solcher Überzeugung, mit solcher Hingabe, sie offenbarte ihre Seele, ihr innerstes Wesen, unvollkommen und einzigartig wie ein Edelstein, entstanden in unterirdischem Feuer. Ich erinnere mich, wie ich mit acht Jahren mein weißes Kommunionskleid trug. Ein Alptraum aus Rüschen, wie ein riesiges Spitzendeckchen. Aber neben Mom zu sitzen, hatte etwas Magisches. Wir sangen zusammen, und ich spürte, wie sich mein Innerstes veränderte. Es war das erste Mal, dass ich betete. Dass ich wirklich betete und spürte, wie meine Worte Gott erreichten, weil sie Moms Verbindung zum Heiligen folgten. Als ich an diesem Freitagmorgen betete, für Prince Dempsey, Jack, Schwester T und sogar für Schwester Honor, spürte ich Mom wieder. Aber es war anders. Gott wollte – brauchte – mich hier. Um ein weises Herz zu bewahren. Um die Sache zu lösen.

Rauf, runter, ein Dutzend Mal drehte ich Kreise durch den Musikraum und zeigte allen Schülerinnen und Schülern – bis auf den abwesenden Prince Dempsey – ihre Probleme und die Veränderungen, durch die sie besser werden konnten. Ihr Spiel war zögerlich, verhalten und schwerfällig und trotzdem ein fabelhafter Lärm. Die Gitarrensaiten verbanden mein altes Leben mit dem neuen.

In unserem geteilten Klassenzimmer vermieden Rosemary Flynn und ich jeden Smalltalk.

»Jonah, wie weit ist die Erde von der Sonne entfernt?«, fragte Rosemary einen ihrer Schüler.

Jonah schaute aus dem Fenster, und ich folgte seinem Blick zur gleißenden Sonne. »Äh, super weit.«

»Das haben wir letzte Stunde durchgenommen.« Rosemary senkte den Kopf.

Sie war eine gute Lehrerin, aber das hieß noch lange nicht, dass ihre Schüler auch gut lernten.

»Die durchschnittliche Entfernung liegt bei hundertfünfzig Millionen Kilometern«, rief ich hinüber. Aus beiden Hälften des Raums drehten sich die Köpfe in meine Richtung.

»Woher wussten Sie das?«, fragte Rosemary.

»Sie haben es in der letzten Stunde erwähnt. Und es steht da drüben«, ich zeigte in die Richtung, »auf dem Poster, das Sie ohne zu fragen an meine Wand gepinnt haben.« Rosemarys Poster des Sonnensystems sah aus, als wäre es von 1955, retro, aber nicht cool.

»Ganz richtig.« Rosemary erinnerte mich mit ihrem engen schwarz-weiß gestreiften Kaschmirpulli und den weißen Perlen an die New Yorker Treuhandfonds-Mädchen, die ich nie ausstehen konnte. Die rötlichblonden Haare hatte sie zu einem aggressiven Dutt hochgebunden. Als ich genau beäugte, wie sie die Schultern hob – war sie neugierig oder genervt? –, stockte mir der Atem. Als hielte eine starke Hand meinen Hals gepackt, den Daumen auf meine Luftröhre gedrückt. Meine Reaktion erstaunte mich. Ich hatte mich so lange bemüht, Rosemary Flynn zu ignorieren.

Ihren Körper zu ignorieren.

Dabei sind unsere Körper heilig und dafür vorgesehen, geteilt zu werden, zumindest für eine Weile. Jesus wurde uns in Gestalt eines Menschen gegeben. Beim Abendmahl verwandeln sich Hostie und Wein auf unserer Zunge in Leib und Blut Jesu. Transsubstantiation. Meinen Körper tätowieren zu lassen war auch heilig. Sicher, manchmal schmerzten die Stiche. Aber sie sollten schmerzen. Errettet zu werden erfordert Opfer. »Schmerz ist vergänglich«, sagte Schwester Augustine immer, »aber Gott währt ewig.«

Rosemary schrieb an die Tafel, mit jedem Strich scharrte die Kreide über die Oberfläche. *Sonneneinstrahlung, Watt pro Quadratmeter (W/m^2).* Ich versuchte, ihrer Handschrift anzusehen, ob sie mehr als Rosemarys lästigen Perfektionismus verriet. Die Analyse von Handschriften hat etwas von einem Rorschachtest.

Eine schlichte, verallgemeinernde Methode, keine Frage, aber sie konnte Dinge wie Persönlichkeitsmerkmale herauskitzeln, Neigungen, Gewohnheiten, einen Hang zu Verbrechen. Rosemarys Schrift war gleichmäßig. Sehr kontrolliert. Als ich Rosemary beobachtete, wie sie hochkonzentriert an die Tafel schrieb, den Rücken erstaunlich gerade und so gefährlich wie ein Dolch aus Gussstahl, wurde ich mit jeder Sekunde misstrauischer und heißer.

»Etwas zum Aufwärmen.« Ich gab meiner Klasse eine einfache Übung auf, um sie zehn Minuten zu beschäftigen, damit ich meine Verdächtigenliste neu schreiben konnte. Ich nahm die Liste aus meiner Schreibtischschublade und machte mich an die Arbeit. Listen zu erstellen genügte nicht. Sie neu zu schreiben hämmerte sie mir in den Verstand, als würde ich ein Gebet immer wieder aufsagen, um es mir einzuprägen, um es ganz in mich aufzunehmen.

Ich versuchte, die Namen der Verdächtigen vom wahrscheinlichsten zum unwahrscheinlichsten zu sortieren, aber ich kam nicht weiter. Ich hing in einem Meer möglicher Schuldiger fest. Jamie und Lamont hatten etwas gesehen oder getan, hielten aber den Mund, um sich gegenseitig zu beschützen. Das hätte ich auf die Bibel geschworen. Prince Dempsey saß nach der Verfolgungsjagd noch in Gewahrsam. Er trieb einen zur Weißglut, hatte einiges auf dem Kerbholz, und seine Alibis ließen sich nicht bestätigen. Die Lehrerinnen und die Diözese hatten am meisten zu gewinnen, wenn sie mir die Sache anhängten. Schwester Augustine hatte dafür gekämpft, mich aufzunehmen, aber Schwester Honor und Rosemary Flynn hätten nur zu gern gesehen, wie ich zurück nach Brooklyn geschickt oder für einige Zeit eingebuchtet wurde.

Aber Mord. Wer von uns würde es wagen, diese undenkbare Grenze zu überschreiten?

Später an diesem Tag diskutierten wir im Lehrerzimmer zwischen Bergen von Papier und halbvollen Tassen schlierigen Kaffees – Schwester Honors Spezialgebräu schmeckte wie zermahlene Grillen – über das Buch Judit für unsere Leserunde, unser schulweites Leseprogramm. Jedes Jahr las die ganze Schule den gleichen Text. Dann versammelten wir uns, sprachen über seine zeitgenössische Bedeutung und diskutierten verschiedene Interpretationen. Die Diözese finanzierte die Leserunde der Saint Sebastian's, aber wir suchten den Titel aus. Das gehörte zu den wenigen Fördermitteln, die uns noch blieben.

Es war eine Erleichterung, einmal von etwas anderem als den Bränden zu hören.

Für mich war Judit der Inbegriff des Riot Grrrls. Es war ein deuterokanonisches Buch, aber sein feministisches Vermächtnis ließ sich nicht abstreiten. Judit hat Holofernes geköpft, um ihr Volk zu retten. Eine eiskalte Kämpferseele.

Ich stand auf und reckte die Arme, während John das Buch für den leicht verlotterten Bernard zusammenfasste, der auf dem Teppich kniete und die Walze des klobigen Druckers reparierte.

John erzählte: »Wie Sie vielleicht schon erraten haben, geht es in der Geschichte um Judit, eine mutige Witwe.«

»Single und offen für Neues«, sagte Bernard mit einem Zwinkern.

Ich nickte. Als Bernard kicherte, funkelte uns Schwester Honor böse an.

John fuhr fort. »Judit weiß, dass das feindliche Heer ihre Heimatstadt zerstören will, deshalb bricht sie mit ihrer treuen Dienerin auf. Sie gehen in das Lager von Holofernes, dem General, der das feindliche Heer befehligt.«

»Dafür braucht man echt Eier«, warf Bernard ein.

»Bernard!« Schwester Honor schnalzte missbilligend mit der Zunge.

»Na ja, mutig ist sie allerdings«, improvisierte John und nahm sich einige Freiheiten mit der Geschichte. »Sie nähern sich Holofernes. Er fühlt sich zu Judit hingezogen. Sie bringt ihn dazu, ihr zu vertrauen. Eines Abends darf Judit dann sein Zelt betreten, und sie gibt ihm Wein zu trinken. Da liegt er also im Vollrausch in seinem Bett.«

»Das habe ich auch ein oder zwei Mal erlebt.« Wieder lächelten Bernard und ich uns zu.

Schwester Augustine saß stumm da und korrigierte einen Stapel Tests. Oder füllte Formulare aus. Von der anderen Seite des Lehrerzimmers aus war es schwer zu erkennen. Schwester Honor, die neben ihr saß, beobachtete mich aus zusammengekniffenen Augen. Mit triumphierender Verachtung erfasste sie jede meiner Bewegungen, als wäre ich eine haarige Spinne, die hinter einer Glasscheibe gefangen war.

»Als Holofernes da liegt, betrunken, Wein auf den Lippen, schneidet Judit ihm mit Hilfe ihrer Dienerin den Kopf ab!«

»Ruf einer einen Krankenwagen«, witzelte Bernard. »Der Typ braucht ein Pflaster. Ein großes.«

»Dann bringt Judit seinen abgetrennten Kopf zu ihren ängstlichen Landsleuten!« Aufgekratzt trank John einen Schluck aus seinem Thermobecher. »Als Trophäe.«

Ich nutzte aus, dass die Gruppe abgelenkt war, und untersuchte den Verbandskasten neben den Kaffeefiltern, einen Karton, aus dem ich oft Aspirin plünderte, wenn mir wegen Ryan Brown oder Prince Dempsey der Schädel pochte. Rosemary warf mir einen scheelen Blick zu, als ich aufstand und den Raum durchquerte. Eine Mullbinde fehlte.

Noch ein Grund anzunehmen, dass die schuldige Person zur Lehrerschaft oder zur Diözese gehörte, wobei jeder im Gebäude sie hätte nehmen können.

Noch ein Grund, weiter nach Antworten zu suchen.

Meine Methode als Detektivin? Sieh dir alles an. Erschöpft? Schlafen kannst du, wenn du tot bist.

»Sogar Prince Dempsey könnte sich dazu verleiten lassen, den Text zu lesen, wenn er hört, wie gewalttätig er ist«, sagte Rosemary.

»Als ob der lesen könnte«, murmelte ich, was Bernard zum Lachen brachte.

»Schwester Holiday!« Schwester Honor versprühte beim Sprechen Speichel. »Wie kannst du es wagen, einen Schüler zu verunglimpfen!«

»Rosemary Flynn hat gerade erst unterstellt, dass Prince Analphabet ist.«

John wischte sich Schweiß von der Stirn und fuhr fort: »Die Assyrer haben ihren Anführer verloren und fliehen aus Israel.« Lauter, fast brüllend, schloss er: »Die Stadt ist sicher. Judit gewinnt!«

»Gewinnt sie wirklich?« Rosemary schürzte die Lippen. »Sie stirbt allein.«

»Sie war nicht *allein.*« Schwester Honor bekreuzigte sich. »Sie war mit Gott verbunden!«

»Vielleicht war Judit mehr daran interessiert, Zeit mit ihrer Dienerin zu verbringen, wenn ihr versteht, was ich meine?« Ich nickte Bernard zu, der wie ein Halloweenkürbis grinste. »Sie setzt die Waffen einer Frau ein, um Holofernes hereinzulegen, und nachher lassen sich die Damen zusammen im Bett den restlichen Wein schmecken.«

Ich wusste, was queere Menschen tun mussten, um zu überleben. Man muss sich hetero geben. Sich arrangieren. Jemandem einen blasen. Was auch immer nötig ist. Ein Mittel zum Zweck.

»Hör auf!« Schwester Honor stürmte auf mich zu, dass ich zurückwich. »Judit war keine *Lesbe*« – das Wort blieb ihr fast im Halse stecken. »Judit war eine echte Gläubige!« Sie kläffte mir ins Gesicht, ihr Leichenatem verpestete die Luft und meine Seele. »Judit hätte *alles* für Gott getan!«

Ich hob das Kinn und ballte die Faust. »Alles?«, blaffte ich zurück und ließ meine Knöchel knacken. »Auch eine Schule niedergebrannt?«

Schwester Honor kam mit ihrem verhärmten Gesicht ganz nah. Blanker Hass in den faulig-braunen Augen.

»Meine *Schwestern*«, bat unsere Direktorin. »Bitte.«

Mit zusammengebissenen Zähnen zischte Schwester Honor mich an. »Wag es ja nicht –«

»Was? Dich zur Rede zu stellen? Welches Alibi hast du für die beiden Feuer?«

Ein Schalter legte sich um. Sie war immer übellaunig, aber jetzt zeigte sie zügellose Aggression. Vielleicht war sie wirklich fähig, im Ostflügel Feuer zu legen. Jack durch ein Fenster in den brennenden Tod zu stürzen.

»Dreckstück!« Sie schubste mich. Wie wütend sie war, der Hals rot wie glühende Kohle.

Überrascht stolperte ich rückwärts, fing mich aber schnell

wieder. Es war herrlich zu spüren, wie Schwester Honor die Fassung verlor. *Schlag mich*, dachte ich. *Tu es zuerst, damit ich den Gefallen erwidern kann.*

»Schwester Augustine hätte dir nie erlauben dürfen, hierher zu kommen.« Mit einer raschen Bewegung riss sie mir mein Tuch vom Hals und enthüllte die schlagenden Flügel meines Taubentattoos. »Gift! Das bist du, sonst nichts!«

Ich zog ihr mein Tuch aus den verschwitzten Händen.

»Ich bin die Ältere. Ich habe mein Leben dem Orden gewidmet, dem Wort Gottes!« Sie trippelte rückwärts. »Dieses Opfer wirst du nie verstehen.«

»Das hört jetzt sofort auf«, verlangte Schwester Augustine so entschieden wie eine Mutter, die eine Kabbelei unter Geschwistern auf dem Rücksitz der Familienkutsche unterbindet. »Wie unangebracht, unter der Würde unseres Ordens.«

»Sie ist unerbittlich!« Schwester Honor wischte sich die Stirn ab, ihr Zorn flammte wieder auf. »Sie provoziert mich!«

Gelassen legte Schwester Augustine eine Hand auf Schwester Honors feste Schulter. »Ich weiß, dass du das Wort Gottes schützen willst, aber bitte, wir alle verdienen Erlösung. Wir sind im selben Team.«

»Ich bin nicht in *ihrem* Team«, kreischte Schwester Honor. »Judit hat getan, was Gott von ihr verlangt hat.« Ihr Kinn sackte herab, die Schwerkraft zog an ihr. »Wenn Gott spricht, *müssen* wir zuhören.«

Schwester Augustine nickte. »Opfer bringen.«

Ich betrachtete die beiden und dann die anderen in dem stickigen Raum. »Jetzt sollten alle ihre Alibis nennen. Für meine Nachforschungen –«

»Deine fixe Idee«, sagte Schwester Honor.

»Meine *Nachforschungen.*« Ich richtete mich auf. »Wollt ihr nicht wissen, wer es war? Alibis. John zuerst.«

John schob seine Brille hoch. Er sprach zögerlich. »Na gut, also. Ich … ich war am Abend des ersten Feuers mit meiner Familie zusammen.«

»Ich war auch bei John«, sagte Rosemary, deren Stimme vor Aufregung oder Angst leicht kippte, »wissen Sie noch?«

»Natürlich.« John lächelte. »Ich habe Rosemary nach unserer Besprechung am Sonntagabend nach Hause gefahren, bevor ich mit Kath und den Kindern zu Abend gegessen habe.«

»Als die Mensa gebrannt hat, war ich in unserer Bibliothek«, fügte Rosemary hinzu.

»Ich auch«, sagte John, »ich war auch in der Schulbibliothek.«

Komisch, dachte ich, *diese Parallelen bei den beiden.* Aber es war nicht unmöglich.

»Wir waren bei beiden Bränden in der Kirche und haben gebetet«, sagte Schwester Augustine und zeigte auf Schwester Honor.

»Brände, gebetet, genau«, sagte Schwester Honor. Sie hörte kaum zu, weil sie zu sehr damit beschäftigt war, wieder die Heilige zu spielen. Sie lächelte herablassend. Es juckte mir in den Fäusten, so sehr wollte ich ihr ins Gesicht schlagen. Ich empfand auch Mitleid. Schwester Honor war unnachgiebig, aber unter dem Schleier wirkte sie zerbrechlich, wie ein ängstliches Kind, das allein im Dunkeln weint.

So war es, wenn man zwei Leben lebte. Im Kloster, im Klassenzimmer, auf der Bühne ist man der makellose Avatar, die Heilige, die Superheldin. Aber im Inneren sind wir alle gleich. Herzen, die sich nach Zugehörigkeit sehnen. Manche Menschen würden alles tun, um sich weniger allein zu fühlen. Peinigen.

Preisen. Hassen. Enthaupten. Was auch immer. Es war in meine neue Heimat eingeprägt, in diese Stadt, in der Magie und Trauma nebeneinander existieren. Wenn es nicht ein Hurrikan ist, der uns in den Golf fegt, oder die Masseninhaftierung Schwarzer Menschen, sind es Feuerameisen und Termitenvölker. Die Sumpfmonster schlagen zurück.

»Sonntagabend war ich zu Hause, mit meiner Band«, sagte Bernard, »was die Polizei schon bestätigt hat. Und Sie alle haben meine heldenhaften Versuche gesehen, das Feuer in der Mensa zu löschen.«

Aber Bernards Worte gingen unter, weil die Gruppe schon über den drohenden Besuch der Diözese sprach.

»Ich lasse mir ein Judit-Tattoo stechen«, sagte Bernard, als ich mich neben ihn setzte. Meine Hände fühlten sich nach der Auseinandersetzung an, als stünden sie unter Strom. »Ihren Namen. Genau hier.« Er legte seinen Zeigefinger auf seine Brust, neben seinem Herzen.

Leise sagte ich: »Ich würde mir auch *Judit* aufs Herz tätowieren lassen, aber ich habe keine freie Haut mehr.« Ich band mir mein Tuch wieder um. »Und kein Geld.«

»Ach, komm«, sagte er. »Ich bin für dich da. Immer.«

15

Der restliche Freitag verging in einem Rausch aus Wut durchzogen von Rechtschaffenheit.

Ich war nach meinem Schlagabtausch mit Schwester Honor ganz aufgekratzt. So angespannt, dass ich zwei Gitarrensaiten zerriss. An einer Mitarbeiterbesprechung teilzunehmen war so ziemlich das Letzte, was ich wollte, aber die Wege des Herrn sind unergründlich. Oder so ähnlich.

Schwester Augustine hatte das Treffen nach einer hitzigen Debatte mit der Diözese einberufen. Jetzt galt es, die Schulgemeinde vom Stand der Ermittlungen zu unterrichten. Seit dem ersten Feuer waren fast zwei Wochen vergangen. Die Polizei hatte endlich ihre Befragungen abgeschlossen: 260 Schülerinnen und Schüler und 18 Angestellte waren verhört worden. Und Prince Dempsey war noch wegen eines aktiven Haftbefehls in Gewahrsam.

Nach Unterrichtsschluss trotteten wir widerwillig in die Aula und nahmen Platz.

Mir fiel auf, dass Rosemary Flynn allein saß, und ich setzte mich neben sie. »Hallo.« Ich zog meine Handschuhe aus, um eine Satsuma zu schälen.

»Was wollen Sie jetzt schon wieder?« Rosemary bewegte kaum die Lippen, ihr Blick hing an meinen bloßen Händen und den tätowierten Fingern. Ihr roter Lippenstift war so grell, wie sie zurückhaltend war.

»Nur ›hallo‹ sagen«, antwortete ich, als sie ein Lehrbuch aufschlug, *Prinzipien der Chemie*. »Jetzt sind Sie an der Reihe, auch ›hallo‹ zu sagen. So funktioniert das.«

»Hallo.«

Rosemary Flynn, die einzige Kaltfront in New Orleans.

Ich lehnte mich zu ihr und fragte: »Kommen Sie oft hierher?«

Sie nahm ihre Bücher zusammen – »Ich brauche weniger Lärm« – und suchte sich einen Platz drei Reihen weiter vorn.

Ich fuhr mit der Zunge über meinen goldenen Eckzahn, während ich ihren Umzug beobachtete. Als sie saß, drehte sie sich wieder in meine Richtung. Wir wandten beide schnell den Blick ab.

John Vander Kitt saß zu meiner Rechten und nippte an einem Kaffeebecher, den er aus dem Lehrerzimmer mitgebracht hatte. Er war nie ohne Kaffee, nicht einmal in dieser schwülen Hitze.

Bernard ließ sich auf den Sitz links neben mir plumpsen und schob seinen Werkzeugkasten unter den Stuhl vor sich. »Aloha.« Er hatte die Ärmel seines Jeansoveralls hochgekrempelt. Seine langen schwarzen Haare waren hochgebunden. Bernard beugte sich an mir vorbei und fragte John: »Wie geht es Kathy?«

»Wir sind auf einen neuen ›smarten‹ Rollstuhl umgestiegen«, antwortete John strahlend. »Dieses neue Ding ist wie ein Auto, wirklich. Es ist mit dem Internet verbunden. Kath kann es mit ihrer Stimme steuern. Und man kann sogar Musik damit hören. Ich komme damit nicht so gut zurecht – bei einer Probefahrt im Flur hätte ich fast einen Unfall gebaut. Aber Kathy ist begeistert davon. Kath und ich, wir machen das Beste daraus«, sagte er. »Was bleibt uns sonst übrig?«

»Genau«, stimmte Bernard mit einem ernsten Nicken zu. »Ganz genau, Mann. Immer positiv bleiben. Immer chillig bleiben.« Er wollte John die Faust geben, aber John verstand es nicht und umfasste stattdessen Bernards Faust mit beiden Händen, nur ein paar Fingerbreit vor meinem Gesicht.

Johns Frau Kathy hatte ALS. Ihr Sohn und ihre Tochter, Lee und Sam, zweieiige Zwillinge, waren nach ersten Erfolgen als Locationscouts in Hollywood zurückgezogen und halfen bei Kathys Pflege. John Vander Kitt konnte über alles reden – er hätte einen halb verhungerten Hund aus einem Imbisswagen locken können –, aber am liebsten redete er über Kathy.

Grogan, Decker und Riveaux waren eingetroffen und saßen in der Reihe vor uns. Schwester Augustine ging mit einem Stapel Papier in den gertenschlanken Armen zu ihnen.

»Wie können wir Ihnen bei Ihren Ermittlungen noch behilflich sein?«, fragte sie Riveaux hörbar erschöpft.

Riveaux überlegte kurz. »Gibt es noch jemanden, den wir befragten könnten? Teilzeitkräfte? Aushilfen? Sporttrainer?«

Sie waren keinen Schritt weitergekommen.

»Ich glaube, Sie haben mit allen gesprochen«, antwortete Schwester Augustine. »Und wir haben keine eigenen Sporttrainer mehr. Keine Mittel. Wenige Anmeldungen.«

»Traurige Zustände«, sagte Grogan, »wenn die Leute vom Weg abkommen und ihre Kinder ohne Jesus aufziehen.«

»Also, sollte Ihnen noch jemand einfallen, sagen Sie uns Bescheid«, sagte Decker schroff.

Schwester Augustines Nicken nach zu schließen, gefiel ihr Deckers Entschlossenheit. »Wir werden dafür sorgen, dass Sie und Ihr Team alles haben, was Sie brauchen.«

»Sie ist ein Profi«, sagte Grogan zu Decker, als Schwester Augustine gegangen war. »Sie ist hier seit der Steinzeit Direktorin, schon als ich ein Kind war.«

»Hier«, raunte Bernard und legte eine dicke Rolle Dollarscheine in die Schale meiner Satsuma.

»Wofür ist das?«, fragte ich. »Das müssen mindestens hundert Dollar sein.«

»Für dein Judit-Tattoo.«

Ich schluckte, mir schnürte sich fast die Kehle zu. »Das war nur ein Witz.«

»Für mich nicht.« Sichtlich verärgert blinzelte er. Seine schwarzen Wimpern waren so lang, dass sie im Neonlicht Schatten auf seine Wangen warfen. »Wir haben was abgemacht. Ich habe mir meines in der Mittagspause geholt.« Als er seinen Overall herunterzog und seine Brust entblößte, sah ich die geschwollenen Umrisse des Namens *Judit* in geschwungenen Buchstaben unter einem durchsichtigen Pflaster. »Jetzt musst du dir deines holen, Schwester.«

Ich stopfte Bernards Geld in meine Tasche. »Darüber sprechen wir später.« Schwester Wichtigtuerin Honor war in Hörweite, deshalb wollte ich es nicht weiter ausführen.

»Sie beanspruchen wirklich viel von unserer Zeit.« Eine verwirbelte Fahne Kaffeedampf ließ Johns Brillengläser in ihrem schmalen Metallrahmen beschlagen.

»Der Brandstifter begeht bald einen Fehler«, sagte ich. »Das kann ich spüren. Irgendwann bricht er zusammen.«

»Von wegen Schuldetektivin«, strahlte Bernard, »wir haben unsere eigene Judit an der Schule!«

Auf der Bühne kam Riveaux offenbar mit dem Mikrofon nicht ganz zurecht. »Funktioniert das Ding?« Ihre Stimme quietschte. »Test.«

Von den hinteren Plätzen der Aula rief jemand: »Wir können Sie hören!«

Dann bekam Schwester Honor einen albernen Niesanfall.

»Die meisten von Ihnen haben mich schon mal gesehen, wir sind ja seit einer Weile zugange. Aber wer mich noch nicht kennt: Ich bin Magnolia – Maggie – Riveaux von der Feuerwehr New Orleans.«

»Kommen Sie bitte zur Sache!«, unterbrach Schwester Honor. »Die Eltern haben Angst, und es stehen Bezirksprüfungen an, auf die wir uns vorbereiten müssen.«

Riveaux räusperte sich. »Wir haben zwei Brände hier auf Ihrem Gelände. Zwei Tote. Jemand an dieser Schule weiß etwas und hat sich entschieden, es zu verschweigen. Selbst wenn es eine Kleinigkeit ist, sagen Sie es uns. Sie könnten entscheidende Beweise für unsere Ermittlungen besitzen. Detective Grogan und Sergeant Decker von der Mordkommission arbeiten rund um die Uhr, um –«

»Jedenfalls ist sie redselig«, flüsterte John, als Riveaux abschweifte.

»Meine Damen und Herren, Schwestern, Brüder.« Schwester Augustine hatte die Bühne betreten und übernahm ruhig das Mikrofon. »Bitte schenken Sie unseren Gesetzeshütern Ihre volle Aufmerksamkeit.«

Jetzt war Sergeant Decker an der Reihe, das Mikrofon zu nehmen. »Danke, Schwester. Das NOPD und der Bischof empfehlen ein nächtliches Betretungsverbot für das Schulgelände, bis wir den Fall geklärt haben.«

Ein Murren ging durch die Aula.

»Hören Sie, wir wollen Ihnen keine Angst machen. Aber wir haben eine glaubhafte Drohung erhalten«, sagte Sergeant

Decker. Die Zuhörer schnappten nach Luft. Sie fuhr fort: »Es wurde ein weiteres Feuer angekündigt. Zur Sicherheit aller sollte sich von Sonnenuntergang bis Sonnenaufgang niemand in diesem Gebäude aufhalten, bis wir den Brandstifter gefasst haben. Bleiben Sie nach Einbruch der Dunkelheit im Haus, wenn Sie es nicht unbedingt verlassen müssen.«

Bernard sprang auf. »Das hier ist *New Orleans*. Wir brauchen unsere Freiheit!«

»Den genauen Inhalt der Drohung werden wir nicht bekanntgeben, aber seien Sie versichert, dass wir sie ernst nehmen.«

»Wir sollten uns dagegen wehren«, sagte Bernard ernsthaft.

Ich zog ihn am Arm auf seinen Platz. »Ein Betretungsverbot ist eine gute Sache«, sagte ich. »Die Leute haben Angst.«

»Warum jetzt«, jammerte Bernard, »zwei Wochen nach den Bränden?«

»Nochmal, das Betretungsverbot bezieht sich nur auf dieses Gelände. Ihnen sollte klar sein, dass ein Brandstifter es auf Ihre Schule, Ihre Kirche, Ihr Kloster und Ihr Pfarrhaus abgesehen hat und möglicherweise auf die ganze katholische Gemeinde von New Orleans.« Detective Grogan sprach mit wohlklingender Stimme ins Mikrofon. »Katholische Schulen und Kirchen sind in Gefahr, Leute, und diese Sache ist eine Bitte von Ihrem Bischof.« Grogan gab sich leutselig. Codeswitching. Das kannte ich gut. »Die Drohung, die wir bekommen haben, ist echt. Glauben Sie nicht, irgendwas wäre unwichtig. Nicht das kleinste Detail.«

»Irgendwelche Fragen?« Riveaux deutete von der Bühne aus auf die versammelte Menge. »Fragen? Nein? Prima. Bleiben Sie aufmerksam. Halten Sie die Augen offen. Bleiben Sie stark und sagen Sie den Ermittlern, was Sie wissen. Das wär's.« Zusammen mit Schwester Augustine stieg sie die sieben Stufen von der Bühne herunter.

Ich holte John ein, ich musste mit ihm sprechen, bevor sich unsere Wege trennten. »Wie war die Schule, bevor die Diözese das Zepter übernommen hat?«

Er überlegte kurz. »Ach, es war eine glückliche Zeit. Man spürte richtig die Energie. So viel Potenzial und Stolz! Schwestern Augustine, Therese und Honor hatten großen Erfolg mit dem Stipendienprogramm und –« Er unterbrach sich. »Sie haben schon immer für soziale Gerechtigkeit gekämpft, Ihre Schwestern. Sie haben Aktionen organisiert für Entschädigungszahlungen, Geschlechtergleichheit, ganzheitliche Heilbehandlungen, die Ozonschicht, Klimaschutz und die Pflege von Aidspatienten! Revoluzzerinnen, hier in unserer Schule! Schwestern Therese und Honor wurden verhaftet, nachdem sie sich mit Handschellen an das Gemeindegefängnis gekettet hatten!«

Hammer Frauen, dachte ich. »Wogegen haben sie demonstriert?«

John legte sein Gesicht nachdenklich in Falten. »Dieses Mal? Oh, möglicherweise haben sie die Abschaffung von Gefängnissen gefordert. Oder gegen grausame Haftbedingungen und die Todesstrafe protestiert.« Er klang aufgekratzt und eindringlich, als würde er die besten Szenen seines Lieblingsfilms nacherzählen. Während er weiter begeistert die Leistungen des Ordens und die Zusammenstöße mit dem Gesetz auflistete, verfestigte sich in mir ein Gedanke: Die Schwestern vom Erhabenen Blut halfen Menschen. Ich war Teil von etwas Gutem.

Jemand hatte sich mit uns angelegt, und ich würde zurückschlagen.

Während John weiterplapperte, tastete ich in meiner Tasche

nach einer Zigarette, nicht, um sie anzuzünden, sondern nur, um sie zu fühlen. Manchmal war die Aussicht auf etwas besser, als es tatsächlich zu tun.

In den folgenden Tagen sollten an der Saint Sebastian's eine Reihe von Gebetskreisen und eine Kundgebung stattfinden. Teil von Schwester Augustines unentwegten Bemühungen, den Menschen Mut zu machen. In der Hysterie wurde der Glaube wieder gebraucht. Die verlorenen Kinder kehrten nach Hause zurück, um Obdach zu finden. Sich den Weg weisen zu lassen. Mit einem Kompass, den nur Gott gewähren konnte.

16

Nach der Versammlung mit der Polizei am Freitag galt das Betretungsverbot der Schule.

Wir saßen am langen Esstisch des Klosters – ich und Schwestern Augustine und Honor.

Schwester Honor sprach das Tischgebet und widmete unsere Andacht dem Herrn, Jack Corolla und Schwester T. Es lief keine Musik. Der Deckenventilator surrte. Ich betrachtete die Wände, die bis auf ein großes Kreuz leer waren. Die Räume des Klosters waren, wie auch sämtliche Klassenzimmer der Schule, weiß gestrichen mit einem Hauch von Weizen, wie eine Hostie.

Ich verteilte das Brot, das Schwester Honor nach dem Unterricht gebacken hatte. Sie war Traditionalistin durch und durch. Mit zwanzig Jahren war sie dem Kloster beigetreten. Wie war es wohl, fast sechzig Jahre lang keinen Sex zu haben? Schwester Honor hasste mich, weil ich vor dem Kloster ein anderes Leben geführt hatte. Oder weil sie mich für eine Hochstaplerin hielt. Oder beides.

Ich legte eine dicke Scheibe Brot auf ihren Teller und bestrich sie mit weicher, goldener Butter. In meinen Mundwinkeln brannte Schweiß.

Schwester Honor nahm den Teller. »Dieser Bernard Pham verhält sich höchst ungewöhnlich. Sein unerhörtes Benehmen, als er zum Polizeirevier gebracht wurde. Sein Ausbruch bei der Versammlung.« Sie schnalzte mit der Zunge. »Beunruhigend.«

»Ich meine, er hat einen seiner besten Freunde verloren.« Ich sprach mit vollem Mund, um Schwester Honor zu ärgern. »Einen Kameraden.«

»Bernard ist ein exzentrischer Mensch, das stimmt«, sagte Schwester Augustine nach ihrem zweiten Gebet vor dem Essen. »Aber die Eigenwilligen brauchen unsere Liebe am meisten. Es ist unsere Aufgabe, sie auf den rechten Weg zu führen.«

»Das hat Schwester Therese auch geglaubt.« Schwester Honor bekreuzigte sich. »Schwester Therese hat gesagt, jedes Kind Gottes sei es wert, geliebt zu werden.«

»Warum ist die Polizei so sicher, dass Schwester T gestürzt ist? Woher will sie genau wissen, dass sie die Treppe nicht hinuntergestoßen wurde?«, fragte ich, weil ich Schwester Honor eine Reaktion entlocken wollte. *Schluck den Köder*, dachte ich. *Beiß an.*

»Das Einzige, dessen wir uns mit wahrer Sicherheit gewiss sein können«, Schwester Augustines Stimme war beherrscht, aber trotzdem voller Inbrunst, »ist die Liebe unseres Herrn. Wir müssen die Vollkommenheit der Evangelien ehren. Er verlässt sich auf jede Einzelne von uns.« Sie zwinkerte mir zu, ihre Augen funkelten wie Kristalle.

Es war von Anfang an nicht leicht gewesen, mich der Gemeinde der Saint Sebastian's schmackhaft zu machen. Eine kurze Googlesuche förderte meine perversen Songtexte zutage, Fotos von mir und meiner Band oben ohne beim WYMXN'S PUNK FE$T und wer weiß was noch. Die Eltern liefen Sturm, aber Schwester Augustine setzte sich beim Orden und beim Bischof energisch für mich ein. Wie durch ein Wunder gestattete die Diözese meinen Eintritt in den Orden. »Alle werden von ihren Sünden losgesprochen«, sagte sie oft. »Wir üben uns in Toleranz, dem Streben nach Erlösung und tiefem Glauben an Gott. Worin wir uns üben, so werden wir.«

Die Schüler und Eltern der Saint Sebastian's hatten scheinbar vergessen, dass die Schwestern vom Erhabenen Blut ein moderner Orden waren. Schwester Augustine hatte öfter Handschellen getragen als ich, sie hatte gegen alles Mögliche demonstriert, von der Todesstrafe und Polizeibrutalität bis zu den mit Formaldehyd verseuchten Trailern, die die Katastrophenhilfe nach Katrina zur Verfügung gestellt hatte. Die Art Trailer, in der Prince Dempsey lebte.

An diesem Freitagabend war ich mit dem Spülen an der Reihe. Ich füllte das Becken mit Wasser und Spülmittel und weichte das Besteck ein. Als ich die Salatschüssel spülte, sah ich mich danach um, was meine Schwestern machten. Ich konnte hören, dass Schwester Augustine am Ende des langen Gangs ein Lied sang. Schwester Honor saß im Wohnzimmer zusammengesunken auf dem Sofa, las im Alten Testament und redete gelegentlich mit sich selbst.

»Diesen Abschnitt hast du schon gelesen, Schwester Honor!«, schalt sie sich, ihre Stimme platzte aus ihr heraus. »Wie dumm von dir! Das kannst du besser. Richtig? Richtig.«

Wie traurig.

Schwester T war etwa so alt wie Schwester Honor gewesen, aber ganz anders. Voller Freude.

Ich suchte die Klosterbibliothek auf, ein riesiges Bücherregal im Gang zwischen der Küche und dem Wohnzimmer. Wenn ich das Rätsel um Schwester Honor lösen wollte, brauchte ich mehr Informationen. Kontext. Geschichte. Auf der Suche nach Einzelheiten blätterte ich ein Dutzend Bücher durch. *Schwestern mit einer Mission. Kreuzritterinnen Christi. Jesus war Feminist. Schwestern in Christus: Eine Geschichte religiöser Frauen.* Dann fand ich es, *Revolutionäre Gnade: Saint Sebastian's feministische Zeitgeschichte*, gedruckt in einer seriösen Schriftart, eine Fundgrube historischer Berichte über unsere Schule und unser Kloster.

Das Buch enthielt Schwarzweißaufnahmen der Lehrenden der Saint Sebastian's in den 1960ern und 1970ern, der Blütezeit der Schule, in der mehr Kinder auf der Warteliste standen, als jetzt bei uns angemeldet waren. Da waren sie, *Schwester Augustine Wójcik* und *Schwester Honor Monroe*, zwei junge Frauen Seite an Seite in der ersten Reihe von einem Dutzend Nonnen. Über dem Foto stand *Schwestern vom Erhabenen Blut, 1966*. Ich hatte ihre ganzen Namen noch nie gelesen, nicht einmal in einer Mail oder auf den Schulausweisen. Auf diesem Bild waren sie fünfundzwanzig und zwanzig Jahre alt. Kaum zu glauben, dass Schwester Honor einmal jung war. Sie wirkten so voller Energie. Bubikopf, sanfter Kätzchenblick, der Gesichtsausdruck beherzt, aber respektvoll. Erfüllt von inbrünstigem Glauben, frisch aufgenommen, lernbegierig und bereit, Verantwortung zu übernehmen. Offenbar hatten sie sich vor Jahrzenten hier kennengelernt, als sie anfingen zu unterrichten.

Schwester Augustine wurde die jüngste Direktorin in der Geschichte der Schule, als sie das Ruder übernahm. *Eine hingebungsvolle Schwester aus Marblehead, Ohio* stand über dem Foto von 1966. Wie in einem Jahrbuch hatte Schwester Augustine ihr Lebensmotto hinzugefügt: *Wer unter uns vom rechten Weg abgekommen ist, kann durch die Göttlichkeit des Heiligen Geistes die meiste Hilfe erfahren. Ich habe als junges Mädchen meine Eltern verloren, und Gottes Liebe wurde meine immerwährende Familie. Wir müssen die Anlage zum Göttlichen in allen Schülerinnen und Schülern und den Gläubigen an Jesus Christus, unseren Herrn, ehren.*

Die Eltern als Kind verloren. Arme Schwester Augustine. Vielleicht bemühte sie sich deshalb so um Prince Dempsey. Um den armen Tropf zu retten, so wie sie gerettet worden war.

Unsere fixen Ideen, unsere Fetische, unsere Leidenschaften und das, was uns ein Dorn im Auge ist, wurzeln immer im Persönlichen.

Schwester Augustine hatte nach einer Tragödie ihren Weg gemacht und eine Führungsposition erlangt, und dann hatte man ihr den Boden unter den Füßen weggerissen. Die Spezialität des Patriarchats. Trotzdem war sie immer noch ein Lichtstrahl.

Unter ihr eigenes Foto hatte Schwester Honor geschrieben: *Ich glaube mit tiefster Überzeugung, dass Gottes Wahrheit zu leben bedeutet, in jeder Seele Erlösung zu finden.*

Schwer zu glauben, dass die unfreundliche Schwester Honor, die ich kenne, sich einmal so lebendig gefühlt hatte, so dem Potenzial des Einzelnen und dem wunderbaren Facettenreichtum des Lebens verschrieben. Vielleicht hatte es sie verbittert, dass die Männer sich in die Saint Sebastian's gedrängt hatten, nachdem die Schwestern sie so lange so gut geleitet hatten. Vielleicht hatte das Schwester Honor zermürbt, sie zu einer mutlosen Schwarzmalerin gemacht, die sich vor Veränderungen fürchtete. Sie dazu getrieben, sich zu wehren – alles in Schutt und Asche zu legen, was sich ihr entgegenstellte, sogar die Schule. Derselbe Trigger kann zwei Menschen in unglaublich unterschiedliche Richtungen katapultieren. Wie mich und Moose. Riveaux hatte gesagt: *Brandstiftern geht es um Rache, Kontrolle oder Geld.*

Nachdem Schwester Honor sich für den Abend in ihr Zimmer zurückgezogen hatte, hörte ich durch ihre offene Tür vertraute Klänge. Stampfende Bässe, Gitarrengeschrammel. Bikini Kill. Ich streckte den Kopf durch ihre Tür. Sofort schaltete sie die Boombox aus.

»Spielst du mein Mixtape? Sister Axe?«, fragte ich sie. »Auf meiner alten Boombox?«

»Na ja, ich habe sie im Abstellraum gefunden«, stammelte sie, »ich wollte verstehen, was die Jugend bewegt.«

Ich glaubte ihr nicht. Sie versuchte, mich zu entschlüsseln, zu begreifen, wie ich tickte, mich einzuschätzen, um mich besser packen zu können. Sie wollte mich austricksen, aber meine Tricks waren besser.

»Es ist in Ordnung, wenn dir die Musik gefällt.«

Sie stand abrupt auf und schloss die Tür.

Es durfte sich schon niemand mehr auf dem Gelände aufhalten, aber ich brauchte frische Luft, also schlich ich mich behutsam hinaus und versteckte mich hinter Bäumen, bis ich die Gartenbank des Klosters erreichte. Ich machte mich ganz klein und schloss die Augen. Voodoo sprang auf die Bank und kletterte schnurrend auf meinen Schoß. Sie blinzelte langsam, ein Zeichen, dass sie sich sicher fühlte. Ich war dankbar dafür, den Herzschlag eines anderen Säugetiers zu spüren. Verwilderte Katzen waren in New Orleans so alltäglich wie Orkanböen, die den Golf aufwühlten. Sie gehörten niemandem. Sogar Voodoo, die bei uns Nahrung und Zuneigung suchte, ließ sich eine Minute streicheln und huschte dann wieder fort, selbst in diesem subtropischen Dampfbad folgte sie dem Ruf der Wildnis.

Verglichen damit fühlte sich New York wie ein ewiger Winter an. Ich weiß noch, wie ich mich bei Minustemperaturen zur

Bahn schleppte, um zur Gitarrenwerkstatt oder dem Ort zu fahren, an dem ich Unterricht gab. Zwei Lagen Jeans, ein Parka, Wollmütze, Handschuhe, die bis zu den Ellbogen reichten, und trotzdem erfror ich fast im Schneeregen. Jeder eisige Tropfen war scharf wie eine Rasierklinge. New Yorks Designerhunde, die in den warmen Monaten übermütigen Dandys glichen, erledigten auf dem arktischen Gehweg widerwillig ihr Geschäft und rannten sofort wieder ins Haus. Die Sonne schien unterzugehen, kaum dass sie aufgegangen war. Oft schlief ich so lange, dass ich gar kein Tageslicht sah.

Aber Dunkelheit kann nicht ohne Licht existieren. In den New Yorker Wintern wirkte es, als wäre die letzte Farbe der ganzen Welt in meiner Goldkrone und meinem Lippenstift eingefangen. Der graue Himmel war ein Gefängnis. Die Bäume bloße Gerippe. Am liebsten würde ich Brooklyn ganz vergessen. Und die meisten Erinnerungen, die damit zusammenhingen.

Wie den Abend, an dem meine Mutter unserer Familie ihre Neuigkeit mitteilte. *Die* Neuigkeit.

Ich erinnere mich, wie ich eine Zigarette anzündete, mich gegen das gelbe Geländer des U-Bahn-Eingangs lehnte und meine Mutter zurückrief. Als es klingelte, hörte ich, wie meine Bahn mit einem schrillen Kreischen in der Ferne verschwand.

»Hallo, Mom.«

»Holiday«, sagte meine Mutter ausdruckslos. Im Hintergrund jaulte unsere Familienkatze Marple. »Komm zum Abendessen zu uns.« Ich merkte, dass sich mehr Worte formten, aber sie hielt sie zurück.

Abendessen mit der Familie. Etwas war nicht in Ordnung.

Später, in der Wohnung meiner Eltern, kam Mom ungewöhnlich stark geschminkt aus dem Badezimmer. Als Mädchen hatte ich mir sehnlichst eine Mutter gewünscht, die wusste, wie man am besten Lidschatten verblendet, flüssigen Eyeliner aufträgt und seine Wimpern verlängert. Aber sehr zu meinem Verdruss war Make-up einfach nichts für sie. Mom hatte zehn Jahre als römisch-katholische Nonne in Brooklyn verbracht – sie sagte, es sei die glücklichste Zeit ihres Lebens gewesen. Vormittags religiöse Studien und nachmittags Gebete. Rein. Schlicht. Vollkommen. In unseren Namen spiegelte sich Moms Gläubigkeit wider. Gabriel nach dem Engel, dem Beschützer. Holiday, weil jeder Tag ein heiliges Geschenk war, ein gesegneter Tag. Die Ironie dabei war mir immer bewusst. Eine ausgeschiedene Nonne mit einem schwulen Sohn und einer lesbischen Tochter. Die Kreuze, die sie tragen musste.

Als ich meinen Eltern sagte, dass ich lesbisch war, brachen beide in Tränen aus. Dann outete Moose sich auch. Er wollte mir immer die Schau stehlen.

»Ihr seid unsere einzigen Kinder«, heulte Mom und zeigte auf uns, als wäre uns unser Stammbaum nicht klar. »Warum tut ihr das? Um uns zu verletzen?«

»Wir sind einfach so«, sagte ich.

»*Dafür* habe ich den Orden verlassen?«, fragte Mom weinend. »Dafür habe ich mein *Leben* verlassen? Ihr seid beide egoistisch.«

»Was erwartet ihr von uns?«, fragte ich wütend. »Sollen wir so tun, als ob?«

»Unsere einzigen Kinder. Zwei Homos.« Dad dachte, ich würde mich wegducken wie Moose und um Vergebung bitten. Aber da kannte er mich schlecht. Er kannte mich gar nicht. »Zwei egoistische Bälger, die nichts und niemanden respektieren.«

»Liebt uns einfach so, wie wir sind.«

Hitze durchströmte mich. Ich sah Moose an, sein Körper war so schlaff wie ein Kaninchen im Maul eines Terriers. Ein weiteres Element, das uns in unserem Trauma verband, mich und meinen Bruder.

»Dann gebt es zurück, euer Geld von der Erstkommunion.« Mein Vater war selbstgefällig. »Euer Geld von der Firmung. Die Namen, von denen eure Mutter gesagt hat, sie würden euch segnen. Gebt auch eure Namen zurück. Ihr benutzt sowieso diese dummen Spitznamen ›Moose‹ und ›Goose‹, um uns zu ärgern.«

»Ich hasse euch beide!« In diesem Moment zerbrach etwas in mir, das jahrelang zerbrochen bleiben sollte. »Ich wünschte, ihr würdet sterben!«

Das ist Jahrzehnte her.

Jetzt bin ich eine Schwester vom Erhabenen Blut. Ich bete zu Gott, unterrichte Musik, stelle Nachforschungen an. Mehr nicht. Ich brauchte keine Liebe, außer der Liebe Gottes und meiner Schwestern. Ich brauchte Gebete. Ich brauchte Struktur.

Ich kam hierher, weil ich bessere Entscheidungen treffen wollte. Wenn wir nicht selbst entscheiden, was wir tun, sind wir nichts als Marionetten. Und nach sechs Monaten hingebungsvollem Dienst im Kloster und sechs weiteren als Musiklehrerin fühlte ich mich in New Orleans endlich wirklich zu Hause.

So wie ich bei einem aufziehenden Sturm die Fenster vernageln würde, so würde ich den Brandstifter finden und mein Zuhause beschützen. Meine neue Familie. Mein neues Leben.

17

Mir die Zähne ohne Spiegel zu putzen war machbar, aber immer noch seltsam. Ich gurgelte mit einer Mundspülung mit Minze, spuckte aus und ging zu meinem Zimmer im ersten Stock unseres Klosters. Vor meiner Tür stolperte ich, als mein Fuß auf einen weichen Widerstand traf.

Voodoo lag auf der Schwelle meines Zimmers. »Entschuldige, Kätzchen. Ich habe dich nicht gesehen.« Sie war mir wohl vom Garten aus gefolgt und durch die Klostertür geschlüpft, als sie kurz geöffnet war.

Eine samtige Katze, ganz schwarz bis auf einen winzigen weißen Diamanten auf ihrem Kopf. Wie Hunderte Katzen, die durch New Orleans streiften, war Voodoo wild, aber selbstsicher und anspruchsvoll mit einer witzigen Art, die ich liebgewonnen hatte.

Jetzt lag sie vollkommen reglos und pechschwarz da.

Sie war tot.

»O Gott, nein.«

Auf dem Boden war kein Blut. Ich konnte keine offene Wunde erkennen. Die Augen waren weit geöffnet, als hätte jemand die Lider hochgezogen. Selbst ihr Fell wirkte falsch.

»Voodoo«, rief ich. »Fuck!«

Schwester Honor kam auf den Gang gestürmt. »Schwester Holiday, wir versuchen zu schlafen! Bist du körperlich oder schlicht geistig nicht in der Lage, uns einen Moment Frieden zu gönnen?« Ohne ihren Schleier schimmerten Schwester Honors schlohweiße Haare wie die Flocken in einer Schneekugel.

»Sie ist tot. Voodoo ist tot.« Ich flatterte mit den Händen und drehte die Handgelenke, als könnte ich mit der Bewegung die Zeit zurückdrehen.

Von der Treppe am anderen Ende des Gangs schwebte mir Schwester Augustine entgegen. »Schwester?«

»Sie ist tot. Voodoo. Jemand hat sie mir tot vor die Tür gelegt!«

»Ganz langsam.« Schwester Augustine senkte die Stimme und kam näher.

Schwester Honor ging in die Hocke und betrachtete Voodoo. »Ein räudiges Ding. Bestimmt voller Krankheiten und Würmer.«

»Sie ist ein Wesen Gottes, wie wir alle.« Schwester Augustine trat über die leblose Katze hinweg in mein Zimmer. »Setz dich, Schwester Holiday. Das war ein großer Schreck.«

Schwester Honor schnaubte, marschierte in ihr Zimmer und kehrte mit einer Mülltüte zurück. Sie warf mir die schwarze Plastiktüte ins Gesicht. »Schaff das Vieh hier raus.«

Meine Hände zitterten. »Ich kann sie nicht einfach wegwerfen. Sie war meine Freundin.«

»Die harte Schwester Holiday«, sagte Schwester Honor lachend. Dann nieste sie. »Ist wohl doch nicht so hart.«

Ich sah meine Schwestern an. »Jemand hat sie umgebracht, um mir Angst zu machen.«

»Das ist ein trauriger Unfall, Schwester.« Schwester Augustine sah jünger aus. Obwohl wir zusammenlebten, sahen wir uns selten in privaten Momenten. In den verletzlichen Stunden ohne den Schutzpanzer unserer schwarzen Ordenskleidung. »Du hast ein großes Herz«, sagte sie mit einem beruhigenden Lächeln.

»Warst du das?« Ich starrte Schwester Honor finster an und kämpfte gegen meine Tränen. Ich wollte nicht vor ihren Augen zusammenbrechen, aber jede hat ihre Grenze.

»Ich möchte, dass du jetzt tief Luft holst«, sagte Schwester Augustine. »Kannst du das tun?«

Ich nickte.

»Lass uns für diese Katze beten, für alle Geschöpfe Gottes«, sagte Schwester Augustine. »Gott hat sie absichtlich zu dir geführt, Schwester Holiday, um dich zu prüfen.« Sie umarmte mich. »Ich weiß, dass du stark bist, aber du lernst noch, was du wirklich ertragen kannst.«

»Sie muss begraben werden.« Ich schlug ein Kreuz. »Wenigstens das hat sie verdient.«

»Widerliche Biester«, sagte Schwester Honor. »Katzen. Abscheulich. Verbreiten Krankheiten, wohin sie auch gehen. Teuflisches Geschmeiß. Begrab sie nicht. Verbrenn sie.«

»Keine Feuer mehr, bitte.« Schwester Augustine bekreuzigte sich. »Tu, was nötig ist, um das arme Wesen zur Ruhe zu betten, Schwester Holiday«, sagte sie gleichmütig, dann ging sie in ihr Zimmer. Ich wünschte, sie hätte mir geholfen, mich umarmt, mir gesagt, dass alles wieder gut wird.

Als ich wieder allein war, schloss ich die Augen und ließ stumme Tränen fließen. Schwester Honor sollte mich nicht hören. Ich hielt den Atem an, kniete nieder und hob Voodoo mit meinem Handtuch auf. Ihr blauschwarzes Fell war starr. Ihr Körper zu leicht.

Unter dem silbernen Medaillon des Mondes trug ich den Tod in meinen Armen. Zwei Streifenwagen fuhren um den Block.

Weil das Betreten des Geländes verboten war, durfte ich nicht erwischt werden. Ich musste zügig arbeiten. Ich brachte Voodoo in die hinterste Ecke unseres Gartens. Vorbei am Satsumabaum. Hinter den Weißdorn mit seinen säuerlichen Beeren, so vielen, dass man sie nicht zählen konnte. Hinter Schwester Thereses Regenfass, Kompostbehälter und Mulch. An einer trockenen Stelle, die mir versteckt genug erschien, legte ich das Handtuch hin. Aus dem silbrigen Moos stieg ein Nebelhauch auf, wie umgekehrter Regen.

Ich zog den Stoff zurück, um Voodoo ein letztes Mal zu sehen.

Sie wirkte unecht. So unwiderruflich tot, als könnte sie unmöglich je gelebt haben.

Ich ging zum Geräteschuppen, um eine Schaufel zu holen. Schaltete das Licht ein. Es roch nach Rasenmäherbenzin. Die Schaufel war leicht zu finden, trotz des Durcheinanders bei Bernards und Jacks zwanglosem Ordnungssystem. Werkzeuge und Beutel mit Nägeln und kippelige Türme aus Mulchsäcken. Wiederverwendbare Benzinkanister mit tropffreiem Ausguss. Batterien in leeren Kaffeetassen mit dem Aufdruck »Crescent City.«

Dieser Moment war so surreal, dass es mich entzweiriss. Ich grub das Loch so tief, dass ich bis zu den Knien darin stehen konnte. Aufgeputscht von Angst und Fassungslosigkeit, der kurze Rausch von Sahnekapseln gemischt mit dem herben Absturz der Trauer. Ich betete für meine kleine Vertraute. Drei Freunde verloren. *Gegrüßet seist du, Maria. Unser Leben, unsre Wonne, unsre Hoffnung. Amen.* Ich wickelte Voodoo fest in das Handtuch und legte sie in das Loch. Gab sie der Erde zurück. Dann setzte ich mich auf unsere Bank und hoffte, dass die Polizei mich nicht bemerken würde.

Der Herr ist nahe bei den Menschen, die im Herzen verzweifelt sind. Er hilft denen, die ihren Lebensmut verloren. Ich war verzweifelt, hatte den Mut verloren, und es brachte mir den Herrn näher.

Wieder und wieder. *Rette mich. Bleib bei mir, Herr.*

Auf der anderen Straßenseite leuchteten die Kirchenfenster wie Edelsteine, die von von innen heraus strahlen. Amethyst, Granat, Smaragd. Jacks liebster Seraph. Ich dachte an die Buntglasfenster unserer Familienkirche. Daran, wie ich neben meiner Mutter auf der harten, kalten Holzbank saß und die Fenster anstarrte, die das Licht einfingen und veränderten. Mom muss geglaubt haben, ich würde träumen, wäre in Gedanken ganz woanders, würde Pater Graff ignorieren. In Wirklichkeit fand ich einen Zugang. Tauchte tief ein.

»Holiday.« Mom stieß mich sanft mit dem Handrücken an. »Du musst aufpassen.«

Sie war fast immer bedächtig, bei wichtigen und bei unwichtigen Dingen. Sogar, als sie ihr Todesurteil verkündete.

Das tat sie zu Hause in Bay Ridge, in der mietpreisgebundenen Zweizimmerwohnung unserer Familie. Ich weiß noch, dass ich den Kühlschrank öffnete, um nach einem Bier zu suchen – Dad hatte meist irgendwo ein Guinness versteckt –, als meine Mutter die Stimme erhob.

»Ich habe euch zusammengerufen, um zu sagen –«

»Dass du wieder ins Kloster gehst?«, unterbrach ich, weil ich dachte, das würde sie zum Lächeln bringen.

»Hör auf.« Pop verzerrte vor Wut die Lippen.

Moose schüttelte den Kopf und machte eine Geste, als würde er sich den Mund wie einen Reißverschluss zuziehen.

»Deine Mutter hat Krebs, verdammte Scheiße«, sagte Dad, als ich gerade auf ein Glas französischen Senf starrte.

»Jesus, Pop.« Ich schloss die Tür und sah, dass Moose und meine Eltern sich an den Händen hielten.

»Missbrauche nicht den Namen des Herrn.« Seufzend senkte Mom den Blick.

Pop und Mom bekreuzigten sich und baten zusammen in einem kurzen, leisen Gebet um Vergebung.

Wir setzten uns und hörten uns die Einzelheiten an. Moose ließ stoisch Tränen in seinen Bart und den Kragen seines Flanellhemds fließen. Er wischte sich die Nase mit dem Ärmel ab.

Mom sagte, sie habe bei ihrem Arzt vorbeigeschaut. Ein Magengeschwür, dachte sie. Wie Tante Joanie. Zu viel scharfes Essen zum Mitnehmen. Aber nach wochenlangen Untersuchungen, einem MRT, Hängen in der Warteschleife, um Folgetermine zu vereinbaren, hatte sie erfahren, dass sie Bauchspeicheldrüsenkrebs hatte. In fortgeschrittenem Stadium.

Ich wusste nicht einmal, wo die Bauchspeicheldrüse saß. Mom war zweiundsechzig Jahre alt, eine ehemalige Nonne der Glorreichen Liebe Marias. Nach allem Dafürhalten eine Heilige. Ihr Gesicht war so unscheinbar, dass man es nicht einmal einem Phantombildzeichner hätte beschreiben können. Ihr Gesicht war jedes Gesicht. Sicher, jeden Sommer verschleppte sie uns in ein katholisches Leadership-Camp im Wald, dem Catskills-Äquivalent eines sibirischen Arbeitslagers, aber was sie tat, tat sie für uns. Mom drillte uns wie ein Armeesergeant, um uns vor dem Wahnsinn New Yorks zu schützen. Einmal beendete sie mit ihren nackten, unmanikürten Händen eine Messerstecherei in der U-Bahn. Einmal lief sie in die brennende Wohnung eines alten Nachbarn, um sein Fotoalbum zu retten. Wie konnte von allen Menschen auf dieser Welt ausgerechnet meine Mom Krebs bekommen? Jemand musste sich geirrt haben.

Die Küchenwand gab zu leicht nach. Ich schlug zweimal dagegen. Dann knickten meine Beine ein, als wollte ich vor dem Altar niederknien, und ich schluchzte. Kajal lief mir die Wangen hinunter. Mom bückte sich und legte die Arme um mich. Moose und Pop, die meine theatralischen Anwandlungen gewohnt waren, unterhielten sich am Tisch. Ich war tränenüberströmt. Meine Finger mit dem *LOST*-Tattoo waren dick mit weißem Staub bedeckt, nachdem ich die Trockenbauwand durchschlagen hatte.

Mom blieben noch drei Monate.

Sie versuchte, mich zu beruhigen, aber ich hockte weiter als untröstliches Häufchen Elend auf dem Boden.

»Fass mich nicht an.«

Mom starb, und ich hatte keine Ahnung, was ich fühlen sollte. Wie ich ihr sagen sollte, dass ich sie liebte.

Moose flehte mich an, ich solle bleiben, aber ich ging, zwei Stufen auf einmal lief ich die Treppe hinunter. Ich wollte, dass mich die nasse, kalte Nacht, die Dunkelheit verschluckte. Ich schloss mein Fahrrad auf und fuhr nach Hause, raste waghalsig durch den dichten Verkehr.

Der folgende Monat war ein Nebel aus Anrufen und Plänen. Zum Essen schlichter weißer Reis und klare Brühe vom chinesischen Restaurant an der Ecke. Dad war ständig gehetzt. Wenigstens einmal am Tag schrie Moose mich in der Küche an und entschuldigte sich dann unter Tränen. Wir kauften irgendwann am Tag in Bodegas oder einer Duane-Reade-Filiale ein. Irgendwelche Kleinigkeiten. Oder um für fünf Minuten so zu tun, als wäre alles normal. Erstaunlich, wie beruhigend es wirkt, Q-Tips und Gefrierbeutel zu kaufen, wenn das restliche Leben beschissen ist.

Die Einzige, die schlafen konnte, war Mom, und das länger

und länger. Dann stand sie eines Tages gar nicht mehr auf. Etwa fünf Wochen nach den Neuigkeiten verstummte sie. Moose und ich brachten sie zum Arzt. Wir ließen rund um die Uhr ihre Lieblingssendungen laufen. *Matlock. Perry Mason. Der Preis ist heiß. Golden Girls. Law & Order.* Krimis, deren Auflösung einfach zu erraten war. Sitcoms, die sie liebte, aber über die sie nie lachte. Sie aß nicht. Sie verging von innen heraus.

»Sie hat vergessen, wer sie ist«, flüsterte ich Moose in der Küche zu, als er spülte und ich abtrocknete, »und sie vergisst, wer wir sind. Ich würde gern mit ihr rumfahren. Als kleine Abwechslung.«

»Sei nicht so dramatisch.« Er verlor allmählich die Geduld. »Eine Spritztour draußen in der Kälte ist das Letzte, was sie braucht. Hier.« Er gab mir einen nassen Teller. »Abtrocknen.«

Das war der Tag vor dem Feuer.

Es ist vergangen, es ist Vergangenheit. Aber die Erinnerungen sind nah, in mich hineingetrieben wie Tätowierungen. Filigran. Schmerzlich. Und springen mich jedes Mal an, wenn ich bete.

18

Das Wochenende brachte die erdrückende Last von Arbeiten, die zu erledigen waren, vier Messen und Schwester Honors bösem Blick bei den Mahlzeiten. Ich konnte nicht aufhören, über, nun ja, über alles nachzugrübeln. Vor allem über Schwester Augustines Zitat in dem Buch über die Saint Sebastian's. Ich wollte sie besser verstehen, als Mensch, als Schwester, als Führungsperson; ich wollte von ihr lernen. Als Kind die Eltern zu verlieren. Es war kaum zu ertragen. Ich hätte Schwester Augustine danach fragen können, aber es bestand immer noch eine gewisse Distanz zwischen uns. Sie war meine Mentorin, ich ihr Schützling. Während meines Jahres in New Orleans hatte sie das Thema nie angeschnitten, also sollte ich den Wink wohl verstehen.

Verlust und Einsamkeit verbanden uns, mich und Schwester Augustine. Gottes zweite Chancen.

Am Montag nutzte ich unser grünes Telefon in der Klosterküche und rief die Bibliothekarin der einzigen Bibliothek in Marblehead, Ohio an. Ich hatte Bernard gebeten, mir die Telefonnummer mit seinem Handy herauszusuchen.

»Stadtbibliothek«, sagte die laute Stimme am anderen Ende. Ich dachte, in der Bibliothek sollte man sich leise verhalten.

»Hallo, äh, hi«, stammelte ich, so ungewohnt war es, zu telefonieren. »Ich rufe an ... Ich brauche Todesanzeigen. Ich muss sie lesen, meine ich.« Ich kam mir vor, als würde ich auf der Bühne versagen. »Haben Sie Zugriff auf Todesanzeigen von Familien in Marblehead?«

Die Bibliothekarin lachte laut. »Möglicherweise können wir Ihnen helfen, aber erst muss ich wissen, für welche Familie und von wann.«

»Ja, klar. Wann. Wer.«

Mit dem Buch über die Saint Sebastian's auf dem Schoß saß ich unter dem Wandtelefon. Ich blätterte zu dem Foto von 1966. Weil ich keine Ahnung hatte, wie man Schwester Augustines Nachnamen aussprach, buchstabierte ich ihn: »Ein *W*. Ein *o* mit einem Akzent. Normales *j*. Dann *c*. Dann *i*. Und *k*. Die Familie *Waschick*.«

»Wójcik!« Sie sprach den Namen wie *WEUtschick* aus, mit der Betonung auf *Weu*. »Das war eine Tragödie! Mrs Wójcik war meine Vorschullehrerin.«

»Ja, sehr, sehr traurig. Oh, wissen Sie dann noch, was passiert ist? Wann und wie sie gestorben sind?«

»O je, o je, das war eine wirklich, wirklich traurige Geschichte.« Die Bibliothekarin stieß einen Pfiff aus. »Bleiben Sie kurz dran, ich gehe rüber in unseren Microficheraum.«

»Ist gut.«

Zwanzig Minuten später, nachdem ich jede der Seiten vor mir dreimal gelesen hatte, kam die Bibliothekarin wieder ans Telefon. »Da haben wir es. Mr Robert Edward Wójcik ist 1955 gestorben.«

1955.

Ich rechnete im Kopf kurz nach. Damals war Schwester Augustine vierzehn Jahre alt. »Okay«, sagte ich. »Ist Mrs Wójcik bei demselben Unfall gestorben?«

»Du liebes bisschen. Nein, nein. Ich weiß, dass sie lange, lange gelebt hat. Sie ist gut über achtzig geworden. Sogar über neunzig, wenn ich darüber nachdenke. Hat sich enorm für die Kinder eingesetzt – mindestens drei Generationen lang. Eine wirklich nette, nette Frau, Mrs Wójcik.«

»Was? Nein. Vielleicht sprechen wir von verschiedenen Leuten. Gab es in Marblehead noch eine andere Familie Wójcik?« Mein Gesicht wurde schlagartig warm, so verwirrt war ich. Oder so beschämt. Bemerkenswert, dass der Körper nicht so lügt, wie der Verstand es tut.

»Nein. Nur eine Familie Wójcik, eine Stütze der Gemeinde. Bis Mr Wójcik sich im Vorgarten der Familie erhängt hat und –«

»Er hat was?«

Die Bibliothekarin seufzte. »Mr Wójcik hat sich das Leben genommen. Es steht nicht in der Todesanzeige, meine Liebe, aber Marblehead ist ein gutes, altmodisches Städtchen. Hier kennt noch jeder jeden. Wir haben jahrelang darüber geredet, über Mr Wójcik. Arme, arme Seele. Er hing an einem Ast dieses alten Ahornbaums. Die Leute haben gesagt, der Alkohol sei schuld gewesen, wie bei so vielen Veteranen damals. Sie waren die Größte Generation, diese Männer, das steht fest!«

Zu bestürzt, um *danke* zu sagen, stand ich auf und hängte den schweren Hörer ein.

Ich zitterte, alles drehte sich verschwommen im Kreis. Der Knall, mit dem ich das Buch gegen die Wand hieb, war hart und schrecklich, so wie das Geräusch, mit dem Jacks Knochen gebrochen waren, als er auf dem unerbittlichen Boden aufschlug. Wie der Verlust von Vertrauen.

Eine halbe Stunde später bat Schwester Augustine mich, sie zum Gericht zu begleiten. Prince Dempseys Anklage sollte verlesen werden.

Warum hatte sie gelogen, dass beide Eltern gestorben seien? Was versuchte sie zu verbergen?

Ich war eine ebenso gute Lügnerin wie alle anderen – das war eine Frage des Überlebens. Aber Schwester Augustine war verdammt viel frommer als ich. Wenn das alles nur vorgespielt war, welche Chance hatten dann wir anderen?

Trotzdem brauchte ich noch den eindeutigen Beweis, ob Prince schuldig oder unschuldig war, also machte ich gute Miene zum bösen Spiel und willigte ein, sie zum Gericht zu begleiten.

Wir liefen sechs Kilometer ohne ein Wort. Ich betete und ging in Gedanken immer wieder das Gespräch mit der Bibliothekarin durch. *Mr Wójcik. Arme, arme Seele. Er hing an einem Ast dieses alten Ahornbaums.*

Das Gericht befand sich direkt gegenüber dem Gefängnis. Ich starrte Schwester Augustine an, dann den Stacheldraht mit seinen scharfen Haifischzähnen, und dachte an Schwester T. An ihr offenes Lächeln. Ihr inneres Licht, das genaue Gegenteil der Entmenschlichung dieser grausamen Einrichtung.

Es fehlte mir, eine Schwester zu haben, der ich vollkommen vertrauen konnte.

Im Foyer blieb Schwester Augustine neben einem Snackautomaten stehen, in dem nur noch ein feucht aussehender Haferkeks steckte. Mit ihrem Rosenkranz in der Hand lehnte sie sich an die Wand. Ich hätte so gern den Vorhang zurückgezogen. Mir Antworten verschafft.

Erstaunt bemerkte ich Riveaux im Gerichtsgebäude. Vielleicht sagte sie in einem anderen Fall aus. Oder vielleicht war sie ebenso wie ich überzeugt, dass Prince mehr wusste, als er sagte. Wir waren beide hinter dem großen Bösen her, Riveaux und ich. Einen Fall aufklären, zwei Rechnungen begleichen.

Mit einem seltsamen Gesichtsausdruck kam sie zu mir gestapft, eine Ledertasche über die Schulter geschlungen und in der Hand die *Times-Picayune*.

»Lieber dieses Gericht als das Jüngste, was?«, witzelte sie, ohne zu lachen. Schweißperlen säumten ihren Haaransatz, ihr rötlichbrauner Pferdeschwanz war straff gezurrt. Die Bluse hing ihr locker von den Schultern, ihre Arme waren so dünn wie Cocktailstäbchen. Ich hatte Riveaux seit der Versammlung nicht mehr gesehen. Jetzt schien sie in Gedanken woanders zu sein, mit dem Kopf in stürmischen Gewitterwolken. Mit ihrem Mann lief es offenbar schlechter. Sie verließ uns ohne ein Winken oder ein Wort zum Abschied und unterhielt sich ein Stück den Flur hinunter mit Sergeant Decker.

Schwester Augustine kam zu mir, ihr Rosenkranz wand sich um ihr Handgelenk wie eine invasive Kletterpflanze. Sie legte mir eine Hand auf den unteren Rücken, damit ich mich aufrechter hinstellte. »Prince braucht uns heute, wir müssen für ihn Zuversicht ausstrahlen.« Normalerweise hätte mich ihr ungezwungenes Lächeln beruhigt, aber an diesem Tag machte es mich wütend. »Dieser Moment verlangt nach Gebeten und unverbrüchlicher Liebe.« Sie ließ ihre Worte wie Gebote klingen.

Ich wich zurück. Sie trat ein Stückchen vor.

Eine große, mir unbekannte Frau eilte durch den Haupteingang des Gerichts. Sie erschien als ein einziger roter Farbfleck. Rote Sonnenbrille, roter Hijab, rote Gucci-Handtasche, ein Aktenkoffer aus rotem Leder und extravagante rote Stöckelschuhe, die mein altes Ich zu gern getragen hätte. Vor dem beigefarbenen Marmor des Gerichtsflurs fiel sie besonders auf. Sie verströmte eine Duftwolke, als wäre sie in ein Fass Parfum gefallen. Mir tränten davon die Augen. Unsichtbar und trotzdem schmerzlich wahrnehmbar, wie eine Rückkopplung.

Ich beobachtete, wie die große Frau leise ein paar Worte mit Schwester Augustine wechselte. Zwei Frauen, zwei Schleier. Eine katholisch. Eine muslimisch.

Zwanzig Minuten verstrichen. Mein unterer Rücken verspannte sich. Ich brauchte Kaffee.

Zwei unterschiedlich hohe Trinkbrunnen standen nebeneinander. Eine Ecke des Raums wurde von einer verblassten Flagge und einem großen Stadtwappen ausgefüllt. Zwei Beamte des NOPD durchquerten den Raum, einer blieb plötzlich stehen und spuckte in den kleineren Wasserbrunnen, in den, aus dem Kinder tranken.

Schützen und dienen, das Motto der Polizei. Ja, klar. Mein Dad arbeitete hart, aber ich hatte zu viele skrupellose Polizisten erlebt, die bei den Chelsea Piers junge Queere und Transpersonen verprügelt hatten. Waren es nur ein paar faule Äpfel, oder war das ganze System verdorben, faulte der Baum schon an den Wurzeln? Nina hätte gesagt, brennt alles nieder. Fangt von vorne an. Aber selbst, wenn ein einzelner Mensch etwas bewegen konnte, wenn er den Problemen auf den Grund gehen und etwas zum Positiven verändern konnte, war dieser Mensch nicht mein Vater. Er schaute weg und schirmte seine Beamten mit dem Narrativ von Recht und Ordnung ab, das ihr abscheuliches Vorgehen entschuldigte.

Schwester Augustine unterhielt sich weiter mit der Frau in Rot, die mit den Daumen, die Nägel natürlich manikürt und rot lackiert, auf einem Handy mit roten Glitzersteinchen herumtippte. Worte wie »verloren«, »Mitgefühl« und »zweite Chance« drangen über Schwester Augustines Lippen. Ich vermied, die beiden direkt anzusehen.

Riveaux kehrte zurück, flankiert von Grogan und Decker. »Warten Sie!« Riveaux blieb stehen, schloss die Augen und schnupperte. »Wer trägt Chanel No. 5?«

Die Frau in Rot hob die Hand.

»Es gibt auf der ganzen Welt nichts Vergleichbares«, sagte Riveaux. »Eine olfaktorische Symphonie. Diesen Geruch kann man beinahe hören. Zeitlos und doch immer *jetzt*.«

Vielleicht bekam Riveaux doch mehr mit, als ich dachte.

»Wer sind Sie?« Decker musterte das Kopftuch der Frau.

»Ich bin Sophia Khan, Anwältin bei McDade, Khan und Haheez.«

»Der Kanzlei aus Uptown?«, fragte Grogan. »Was bringt Sie den weiten Weg hierher nach Downtown?«

»Ich vertrete Mr Dempsey. Pro bono. Schwester Augustine hat uns angerufen.«

Riveaux schüttelte den Kopf und wischte sich Schweiß von der Stirn. »›Pro bono.‹ Wir haben Tausende, denen richtig übel mitgespielt wird – Frauen, die ihre prügelnden Ehemänner verlassen, entführte Kinder, alte Damen, die ausgeraubt wurden –, und Sie verschwenden Ihre Zeit mit diesem Kretin.«

»Mr Dempsey hat verfassungsmäßige Rechte«, sagte Anwältin Khan. Riveaux und Grogan lächelten. Decker verdrehte die Augen.

Grogan sagte: »Er hat nicht das Recht, fremdes Eigentum zu beschädigen oder sich der Verhaftung zu widersetzen. Wir haben Videoaufnahmen, auf denen Ihr Klient zwei Gruften aufbricht und die älteste Kathedrale von New Orleans verunstaltet.«

»Die Technik ist nicht sicher«, unterbrach Khan. »Woher wissen wir, dass das Video nicht manipuliert wurde?«

»Auf dem Video ist eindeutig zu erkennen, dass er Gruften verunstaltet und das älteste historische Gebäude der Stadt besprüht«, sagte Grogan. »Und die ganze Zeit weicht ihm ein treuer weißer Pitbull nicht von der Seite.«

Khan richtete ihr Tuch. »Warum sind heute Mordermittler hier?«

Decker wischte sich die Nase ab. »An der Schule Ihres Mandanten gab es einen verdächtigen Todesfall.«

»Wegen dem Prince Dempsey nicht angeklagt ist«, hielt Khan dagegen.

»Noch nicht«, sagte Decker, »aber –«

»Was bedeutet, dass Sie nicht den kleinsten Beweis haben.« Khan sprach mit dem forschen Tonfall einer Fernsehanwältin. »Ich werde beantragen, Mr Dempsey ohne Kaution freizulassen.«

Grogan gähnte. »Bei ihm besteht Fluchtgefahr.«

»Er ist eine Nervensäge und beleidigt alle in seiner Nähe«, sagte ich, »aber ich glaube nicht, dass Fluchtgefahr besteht.«

»Oh, toll, da ist sie ja.« Decker deutete auf mich. »Schwester Holiday, die Wölfin in Nonnentracht.«

»Moment.« Anwältin Khan schien mich erst jetzt zu bemerken. »Wer sind Sie?«

»Ignorieren Sie sie«, sagte Riveaux zu ihr. »Sie ist niemand.«

Niemand?

19

Im Gerichtssaal wurde mit Prince' Anklageverlesung begonnen. Anwältin Khan saß neben Prince am Tisch der Verteidigung. Hinten neben der Tür hatten sich Detective Grogan und Sergeant Decker Plätze gesucht. Ich saß mit Schwester Augustine in der ersten Reihe und drückte die Zungenspitze gegen meinen Goldzahn. Riveauxs Nasenflügel weiteten sich, als sie neben mir schnupperte.

Khan blätterte gelassen eine Aktenmappe durch.

Der stellvertretende Bezirksstaatsanwalt Michael Armando blinzelte. Er hatte eine Halbglatze und erinnerte mich mit seinem Bierbauch an meine alten Pokerkumpel in Brooklyn. Bei jedem Spiel hatte ich ihnen die Taschen geleert. Ich wusste, wann ich mich zurückhalten musste.

»Euer Ehren«, sagte Armando, »die grundlegenden Tatsachen dieses gesetzwidrigen Verhaltens sind ein Affront gegen die anständigen Bürger von New Orleans.«

Die Richterin, die der Anklageverlesung vorsaß, war eine Frau mittleren Alters mit einer modischen Frisur. Keine einzige Falte im Gesicht. Sie spähte über ihre dicken Brillengläser und sagte mit einem melodischen, näselnden Südstaatenakzent: »Stellvertretender Bezirksstaatsanwalt Armando, würden Sie bitte die Anklage zusammenfassen? Machen Sie es kurz.«

»Natürlich. Euer Ehren, der Staat legt Prince Dempsey zur Last, dass er am siebten August historische Gruften beschädigt und die Kathedrale Eau Bénite am Jackson Square in New Orleans im Parish Orleans von Louisiana mit roter Farbe besprüht hat, was auf Überwachungskameras festgehalten wurde.«

»Freut mich zu hören, dass die Stadt sich nicht nach Alabama verschoben hat«, sagte die Richterin.

»Euer Ehren?«

»Sarkasmus, Herr Staatsanwalt. Schlagen Sie es nach. Fahren Sie fort.«

Er lachte nervös. Die Luft war zum Schneiden dick. Vielleicht schüchterte Khan ihn ein. Dafür haben starke Frauen oft ein Talent. »Wie gerade gesagt, klagt der Staat Prince Dempsey wegen schweren Vandalismus' an aufgrund vorsätzlicher Sachbeschädigung und -verschmutzung. Er hat zwei der ältesten Gruften auf dem Friedhof der Kathedrale beschädigt. Wir beantragen, die Tat als Verbrechen zu verurteilen.«

»*Verbrechen*«, murrte ich Riveaux zu. »Ich dachte, es würde als einfaches Vergehen gelten.«

»Der Schaden übersteigt fünftausend Dollar«, erklärte sie.

»Und der Vorwurf des Widerstands gegen die Verhaftung?«, fragte die Richterin, die Nase in eine Akte vergraben.

Der Staatsanwalt kam ins Stammeln. »Ja, richtig. Des Weiteren wird ihm Widerstand gegen die Verhaftung geworfen. Und der Besitz einer Handfeuerwaffe ohne einen Waffenschein.«

Ich beobachtete Prince genau und wartete darauf, dass sich sein Gesichtsausdruck änderte. Wie würde er auf die Vorwürfe reagieren? Ich wollte bei ihm menschlicher Lügendetektor spielen.

Aber er zuckte nicht mit der Wimper. Er hielt nicht den

Atem an oder fing an zu zappeln. Nichts brachte ihn aus der Ruhe.

Die Richterin schloss ihre Akte. »Anwältin Khan, wie plädiert Ihr Mandant?«

»Nicht schuldig, Euer Ehren«, sagte Prince.

»Es gibt keine Beweise, die eine direkte Beteiligung von Mr Dempsey an irgendwelchen Verbrechen belegen. Prince hat sich der Verhaftung *nicht* widersetzt«, erklärte Khan. »Keines der Beweisstücke aus dem Kofferraum des Wagens gehört Mr Dempsey. Er hatte keine Kenntnis davon, dass sie sich in seinem Fahrzeug befanden. Sie gehörten Freunden, die er am Tag der Verhaftung aus reiner Gutmütigkeit befördert hat. Zudem leidet mein Mandant an Typ-1-Diabetes.«

»Ich auch«, warf die Richterin ein.

»Am Tag der Verhaftung litt Prince Dempsey unter einem niedrigen Blutzuckerspiegel. Jegliches ungewöhnliche oder unkontrollierte Verhalten, das beobachtet wurde, ist eine Folge seiner chronischen Erkrankung.«

Prince seufzte hörbar.

»Euer Ehren«, blökte Staatsanwalt Armando. »Uns liegt eine *eidesstattliche Erklärung* eines städtischen Sicherheitstechnikers vor, dass wir eine hochauflösende, mit einem Zeitstempel versehene Videoaufnahme des Angeklagten haben, in der er ein geschütztes, im Verzeichnis historischer Stätten enthaltenes Gebäude beschädigt.«

»Euer Ehren«, Anwältin Khan unterbrach ihn lächelnd, »wenn ich darf?«

»Sie dürfen.«

Anwältin Khan fuhr fort: »Euer Ehren, ich kann den grundanständigen Charakter meines Mandanten Prince Dempsey bezeugen. Bitte sehen Sie sich diesen jungen Mann genau an.« Prince machte ein betrübtes Gesicht, seine blonden Haare waren gekämmt und hinters Ohr gestrichen. »Prince Dempsey mag kein Chorknabe sein, aber er musste in seinem jungen Leben schon Erschütterndes durchmachen. Hier im Gerichtssaal sitzen heute zwei Nonnen aus der religiösen Gemeinde Saint Sebastian's, der mein Mandant angehört.« Khan zeigte auf Schwester Augustine und mich. Überrascht lehnte ich mich zurück. »Die Lieblingslehrerin meines Mandanten, Schwester, ähm …« – sie blätterte seitenweise Notizen in ihrem Block durch – »Schwester Holiday, und die Direktorin seiner hochgeschätzten Schule, Schwester Augustine, sind heute beide hier erschienen, um ihn als geistliche Hirtinnen und Mentorinnen zu unterstützen.«

Lieblingslehrerin? Höchstens die Lehrerin, die er am liebsten triezte.

Die Richterin warf Khan einen Blick zu. »Hat Ihr Mandant eine Arbeit?«, fragte sie.

»Schwester Augustine bezeugt, dass sie Mr Dempsey in Teilzeit als Hausmeister der Schule anstellen wird. Prince Dempsey ist sowohl in der Stadt als auch in der Gemeinde tief verwurzelt. Er rettet herrenlose Hunde und arbeitet ehrenamtlich beim Tierheim. Es besteht bei ihm keine Fluchtgefahr.«

Die Richterin senkte das Kinn auf die Brust und musterte Prince über ihre Brille hinweg. »Junger Mann, wir werden Sie heute ohne Kaution entlassen.« Ihre Stimme hatte das Timbre von Zigarrenrauch. »Aber Sie sind dafür verantwortlich, sich nichts zuschulden kommen zu lassen, und Sie dürfen nicht den Staat verlassen.«

»Verstanden, Euer Ehren.« Anwältin Khan lächelte, Prince nickte.

Die Richterin schlug einmal mit ihrem Hammer und sagte: »Diese Sitzung ist beendet.«

Prince fing meinen Blick auf, und als würden wir in einen Spiegel schauen, blinzelten wir gleichzeitig.

20

Nachdem die Anklageverlesung beendet und Prince freigelassen worden war, verließ Schwester Augustine das Gericht mit Anwältin Khan. Ich war erleichtert, dass ich Schwester Augustine nicht ansehen oder an ihrer Seite zurück zum Kloster gehen musste. Stattdessen bettelte ich Riveaux an, mich zurückzufahren – ich musste wissen, was sie wusste.

Aber unterwegs verlor sie sich in Gedanken. Begegnete meinen Schachtelsatzfragen mit einsilbigen Antworten. Wir parkten vor dem Ostflügel der Saint Sebastian's.

Sie gähnte. »Selbst beim Rauchen brauche ich eine Zigarette.« Sie drehte sich auf dem Fahrersitz um. »Was soll das eigentlich?« Das Kissen, das sonst auf ihrem Rücksitz lag, fehlte.

»Das macht die Sucht«, sagte ich.

Der Gehwegschrein für Jack und Schwester T wirkte mittlerweile wie eine Dauereinrichtung. Jemand hatte ein paar Teelichte und größere Votivkerzen dazugestellt. Ihre Flammen waren klein und hinter Glas, aber ihre unruhigen Dochte sprühten Funken.

Selbst in Riveauxs Pick-up fühlte ich mich beobachtet. Von jemandem oder etwas – einem körperlosen Schatten.

»Muss los«, sagte Riveaux ausdruckslos, drehte den Schlüssel und würgte den Motor ab. »Raus mit Ihnen. Das Parfumexperiment des Abends wird meine Version von Dior Dune. Ein klassischer Duft, wie eine sanfte Meeresbrise. Ein Sturm an der Küste. Kein Hurrikan, ein –«

»Hören Sie auf und reden Sie mal richtig mit mir.«

Unter meinen Handschuhen wurde die Haut schrumpelig. Riveaux stellte ihren Rückspiegel anders ein und starrte intensiv auf etwas. »Dann fix. Die Luft hier drin kocht.«

»Lassen Sie mich in den Ostflügel, damit ich mich nochmal umsehen kann.«

»Nein. Der Tatort ist längst untersucht. Die Beweisliste steht. Da gibt es nichts mehr zu finden.« Riveauxs Stimme wurde schroff.

Auf der Prytania Street standen zwei Polizeiwagen im Leerlauf.

»Irgendwas kann man immer noch finden.«

»Ich bin zu müde, um mich mit Ihnen zu streiten«, sagte sie stirnrunzelnd. »Wenn ich Ihnen mehr verrate, Sachen, die ohnehin bald an die Öffentlichkeit und die Presse gehen, lassen Sie mich dann verdammt nochmal in Ruhe?«

Ich schlug ein Kreuz.

»Wir haben tatsächlich Beweise, aber nichts deutet auf einen bestimmten Täter, außer auf Bernard.«

»Was für Beweise?«

»Den Handschuh. Er ist noch im Labor.«

Ich seufzte laut. »Immer noch? Und die Bluse und das Plektrum?«

»Lassen Sie es gut sein, zu Ihrer eigenen Sicherheit«, sagte sie ungerührt. »Und jetzt raus.« Sie griff über mich hinweg, um meine Tür zu öffnen.

Ich stieg aus der erdrückenden Hitze ihres muffigen Trucks

auf die Straße, wo mir die schwüle Luft wie eine Wand entgegenschlug. Der Himmel war von pulsierenden Venen durchzogen, blaugrau wie saure Milch. Riveaux fuhr los, ihre Rücklichter verschwanden die First Street hinunter. Ich betrat die Gasse, die zum Ostflügel führte.

Riveaux hatte gesagt, ich solle es gut sein lassen, aber die Saint Sebastian's war mein Zuhause. Ich musste die Schule allein betreten, musste hören, wie sie atmete, wieder spüren, wo sich Geheimnisse verbargen. Gebäude sind wie Notenblätter. So wie der Raum zwischen den Noten das Lied entstehen lässt, gab es Hinweise hinter dem Offensichtlichen, und ich wusste, wie man sie fand.

Seit dem ersten Feuer spürte ich eine Präsenz in meiner Nähe. Augen ohne Pupillen. Schatten vor und hinter mir, die jeden meiner Schritte vorausahnten. Ich ging die Einzelheiten in Gedanken durch. Der Klassenraum im Ostflügel, in dem ich Jamie und Lamont gefunden hatte. Jacks Sturz. Meine verbrannte Bluse. Schwester T am Fuß der Treppe. Mein Plektrum neben ihrer Tunika. Diese Präzision. Chemie, Berechnung.

Zwei Polizisten hatten Dienst, aber sie waren abgelenkt, vielleicht schläfrig von der großen Hitze. Beide wie gebannt von ihren Handys. Ich sah mich zu beiden Seiten um, zog das gelbe Absperrband hoch und öffnete die Tür des ausgebrannten Gebäudes. Wenn ich allein suchte, würde mir mehr auffallen. Ich folgte den verformten Glühbirnen, die wie Finger zum Ursprung des Feuers zeigten.

Mein Blick streifte über die verbrannten Bücher, die feuchte Asche, das Dämmmaterial, das aus den Wänden gerissen war wie die Füllung aus einem versengten, ausgeweideten Stofftier. Ich folgte bestimmten Wegen, konnte aber nichts *sehen*. Keinen neuen Hinweis, kein neues Detail.

Neben dem Eingang zum Spanischraum, Schwester Ts Raum, lag hinter einer schmalen Tür im Flur die Putzkammer. Bestimmt hatten Grogan, Decker und ihre Leute sie ein Dutzend Mal durchsucht, aber sie war mindestens einen zweiten Blick wert. Ich probierte es mit dem Türknauf – es war nicht abgeschlossen. Ich öffnete die Tür, trat hindurch und hörte, wie sie sich hinter mir mit einem Klicken schloss.

Die Luft in der Kammer war dünn und stank nach Lösungsmitteln. Substanzen, die reinigen sollen, riechen oft besonders giftig. An der Wand lehnte eine Leiter mit vier Stufen. Ich klappte sie auseinander, pustete den Staub ab und stieg hinauf, um zu sehen, was auf den oberen Regalen lag. Aber ich fand nur Kartons mit großen Müllsäcken, Seife, alte, ausgelaufene Batterien und Riesenrollen Papierhandtücher.

Dann ein Knall. Die Glühbirne war durchgebrannt.

Es war stockfinster.

Als ich langsam von der Leiter stieg, hörte ich ein metallisches Geräusch. Das Geräusch eines Schlosses, das sich drehte. Großer Gott. Ich streckte die Hände aus und tastete nach dem Türknauf.

Endlich fand ich ihn; ich betete, als ich ihn drehte. Aber es war abgeschlossen. Ich versuchte es noch einmal langsam, zog an der Tür und hob sie an, wie ich es mit störrischen Türen in Brooklyn getan hatte. Nichts.

»Hilfe«, schrie ich. »Ist da wer? Irgendwer?« Ich schlug mit einem Besenstiel gegen die Tür. »Hallo!«

Die Polizisten draußen würden mich im Leben nicht hören.

Gegrüßet seist du, Maria. Verlass mich nicht. Heiliger Geist, lass den Scheiß. Ich knallte mit der Stirn gegen ein Rohr.

Eine Stunde lang, vielleicht auch drei, saß ich im Dunkeln

auf einer verbogenen Trittleiter. Ich schrie bis zur Erschöpfung. Ich war dehydriert und schwach. Mit den Händen tastete ich jede Oberfläche ab.

Liebe Maria, ich weiß, ich habe viel Scheiße gebaut. Gib mir nur ein Licht. Ich will nicht um zu viel bitten. Nur ein Licht. Den Rest mache ich.

Als ich im Dunkeln meine Umgebung abtastete, streifte meine Hand einen kühlen Metallkasten. Ich holte Luft und öffnete ihn. Die Gegenstände darin kannte ich gut. Streichholzbriefchen. Dutzende. Hunderte. Der Kasten war randvoll. Die Briefchen fühlten sich neu an, mit festen Pappklappen. Irgendwie waren sie der unerbittlichen Feuchtigkeit von New Orleans entkommen.

Gegrüßet seist du, Maria. Ich nahm ein Briefchen aus dem Kasten, schob die Klappe hoch und fühlte die Streichhölzer, die wie Zinken angeordnet waren. Ich zog ein Streichholz ab, wie schon so viele Male zuvor. All die Feuer in meinem Leben, so unzählig wie die Sterne. Ich drückte den winzigen Kopf des Streichholzes auf das Briefchen, zog ihn über die Reibfläche, und mit einem leisen Knall und zwei Funken fing es knisternd Feuer.

Im Licht der kleinen Flamme suchte ich schnell die Regale der staubigen Kammer ab. Warum hatte Bernard einen Kasten voller Streichhölzer? Oder hatten sie Jack gehört?

Das Streichholz brannte schnell herunter, ich pustete es aus, bevor es mir Daumen und Zeigefinger versengen konnte. Wieder in Dunkelheit getaucht, probierte ich es noch einmal mit dem Türknauf.

Verschlossen.

Ich versuchte, mir etwas Helles, Beruhigendes vorzustellen, um mich zu sammeln. Einen strahlenden Erinnerungsfetzen.

Die Altarkerze in meinem Tattoo von Schwester Antonia. Den Kelch vor dem Abendmahl. Und Moms Lächeln.

Am Ende war sie so zart geworden, mit Armen so kalt und dünn wie Büroklammern, dass sie mir praktisch entglitt, wenn ich sie umarmte. Wir lebten in Brooklyn keine drei Kilometer voneinander entfernt, aber ich hasste die Besuche dort. Sie zerrten den Moder meiner Vergangenheit wieder hervor. Kleine Erinnerungen an meine vergeudete Jugend: derselbe Teppich, auf den ich gekotzt hatte, dieselbe Wand, der ich eine Kopfnuss verpasst hatte, dieselben verdammten Chandler-Romane, die ich immer wieder gelesen hatte, wenn ich jeden zweiten Monat Stubenarrest hatte.

Meine Eltern waren die zweite Generation unserer Familie, die in Bay Ridge lebte, Katholiken aus Brooklyn mit irischen Wurzeln auf beiden Seiten. In unserer Familie wurde ordentlich gebechert und verdrängt, aber wenig geredet. Die meisten Äußerungen bestanden aus drei Wörtern oder weniger. Moms Jahre im Kloster hatten für mich spürbare Auswirkungen. Ich durfte keine Jungs mit nach Hause bringen. Nur ahnten sie nicht, dass meine ständig wechselnden »Schulfreundinnen«, die meine Eltern freundlich willkommen hießen, mir Tür und Tor öffneten zu Sex, Drogen und Rock'n'Roll.

Ich wartete mit dem Outing, bis ich sechzehn war. Der Großteil meiner Jugend rauschte sowieso an mir vorbei. Eine undeutliche Geschichte im Zeitraffer. In New York aufzuwachsen, beschleunigte alles. Manche Menschen können sich an Dinge erinnern, die sie mit zwei Jahren erlebt haben, aber mir kam es immer so vor, als wäre ich aus dem Unbekannten auf die rasende U-Bahn des Erwachsenenseins gesprungen.

Nina war auch so, als wäre sie durch ihre Kindheit gerast –

ein Stein, der über einen Teich hüpft. Was würde sie jetzt von mir denken?

Nach der Hochzeit kaufte das glückliche Paar eine Wohnung an der West Fourth. Wenn Nicholas beruflich unterwegs war, zu irgendeiner wissenschaftlichen Tagung, ließen wir uns die Gelegenheit zu einem Treffen nie entgehen.

In einer Nacht hatten Nina und ich so akrobatischen Sex, dass das teure Bettgestell von ihrer Hochzeitsliste zu Bruch ging. Wir rissen uns so blindlings gegenseitig die Kleider vom Leib, dass sich ein Knopf von Ninas Bluse in meiner Creole verfing und mir fast das Ohrläppchen abriss. Mein schwarzes Kleid hing über dem Rand der Badewanne.

»Hör nicht auf.« Sie lag unter mir, grub ihre Fingernägel in meine Schulter und meinen Arm. Von meinem Rücken tropfte Schweiß. »Fester.«

»Deine Nachbarn hassen uns gerade.«

»Scheiß auf die Nachbarn. Mach mich richtig fertig«, knurrte sie.

Sie küsste den winzigen weißen Vogel unter meinem Kinn, dann drückte sie die Hände auf meine Brustwarzen, bis sie hart genug waren, um einen Zahn zu spalten. Sie kniff in beide hinein.

»Au. Miststück.«

»Das liebst du doch«, sagte sie.

Ich liebte es wirklich. Ich liebte sie. Nina wusste, was ich wollte, bevor ich es selbst wusste.

Sie legte eine Hand mitten auf mein Brustbein, auf mein Tattoo vom Heiligsten Herz Jesu. »Das ist so was von gruselig.« Das brennende Organ mit einem Kreuz darüber wurde von Dornen durchbohrt.

Von dem tätowierten Herzen gingen Strahlen göttlichen Lichts aus. Das Feuer des Herzen, die transformative Kraft der Liebe. Die Vehemenz eines wiedererweckten Leibes.

»Das Heiligste Herz wurde durch Nonnen beliebt.«

»Der Vortrag kann noch warten.« Sie küsste meinen Hals, berührte das Kreuz an meiner Kette. »Wenn du das trägst, um mich fernzuhalten, funktioniert es nicht.« Mit einem trägen Blinzeln legte sie das Kreuz auf ihre Zungenspitze, als wollte sie sehen, ob es giftig war.

»Nicht.« Ich zog das Kreuz weg.

»Deine Religion kann uns nicht retten. Wir sind Monster«, sagte sie.

»Schöne Monster.«

Sie packte meine Arme und hielt mich fest.

Männer vögelten, wie Grammatiklehrer Sätze schematisierten: Das kommt hierhin, und jetzt kommt das dahin. Ich würde lieber sterben, als mich von einem Kerl einengen zu lassen. Frauen dagegen sind unberechenbar, als wollte man eine Flamme zähmen. Wenn Nina mich aufs Bett drückte und mich ansah, als wollte sie mir das Herz mit den Zähnen rausreißen, war es reine Ekstase. Wir waren schweißnass und passten zusammen wie gefaltete Hände.

Eine Polizeisirene heulte.

Ich rollte mit ihr herum, bis ich oben war, stützte mich auf die Ellbogen und rieb mich, bis meine Bauchmuskeln brannten. Ich fuhr mit der Zunge über ihren Fingernagel, ihren rubinroten Nagellack. Sie spreizte die Beine weiter. Ich hob ihre Hüften an, ließ meine Zunge in sie gleiten.

»Ich komme gleich.«

»Warte.« Ich sprang auf und griff in ihren Nachttisch.

Einen Strap-on zu holen nahm den Schwung raus. Man musste unterbrechen, um nach dem Leder zu greifen. Trotzdem schnallte ich mit Nina meist einen um. Sie mochte es, aber ich brauchte es. Ihre vielen teuren Sexspielzeuge und Accessoires bewahrte sie in einem alten Metallkasten mit einem verblassten Aufdruck von René Magrittes *Der Verrat der Bilder* auf. *Ceci n'est pas une pipe.*

Sie schlug mir fest auf den Oberschenkel, der Schmerz durchzuckte mein Bein. »Gib's mir.«

Dann war sie auf mir. Ihre Haare fielen wie eine Sturzwelle auf mein Gesicht. Ich stellte die Füße flach aufs Bett, verschaffte mir mit den Ellbogen Halt. Eine Ecke des Spannbettlakens löste sich. Eine nackte Frau, die auf einem sitzt, die Bauchmuskeln angespannt, einen reitet. Die so danach giert, dass man Gott für sein Leben dankt. Nackt bis auf unseren Schmuck und unsere Maniküren. Champagner, zu warm zum Trinken, von Lippenstift verschmierte Gläser auf dem Nachttisch.

»Ja ja ja ja ja. Gleich –«

Der Bettrahmen knackte. Wir kippten zum Rand, als die rechte Seite der Matratze absackte. Schweißgebadet erstarrten wir, dann brachen wir auf dem schiefen Bett in Gelächter aus. Mein Gesicht in ihrer feuchten Halsbeuge. Nina stützte den Rahmen mit einem Bücherstapel, aber sie – und offenbar auch Nicholas – konnte nach dieser Nacht in diesem Bett nie wieder gut schlafen.

Mit dieser Erinnerung quälte ich mich eine Stunde lang.

Gefangen, ohne Ausweg. Wieder einmal.

Als ich dem Orden beitrat, traf ich die Entscheidung, mich zu befreien. Ich beugte mich vor, stützte mich auf den Oberschenkeln ab und schrie in die Dunkelheit.

Dann spürte ich es, pulsierend wie Licht.

In der Tasche meiner schwarzen Ordenshose. Ein Plektrum. Ich holte es hervor und schob es in den Türspalt. Ich verbog es, versuchte, den Riegel damit zurückzuschieben. Das Plektrum war kurz, aber die richtige Mischung aus biegsam und fest.

Ich lehnte mich gegen die Tür und versuchte es noch einmal. Mit meinem ganzen Gewicht drückte ich mich dagegen und verbog das Plektrum. Als es fast durchbrach, schnappte der Riegel zurück. Ich taumelte auf den Flur. Licht blendete mich. Ich suchte, sah mich um, ob jemand da war. Aber ich konnte nichts entdecken. Nicht einmal einen Schatten.

21

Am nächsten Morgen vor der Messe, aufgeputscht von Schlafmangel und Wut, immer noch atemlos vom Würgegriff der Putzkammer, machte ich mich auf die Suche nach Schwester Augustine. Um sie nach ihrer Familie zu fragen, um zu fragen, warum sie gelogen hatte. Um sie zu zwingen, dem ins Auge zu sehen.

Sie betete vor dem Gehwegschrein.

»Schwester Augustine, *warum*?« Ich erschrak selbst darüber, wie zittrig und schrill meine Stimme klang.

Sie begegnete meinem Blick. »Warum was? Frag mich, was immer du willst.«

»In dem Buch über die Saint Sebastian's, *Revolutionäre Gnade*, habe ich gelesen, was du gesagt hast, dass du deine Eltern als Kind verloren hättest.«

Sie sammelte sich und zuckte mit den Schultern. »Wir alle tragen eine Last, meine ist weder schwerer noch leichter.«

»Aber es stimmt nicht! Dein Dad hat sich umgebracht, aber deine Mom ist über neunzig geworden. Ich verstehe nicht, warum du lügst.«

»Schwester Holiday, nein.« Mitleid erfüllte ihre Miene, ihre silbernen Augenbrauen zogen sich zusammen. »Das hast du falsch verstanden.«

»Schwachsinn! Ich habe mit der Bibliothekarin gesprochen, sie hat mir die Todesanzeige vorgelesen. Und mir die ganze Geschichte erzählt.«

Sie drückte abrupt den Rücken durch. »Ich habe gesagt, dass ich meine Eltern *verloren* habe, nicht, dass beide gestorben sind.«

Mir wurde flau zumute.

»Nach dem Tod meines Vaters war meine Mutter verloren«, fuhr Schwester Augustine angespannt fort. »Sie stürzte sich in ihre Arbeit als Vorschullehrerin und schickte mich fort. Ihr altes Leben lag in Trümmern, und sie konnte nicht darauf aufbauen. Sie vertraute nicht darauf, dass Gott sie leiten würde.«

Scheiße.

Ich und meine voreiligen Schlüsse.

Immer wieder. So überzeugt davon, die Menschen würden mich enttäuschen, dass ich sie zuerst enttäuschte. Um es hinter mich zu bringen.

»Es tut mir leid.« Ich drückte die Hände wie zum Gebet zusammen und ließ den Kopf hängen. »Sehr leid.«

»Ich weiß, dass du selbst erfahren hast, was ein Verlust bedeutet«, sagte sie. »Es ist immer schwer und kompliziert.«

Weil ich keine Ahnung hatte, was ich sagen sollte, umarmte ich sie, spürte, wie zerbrechlich ihr Körper war.

»Es tut mir leid. Ich werde für die Seele deines Vaters beten und für dich.«

»Bete nicht für mich. Mein Schmerz ist mein Geschenk – zu leiden ist Jesu höchste Prüfung der Liebe. Der Kummer in meinem Leben hilft mir, mehr zu sehen und mehr zu tun. Wir können mehr ertragen, als wir denken.« Sie lächelte und schickte mich in die Messe.

Schwester Augustine war stets anspruchsvoll, sie stellte Fragen, aber sie gab auch etwas zurück. Was mich zu den Schwestern vom Erhabenen Blut gezogen hatte – abgesehen von der Tatsache, dass sie das einzige Kloster in Nordamerika waren, von dem ich glaubte, dass es mich als Kandidatin in Betracht ziehen würde –, war ihr Leitspruch: *Licht in eine dunkle Welt bringen.* Von der dunklen Welt hatte ich genug gesehen, aber Schwester Augustine gab mir das Gefühl, willkommen zu sein. Sie versuchte, mit einem Fuß in der Tradition verhaftet zu bleiben, und dabei in die Zukunft zu schauen. Halten Sie Religion für Schwachsinn? Voller Bestrafungswahn? Willkommen im Club. So dachte ich auch, selbst als Gläubige. Aber nach den Ereignissen in Brooklyn hatte sich alles verändert. Ich musste eine Möglichkeit finden, all die Widersprüche in meinem Leben miteinander zu versöhnen. Gott half mir dabei. Schwester Augustine kannte das besser, als ich dachte.

Ich schlüpfte in den Postraum der Schule. Im Westflügel stand schon ein Polizist Wache. Ich warf ihm im Vorbeigehen einen bösen Blick zu und seufzte, als ich Schwester Ts Namen auf ihrem Postfach sah. In dem Chaos hatte niemand daran gedacht, ihn zu entfernen. Aus ihrem Fach quollen Umschläge und Hausaufgaben.

Mein Postfach war auch voll, aber ich merkte sofort, dass etwas nicht stimmte. Alle an mich adressierten Umschläge – Fleurs Aufsatz über Deep Listening für zusätzliche Punkte, ein Brief von der Diözese mit dem übermäßig komplizierten Ablauf meiner Ewigen Gelübde, ein Brief von Moose, einer von Nina – waren aufgerissen.

Ich marschierte ins Lehrerzimmer und wählte Riveauxs Handynummer, die ich auswendig gelernt hatte. Es klingelte viereinhalb Mal, bevor sie abnahm.

»Detective Magnol–«

»Ich muss mit Ihnen reden. Können wir uns an der Schule treffen?«

»Wer ist da?«

»Verarschen Sie mich nicht«, flüsterte ich.

»Oh. Sie sind's.« Sie hustete. »Schwester Goldzahn.« Ihre Stimme war geisterhaft. Sie klang betrunken oder wie im Halbschlaf. Jedem Wort folgte ein langer Atemzug. Sie erinnerte mich an mich nach einer Sauftour.

»Sind Sie high oder was?«

»Nein, Goldzahn. Nur erschöpft von diesem anhaltend beschissenen Desaster.«

»Ich muss mit Ihnen reden, persönlich.«

Rosemary Flynn betrat das Lehrerzimmer, in der Hand ihre edle Teetasse mit rubinrotem Lippenstift am Porzellanrand. Sie winkte in meine Richtung, als wollte sie mit mir reden. Komisch.

»Brauchen Sie was?«, fragte ich Rosemary, die ihren Bleistiftrock glattstrich. Sie hatte einen ganz eigenartigen Blick. Wenn ihre Augen das Licht einfingen, sahen sie aus wie die Salbeiblätter, die Schwester T so gemocht hatte.

Rosemary legte los: »Bernard hat aufgeräumt und –«

Ich hob die Hand, um sie zu unterbrechen.

»Was?«, fragte ich Riveaux durch den Telefonhörer, der nach schlechtem Atem und Unheil roch. »Kommen Sie einfach vorbei. Ich muss vor unserer Mitarbeiterbesprechung mit Ihnen reden.«

»Ach, scheiß drauf«, stöhnte Riveaux. »Ich bin nicht weit weg. Um neun Uhr bin ich da.« Ihre Stimme drang gedämpft durch die Leitung. Wahrscheinlich hatte sie einen Kater. Die Pausen vor ihren Antworten und die hörbaren Schmerzen kamen mir sehr bekannt vor. »Wenn Sie nicht um Punkt neun draußen stehen, fahre ich wieder.«

»Keine Sorge, ich –«

Sie legte auf.

Am anderen Ende des Lehrerzimmers, neben einem weiteren Poster zu unserer Leserunde, seufzte Rosemary. Sie war ständig von irgendetwas enttäuscht. Sie beklagte die Qualität der Hausaufgaben (mittelmäßig) und die Hitze, an die sie sich einfach nicht gewöhnen konnte (inakzeptabel), obwohl sie aus New Orleans stammte, geboren und aufgewachsen in Seventh Ward.

Ich wollte gerade nachfragen, worüber Rosemary Flynn sich beschweren wollte, als mein Blick auf die Uhr fiel – zehn vor neun.

»Kann das warten?«, fragte ich sie.

»Von mir aus.« Sie pustete auf ihren Tee, um ihn abzukühlen.

Riveauxs schäbiger Pick-up hielt um Punkt neun Uhr vor dem Kloster. »Steigen Sie ein.«

Ich öffnete die Beifahrertür und schob mich auf den Sitz. Es kochte, im Wagen war es heiß genug, um Katzenwelse zu garen. Die Luft war modrig und muffig. Ließ sie bei jedem Gewitter die Fenster offen?

»Ihnen auch einen guten Morgen«, sagte ich.

Das Rauschen aus Riveauxs Funkgerät wurde von Gemurmel abgelöst. Dann wurde das Gemurmel zu Worten. »Zentrale an 217«, sagte eine tiefe Stimme.

Seufzend drückte Riveaux mit der rechten Hand auf den Knopf. »217 hier.«

»ABT 289«, sagte die Stimme. »70114. Wir haben eine weibliche Person am Straßenrand mit dem Code 289.«

»Wiederholen«, sagte Riveaux, »die Koordinaten.«

Der Disponent räusperte sich. »Okay, 217. Es geht um ein ABT 289 in der 70114. Tchoupitoulas und First. Schulbus.« Die Stimme zögerte. »Fahrerin nicht schwer verletzt. Wird medizinisch betreut. Die Straße ist abgesperrt. Der Bus brennt. Wiederhole: *aktiver Brand.*«

»Aussteigen.« Sie sprach laut und streng. »Es gibt wieder ein Feuer.«

»Ich begleite Sie.«

»217«, sagte die Funkstimme. »Bestätigen Sie Ihre Koordinaten.«

»Scheiße.« Riveaux schnippte ihre Zigarette aus dem offenen Fenster.

Bevor ich mich anschnallen konnte, raste Riveaux die Prytania Street hinunter und bog scharf rechts ab. Sie stieß eine Rauchwolke in die vorbeirauschende Luft aus.

»Jetzt stecken Sie mittendrin«, sagte sie. »Benehmen Sie sich am Brandort.« Sie wischte sich Schweiß vom Ohrläppchen. Ein grüner Papagei flog vor der Windschutzscheibe vorbei. »Was war eigentlich so verdammt wichtig, dass Sie es mir persönlich sagen mussten?«

»Alle meine Briefe wurden geöffnet«, sagte ich.

»Werden Sie nicht paranoid. Das war wahrscheinlich ein Versehen.«

»Bei jedem einzelnen Brief? Briefe von meinem Bruder aus Übersee. Von meiner Ex. Der Diözese. Jemand hat mich in der Putzkammer eingeschlossen, meine Bluse in meinen Papierkorb geworfen. Mir eine tote Katze vor die Tür gelegt. Jemand will mich einschüchtern. Mir etwas anhängen. Fremde Post zu öffnen ist illegal. Wir sollten das anzeigen.«

»Wir?« Sie lachte. »Wir haben im Moment Wichtigeres zu tun.« Die Saint Charles Avenue erstreckte sich vor dem Pickup. Über den schattigen Straßenkreuzungen, die wir im rasenden Tempo überquerten, verbanden sich die schwarzen Straßenbahnkabel zu einem hohen Netz. »Wer hat regelmäßig Zugang zum Postraum?«, fragte sie.

»Jeder.«

»Gut, gut.« Sie kratzte sich am linken Auge. »Lehrer?«

»Natürlich.«

»Hausmeister?«, fragte sie.

»Ja.«

»Schüler?«

»Klar«, sagte ich. »Wenn sie verspätet Hausaufgaben oder Aufsätze abliefern; das kommt sehr oft vor.«

»Also hat buchstäblich jeder an der Saint Sebastian's Zugang zum Postraum. Sie haben Ihre Berufung verfehlt. Sie hätten Detektivin werden sollen, keine Nonne.«

Unauffällig betrachtete ich mich im Beifahrerspiegel. Neben Riveaux sah ich aus wie aus dem Kuriositätenkabinett. Sie hatte dunkle, reine Haut, trotz ihrer Nikotinsucht. Ich war ein Mosaik aus Puzzleteilen, die nicht passten, aber trotzdem zusammengestückelt worden waren. Klaffende Löcher hier und da.

Als wir eine rote Ampel überfuhren, sah ich eine freie Wohnung – 2 ZI, 1 BAD, KEINE GEISTER – und einen Zauberladen. EXOTISCHES UND KURIOSITÄTEN. LIEBESTRÄNKE IM ANGEBOT. Ich dachte an Schwester T. Ein Mann mit einem weißen Cowboyhut und einem übergroßen Jeansoverall rauschte verschwommen vorbei. Erst dachte ich, er würde einen ungewöhnlich langen Hund spazieren führen, dann begriff ich, dass es ein Alligator war. Mit seinem ewigen Lächeln im Gesicht zwinkerte das Tier mir mit einem feuchten Auge zu.

»Das dauert zu lange«, sagte Riveaux. Zu viele Fahrzeuge, um einfach durchzufahren. Sie schaltete die Sirene auf dem Autodach an und scheuchte damit einige Wagen aus dem Weg. »Und es ist heißer als ein Ziegenbock auf einer Chiliplantage.«

»Mich stört das nicht«, sagte ich.

»Sie beschweren sich über alles andere, nur nicht über die Hitze. Nicht mal mit den Handschuhen. Wie kommt das?«, fragte sie.

»Ich bin inkognito.«

»Goldzähne und Halstattoos sind sehr inkognito. Bei mir müssen Sie die Sachen nicht tragen. Ihre Geheimnisse sind sicher.«

»Jeder hat Geheimnisse, und keines ist sicher.«

Riveaux kramte in ihrer Tasche und holte ein Tablettenfläschchen hervor. Mit ihrer linken Hand versuchte sie mühsam, es zu öffnen.

»Jesus, übernimm das Steuer«, sagte ich, was Riveaux zum Lachen brachte.

Am Ende hielt sie den weißen Plastikstöpsel mit den Zähnen fest und zog ihn heraus. Sie ließ eine Tablette mitten auf ihre Zunge fallen und schluckte sie ohne Wasser herunter.

»Ein bisschen früh für Freizeitdrogen.«

Sie kicherte. »Meine Migräne will nicht nachlassen. Ich fasse es nicht, dass Sie mich zu einem Einsatz begleiten. Schon wieder.«

»Sie haben gesagt, ich könnte mitkommen, wenn ich Ihnen erzähle, was ich in der Schule sehe und höre.«

»Dann mal raus mit der schmutzigen Wäsche.«

»Es gibt keine schmutzige Wäsche«, antwortete ich. Wegen der Sirene war ich kaum zu hören. »Niemand sagt etwas.«

»Dann sind Sie mir keine Hilfe.«

Bei einer Bodenschwelle hoben wir ab. Eine erschreckende Sekunde lang flogen wir durch die Luft. Ich drückte zum dreizehnten Mal auf die Türverriegelung und zog meinen Gurt straff.

Neben Riveaux im Auto bekam ich ein Schleudertrauma, aber es war himmlisch intensiv. Ich schloss die Augen, als mein Herz schneller raste. Riveaux reizte die Geschwindigkeit des Wagens aus. Die Sirene heulte. Ich nahm mein Kreuz in die Hand. *Gegrüßet seist du, Maria, voll der Gnade.*

Der Pick-up kam quietschend zum Stehen, als Riveaux hastig parkte, sieben Meter hinter Löschwagen 62, auf dessen Heck eine amerikanische Flagge gemalt war.

Eine Rauchsäule schnitt das Firmament entzwei. Vor dem Löschwagen stand auf der linken Seite der Tchoupitoulas Street ein klassischer gelber Schulbus, aus dem Flammen schlugen. Die Schrift auf der Seite des Busses lautete SAINT SEBASTIAN'S CATHOLIC SCHOOL.

»Sieh mal einer an.« Riveaux leckte sich die Lippen, dann lief sie zu vier Feuerwehrleuten mit Helmen, hellgrünen Hosenträgern und Schutzjacken. Sie rannten mit Wasserschläuchen von einem Tankwagen auf den Bus zu. In der Nähe gab es keine Hydranten. »Wo ist die Fahrerin?«, fragte sie. »Und die Schüler?«

»Die Fahrerin ist bei unserem Sanitäter, es geht ihr gut. Sonst war niemand im Bus. Die Fahrerin sagt, es hat im hinteren Teil angefangen. Ganz plötzlich. Ohne Vorwarnung.«

Ich bekreuzigte mich und warf Kusshände in den Himmel.

Flammen schlugen durch die beiden Heckscheiben des Busses. Das Feuer fraß ein Loch ins Metalldach.

Ein Knall erfüllte die Straßen, als wäre eine Bombe explodiert. Auf der linken Seite des Busses waren zwei Reifen geplatzt, das Fahrzeug schwankte. Während Feuerwehrleute von Osten, Westen und Süden Wasser auf den Brand schossen, drangen Feuer und Rauch durch die Beifahrerseite des Busses, so still wie Lava.

Scheinwerfer zerbrachen. Ich starrte auf den runden Reflektor. Sah mich doppelt in der orangefarbenen Spiegelung, wie in einem riesigen bernsteinfarbenen Auge, bevor er durch die Hitze zerbrach.

Durch den Schock dieses roten Infernos schaltete mein Körper sich ab, mein Verstand ging offline. Ich starrte auf meine nutzlosen Hände. Auf eine plattgedrückte Wasserflasche ohne Etikett.

Meine Stimme kehrte in meine Kehle zurück. *Gott existiert und Gott ist gut. Gott existiert und Gott ist gut*, intonierte ich.

»Wenn wir das Ding nicht in den Griff kriegen«, brüllte ein Feuerwehrmann Riveaux zu, »fliegt alles in die Luft. Mags, zieh dir was an und schaff sie hier weg.« Er zeigte auf mich.

»Was werden Sie machen?« Hustend folgte ich Riveaux, die rückwärts ging.

»Hingehen und dem Team helfen, den Scheiß unter Kontrolle zu bringen.« Riveaux zog ein zweites Paar Stiefel über, eine Hose, einen langen schwarzen Mantel und setzte einen Helm auf. »Sie müssen zurück gehen – weit zurück.« Sie sah mich an, dann den brennenden Bus. »Es geht los.«

Die Hitze der Flammen brachte die Luft zum Kochen. Schwarzer Qualm wand sich aus den Busfenstern.

»Mags, fahr deinen Truck weg!« Riveaux sollte ihren Wagen umparken. Ein weiterer Löschzug wartete auf den Platz.

»Schwester, fahren Sie ihn für mich weg!«, rief Riveaux.

Sie wollte mir schon die Schlüssel zuwerfen, als ich sagte: »Ich kann nicht mit Gangschaltung fahren. Tut mir leid.«

»Scheiße, Schwester. Dafür haben wir keine Zeit.« Hustend und vor sich hin fluchend sprang Riveaux auf den Fahrersitz, um ihren Truck zurückzusetzen.

Tanzende Flammen fegten durch den hinteren Teil des Busses, stießen die Hintertür zur Seite, dass sie nur noch an einem geschwärzten Scharnier hing.

Die Sonne stach durch den Rauch und warf einen bösartigen Schein auf die Flammen. Wenn etwas die Besessenheit durch den Teufel verkörpert, dann Feuer. Feuer kriecht ohne Beine – eine Viper. Reine Besitzergreifung durch eine dämonische Macht.

O Herr. Du bist allen gnädig, nimm von mir meine Sünden und entfache voll Barmherzigkeit in mir das Feuer Deines Heiligen Geistes.

Von dem, was einmal ein Schulbus war, blieb nur noch ein Gerippe, eine verbrannte Fassade übrig. Mit den leeren, klaffenden Fenstern sah er aus wie ein erschrecktes Skelett. Das unersättliche Feuer riss Brocken aus dem Asphalt der Tchoupitoulas Street.

Riveaux startete den Pick-up und trat aufs Gas, aber statt zurückzusetzen und dem neuen Löschwagen Platz zu machen, schoss sie nach vorn. Genau auf den Löschwagen 72. Zwei Männer stürzten von dem Wagen.

»Riveaux!«, schrie ein Feuerwehrmann. »Was soll der Scheiß?«

Vom Straßenrand aus sah ich, wie ihr Körper wie von einer riesigen Hand nach vorn geschleudert wurde. Ihr Kopf schlug mit voller Wucht gegen die Windschutzscheibe, das Glas riss mit zwei dicken, sich überschneidenden Linien. Wie ein Kreuz.

22

»Warum sind Sie so nach vorn gerast?«, fragte ich Riveaux nach dem Unfall an ihrem Krankenhausbett. Die Halskrause bedeckte fast ihr ganzes Gesicht. Ihre Brille lag neben ihr auf dem Nachttisch. »Sie hätten Ihre Leute umbringen können«, sagte ich. »Oder sich selbst.«

»So einfach trete ich nicht ab. Ich muss doch noch bleiben und Sie nerven.«

»Raus mit der Sprache.« Ich versuchte, ihren Blick zu halten. »Haben Sie heute Morgen was getrunken? Ich erteile Ihnen die Absolution.«

Sie rieb ihre rechte Schläfe. Dann die linke. »Ich war nur erschöpft.«

»Zu lange wach, um Eau de Dumpfbacke zu machen?«

»Eher müde, weil ich mich mit einer Dumpfbacke herumschlagen muss.«

Wir verstummten. Diese Runde Geplänkel ließ ich sie gewinnen.

Sie brauchte ein Erfolgserlebnis.

Riveaux war eilig in die Notaufnahme gebracht worden, wo man Röntgenbilder, ein MRT und eine Untersuchung des Bauchraums durchgeführt hatte. Trotz ihres heftigen Aufpralls war nichts gebrochen. Eine Rippenprellung, eine schwere Gehirnerschütterung und ein Schleudertrauma. Für ihren dummen Fehler war es relativ glimpflich ausgegangen.

Riveaux verlangte nach einer anderen Ärztin, als sie hörte, dass Dr. Gorman, eine junge Assistenzärztin, sie versorgen sollte.

»Wechseln Sie nicht die Ärztin«, sagte ich. »Sonst dauert alles nur länger.«

»Ich kenne Dr. Turner seit Jahren. Holen Sie sie«, verlangte Riveaux. Ihre Stimme klang heiser, aber fest entschlossen. Riveaux setzte die Brille wieder auf, als ich zum Schwesterntresen schlurfte, um sie zu besänftigen.

Wir warteten auf die Ärztin und weitere Testergebnisse. Ein subdurales Hämatom sollte noch ausgeschlossen werden. Mich überlief ein Schauder beim Anblick der Fernbedienung für das elektrische Bett. Der Taschentuchboxen und Gummihandschuhe.

Riveaux schaltete ihr Handy ein, und es brummte eine Minute lang. Eine Flut an Nachrichten ging ein. Sie scrollte einige durch und lachte, dann schob sie das leuchtende Rechteck unter ihr knochenweißes Kissen. »Rock spielt wieder das große Baby, er bringt seine ganzen Freunde dazu, mir zu sagen, wie sehr er mich liebt und dass ich ihn nicht verlassen soll.«

»Hören Sie auf Ihren Bauch.«

»Ich hätte schon vor Jahren gehen sollen«, sagte sie.

»In einer schlechten Situation zu sein, macht Sie nicht zu einem schlechten Menschen. Bei Ihren Modeentscheidungen sieht das schon anders aus.«

»Das sagt die Richtige. Abgerissene Einbrecherin.«

Ich nahm die Bibel aus ihrem Nachttisch. Das Wort Gottes war immer nah. »Schon mal gelesen?«

Riveaux schielte auf die Bibel und lachte. »Gehen Sie mir

weg damit. Beten Sie, dass ich beim Powerball gewinne, damit ich diesen verdammten Job aufgeben und eine Parfümerie eröffnen kann.«

»Wissen Sie, was der ganze Zweck der Bibel ist?«, fragte ich.

»Mir war nicht klar, dass sie einen Zweck hat.«

»Sie ist ein Kompass.«

»Ich fasse es nicht, dass Sie mir *jetzt* die Bibel aufdrängen wollen! Ich dachte, Sie wären anders.« Riveaux legte sich bequemer zurecht.

Eine Krankenschwester erschien wie aus dem Nichts, legte ihr Klemmbrett auf einen leeren Stuhl und nahm ihr sanft die Halskrause ab. »Merci«, sagte Riveaux.

Das MRT zeigte keine Blutung in Riveauxs Schädel, trotzdem sollte sie »sich schonen«. Zu allen Anweisungen von Dr. Turner sagte sie: »Ja, meine Liebe«, dann zog sie sich an, sammelte ihre Kräfte und holte ihre Medikamente ab.

Wir gingen hinaus, in schweißtreibende hundert Prozent Luftfeuchtigkeit. Der marmorierte Himmel drohte mit Regen. Die Luft roch nach altem Staub und verbranntem Papier. Ein Polizeiwagen fuhr langsam vorbei.

»Sie fahren jetzt häufiger Streife«, sagte Riveaux.

»Der Brandstifter ist uns zehn Schritte voraus. Wahrscheinlich brennt er die ganze Kirche nieder, wenn wir heute Abend unsere Besprechung haben.«

Die Luft wallte vor Hitze. Ich musste zurück ins Kloster.

Riveaux öffnete die Beifahrertür eines Taxis, stieg ein und lehnte sich aus dem Fenster. »Ich habe unzählige Male erlebt, wie Ermittlungen aus dem Ruder laufen. Bleiben Sie objektiv. Werden Sie nicht emotional. Ich fahre nach Hause und ruhe mich aus, solange mein Auto in der Werkstatt ist.«

»Sagen Sie denen, sie sollen die Klimaanlage reparieren.«

»Manche Dinge sind unwiederbringlich dahin«, sagte sie durch das Fenster.

Als die Rücklichter des Taxis außer Sichtweite gerieten, tauchte Detective Grogan auf. Sergeant Decker war nirgends zu sehen.

»Mags hat es ja eilig.« Grogan strich sich mit seinen Wurstfingern durch die blonden Haare. Seine rechte Wange war voller Kautabak.

»Eine rastlose Seele«, sagte ich und wandte mich ab, um mich auf den langen Rückweg zum Kloster zu machen, in der brutalen Hitze immer an der Saint Charles entlang. Grogans Hand landete auf meiner linken Schulter. Er spuckte kackbraunen Saft aus und drehte mich zu sich herum.

»Schwester, ich weiß, dass wir unterschiedliche Ansichten haben. Ihre Lebensweise und so weiter.«

Ich trat zurück. »Meine Lebensweise?«

»Wir sind uns alle einig, dass Sie aufhören müssen, uns in die Quere zu kommen. Überlassen Sie die Ermittlungen den Profis.« Er trat näher. Sein Kinn schwebte über meinen Scheitel.

»Den Profis?« Ich lachte. »Ich sehe nicht, dass ›die Profis‹ besonders viel machen.«

»Warum haben Sie sich in diesen Fall so verbissen?« Sein Blick wanderte über mein Gesicht, als wollte er die Konturen meiner Wange und meines Kinns verfolgen.

»Die Saint Sebastian's ist mein Zuhause.«

Langsam hob er die Hand und zog am Knoten meines Halstuchs. Es lockerte sich. Er nahm meine linke Hand hoch und schob das schwarze Leder vom Gelenk zurück. »Habe noch nie eine Nonne mit Tätowierungen gesehen. Und Sie haben wirklich eine Menge davon.« Ich riss meine Hand zurück. »Haben Sie überall welche?«

»Ja.«

»Den Körper zu entweihen erscheint mir nicht besonders heilig, wenn Sie mich fragen.« Er lehnte sich so nah zu mir, dass ich seinen Atem auf meinem Kopf spüren konnte. »Ist der Körper nicht ein Tempel?«

»Ja. Ein Tempel, der geschmückt werden will. Wie eine Kathedrale, die die Herrlichkeit Gottes mit Deckenfresken und bunten Fenstern erhöht.«

»Wie ist es mit Ihrer Herrlichkeit, Schwester Holiday?«

Ich versuchte zurückzuweichen, aber ich konnte nirgendwohin. Die Leute auf der Straße beachteten uns gar nicht. Grogan lächelte. Sein Hemdkragen und seine Krawatte waren perfekt gebügelt. Aus der Nähe sah ich, dass seine Augen jung waren, aber seine Haut wirkte ledrig. Zu viel Zeit in der Sonne von Louisiana. »So viele Tätowierungen«, wiederholte er und berührte mein Halstuch. »Bis wohin gehen sie?« Er spuckte auf die Straße. Ein Tropfen der warmen Flüssigkeit traf meine Wange, ich wischte ihn schnell weg.

»Grogan«, rief Sergeant Decker ihren Partner durch das offene Beifahrerfenster ihres Polizeiwagens, als sie neben uns hielt. »Der Chief braucht uns in der Stadt. Steigst du ein?«

Meine Beine zitterten.

»Eine Schande, dass wir hier abbrechen müssen.« Er öffnete die Tür und stieg ein.

»Eine Schande.«

23

Das Gelände der Saint Sebastian's durfte nach Einbruch der Dunkelheit immer noch nicht betreten werden. Im Gegensatz zur Polizeipräsenz fühlte ich mich durch dieses Verbot sicherer. In jedem Gebäude auf unserem Gelände – in einem der Flügel oder dem Mittelteil der Schule, dem Kloster, der Kirche, dem Pfarrhaus – konnte jederzeit ein Feuer ausbrechen.

Zurück im Kloster wusch ich mir das Gesicht, band mir ein sauberes schwarzes Halstuch um und zog meine Handschuhe an. Ich wollte meinen Rosenkranz wieder an mich nehmen, konnte ihn aber nicht finden. Er lag nicht am Fußende meines Betts, wo ich ihn hingelegt hatte. Ich sah unter dem Bett nach. Nichts. Weder auf der Fensterbank noch auf meinem Schreibtisch. Endlich fiel mir die vertraute Kontur ins Auge. Mein Rosenkranz war um den Türknauf geschlungen. Da hatte ich ihn nicht hingehängt. Vielleicht war er mir heruntergefallen, und eine der Schwestern hatte ihn mir gebracht. Oder jemand hatte meine Sachen verlegt, während ich im Badezimmer war.

Oder ich verlor den Verstand.

Ich suchte nach Hinweisen dafür, dass jemand in meinem Zimmer herumgeschnüffelt hatte, fand aber nichts.

Ich ließ Riveauxs Unfall noch einmal vor meinem geistigen Auge ablaufen. Und Grogans aufgeblasenen, zähnefletschenden

Versuch, mich einzuschüchtern. Vielleicht hatte er mich in der Putzkammer eingeschlossen. Vielleicht hatte sich die Polizei verschworen und wollte vertuschen, dass sie die Ermittlungen verbockt hatte – oder etwas Größeres?

Auch wenn alle in Alarmbereitschaft waren, würden die Lehrer und Angestellten der Saint Sebastian's einen Gebetskreis abhalten und besprechen, wie man die katholische Schulbildung erhalten und die sinkenden Anmeldezahlen bekämpfen konnte.

Bevor ich an der Besprechung teilnahm, überquerte ich die Straße, huschte in die Kirche und bekreuzigte mich mit Weihwasser. Ich musste alles zurück auf null stellen. Überrascht sah ich, dass Prince sich vor dem Kirchenaltar mit Schwester Augustine unterhielt. BonTon stand neben ihm. Schwester Augustine winkte mir zu. Gesprächsfetzen wurden durch die ganze Kirche getragen.

»Es ist schön, Sie wieder an dem Ort zu sehen, an dem Sie sein sollten«, sagte Schwester Augustine zu Prince. »In der Kirche.«

Ich stand an der Tür und hörte zu, an derselben Stelle, an der ich jeden Sonntag stand und die Tränen und Prüfungen und Freuden unserer Gemeindemitglieder hörte. An der ich sah, wie sie nervös ihre Gesichter berührten. Sich bekreuzigten. BonTon drehte den Kopf in meine Richtung und schlug an.

»Ich bin gleich bei dir, Schwester Holiday.« Obwohl Schwester Augustine leise gesprochen hatte, erfüllte ihre Stimme die Kirche. In Gotteshäusern war die Akustik besser als in jedem Club, in dem ich je gespielt hatte.

Prince machte sein Feuerzeug immer wieder an und aus. »Diese Schule bringt mich um.«

Schwester Augustine seufzte. »Stecken Sie Ihr Feuerzeug

weg. Sie sehen müde aus, Mr Dempsey. Ruhen Sie sich genug aus? Behalten Sie Ihren Blutzuckerspiegel im Auge? Keine allzu hohen oder niedrigen Werte?«

Prince zuckte mit den Schultern.

An mich gewandt sagte sie: »Wir sind schon spät dran. Machen wir uns auf den Weg.« Schwester Augustine kam vom Altar zu mir nach hinten an die Tür.

Prince ging bis zur Mitte der Kirche, BonTon folgte ihm pflichtbewusst und zog ihre rote Leine hinter sich her. Er trat in eine Bankreihe und kniete nieder. Ich hatte ihn noch nie beten sehen. Zog er für unsere Direktorin eine Show ab?

BonTon bellte. Knapp und laut, wie ein Pistolenschuss.

»Verdammt, habe ich einen Durst«, rief Prince.

»Brauchen Sie Wasser?«, fragte Schwester Augustine. Wir gingen zu ihm.

»Wasser. Es ist heiß hier drinnen. Es ist nass!« Schweiß strömte über Prince' Stirn.

»Er sieht aus, als wäre er betrunken«, sagte ich zu Schwester Augustine. »Prince, haben Sie Alkohol getrunken?«

Prince' Gesicht zuckte, er fiel von der Bankreihe auf den Teppich im Gang, so rot wie aufgescheuerte Haut. BonTon stieß sein Gesicht mit der Nase an, leckte ihm über die Lippen und heulte dann so laut, dass ich mir die Ohren zuhalten musste.

»Er ist unterzuckert!« Schwester Augustines Stimme kippte. »Sein Blutzucker ist zu niedrig! Lieber Gott, bleib bei uns. Prince, bleiben Sie bei uns.« Sie lief zur Tür und rief hinaus: »Hilfe! Wir brauchen hier drinnen Hilfe.«

Ich hörte eine Schülerin an der Tür.

»Wählen Sie den Notruf! Sagen Sie, dass wir einen Diabetes-Notfall haben, mit einem achtzehnjährigen Schüler.«

»Shit. Okay.« Die Schülerin wählte, stellte auf Lautsprecher und sagte: »Hallo, Notruf! Hilfe! Wir brauchen einen Krankenwagen an der Kirche der Saint Sebastian's. Beeilen Sie sich. Ein Junge ist umgekippt.«

Schwester Augustine gab ihr rasche Anweisungen. »Laufen Sie über die Straße zur Schule. Sagen Sie Shelly, sie soll sofort Prince' Mutter anrufen. Ihre Nummer liegt auf meinem Schreibtisch.«

Die Schülerin sagte: »Okay«, und rannte los wie ein geölter Blitz.

»Wir brauchen sein Notfallset. Er hat einen Diabetesschock.« Schwester Augustine blinzelte, dann sagte sie deutlich: »Herr, hilf uns! Schwester, hol ein Glukagon-Set. Das rote Plastiketui. Eins liegt im Kühlschrank in meinem Büro und eins im Kühlschrank im Krankenzimmer. Nimm nicht das abgelaufene. *Beeil dich.*«

»Wo ist es? Woher weiß ich, welches Etui?«

»Ich hole es.« Sie rannte los. »Halt ihn fest. Er darf nicht einschlafen.«

»Warte!« Aber sie war schon fort.

BonTon hüpfte und bellte. Sie vergrub die Nase an Prince' Hals.

Ich hockte mich hin. BonTon knurrte wie verrückt, als ich Prince' Kopf mit den fettigen Haaren auf meinen Schoß bettete.

»Prince«, rief ich. »Bleiben Sie bei mir, Sie kleiner Scheißer.«

Seine Augen zuckten, als steckte er im Fegefeuer. Gefangen zwischen hier und da, wo auch immer da war. Seine Bartstoppeln kratzten über meine Hand, als ich seinen Mund öffnete, um sicherzugehen, dass er sich nicht auf die Zunge biss. Ich steckte zwei Finger in seinen Mund und drückte seine Zunge nach unten, um die Atemwege freizuhalten. Seine Lippen waren warm. Mehrere Zähne waren abgebrochen und verfault. Leichenatem, so sauer, dass ich fast würgen musste. Sein Speichel auf meiner Hand.

Ich hielt seinen schlaffen Körper fest. Der Blick von Jacks Seraph ruhte auf uns.

Wir sind alle wie Buntglas, wunderschön und komplex und verdammt zerbrechlich. Wir alle brauchen Fürsorge. Und manche von uns bekommen nicht, was wir verdienen.

Ich spürte die Wärme von Prince' Körper, als ich für ihn betete. *Gegrüßet seist du, Maria. Gute heilige Anna. Alle Engel und Heiligen.*

Schwester Augustine kam schnell mit der Medizin zurück. Sie war durch die ganze Schule gerannt und nicht einmal außer Atem.

»Er wird schwächer.« Ich drückte ein Ohr auf seine Brust und hörte einen leisen Herzschlag. »Prince.« Sein Kopf lag noch auf meinem Schoß. »Was soll ich mit der Spritze machen?«

Schwester Augustine zog Prince' Lider hoch. Seine Augen waren milchig. »Das übernehme ich. Wir brauchen eine saubere Einstichstelle. Sieh an seinem Bauch nach.« Sie öffnete das rote Plastiketui und nahm die Spritze und ein Fläschchen Glukagon heraus.

Ich beugte mich vor und zog sein Hemd hoch, aber sein Bauch war voller Narben. Kreuz und quer. Offenbar ritzte er sich. Oder er ließ sich von seiner Hündin zerkratzen. Masochistische Spielchen. Genuss-Schmerz. Das kannte ich gut.

»Am Bauch funktioniert es nicht.«

»Versuch es mit dem Gesäß oder dem Oberschenkel.« Schwester Augustine sprach leise, aber bestimmt.

Ich öffnete Prince' Gürtel und drehte ihn auf meinem Schoß auf die Seite. BonTon sah still und hochkonzentriert zu. Ich zog seine verdreckte Jeans herunter, damit Schwester Augustine ihm die Spritze in den Hintern geben konnte. Sie stieß die Nadel ins Fläschchen und zog sorgsam die Flüssigkeit auf. Sie wischte mit einem Alkoholtupfer über seine Haut und stach in seine rechte Pobacke. Einen Moment lang übte ich auf die Stelle Druck aus, dann drehten wir ihn zurück und zogen ihm die Hose hoch.

Prince' Lider zuckten. Das Medikament wirkte. BonTon bellte.

»Bonnie, Bonnie«, jammerte Prince.

Jaulend schlabberte BonTon ihm die Stirn ab. Sie vergrub die Nase keuchend an seinem Ohr. Sie leckte ihm so fest die Wange ab, dass sein Kopf von meinem Schoß rutschte und auf den Boden knallte.

»Aaauu«, stöhnte Prince, die Augen immer noch geschlossen.

»Lobet Jesus! Lobet ihn.« Schwester Augustine standen Tränen in den Augen. »Danke, Herr.«

Die Rettungssanitäter, die ich mittlerweile kannte, waren eingetroffen.

Schwester Augustine erzählte den Sanitätern von der Glukagongabe. »Vor zehn Minuten wurde er verwirrt, benommen und hat das Bewusstsein verloren. Ich weiß nicht, ob er heute etwas gegessen hat.«

»Verstanden«, sagte der Sanitäter.

»Wo bin ich?«, fragte Prince.

»In der Kirche. Sie kommen wieder ganz in Ordnung«, sagte Schwester Augustine. »Gott behütet Sie in jedem Moment. Lobet den Herrn! Danke, Gott, für deine immerwährende Liebe.«

Die Sanitäter hoben Prince vorsichtig auf eine Trage, um ihn ins New Orleans City Hospital zu bringen, wo ich gerade mit Riveaux gewesen war. Wo Jamie sich etwa zwei Wochen lang erholt hatte.

»BonTon?«, flüsterte er, als er aus der Kirche geschoben wurde.

»Sie wird bei jedem Schritt an Ihrer Seite sein.« Schwester Augustine gab BonTons Leine einem der Sanitäter, dann wandte sie sich zu mir um. »Schwester Holiday, Gott hat dich gesegnet. Du hast geholfen, Prince zu retten.«

24

Mit dem Fett von Prince' Haaren noch an den Händen blieb ich für ein kurzes Gebet vor dem Gehwegschrein stehen und bat Schwester Augustine, mit der Mitarbeiterbesprechung ohne mich anzufangen. Ich brauchte einen Moment allein mit Gott, mit mir.

Als ich mich zu dem Treffen gesellte, verließ Schwester Augustine es unvermittelt, um einen Anruf von der Diözese anzunehmen. Schwester Honor nahm freudig die Zügel in die Hand und faselte endlos etwas von moralischer Rechtschaffenheit.

Ich wandte mich John zu, der neben mir am Tisch saß. »Warum zittern Ihre Hände?«

»Ach, das? Ich habe heute Vormittag eine Unmenge Arbeiten korrigiert. Jetzt habe ich einen Krampf in der rechten Hand, der ist unbeschreiblich. Ich versuche, ihn loszuwerden.«

»Geben Sie allen Bestnoten, dann sind Sie schnell durch«, witzelte ich. Aber ich machte mir auch Sorgen, ob John an Parkinson oder etwas Ähnlichem erkrankt war... Hoffentlich vertraute er mir genug, um es mir zu erzählen.

Als ich das Kreuz an der Wand betrachtete und die höllischen letzten zwei Wochen Revue passieren ließ, ging ich stumm meine Verdächtigenliste durch, so wie ich früher vor Liveauftritten in Brooklyn tonlos die Songtexte geübt hatte.

»Erde an Schwester Holiday.« Es war Johns Stimme, die mich rief, ein leises Flüstern unter Schwester Honors monotonem Gerede.

»Tut mir leid«, antwortete ich. »Ich bete für eine fruchtbare Besprechung.«

»Zweifellos«, sagte Schwester Honor und petzte damit, dass ich bei dem Treffen geredet hatte. Sie war eine alte Schachtel, aber es hätte mich nicht wundern sollen, dass sie Ohren hatte wie ein Luchs. Normalerweise war ich es, die Prince Dempsey für sein Reden im Unterricht bloßstellte. Schwester Honor holte ein weißes Stofftaschentuch hervor und putzte sich die Nase. »Gier. Selbstsucht. Ständig beten, um belohnt zu werden.«

»Ignorieren Sie sie«, raunte John mir zu. »Konzentrieren Sie sich auf das Positive. Bevor Sie hereingekommen sind, hat Schwester Augustine uns erzählt, wie Sie beide Prince gerettet haben. Eine beachtliche Leistung.«

»Danke«, antwortete ich und ließ meine behandschuhten Knöchel knacken. »Mit Prince' Diabetes ist es wirklich schlimm geworden.«

»Schlimmer als sonst?«, fragte Rosemary.

»Er hat in letzter Zeit noch größere Stimmungsschwankungen.«

»Das ist leider Teil der Krankheit«, sagte Schwester Honor. »Gott segne sein unzufriedenes Herz.«

Ich starrte auf Schwester Augustines elegant geschwungene Handschrift. Sie hatte *Christliche Werte* an die Tafel geschrieben, bevor sie ihren Anruf angenommen hatte.

Als ich wegschaute, bemerkte ich ein stummes Signal – einen durchdringenden Blick, der ein unsichtbares Seil zwischen Rosemary und Schwester Honor spannte.

»Ich habe es ihr noch nicht gesagt.« Rosemary richtete ihre Worte an Schwester Honor, wohl wissend, dass ich sie hören konnte.

»Ihr was nicht gesagt?«, fragte ich.

»Du bist die Detektivin«, gluckste Schwester Honor, »du wirst es herausfinden.«

»Nur nicht so schnell«, spöttelte Rosemary.

Ein verkniffenes Lächeln legte sich auf Schwester Honors Gesicht. »Wahrscheinlich ist Voodoo an Rattengift gestorben. Bernard hat aufgeräumt und dabei Fallen gefunden, die Jack vor Monaten aufgestellt hat. Er hat gesagt, dass sie leer waren, blitzblank geleckt.« Schwester Honor wieherte beinahe, so sehr gefiel ihr das makabre Detail.

»Klingt logisch«, sagte ich tonlos. Ich stellte mir Voodoos winzige Nase vor. Die Fäuste geballt, knirschte ich mit den Zähnen, um den vertrauten Schmerz zu spüren und meine Tränen zurückzuhalten. Diese süße kleine Katze war sterbend zu mir gekommen. Sie hatte Trost gesucht, und ich hatte sie nicht rechtzeitig gefunden.

In meinem Leben voller Fehler hatte ich wieder einmal versagt.

»Ich wollte es Ihnen heute Morgen sagen«, erklärte Rosemary, »aber Sie hatten ja was Besseres zu tun.«

Schwester Augustine kehrte zurück und rasselte neue Auflagen von der Diözese herunter. Ich starrte aus dem Fenster. Von meinem Platz aus konnte ich nur einen Teil des Innenhofs sehen, aber es genügte, um mich abzulenken. Prächtige blühende Bäume. Sich ergießende Trauerweiden. Flüsse aus Nachtjasmin. Die Reinheit des Klosters beruhigte mich, rettete mich.

Die Schwestern vom Erhabenen Blut hatten mich nicht aufgegeben, trotz meiner Versuchungen und Sünden. Ich bemühte mich, ihrem Beispiel zu folgen – indem ich betete, unterrichtete, mich aufopferte, Wiedergutmachung leistete.

Prince brauchte mich. Ich hatte meine Finger in seinem Mund gehabt, sein Speichel und seine Zellen waren noch auf meinen Händen. Er konnte gar nicht anders, als mir und Schwester Augustine zu vertrauen.

Wie ich hinten im Krankenwagen, als mir der Sanitäter die Lider hochzog.

Moose in einem fernen Land, der Wunden flickte.

Es ist beängstigend und heilig, jemandem sein Vertrauen zu schenken. Um Hilfe zu bitten. Fast wie Liebe.

Alle, die ich liebte, konnte ich nur in meiner Vorstellung besuchen.

Jesus. Meine Eltern. Meinen Bruder. Schwester T. Nina.

Meine Gedanken blieben bei den Erinnerungen an Nina. An unsere unzähligen gemeinsamen Stunden. Wie ich auf ihren Ehering gestarrt, mir vorgestellt hatte, er wäre von mir, und sie wäre meine Frau. Wie quälend sinnlos das war.

Ich dachte an einen Morgen mit Nina zurück, nach einer wilden Nacht, während Nicholas fort war. Ich kniete am Fußende ihres kaputten Betts, als würde ich beten. Ich zog sie zu mir. Ihre Beine schlangen sich um meine Hüfte.

»Ich werde mein Leben auf die Reihe kriegen«, sagte ich. »Ab heute.«

»Das sagst du jedes Mal, wenn wir zusammen sind.« Sie hielt den Kopf schief und sah mich fragend an. Legte ihre Hände an mein Gesicht. Sie drückte ihre Finger gegen meine Wangenknochen. »Du bist so sauber.«

»Ich habe gerade geduscht.«

Sie strich über meine Augenbrauen. »Ich glaube, ich habe dich in all den Jahren noch nie ungeschminkt gesehen.«

Nina fuhr mit den Händen über mein Schlüsselbein und meinen Hals, bei meinem Tattoo von Eva hielt sie inne. Stumm drückte sie mein Kinn hoch und drehte meinen Kopf nach links und nach rechts, wie eine Wissenschaftlerin, die eine neue Spezies klassifizierte. Sie öffnete meinen Mund und berührte meinen Goldzahn. »Hm.«

»Was soll das?«

»Ich will sehen, was du machst, wenn du dich nicht verstecken kannst.«

Ich zeichnete die Äderchen an ihrem linken Handgelenk nach. Sie berührte meine Ketten, Ohrringe und Tattoos an den Händen. Das machten wir immer, wir bestaunten einander, huldigten unseren Körpern.

»Du solltest gehen«, sagte sie. »Nicholas kommt in zwei Stunden zurück.«

Ich stieg auf sie, genoss es, sie unter mir zu spüren. Nähe, nach der ich mich sehnte.

»Was wird das?« Wieder legte sie den Kopf schief. »Was hast du vor?«

»Ich will letzte Nacht wiedergutmachen«, sagte ich.

»Erstaunlich, dass du von letzter Nacht noch etwas weißt.«

»Tut mir leid, dass ich dir nicht geschrieben habe«, sagte ich. »Das war egoistisch und dumm.«

Nina war immer noch sauer. »Entschuldige dich.«

Ich ließ den Kopf hängen. »Es tut mir leid.«

»Was tut dir leid?«

»Dass ich gut im Bett bin und schlecht in der Liebe.«

»Steh auf«, befahl sie.

Ich stellte mich vor sie.

Sie löste mein Handtuch und es fiel zu Boden. Sie ließ ihre Finger von meinem Brustbein bis zum Nabel gleiten, über meine sich überschneidenden Tattoos. »Deshalb verzeihe ich dir immer wieder. Du bist zu heiß, um dir lange böse zu sein.«

Ich setzte mich auf das Bett, rittlings auf sie. Sie drückte ihre Hände auf meinen Brustkorb.

Dann zog sie ihr Shirt aus und warf es auf den Teppich. Mit ihren roten Fingernägeln fuhr sie an meinen Oberschenkelmuskeln entlang.

Von ihrer sanften Berührung lief mir ein Schauer über, und ich lachte.

»Worüber lachst du?«, fragte sie.

»Das kitzelt. Lass das. Ich versuche, sexy zu sein.«

»Glaub mir, das bist du. Und hör auf, irgendwas sein zu wollen. Sei einfach du selbst.«

»Ich weiß nicht, was das ist.«

Sie vergrub eine Hand in meinen feuchten Haaren. Ich küsste sie, legte meine rechte Hand an ihre linke Wange, der Daumen ruhte leicht auf ihrem Hals.

Als wir uns küssten, öffnete ich kurz die Augen, um sie anzusehen. Ihre Stirn war gerunzelt, voller Fältchen, schmal wie Messerschnitte.

»Alles in Ordnung?«

»Ja.« Sie legte sich hin, mit dem Kopf auf dem Kissen, ihre Haare ein aufregender Kontrast zur langweiligen weißen Bettwäsche. Ich küsste ihren Bauch und drückte ihre Knie auseinander. Sie schloss ihre verschiedenfarbigen Augen. Mit den Daumen auf ihren Hüften spürte ich, wie straff ihre Haut war, wo Knochen auf Muskel traf. Sie schmeckte urwüchsig und doch neu. Wie gerade entstandene Mineralien. Wie Regen am Rand der Schieferstadt. Sie ballte die linke Hand zur Faust und biss sich auf den Daumen, um leise zu bleiben. Ich wollte sie leiden lassen, wir beide sollten diese köstlichen Qualen spüren. Ich wollte sie bis an den Abgrund treiben, dort halten und uns dann zusammen hinunterstürzen. Ihr Geschmack veränderte sich, vom Meer zu lebendigem Metall. Das Zittern in ihrem Körper ließ sie wie besessen wirken.

Ich weiß noch, wie weich ihre Haut war, als ich den Kopf auf ihren Bauch legte. Ihr Puls brannte heiß an meiner Wange und verschloss die Erinnerung in mir. Mit jedem Herzschlag pulsiert die Bauchaorta, wie ein verstecktes Herz. Aber jedes Herz umschließt Geheimnisse. Etwas Verborgenes, das sich nie offenbaren kann.

So lagen wir da, Nina schwer atmend, wir beide stumm. Der Morgen – Fahrradklingeln, klackernde Absätze, hupende Autos – kam richtig in Schwung. Der Sonnenaufgang brach sich lustvoll in Spiegeln und Fenstern der Apartmenthäuser. New Yorks Lightshow. Nirgends ein Versteck, man konnte nur versuchen, sich unsichtbar zu machen.

25

Nach der Besprechung, die reine Zeitverschwendung war, ging ich mit Rosemary durch den langen Flur und die Treppe hinunter.

Ich sagte: »Tschüss«, und wollte zu unserem gemeinsamen Klassenzimmer gehen.

»Tschüss«, äffte sie mich nach, als sollte es ein Vorwurf sein.

Dann betraten wir beide gleichzeitig den Musikraum und stießen aneinander. Weil sie ein bisschen größer war als ich, prallte ihr Ellbogen gegen die empfindliche Stelle meines Bizeps.

»Oh«, sagte Rosemary überrascht. »Ich brauche den Raum jetzt, *allein*, um Tests zu benoten.« Sie zeigte auf einen Stapel Papier auf ihrem extrem ordentlichen behelfsmäßigen Schreibtisch. »Ich muss die Projekte für die Zwischenprüfung planen.«

»Sie wollen wohl eher das nächste *Feuer* planen?« Ich starrte sie an, um ihre Reaktion zu deuten.

»Das ist doch nicht Ihr Ernst.«

»Also sind Ihnen die Feuer nicht ernst?«

»Sie sind ernsthaft lästig«, sagte sie gereizt. Aber da war etwas aufgeflammt.

»Ich brauche den Raum jetzt selbst, um den Unterricht vorzubereiten.« Ich zeigte auf meinen Schreibtisch, mein Büro, voller Bücherstapel, Papierkram, CDs und Müll. Es sah aus wie das Reich eines verzogenen, ignorierten Kindes.

»Na gut.« Sie setzte sich an ihren Schreibtisch. Einem hohen Silberbecher entnahm sie drei, vier, fünf Stifte, bevor sie sich für ihr bevorzugtes Schreibinstrument entschied.

»Von mir aus.« Ich wollte sie mit meinem spitzen Tonfall treffen, aber er fiel wie ein Boomerang direkt auf mich zurück.

»Von mir aus«, wiederholte Rosemary. Ich merkte, dass sie lächelte, dass sie insgeheim hämisch grinste, aber ich sparte mir den Blick, um mich davon zu überzeugen.

Während sie methodisch die Tests benotete, ging ich meine Fallnotizen durch.

Die Stille machte mich fertig. Voller Sehnsucht nach einer Zigarette starrte ich auf den alten Linoleumboden mit seinem unregelmäßigen Dreiecksmuster in einem Braun wie getrocknetes Blut.

Ich wollte nur noch nach Hause. Beten und schlafen. Ich ging auf den Flur, um Wasser zu trinken. In dem silbernen Becken zitterte mein Spiegelbild, als das plätschernde Wasser es verzerrte.

Zurück im Musikraum fand ich keine Ruhe.

»Können Sie nicht mal still sitzenbleiben?«, fragte Rosemary vergeblich. »Bei Ihnen bräuchte man ja ein Betäubungsgewehr.«

»Das könnte Ihnen so passen«, sagte ich und legte mir die Hände um den bedeckten Hals. »Zu sehen, wie ich taumle, stürze und falle.«

»Geht es noch etwas dramatischer?«

In diesem Moment streckte Schwester Augustine den Kopf in unseren Raum. Sie hatte wohl eine Missstimmung in der abgestandenen Luft gespürt. Sie blinzelte. »Gott will, dass wir uns *heute* unseren Herausforderungen stellen, mit radikaler Güte.«

Als sie sich umdrehte und ging, erschien mir ihr Schleier wie eine Flosse, die den Weg voran wies.

Es wurde spät, aber keine von uns machte Anstalten zu gehen. Rosemary und ich saßen an entgegengesetzten Seiten des Raums. Vor dem Fenster färbte sich der Abendhimmel durch die untergehende Sonne blutorange. New Orleans glich eher einer Silhouette als einer Stadt.

»Es ist unglaublich«, beschwerte sich Rosemary, »dass ich diesen Raum mit *Ihnen* teilen muss. Musik ist kein richtiges Fach, es ist vom Bezirk auch nicht vorgeschrieben. Musik hilft unseren Schülern nicht auf ihrem Bildungsweg, und ganz sicher hilft sie ihnen nicht, eine gute Arbeit zu finden.«

»Ich war früher Musikerin; das war zwar kein *toller* Job, aber – «

»Bei Ihrer Unordnung wundert mich das nicht«, bemerkte sie, ging zu einem der Dutzend Notenständer und klopfte darauf.

»Ich war Künstlerin, meine ich. Jetzt bin ich – «

»Ein Ärgernis«, unterbrach sie. »Ich hasse Kunst. Kunst ist etwas für reiche und geplagte Menschen.«

Sie wirkte reich und gequält, aber das sagte ich nicht. »Vielleicht glauben Sie, dass Sie Kunst hassen, weil Sie sie nicht verstehen, so wie Religion. Man erweist sich einen echten Bärendienst, wenn man etwas abschreibt, nur weil man keine Erfahrung damit hat.« Ich lehnte mich auf meinem Schreibtischstuhl zurück. Schweiß sammelte sich unter meinen Brüsten, rann über mein *deified* und das Heiligste Herz, über meinen Bauch. Diesige Hitze wirbelte träge durch den Raum.

»Sie klingen wie Schwester Augustine«, sagte sie.

Ich dachte an Schwester Augustines Schmerz, ihren Vater so zu verlieren. An den Verlust meiner Mom. An die Geheimnisse, die jeder von uns hatte, die Wunden, die wir verbargen. Daran, wie ich an ihr gezweifelt hatte. »Sie war ein Rettungsanker für mich.«

»Für uns alle«, sagte Rosemary. »Ich bewundere Schwester Augustine. Ihre Professionalität und Verlässlichkeit.«

»Sie hilft uns, nicht durchzudrehen.« Ich schlug die Beine übereinander und wackelte leicht mit dem linken Fuß, weil er kribbelte.

Ich sah Rosemary an, aber ihr Blick galt nicht ihrer Umgebung, er ging in die Ferne oder tief in ihr Inneres. Sie lehnte sich an meinen Schreibtisch, wie so viele Schüler es taten, wenn sie die Gründe aufzählten, warum sie nicht geübt hatten.

Unser Klassenzimmer wurde doppelt beleuchtet – das grelle Neonlicht wurde vom diffusen Lichtschein der umliegenden Häuser abgemildert.

Weil ich verschwitzt war oder weil ich vorübergehend mein Urteilsvermögen verloren hatte, legte ich Handschuhe und Halstuch ab. Rosemary nahm Notiz davon. Ich wollte nicht, dass sie auf meine Tattoos starrte. Ich wollte auch nicht, dass sie wegschaute. Ich zog mein Kreuz unter meiner Bluse hervor und legte es mir flach auf die Brust.

»Verfolgen Sie irgendein schleierhaftes Ziel damit, Ihr Kruzifix zu präsentieren?« Ihre Stimme klang schroff.

»Es ist ein Kreuz, kein Kruzifix.« Ich setzte mich aufrechter hin. Ein Streit mit Rosemary würde mich nicht weiterbringen. Wir würden uns nie verstehen. Aber ich wollte mich so gern zanken. »Ein gewöhnliches, perfektes katholisches Kreuz. Hat früher meiner Mom gehört.«

Sie kam näher, beugte sich vor und ergriff das Metall mit Daumen und Zeigefinger. Inspizierte es bedächtig. Der rote Lippenstift auf ihrem herzförmigen Mund ließ sie weise und alt erscheinen, wie ein Porträt aus dem Zweiten Weltkrieg. »Warum tragen Sie ein Kreuz und kein Kruzifix?«, fragte sie.

»Das Kreuz ist ein Symbol, das Kruzifix ein bestimmter Moment«, sagte ich. »Jesus ist auf dem Kruzifix präsent, aber seine Abwesenheit – sein Schatten – ist auf dem Kreuz. Zumindest für mich. Eine ständige Erinnerung an das Leiden, das noch kommt, oder das Leiden der Vergangenheit, daran, was er bereit war, für die Erlösung zu erdulden.«

»Hm.« Sie drehte es um, beugte sich so weit vor, dass ich ihren warmen Atem auf meinem Kinn spüren und den Rosenduft ihrer Handcreme riechen konnte. Sie holte scharf Luft. »Das Opium des Volkes.«

Sie ließ das Goldkreuz auf meine Bluse fallen, auf mein Heiligstes Herz. »Religion ist das Gegenteil von Wissenschaft«, sinnierte sie, berührte wieder das Kreuz und fuhr dann mit einer Fingerspitze über meine Goldkette. Ihre Haut war kühl und weich. »Und Wissenschaft ist der Feind der Religion. Es ist ein endloser Kampf.«

»Es ist kein Kampf«, sagte ich. »Nur unterschiedliche Arten, die Welt zu begreifen. Und unseren Platz in ihr.«

Nach kurzem Zögern lächelte sie. Es war wunderbar. Ich hatte sie noch nie richtig lächeln sehen bis zu diesem Moment im bernsteinfarbenen Licht unseres Klassenzimmers.

»Warum flüstern wir?«

»Es scheint das Richtige zu sein.«

»Wir sollten jetzt abschließen und gehen«, sagte ich.

»Es gibt vieles, was wir jetzt tun sollten oder auch nicht.« Sie hielt die Hände anders, verschränkte die Finger. Rosemarys Gesichtsausdruck ließ sich nur schwer deuten. Ihr Atem stockte, als wollte sie etwas Wichtiges sagen. Aber sie schwieg. Wir beide schwiegen.

Es wäre so einfach gewesen, zu ihr zu gehen, sie gegen die Wand unseres hässlichen Klassenzimmers zu drücken und sie zu küssen. Ich wollte es tun, unbedingt. Aber ich tat es nicht. Ich biss mir auf die Lippe, bis sie blutete, bis ich Salz und Metall schmeckte.

Hatte Schwester Honor die ganze Sache inszeniert? Mich und Rosemary in denselben Raum gesteckt, um mich in Versuchung zu führen, damit ich mein Gelübde vergaß? Um mich abzulenken?

Oder geriet Rosemary Flynn auf ihre seltsame Art auf Abwege? Forderte die geniale Chemikerin, die ihr Talent in der Unterwelt der Highschool verschwendete, endlich ihre rechtmäßige Macht ein, indem sie Feuer legte? Avancen machen – mir einen saftigen Knochen vorwerfen – ein typischer Schachzug einer Femme fatale.

Den Köder schluckte ich nicht. Ich schloss die Augen und stellte mir vor, wie ich verschwand.

Vor dem Abendessen duschte ich und zog eine frische schwarze Hose und eine schwarze Bluse an. Ich genoss einen zusätzlichen Moment allein, als ich mir die Haare kämmte, die mittlerweile lang genug für einen winzigen Pferdeschwanz waren.

Weil es immer noch verboten war, unser Gelände nachts zu betreten, war ich eingeschränkt, aber ich musste einfach draußen sein. Vorsichtig, um die Polizisten nicht auf mich aufmerksam zu machen, schlich ich in den Klostergarten. Die Hitze des Spätsommers hatte das Gras größtenteils verdorren lassen, und ein Teppich abgefallener Blüten machte die Erde weicher. Ich berührte eine junge Jasminknospe. Sie war klein und unschuldig wie alles, das gerade entsteht. Ich hätte sie in Ruhe lassen sollen, damit sie wachsen konnte, aber ich brach sie ab und steckte sie in meine Tasche, wo sie sich nie öffnen würde.

Ich ging zu einer Bank, rauchte eine von Ryan Browns geschmuggelten Zigaretten und trank eine Miniflasche Pfirsichschnaps, die ich von ihm beschlagnahmt hatte.

Ich dachte an Rosemary. Bewegte sie die Schachfiguren, wollte sie mich hereinlegen? Sie empfand einen spürbaren Hass auf organisierte Religionen und unterrichtete doch an einer katholischen Schule. *Warum?*

Oder war es Schwester Honor, die gegen mich wettete, die mich für schwach hielt? Schwester Honor verachtete mich, das war unbestreitbar, aber sie schien weder Jack noch Schwester T zu hassen. Auch nicht Lamont oder Jamie, der so grausam verletzt worden war. Das rote Auge von Jamies Wunde, ein Tunnel aus Blut, der mich nicht freilassen wollte, wie Stigmata.

Endlose Provokationen von Prince Dempsey. Seine schwachen Alibis. Ständig auf Krawall gebürstet, aber war das nur vorgespielt? Schwester Augustine war sehr darauf bedacht, ihn zu beschützen. Und mich auch.

Lamont war verschollen; er nahm nicht wieder am Unterricht teil. Jamie verheimlichte etwas, weil er Angst hatte, schuldig war oder beides.

Nichts passte zusammen. Nichts ergab einen Sinn.

Meine zweite Chance entglitt mir.

Ich vergrub das Gesicht in den behandschuhten Händen und schrie in meine Dunkelheit.

Auf dem Gras kniend betete ich für uns alle. Aber wie viel ich auch betete, ich konnte den Flammen nicht entkommen, nicht seit der Nacht in Brooklyn, egal, wie schnell und weit ich weglief.

Es war die letzte Nacht, die ich mit meiner Mutter verbrachte. Ende Oktober. Der Wind, süß wie Honigwaben, rüttelte an den Bäumen. Die Gehwege hatten sich in Flüsse aus orangefarbenem, goldenem und rotem Laub verwandelt. Ich hatte Moms Betreuungsschicht, weil Dad auf Streife war und Moose bei einer Betriebsfeier.

»Ich brauche frische Luft«, sagte Mom. »Dreh eine Runde mit mir.«

»Moose meinte, das wäre eine schlechte Idee.«

»Bitte«, flehte sie schwach. »Zeig mir meine Lieblingsstadt in meiner liebsten Jahreszeit.«

Ich schüttelte den Kopf. »Pop bringt mich um.«

»Ich habe nicht mehr viel Zeit.«

»Na gut.« Ich gab nach. »Ich schaue mal, ob ich mir den Bandbus leihen kann.«

Vielleicht ist es das letzte Mal, dass sie die Wohnung lebend verlassen kann, dachte ich. Mom konnte kaum noch gehen. Sie brauchte mal eine Abwechslung von der quälenden Eintönigkeit. Vom Eingesperrtsein in dieser muffigen, beengten Wohnung. Eine nächtliche Spritztour mit Mom wirkte wie eine unglaublich dumme Idee, aber machbar. Weil ich kein Auto hatte, fragte ich Nina, ob ich mir den Bandbus leihen konnte, unsere ramponierte Schrottkiste, die wir ihrem Bruder Steve für fünfhundert Mäuse abgekauft hatten. Der Bus war auf Nina zugelassen, aber Original Sin nutzte ihn für Touren. Nicht, dass wir weit herumgekommen wären, aber wir fuhren im Laufe des Jahres immer mal nach Philly und Boston. Schleppten Verstärker mit, Instrumente, Bongs, Weihrauchbrenner, Drogen und Bierkästen. Irgendwie schafften wir es, das Ding intakt zu halten, obwohl wir es jahrelang schlecht behandelten und waghalsig damit fuhren. Das Theater und Gekasper von Punks, die sich weigerten, erwachsen zu werden. Wir tauschten nie die Reifen von vorn nach hinten, prüften nie die Spur und machten keine Ölwechsel.

Eine Stunde später brachte Nina den Bus nach Brooklyn. Sie schrieb: *Bus steht am üblichen Ort, musst aber tanken. Fahr mit Toni irgendwohin, wo es nett ist. Ich gehe ins Dobranoc, wenn du später nachkommen willst. Alles Liebe xx*

Gefühlt war der Tank immer leer. Ich hatte einen Schlüssel an meinem Schlüsselring. Ein Wunder, dass ich ihn nicht verloren hatte.

Ich putzte mir die Zähne und half Mom in Nachthemd, Morgenmantel und Hausschuhen vorsichtig die Treppe hinunter. Sie war leichter als ein Rosenkranz.

Nachdem ich bei Exxon getankt, den Zapfhahn geschüttelt und damit ein paar Tropfen Benzin extra herausgeschlagen hatte, fuhren wir langsam durch das Straßenlabyrinth von Bay Ridge. Mom saß auf dem Beifahrersitz.

»Bei Nacht ist die Stadt wunderschön.« Sie lehnte den Kopf gegen das Fenster.

Ich stellte den Außenspiegel auf ihrer Seite so ein, dass ich immer wieder einen Blick auf ihre Augen erhaschen konnte, dass ich sehen konnte, was sie sah.

Brooklyn knisterte vor Energie und Trubel. Um uns herum Sirenen und Verkehr. Ein Pärchen mit zueinander passenden roten Motorrädern raste an unserem Bus vorbei, überfuhr ein

Stoppschild und hätte fast einen Radfahrer auf der abgetrennten Radspur erwischt.

»Radspuren in Brooklyn«, flüsterte Mom. »Hätte nie geglaubt, dass ich das noch erlebe.«

Ich parkte vor der Kneipe, die Nina erwähnt hatte. Wir saßen zehn Minuten mit laufendem Motor davor.

»Was glaubst du, was *Dobranoc* heißt?«, fragte ich Mom. Ich besuchte die Kneipe seit vielen Jahren, hatte aber nie daran gedacht, nach dem Namen zu fragen.

Mit geschlossenen Augen sagte sie: »Das heißt auf Polnisch ›gute Nacht‹.«

Woher in aller Welt konnte Mom Polnisch? Was wusste sie noch? Ich war zu sehr mit mir selbst beschäftigt, um danach zu fragen.

»Dann gehen wir ins ›Gute Nacht‹«, sagte ich, »auf einen Mutter-Tochter-Drink.«

»Ich bleibe lieber hier.«

»Nur ein Drink«, jammerte ich. »Das macht Spaß.«

»Ich muss mich ausruhen«, sagte sie. »Ich will hierbleiben und meine Stadt ansehen.« Sie lächelte, aber es fiel ihr sichtlich schwer. Ihr Gesicht wurde langsam ausgelöscht. »Geh ruhig.«

Ich zog die Handbremse an und stellte die Heizung höher. »Ich kann dich hier doch nicht allein lassen.«

»Ich bin nicht allein«, sagte sie und klopfte auf das Kreuz an ihrem Hals.

Ich legte ihr eine Decke auf den Schoß und stellte das Radio auf WNYC, Moms Lieblingssender. Sie hörte gern echten, unverfälschten Stimmen zu. Das sei heilig, sagte sie. Ich schloss die Türen ab.

Nina tanzte in der Bar, als ich hineinging. Ein Wust bronzefarbener Haare mit unordentlichem Pony über dem Cat Eye Make-up. Sie tanzte allein in einer Ecke. Drehte und drehte sich im Kreis, schnell und unrund, wie eine Schallplatte, die so gut ist, dass sie aus der Form gerät. Wenn Nicholas nicht in der Stadt war, ließ Nina die Sau raus. Party-Nina.

Sie winkte, als sie mich sah. »Holidaaaaaaay!«

»Hi.«

»Du bist gekommen! Wie ist es mit deiner Mom gelaufen?«

»Sie ist draußen.«

»Herrje, Holiday …«

An diesem Abend, mit Dad beim Nachtdienst und Mom mit laufendem Motor im Bus eingeschlossen, trank ich. Aus einem Whiskey wurden zwei. Dann vier. Drink um Drink. Nina ging alle zehn Minuten oder so raus, um nach Mom zu sehen.

»Wie geht es ihr?«, fragte ich mit dem Kopf auf der Bar. Ein Auge geöffnet, eines geschlossen.

»Gut. Sie schläft.« Sie legte mir eine Hand auf die Schulter. »Sie hat sich zusammengerollt wie ein Beagle. Sieht friedlich aus. Wenigstens ist sie nicht in diesem Schlafzimmer eingesperrt.«

»Diese Scheiße ist so schwer.« Ich trank einen Shot. Der Whiskey schmeckte furchtbar, einfallslos, als wäre er es leid, etwas vorspielen zu müssen. Ich legte die Stirn auf meine Handgelenke. »Und noch dazu bin ich eine Versagerin.«

»Du bist betrunken, Schatz. Aber du bist schön.«

Ich lächelte.

»Tut gut, dich zur Abwechslung mal lächeln zu sehen.« Sie küsste mich. Ihre warmen Lippen auf meinen. Ich öffnete den Mund, und sie fuhr mit ihrer Zunge sanft über meine Unterlippe. Ich weiß noch, wie sie schmeckte, nach grünen Oliven und Wodka. Sie legte eine Hand auf meinen rechten Oberarm, auf mein Tattoo von SCHWESTER ANTONIA. So hieß meine Mom, als sie Nonne war. Die geschwungenen Buchstaben winden sich um ein rotes Ewiges Licht. Von dieser Lampe mit ihrer fortwährenden Flamme hatte meine Mom mir erzählt, als ich zehn war. Ihr Leuchten symbolisiert das reine Licht. Es war eines meiner ersten Tattoos.

»Ich brauche noch einen Drink«, sagte ich.

Aus den hochgezogenen Augenbrauen der Barkeeperin sprach Neugier – oder Mitleid.

Ich hielt den Kopf gerade, als könnte ich dadurch nüchtern klingen. »Ich brauche einen Whiskey von eurer Hausmarke, und kipp extra Alkohol rein.« Purer Alk als Sandstrahler, um mein Gehirn wegzupusten. Genau das brauchte ich.

»Süße, die Hausmarke willst du nicht«, sagte die große Barkeeperin und warf sich das schmutzige Trockentuch über die tätowierte Schulter. »Das ist wie Feuerzeugbenzin.«

»Brennendes Feuerzeugbenzin.« Nina schauderte.

»Genau das will ich.«

»Hier, Schätzchen.« Die Barkeeperin schob mir ein Glas zu. »Geht auf mich.«

»Sie steht auf mich«, sagte ich zu Nina.

»Großer Gott.« Sie verdrehte die Augen. »Hör auf.«

Ich beugte mich über die Bar. »He!«

»Was ist?«, fragte die Barkeeperin, die gerade ein Glas ausspülte.

»Bock, nachher rumzumachen?«

Nina zog am Rücken meines Shirts, und ich sackte auf den Barhocker. »Du bist echt bescheuert.«

»Was habe ich denn gemacht?«

»Ich sitze direkt neben dir.«

»Was regst du dich auf? Wir sind nicht zusammen. Du hast Nicholas geheiratet, schon vergessen?«

»Du hast meinen Namen auf deinem Arm tätowiert.«

»Ich habe eine Menge Namen auf meinem Arm«, sagte ich. »Und Platz für eine Menge mehr.«

»Vergiss es. Mir reicht's. Du kannst selbst nach deiner Mutter sehen«, sagte sie. »Mach, was du willst.«

»Danke für deine Erlaubnis.«

Nach einem weiteren Shot ging ich in den Lagerraum, wo ich auf einem alten, kaputten Flipper heiß und heftig mit der Barkeeperin rummachte.

Als ich herauskam, war es zwei Uhr morgens. Nina war dabei, ein hageres Hipstermädchen aufzureißen, das wie Arielle aus *Die kleine Meerjungfrau* aussah, nur ohne Fischschwanz. Nina unterbrach ihre hochintellektuelle Konversation, um mich zu fragen: »Wie geht es deiner Mom?«

»Bestens«, log ich. Ich hatte kein einziges Mal nach ihr gesehen.

Ich fühlte in meinen Taschen, ob ich mein Portemonnaie und meine Schlüssel hatte, als mir zwei Leute an der Tür auffielen.

Am Fenster rief ein Mann: »Feuer! Da brennt was!«

Nina stand sofort auf. »O fuck.«

Der Bus.

Mom.

Wir drängten uns durch die Bar, aber sie war vollgepackt mit Leuten. Als ich auf die Straße taumelte, sah ich es. Feuer. Glutrot.

Unser Bandbus stand in Flammen, und meine Mutter war darin eingeschlossen.

So betrunken, dass ich kaum stehen konnte, versuchte ich, die wenigen Meter zum Bus zu rennen, aber alles lief in Zeitlupe ab. Ich musste die Tür öffnen, Mom rausziehen.

Die Hitze trieb mich zurück, als ich das brennende Fahrzeug erreichte.

»Hilfe! Sie ist da drin!«

»Wer?«, fragte ein Polizist, der auf uns zurannte.

»Meine Mom! Sie ist in dem Bus.«

»Zurück!«, blaffte der Polizist. »Der Wagen explodiert gleich.«

»Mom!« Ich flippte aus. »Jemand muss ihr helfen, gottverdammt!«

»Wir können nichts tun.«

»Meine Mutter!« Ich schlug immer wieder auf den Beton, so fest, dass ich mir die Haut von der Handfläche riss. »Holt sie da raus!«

Keine Schreie aus dem Bus. Nur mein eigenes schrilles Kreischen. Und Gemurmel von entsetzten Zuschauern.

Weil der Polizist mich festhielt, konnte ich nur hilflos zusehen, wie Mom bei lebendigem Leib in dem abgeschlossenen Bus verbrannte.

Ich sah es, ohne es zu registrieren. Konnte es nicht begreifen. Meine Mom fiel den Flammen zum Opfer.

Drei Polizeiautos und zwei Löschzüge waren eingetroffen und kämpften schnell gegen die Situation an.

Es war eine kalte Herbstnacht, aber das Feuer brannte so heftig, dass alle schwitzten.

Das Donnern des Wassers aus den mächtigen Schläuchen. Der überschwemmte Bus.

Mein Vater und mein Bruder standen vor Pops Streifenwagen. Dad sah mich nicht an.

Moose konnte nicht aufhören zu weinen. Tränen durchtränkten seinen Bart. Mein kleiner kaputter Bruder, jetzt heillos zerstört. Wegen mir. Wie er zitterte und hinfiel, so fest, dass sich sein Innerstes nach außen kehrte, dass es aus ihm herausströmte wie aus einem menschlichen Tschernobyl.

Seite an Seite beobachteten wir das Feuer, seinen gewaltigen Lichtschein, die Glut, die es verspritzte. Die knallte wie winzige Peitschen.

Auch Pop fiel schluchzend zu Boden.

»Es war ein Unfall! Pop, bitte. Bitte rede mit mir.«

Ein Feuerwehrmann sprach mich an. »Ist das Ihr Bus?«

»Technisch gesehen ist es meiner«, sagte Nina unter Tränen.

»Ausgelaufenes Benzin. Oder Hydrauliköl«, erklärte der Feuerwehrmann. »Haben Sie ihn regelmäßig warten lassen?«

»Ist Jahre her«, antwortete Nina.

»Haben Sie heute Abend getankt?«

»Ja.« Ich weinte.

»Vielleicht haben Sie übertankt.«

»Was?«

»Zu viel Benzin.« Er spuckte aus.

»Scheiße.«

»Und Sie haben auf trockenem Laub geparkt.« Er zeigte auf den Boden. »Sieht aus, als hätte es unter dem Bus angefangen zu brennen. Ein Betrunkener könnte eine Zigarette weggeworfen haben. Oder ein Streichholz. Das Laub hat Feuer gefangen. Das ging schnell.«

»Holiday.« Nina wollte mich umarmen.

Ich stieß sie weg. »Das kann ich nicht hinnehmen.« Ich lief auf und ab und murmelte: »Das passiert nicht, das passiert nicht. Ich nehme alles zurück.«

An diesem Tag endete mein altes Leben.

Ich recherchierte und suchte monatelang. Ich würde einem Kloster beitreten, wie meine Mutter es getan hatte. Ich würde mich dem Gebet widmen. Buße tun. Als Strafe.

Sechs Monate nach dem Unfall, nachdem Dad mich und Nina vor einer Anklage wegen Gefährdung und fahrlässigen Verhaltens bewahrt hatte (der erste und letzte Gefallen, den er mir in meinem Leben tun sollte), sagte ich alle Musikstunden ab, die ich vereinbart hatte. Stopfte mein altes Leben – Führerschein, Portemonnaie, Handy – in einen Schuhkarton von Doc Martens und gab ihn Moose. Ich verkaufte meinen Schmuck, meine Fender Akustikgitarre und meine E-Gitarre. Mein Baby. Meine graphitschwarze Stratocaster. Wäre es möglich gewesen, hätte ich auch meinen Goldzahn verkauft. Mit diesen siebenhundert Dollar nahm ich ein Taxi zum Flughafen JFK und buchte einen Flug nach New Orleans. Schwester Augustine hatte eingewilligt, sich mit mir zu treffen – niemand sonst war dazu bereit gewesen. Die Menschen gingen in die Crescent City, um sich zu verlieren, um Liebe zu finden, sich zu verstecken, sich neu zu erfinden. Ich brauchte mehr. Ich musste wiedergeboren werden.

26

Ich betrat die Kirche und entdeckte zu meiner Überraschung Jamie, schlafend auf einer Bank vor dem Fenster, das die Geburt Jesu zeigte. Seine silbernen Krücken lehnten am dunklen Holz. Unter seinem Kopf lag sein Rucksack wie eine Art klumpiges Kissen.

Als er aufwachte, erkannte ich einen Zwiespalt in seinem besorgten Gesicht.

»Oh, hallo«, nuschelte er schlaftrunken.

»Freut mich, dass Sie wieder hier sind«, sagte ich.

»Ich hatte gehofft, dass ich mit Ihnen sprechen kann«, sagte Jamie. »Ich habe Sie gesehen.«

»Mich?« Ich war verwirrt. »Wo?«

»Im Ostflügel, am Abend des Feuers.«

»Natürlich haben Sie mich gesehen. Ich habe Sie nach draußen gebracht.«

»Nein. Ich meine die Person, die ich im Flur gesehen habe. Das waren Sie, Schwester. Ich habe es sogar Lamont erzählt.«

»Das war ich nicht«, sagte ich. »Ich war in der Gasse und habe geraucht.«

»Ich habe Sie gesehen«, beharrte er.

»Ich schwöre bei Gott, ich war es nicht.«

Jamie atmete langsam aus. »Wer dann?«

»Ich weiß es nicht genau. Aber ich habe auch einen Schatten gesehen. Der Heilige Geist?«

Jamie antwortete nicht auf meine rhetorische Frage, und ich stellte mir vor, wie Schwester Honor durch den Flur schwebte wie ein Festwagen der Macy's Thanksgiving Day Parade. Ihr Schleier, ihr Kragen und ihre Tunika mit ihrer Ordensbluse darunter. Dann stellte ich mir Rosemary in ihren klassischen Twinsets vor, ihrer eigenen sittsamen Uniform. Alle, die an der Saint Sebastian's unterrichteten, hielten sich an visuelle Vorgaben, genau wie ich. Alle wollten unsichtbar sein.

»Warum waren Sie und Lamont überhaupt da?«, fragte ich.

»Ich habe da geschlafen.« Jamie senkte den Blick. »In dem alten Geschichtsraum.«

»*Geschlafen?* Wie lange?«

Jamie sank auf der Bank zusammen. »Eine Woche. Seit die Schule angefangen hat.«

»Sie sind die Feuertreppe raufgeklettert und haben die Klimaanlage im ersten Stock entfernt.«

»Ja.« Er errötete.

»Haben Ihre Eltern Sie rausgeworfen«, fragte ich, »weil Sie und Lamont zusammen sind?«

»Können Sie Gedanken lesen oder was?«

»Ich habe nur ein feines Gespür für die Höhen und Tiefen queeren Lebens.«

Jamie kratzte sich am Hals, dann zupfte er an seinem Ohrläppchen. »Für mich größtenteils Tiefen.«

»Tut mir leid, das zu hören.«

»Ich konnte nicht mehr bei meiner Freundin auf dem Sofa schlafen, weil ihre Eltern sich scheiden lassen und ihre Mom das Sofa braucht.«

»Jamie.« Ich fing seinen unsteten Blick auf. »Es tut mir leid, dass Ihnen das passiert ist.«

»Kann ich im Kloster schlafen? Oder hier, in der Kirche?« Seine Stimme war brüchig. Ein starker Windstoß, und er würde zerspringen.

»Wir müssen Ihre Eltern herbitten und alles mit ihnen besprechen.«

»Meiner Familie bin ich egal. Meine Mom hat Lamont und mich beim Rummachen in meinem Zimmer erwischt. Sie ist ausgerastet. Total durchgedreht. Hat geweint und geschrien. Mein Dad hat mich rausgeworfen. Hat mich eine Schwuchtel und eine Schande genannt. Sie haben gesagt, wenn ich in ein Konversionslager in Arkansas gehe, darf ich nach Hause kommen. Lamont ist seit einer Woche in so einem Schwulenknast.«

Die Einzelheiten strömten aus ihm heraus. Jetzt war meine Chance gekommen.

»Ich weiß, dass Sie das Feuer nicht gelegt haben – während Sie außer Gefecht gesetzt waren, gab es noch zwei weitere. Aber Sie haben etwas gesehen, und ich muss es wissen. War es Lamont?«

»Was? Nein.« Er sprach leise. »Ich habe nur in der Schule übernachtet. Wir wollten in den Raum, in dem ich immer geschlafen habe.«

»Das Feuer brannte schon?«

»Ja. Mein ganzes Zeug war in dem Raum. Meine Klamotten und mein Portemonnaie. Alles, was ich hatte. Ich habe es im Flur verloren. Jack hat es gehört, als ich Panik bekommen habe, und –«

»Und er dachte, Sie hätten das Feuer gelegt.«

Jamie nickte. »Er ist ausgeflippt. Wir haben immer *nein nein*

nein gesagt, aber er war so wütend. Er hat mich in einen Haufen Glasscherben geworfen.«

»Das Glas vom Sprossenfenster im Flur.«

»Ja. Lamont hat sich auf Jack gestürzt, um mich zu beschützen. So hatte ich ihn noch nie gesehen. Dann sind beide aufeinander los. Jack hat Lamont mitgerissen in den brennenden Raum. Lamont hat sich den Knöchel gebrochen und ist hingefallen.«

Ich räusperte mich, als könnte ich dadurch besser sehen.

»Ich weiß nicht warum, aber Jack hat versucht, das Feuer auszutreten. Das hat es noch schlimmer gemacht«, fuhr Jamie fort.

Jetzt fügte sich alles zusammen. Der Feuerball durch den Flashover hatte Jack durch das offene Fenster geschleudert, durch die Sauerstoffquelle. Das erklärte Jacks furchtbare Verbrennungen.

»Warum waren Sie im Religionsraum?«, fragte ich.

»Lamont ist gekrochen, er hat mich mitgezogen, damit wir von dem Rauch wegkommen.«

»Und dann habe ich Sie gefunden.« Ich segnete uns beide und umfasste Jamies Hände.

»Ich und Lamont, kommen wir in die Hölle für das, was wir getan haben?« Jamie weinte, er schluchzte mit offenem Mund wie ein Kind.

»Nein, nein. Jack hätte auf jeden Fall versucht, das Feuer zu löschen. Sie sind nicht an seinem Tod schuld. Aber wir müssen der Polizei sofort alles erzählen.«

Ich legte Jamie wieder eine Hand auf den Arm. Das Licht, das durch das Buntglasfenster fiel, tauchte Jamies Gesicht in sanfte Farben. Wir saßen alle im selben Boot. Ich und Jamie. Lamont. Moose. Außenseiter und Ausgestoßene, alle auf unterschiedliche Arten verletzt.

Rotz und Wasser heulend, das Gesicht verquollen, fragte Jamie: »Kann ich bei Ihnen im Kloster bleiben? Ich war einmal in einer Obdachlosenunterkunft, und da hat ein betrunkener Typ gesagt, er will mir die Augen ausdrücken.«

»Ich werde Schwester Augustine fragen, ob Sie ein paar Nächte bleiben können. Kommen Sie nach der Abendmesse in die Kirche. Heute Nacht können Sie in der Sakristei schlafen. Da wird Sie niemand sehen. Den Polizisten sage ich, dass Sie diese Woche oberster Messdiener sind. Aber Sie dürfen von Sonnenuntergang bis Sonnenaufgang nicht rausgehen. Das Verbot gilt immer noch.«

Er drückte meine behandschuhte Hand, die Anspannung wich aus seinen Gliedern. »Danke, Schwester. Damit retten Sie mich noch einmal.«

»Die Situation mit Ihren Eltern muss nicht von Dauer sein«, sagte ich. »Mit der Zeit werden sie vielleicht einsichtig. Die Menschen können einen überraschen. Und Gott auch.«

27

»Du siehst immer noch aus wie *du*«, sagte Nina. Sie klang ungläubig und machte große Augen, als sie mich von oben bis unten musterte. »Du siehst aus wie die alte Holiday, nur ohne Make-up.«

»Was? Hast du gedacht, ich würde ein Schild tragen, auf dem ›Braut Christi‹ steht?«

Es war früh am Donnerstagmorgen, nachdem ich den Großteil des Mittwochabends mit Riveaux am Telefon verbracht hatte, um ihr die Einzelheiten von Jamies Geschichte zu erzählen. Ich hätte gern mehr Zeit gehabt, um die Situation mit Rosemary zu überdenken. Sie, Schwester Honor und die Diözese waren jetzt meine Hauptverdächtigen, und mir lief die Zeit davon, die Puzzleteile zusammenzufügen. Aber wie üblich zog Nina meine ganze Aufmerksamkeit auf sich. Sie war ein grob geschliffener Kristall, den ich nicht fallenlassen konnte, der heilte oder schnitt oder beides, je nachdem, wie ich sie in meinem Herzen, in meinen Händen hielt.

Ich versuchte, meine Freude über unser Treffen zu zügeln, aber sobald ich Nina sah, rannte ich zu ihr. Im Ankunftsbereich des Louis Armstrong Airports fielen wir uns fest und wortlos in die Arme. Zu nervös, um zu kreischen. Wir hatten uns seit über einem Jahr nicht gesehen. Seit ich Brooklyn verlassen hatte. Seit Dad mich in seinem Streifenwagen zum Flughafen gebracht hatte. Moose war da schon fort gewesen, er hatte sich zur Sanitäterausbildung gemeldet. Was Dad von diesen neuen Kapiteln in unseren Leben dachte, behielt er für sich. Oder er wusste nicht, wie er es ausdrücken sollte.

Nina war ein Meisterwerk – extrem und durchgestylt. Ihr Lippenstift war phönixrot.

Sie nahm meine Hand. »Was sollen die Handschuhe? Arbeitest du mit edlen Kunstwerken?«

»Ich verstecke sie eher«, sagte ich. »Für das Kloster sind meine Tattoos etwas zu viel Kunst.«

Nina legte eine Hand auf meine rechte Hüfte, lehnte sich vor und näherte ihre Lippen, aber ich drehte schnell den Kopf weg.

»Nicht«, sagte ich.

»Willst du mich verarschen? Ist ja nicht so, als würde ich dich vor dem TSA PreCheck lecken wollen.«

»Nina, sag so was nicht.«

»TSA oder verarschen? Jetzt darf ich in deiner Gegenwart nicht mal mehr fluchen? Das wird ja eine tolle Reise.«

Nina setzte ihre goldene Sonnenbrille auf. Hier im Flughafen strahlte alles an ihr Selbstbewusstsein aus. So war ich früher auch, bevor ich unsichtbar wurde.

»Sei du selbst. Es hat sich nichts verändert«, sagte ich.

Lachend hängte sie ihre Handtasche von der linken auf die rechte Schulter. »*Alles* hat sich verändert. Du bist eine Nonne.«

»Du bist immer noch du«, sagte ich, »und ich bin immer noch ich.«

»Nein, bist du nicht.«

»Vor einer Minute hast du noch gesagt, ich hätte mich kaum verändert.«

»Ist doch egal.« Sie hatte noch mehr zu sagen, bremste sich aber.

»Vielleicht habe ich mich wirklich verändert. Das ist doch gut. Wir sollten alle wachsen und uns entwickeln und ändern.«

»Nonne und noch dazu Existenzialistin.« Nina holte eine Camel hervor und klopfte die Zigarette gegen die Schachtel, um den Tabak zu verdichten. Ich liebte den süßlichen, nussigen Duft frischer Kippen. Das ganze Ritual. »Und wie kommen wir hier weg? Ich nehme an, du hast kein Auto. Soll ich mich schon mal auf Pferd und Kutsche einstellen?«

Die Euphorie, Nina wiederzusehen, verflog schnell und wurde von ernüchternden logistischen Überlegungen abgelöst.

Sie konnte es spüren. Als sie ein Feuerzeug aus ihrer Tasche nahm, schmollte sie: »Ich wusste, dass das ein Fehler ist.«

»Warum bist du dann gekommen?«, fragte ich. Nina am Rande eines Wutanfalls zu sehen, erinnerte mich an die alten Zeiten. An diese Spielchen, die einen in den Wahnsinn treiben konnten.

Wir liebten uns, aber gaben uns mit Krümeln zufrieden.

Mehr als Krümel hatten wir nicht zu bieten.

»Die Band tritt heute Abend im Fair Grounds auf«, sagte sie. Und ich habe dich vermisst. Du rufst nicht an. Oder schreibst eine Mail. Du bist einfach verschwunden.«

Es stimmte, Nina hatte ein Dutzend richtiger Briefe geschrieben und oft gefragt, ob sie nach New Orleans kommen könne. Sie schrieb jeden Monat. Ich antwortete nie. Wie hätte ich das tun können? Aber als Nina Donnerstag früh im Morgengrauen nach einer unruhigen Nacht im Kloster angerufen und gesagt hatte, sie sei gerade mit dem Flugzeug aus New York gelandet, hatte mein Herz – aus Angst, aus Freude – einen Schlag ausgesetzt, und ich war zu ihr geeilt.

»Mein Kumpel Bernard ist hier, er dreht eine Runde um den Flughafen. Ein schräger Typ, aber echt lieb. Er hat mich hergefahren und bringt uns in die Stadt.«

Nina und ich verließen das Ankunftsterminal, sie in voller Pracht, ich in strengem Schwarz – mit Halstuch und Handschuhen. Wir schlängelten uns durch Horden von Reisenden mit Rollkoffern, Familien, die sich tränenreich eilig umarmten, und Zombieteenagern zum Abholbereich.

Sie zappelte unruhig herum, als wir darauf warteten, dass Bernard zurückkam. In unserer Nähe versuchte ein Mann, die *Times-Picayune* zu lesen, aber es war so schwül, dass die Zeitung immer wieder wie eine nasse Nudel umknickte.

»Willkommen in N'oolins«, sagte Bernard hinter dem Lenkrad. »Was hast du im Big Easy vor?«

»Meine Band spielt heute Abend«, antwortete Nina, als sie sich auf den Rücksitz schob. Ich saß vorne neben Bernard. »Ich will mir das French Quarter ansehen«, fuhr sie fort, »und mir ein paar Krebse und Sazerac und Schildkrötensuppe gönnen.«

»Schenk den Schildkröten ewige Ruhe, o Herr«, sagte ich und schlug ein Kreuz.

»Und ich will sehen, wo du unterrichtest« – Nina tippte mir auf die linke Schulter – »und wo du wohnst.«

»Cool, cool, cool«, sagte Bernard, wie immer umgänglich. »Mal ein bisschen spirituelles Leben schnuppern.«

»Keine gute Idee.« Das musste ich sofort unterbinden.

»Schämst du dich, mit mir gesehen zu werden?«, fragte Nina barsch vom Rücksitz.

»Natürlich nicht«, log ich. »Auf unserem Gelände sind durchgehend Polizisten im Einsatz, und sie mögen Besucher nicht besonders. Mich auch nicht.«

Ihre Stimme wurde tiefer. »Dann kann ich wohl nicht bei dir übernachten, was?«

»Schlaf bei mir!«, meldete sich Bernard. »Meine Hütte ist bescheiden, aber ich habe ständig Musiker bei mir.«

Nina murmelte einen halbherzigen Dank und kaute dabei an ihrem Daumennagel. Die Luft im Auto war stickig.

Auf unserer Fahrt in die Stadt schimmerte Lake Pontchartrain zu unserer Linken wie ein neuer Mond, ein schwarzer Magnet, der unsere Wünsche aufsog. Bernard war so hibbelig, dass er sich alle paar Minuten nach hinten zu Nina umdrehte, wobei der Wagen auf den Seitenstreifen schlingerte. Nina sah umwerfend aus, wie ein Supermodel, deshalb konnte ich Bernard nicht verübeln, dass er Gefallen an ihr fand, aber begeistert war ich davon nicht. Im Rückspiegel fing ich Ninas fassungslosen Blick auf – ihre großen, unruhigen Augen fragten: *Warum zur Hölle ist er hier?*

»Erzählst du mir jetzt, was es mit den Bränden auf sich hat, oder was?«, fragte Nina. Ihre Stimme klang vor Sorge rau. »Ich musste davon auf Twitter lesen.«

»Vor etwa einer Woche habe ich gesehen, wie unser Kumpel Jack –«

»Mein Brudi!«, warf Bernard ein.

»Ich habe gesehen, wie Jack aus dem ersten Stock des Ostflügels unserer Schule gefallen ist.«

Nina schnappte nach Luft.

»Ich lief hin, um zu sehen, ob jemand in der Schule war, und fand zwei Jungs, Schüler von mir, Lamont und Jamie. Sie hatten so viel Rauch eingeatmet, dass sie fast ohnmächtig waren. Ich habe Jamie rausgeschleift, nachdem ich ihn fast umgebracht hätte, indem ich ihm eine große Glasscherbe aus dem Bein gezogen habe.«

»O nein, Hols.«

»Es geht ihm gut. Er hat ein Trauma fürs Leben, aber sonst geht's.« Ich bekreuzigte mich. »Zwei Tage später hat es in unserer Mensa gebrannt. Jemand hat die liebe Schwester T die Treppe hinuntergestoßen. Die Pathologin meinte, es wäre ein Unfall gewesen, aber das glaube ich nicht. Dann hat unser Schulbus gebrannt.«

»Kommt einem vor, als würde es jeden Tag brennen«, fügte Bernard hinzu.

»Ich habe angefangen, die Sache zu untersuchen«, sagte ich. »Der Polizei zu vertrauen bringt etwa so viel wie Kunstblumen zu gießen.«

»Korrekt«, sagte Bernard.

»Ich habe auf der Straße einen Handschuh gefunden und in meinem Papierkorb eine verbrannte Bluse. Muss wohl auf der richtigen Spur gewesen sein, jemand hat nämlich meine Post geöffnet und mich in einer Putzkammer eingesperrt.«

»Es tut mir leid, Hols. Das wusste ich nicht«, sagte Nina.

»Woher auch?«

»Sie haben Ihr Ziel erreicht«, unterbrach Bernard mit Computerstimme.

Den Metallkasten mit den Streichhölzern erwähnte ich nicht – darüber musste ich erst mit Bernard reden.

Bernard behielt Ninas Taschen in seinem Kofferraum und setzte uns vor der Schule ab. Wir blieben erst einmal stehen, Nina betrachtete das üppige Grün. Aber die Morgenluft war schon schwül wie in einer Sauna, und unsere Geschichte trieb die Hitze noch weiter in die Höhe.

»Man kommt sich ja vor wie in einem Vulkan«, sagte Nina. Zikaden ließen ihr hypnotisches Summen erklingen, ein unsichtbares Orchester. Nina nahm ihre Schachtel Camels aus der Tasche.

»Ist es nicht zu heiß, um zu rauchen, sogar für dich?«, fragte ich, obwohl ich selbst gern eine Zigarette gehabt hätte.

»Es gibt für alles ein erstes Mal.« Nina zündete die Zigarette an, nahm einen Zug, und bevor sie ausatmen konnte, hörten wir schon jemanden rufen.

»Rauchen verboten! Hier ist eine rauchfreie Zone!« Es war Schwester Honor. Mit einem Gesichtsausdruck chronischer Verstopfung fegte sie um die Ecke, ihre kurzen Beine bewegten sich so schnell, als würde sie auf Schienen laufen. Sie war schneller, als ich gedacht hätte.

»Guten Morgen, Schwester Honor.«

»Wie du weißt, Schwester Holiday, ist Zigarettenrauch Teufelswerk.« Diese lächerliche Bemerkung wirkte durch ihren Mottenkugelmundgeruch noch absurder. Ihre Wackelaugen schwappten in ihrem Kopf hin und her. »Der Gebrauch von Tabak ist auf dem Gelände der Saint Sebastian's nicht erlaubt.« Sie zeigte auf ein RAUCHEN-VERBOTEN-Schild, unter dem sich Zigarettenstummel so hoch auftürmten, dass sie fast ins Rutschen gerieten.

»Keine Sorge. Wir gehen jetzt weg«, sagte ich. »Siehst du das? So sieht es aus, wenn wir weggehen.«

Mir fiel auf, dass der Gehwegschrein für Schwester T und Jack alle Blumen verloren hatte, aber weiterhin neue Kerzen dazugewann.

»Du hast wohl einen Superfan«, meinte Nina über Schwester Honor.

»Sie hasst mich. Sie hasst, dass ich lesbisch bin.«

»Du bist doch nicht mehr lesbisch.«

»Doch, natürlich. Ich fühle mich immer noch zu Frauen hingezogen, ich nehme nur eine Auszeit vom Sex und –«

Angespannt unterbrach sie mich. »Musstest du nicht unterschreiben, dass du nicht mehr lesbisch bist, um dem Orden beizutreten?«

Ich schnaubte abfällig, aber ich verstand ihre Bedenken. Diese Institution – dieses System, dessen Teil ich jetzt war – gehörte zu den repressivsten der Welt. »Jede Schwester hat eine Vergangenheit«, sagte ich. »Und eine Gegenwart. Das kannst du mir glauben. Schwester Augustine ist davon überzeugt, dass jeder in einer besseren Zukunft seinen Platz hat.«

Sie lachte. »Aber bist du nicht mit Jesus verheiratet?«

»Das ist eine Ehe, in der nicht gevögelt wird. Aber im Grunde bin ich mit meiner Arbeit verheiratet.«

Nina drehte die Armbänder an ihrem Handgelenk. Bald würde der Unterricht beginnen, aber als ich dort mit ihr stand, vor den Gedenkkerzen, und nicht recht wusste, was ich sagen oder tun sollte, verdichtete sich die Zeit. Es war ein aufgeladener Moment, ein Druckkocher ohne Ventil. Sie kam mir gleichzeitig wie eine Erinnerung und ein Wunschbild vor. Sie durchbrach die Stille. »Hier unten passiert ja gruselige Scheiße. Ich bin froh, dass dir nichts passiert ist. Ich habe dich jeden Tag vermisst«, sagte sie. »Wir haben nie über diese Nacht geredet. Der Bus –«

Ich konnte sie nicht mehr hören. »Hör auf, es ist schon hart genug.«

»Das hat sie auch gesagt.« Sie lächelte.

Ich zuckte mit den Schultern. »Das ist kein Witz. Ich habe mich verändert.«

»Stimmt. Ich erinnere mich. Du hast mich gegen das Nonnendasein eingetauscht.«

»Schscht.« Ich legte Nina einen Finger auf die weichen Lippen, um sie zum Schweigen zu bringen. Wir sahen uns einen Moment länger an, als es gut war.

Weil vor dem Unterricht nur noch eine Stunde blieb, hatte ich nicht viel Zeit, um Nina die Schule zu zeigen, mein Klassenzimmer, mein neues Leben. Ich ertrug den verschlagenen Blick eines Polizisten, als ich ins Schulbüro ging und einen Besucherausweis vom Schreibtisch klaute. Ich brachte ihn Nina, die verschwitzt auf den Stufen vor der Schule stand und leise sang.

Auf dem Weg zu meinem Klassenzimmer wurde es plötzlich stickig. Von dem Geruch nach Kohle und Asche schnürte sich mir die Kehle zu. Ich bekam keine Luft.

»Verdammt!« Nina schlug mir auf den Rücken. »Alles in Ordnung?«

Mir tränten die Augen, ich musste würgen. Ich stolperte in John Vander Kitts Klassenzimmer, schnappte mir einen seiner allgegenwärtigen Thermobecher und trank in großen Schlucken kalten Zichorienkaffee, wahrscheinlich vom Vortag. Meine Lunge beruhigte sich. Ich holte tief Luft.

Die berauschende Wirkung traf mich wie ein Schlag. »Scheiße! Probier mal.« Ich gab ihr den Becher.

Nina nippte daran und ächzte. »Das ist größtenteils Wodka.« Sie gab mir den Becher zurück.

John war den lieben langen Tag sturzbetrunken.

Guter Gott, warum hast du das Leben so unmöglich gemacht, dass wir die Welt nur gedämpft ertragen?

Ich nahm Nina mit ins Kloster, damit ich mir die Zähne putzen und diesen üblen Geschmack aus dem Mund bekommen konnte. Meine Zimmertür stand einen Spalt breit offen. Das Zimmer war leer bis auf eine winzige Eidechse, die schneller als ein Gedanke an der Wand hinaufhuschte.

»Wie niedlich!« Nina zeigte auf das braune Reptil.

»Geh raus«, forderte ich sie auf. Ich sah mich in meinem Zimmer um und kehrte in den Flur zurück. »Warte hier draußen.«

»Warum?«, fragte sie.

Panik und Empörung durchströmten mich. »Jemand war in meinem Zimmer.«

»Komisch«, sagte Nina. »Bist du sicher?«

»Die Tür ist auf. Ich lasse sie nie auf. Jemand war da drin.«

Nina schüttelte den Kopf. »Immer noch paranoid, wie ich sehe.«

»Mit gutem Grund. Bleib hier draußen.«

Ich trat in mein Zimmer und sah unter dem Bett nach. Hinter der Tür. Im Schrank. Nichts.

»Holiday!«, brüllte Nina aus dem Flur. Ich lief hinaus.

Schwester Honor hatte Nina an die gegenüberliegende Wand gedrängt. Aus voller Kehle tönte sie wie ein Nebelhorn: »Im Kloster gibt es keine Besucher!«

Nina huschte mitten auf dem Flur hinter mich, als könnte ich sie beschützen.

»Tut mir leid, Schwester Honor, ich –«

»Bring sie raus, sofort!«

»Ich muss etwas aus meinem Zimmer holen. Nina kann hier warten. In Ordnung?«

»Dann aber schnell.« Schwester Honors gekünstelte Stimme verschlug mir den Atem.

Wieder in meinem Zimmer, suchte ich die Wände und alle Oberflächen ab. Ich schaute noch einmal unter dem Bett nach, entdeckte aber nichts. Ich öffnete meinen Schrank. Meine schwarzen Blusen und Hosen waren alle auf einer Seite zusammengeschoben worden. Meine vier Halstücher waren auseinandergefaltet.

»Jemand treibt Spielchen mit mir«, flüsterte ich Nina auf dem Weg nach draußen zu. »Diese Person will mich aus der Fassung bringen. Wären wir eine Minute früher da gewesen, hätten wir sie vielleicht erwischt.«

An der Klostertür bot sich uns ein erschreckender Anblick – Schwester Honor starrte uns an.

»Sie beobachtet mich die ganze Zeit«, sagte ich. »Sie hat es auf mich abgesehen. Ich weiß es genau.«

»Mich mag sie auch nicht besonders.«

In dreißig Minuten fing der Unterricht an. Ich musste mich von Nina verabschieden, obwohl ich alles gegeben hätte, um ihren Auftritt zu sehen. Fast alles.

»Wir sehen uns«, sagte ich automatisch.

Bei Nina herrschte Gewitterstimmung, sie schwebte über der Kluft zwischen Enttäuschung und Begehren.

»Wird es wieder ein Jahr dauern, bis ich dich sehe?«

»Ist das wichtig? Du bist verheiratet.«

Nina schob sich die goldene Sonnenbrille auf den Kopf. »Nichts wichtig zu nehmen ist deine Spezialität. Nicht meine.« Tränen traten ihr in die Augen. Sie blinzelte fest. »Du warst mir *immer* wichtig, wir waren mir wichtig. Und ich verlasse Nicholas.«

»Was?«

»Er treibt es schon seit Jahren mit seiner Therapeutin. Überrascht?«

»Dass Nicholas eine Therapie macht? Sehr sogar. Dass du eine unglaubliche Doppelmoral hast? Nicht unbedingt.«

Schüler schlenderten auf den Haupteingang zu. Ein schwarzes Auto mit einem neonfarbenen Uber-Zeichen hielt vor uns. Nina öffnete die Tür, warf ihre Handtasche in den Fußraum. Mit Schwung und finsterer Miene stieg sie ein und knallte die Tür mit solcher Wucht zu, dass ich das Echo in meiner Brust spürte. Hohl und widerhallend wie eine Kirchenglocke.

Ich ging die wenigen Schritte zur Bank im Innenhof. Als ich mich setzte, sah ich ein anderes gequältes Wesen. Ein wandelndes Skelett näherte sich langsam. Riveaux.

»Ich habe schmutzige Wäsche für Sie«, sagte ich. Ich rutschte zur Seite, um ihr Platz zu machen.

»Welcher Art?« Steif setzte sie sich. Sie roch nach Gardenien.

»John Vander Kitt trinkt. Er betrinkt sich heimlich den ganzen Tag bei der Arbeit. Er versteckt es perfekt. Vielleicht weiß er mehr über die Brände, als er zugibt.« Wie die meisten meiner Verfehlungen war es furchtbar, einen Freund zu verpetzen – John übel mitzuspielen –, aber auch nötig. Ich war die Einzige, die Hinweise aufspürte, und ich musste die Ermittlungen um jeden Preis vorantreiben.

»Sehr gut, Schwester.« Sie nickte. »Das ist auf jeden Fall nützlich. Heute Morgen wurde eine weitere katholische Schule, die Saint Anne's am anderen Ende der Stadt, in Brand gesetzt.«

»Nicht schon wieder.«

»Neun Fälle von Rauchvergiftung. Schüler und eine Lehrerin.«

»Gott, sei ihnen gnädig.« Meine Augen schlossen sich. »Ist jemand gestorben?«

»Keine Todesfälle.«

Ich stand ruckhaft auf. Trotz allem, was ich getan hatte, gab es weitere Feuer. Gott konnte – oder wollte – sie nicht aufhalten. War es immer noch eine Glaubensprüfung, wenn so viele andere zu Schaden kamen? »Ich kann damit gerade nicht umgehen.«

»Schwester.«

»Wann hat das Feuer an der Saint Anne's angefangen?«, fragte ich. »Um welche Zeit genau?«

»Zehn nach sechs.«

»Warum war so früh schon jemand da?«

»Theaterprobe.«

»Augenzeugen?«

»Niemand hat etwas gesehen.«

»Anonymer Notruf?«

»Ja«, sagte sie kläglich. Niederlagen haben so eine Art, alles kleiner zu machen.

»Riveaux, was, wenn es nicht mit dem ersten Feuer angefangen hat? Nicht letzte Woche oder sogar letztes Jahr? Vielleicht ist es die Diözese. Die Saint Anne's fällt auch in ihre Zuständigkeit. Der Bischof behauptet sich als König.«

»Ein Spiel, von langer Hand geplant?« Riveaux starrte die einzige Wolke am Himmel an.

»Und zwar nicht Dame«, sagte ich. »Sondern Schach.«

28

»Die Stadt ist aufgeschreckt«, sagte Schwester Augustine am Donnerstagabend in der Klosterküche, als wir das Abendessen vorbereiteten. »Offensichtlich sind Katholiken das Ziel.« Sie hob die Hände und blickte gen Himmel. »Vergib denen, die in deinem heiligen Namen Leid verursacht haben, o Herr.« Sie schaute mich an, dann Schwester Honor. »Jetzt müssen wir vereinte Stärke und Standhaftigkeit im Angesicht des Schreckens beweisen.«

»Wir müssen weitermachen«, sagte ich.

Schwester Honor gestikulierte, als würde sie den Verkehr regeln. »Nein, nein, nein! Wir brauchen mehr Polizei, ein längeres Betretungsverbot und Überwachungskameras! Die Nachbarn haben Angst. Schüler sind traumatisiert. Zumindest diejenigen, die überhaupt gekommen sind. So viele Eltern haben ihre Kinder zu Hause behalten. Wir müssen die Diözese bitten, den Unterricht abzusagen, bis wir ihre Sicherheit garantieren können. Schwester Augustine, kannst du das bitte tun?«

Zur Abwechslung war ich von Schwester Honor beeindruckt, die sich um unser aller Sicherheit sorgte.

Aber es war wirklich beunruhigend. Unsere Schule und die Saint Anne's waren zwei der vier katholischen Schulen, die es in der Stadt noch gab. Ohne öffentliche Gelder hielten uns nur die Schulgebühren über Wasser. Wenn wohlhabende Eltern das Vertrauen verloren und ihre Kinder abmeldeten, wären wir geliefert. Es würde uns in eine ernste finanzielle Notlage bringen.

Der Don, der Ghul und der Bart machten ihre Züge. Ich hatte keinen Zweifel daran, dass sie planten, unsere hochbegehrte Immobilie in New Orleans an den Meistbietenden zu versteigern, uns auf die Straße zu setzen und den »Grundstücksverkauf« als »notwendig« für die »Erfüllung der Mission« darzustellen. Ein Manöver wie von Machiavelli. Um sich die Taschen mit Gold vollzustopfen. Meinem letzten Stand nach besitzt der Vatikan ein Vermögen von vier Milliarden. Geld und Lügen. Lügen und Geld. Wie es schon immer war.

»Wir können die Schule nicht schließen«, unterbrach ich.

»Schwestern, bitte«, antwortete Schwester Augustine. »Wir müssen jetzt zusammenhalten – einander beistehen und das Evangelium verkünden. Gott ist unser Schutz, mehr brauchen wir nicht. Er wird für uns sorgen.«

»Wir sollten uns um unsere Schüler kümmern«, sagte Schwester Honor ruhig. »Sie brauchen unsere Unterstützung. Sie müssen an erster Stelle kommen.«

Wieder stimmte ich ihr zu, machte mir aber auch Sorgen.

Schwester Augustines weiße Haare lugten unter ihrem Habit hervor. »Wir sollten mit der Gemeinde zusammenarbeiten, um zu zeigen, dass wir keine Angst haben.«

»Wir haben aber Angst«, sagte Schwester Honor. »Wir sollten den Unterricht aussetzen, bis –«

»Aber wir können unsere Schüler nicht unterstützen, wenn sie zu Hause hocken.« Ich wollte nicht nachgeben.

»Sie ist unerbittlich«, sagte Schwester Honor zu Schwester Augustine, als hätte ich nicht direkt neben ihr gesessen. »Außerdem entscheidet das die Diözese.«

»Allerdings«, sagte ich.

Schwester Augustine legte mir die Hände auf die Schultern. »Kein Streit, bitte. Es wird Zeit, dass du neue Impulse gibst; ich weiß, dass du das kannst«, sagte sie.

Schwester Honor verdrehte die Augen. Bei unserem lautstarken Schlagabtausch hatte sich Sabber auf ihren Lippen gesammelt.

»Danke«, sagte ich mit einem Lächeln, das Schwester Honor galt. Ich zog meine schwarzen Handschuhe hoch. Durch die Hitze und den Schweiß waren sie eingelaufen.

»Du wurdest für schwierige Aufgaben auserwählt, weil du sie bewältigen kannst. Zusammen mit Gott werden wir mit allem fertig.«

»Bitte erinnere mich immer wieder daran«, sagte ich.

Das Klostertelefon klingelte, und Schwester Augustine nahm ab.

Riveaux bat überraschend um ein persönliches Gespräch, und als sie fünfzehn Minuten später eintraf, schien sie wie üblich neben sich zu stehen. »Die Polizei stimmt mit dem Bischof überein, dass alle katholischen Schulen schließen sollten, bis wir den Feuerteufel gefasst haben«, sagte sie. »Es müssen mehr Streifenfahrten stattfinden.«

Schwester Honor zeterte: »Wir brauchen in der ganzen Stadt eine Ausgangssperre!«

»Der Feuerteufel hat seine Aktivitäten tatsächlich verstärkt, aber eine stadtweite Ausgangssperre wird sich nicht durchsetzen lassen.« Riveaux räusperte sich. »Es ist ein Profi. Zumindest davon bin ich überzeugt. Die Tatorte sind sauber. Akkurat. So ordentlich wie ein Chemiebaukasten.«

Riveaux geriet ins Faseln, aber dabei erwähnte sie das Wort

Chemie mehrmals und mit Nachdruck, als würde sie Rosemary Flynn verdächtigen, beteiligt zu sein. Die Brandserie weitete sich aus. Vielleicht war sie zu groß für eine einzige Person. Was, wenn Rosemary Flynn und Schwester Honor ein bizarres kriminelles Bündnis eingegangen waren? Was, wenn die Polizei Probleme schuf, die nur sie lösen konnte?

»Ich will einfach, dass es aufhört.« Mein linkes Auge pulsierte.

»Bleiben Sie und essen Sie mit uns, Ermittlerin Riveaux«, bat Schwester Augustine.

»Danke.« Die Einladung schien Riveaux ehrlich zu überraschen.

Beim Tischgebet betete ich darum, die Langeweile möge in mein Leben zurückkehren. Das Abendessen war eine Qual. Schwester Honor machte abfällige Bemerkungen über mich, die erfolglose Detektivin der Saint Sebastian's. Für eine fromme Frau war sie ein fieses Miststück. Gar nicht so anders als meine Bandmitglieder in Brooklyn, aber ein bisschen gemeiner.

»Du hast den Teig wieder zu viel geknetet, Schwester Holiday.« Schwester Honor sprach leise. »Lass ihn ruhen. Du stocherst zu viel in ihm herum.«

»Wir können nicht alle so vollkommen sein wie du, Schwester Honor.« Ich tunkte die Ecke meiner Toastscheibe ins Eigelb und durchstieß die dünne Schicht darauf. Unser Essen an diesem Abend: weiße Bohnen und Grünkohl aus unserem Garten, dazu ein pochiertes Ei von Hennifer Peck und frisches Brot.

»Niemand ist vollkommen außer unserem Herrn und Erlöser«, antwortete Schwester Honor, während sie schmatzend ihr Butterbrot kaute und ihr die Krümel von den Lippen fielen.

Mit einem Blick aus dem Fenster sagte Schwester Augustine

ruhig: »Schwestern, bitte hört auf, euch zu streiten. Muss ich euch daran erinnern, dass wir am Montag eine Besprechung mit dem Bischof haben? Außerdem hat Gott uns nach seinem Ebenbild erschaffen, deshalb sind wir alle perfekt.«

»Amen«, sagte ich.

»Amen?«, meinte Riveaux.

»Amen«, schloss Schwester Augustine milde lächelnd. »Danke, dass Sie uns bei diesem bescheidenen Mahl Gesellschaft geleistet haben, Ermittlerin Riveaux.« Vielleicht als Gegengewicht zu Schwester Honors spitzen Bemerkungen sagte sie: »Schwester Holiday hat neues Leben in unsere Schule und unser Kloster gebracht, und ich freue mich schon darauf, zu erleben, wie sie sich nach ihrem ewigen Gelübde auf neue Arten einbringt.«

Ewiges Gelübde. Die Worte verschlugen mir den Atem. Ich konnte hören, wie Nina über mich lachte. Nichts währt wirklich ewig, außer dem Tod.

Riveaux verabschiedete sich. Nach dem Spülen, bevor ich meine Nachtgebete sprach, setzte ich mich nach draußen, obwohl es verboten war. Ich machte mich ganz klein unter dem Satsumabaum im Klostergarten, wo Voodoo begraben lag, wo Schwester T so viel Zeit verbracht, wo sie gegraben, beschnitten, angebaut, kompostiert und gesungen hatte. Ich sehnte mich nach Schwester Ts Lächeln und ihrem sanften Wesen. Ich werde nie vergessen, wie ich mich durch sie gefühlt habe. Sie hat mich immer gesehen.

Ich hörte ein Klopfen am Fenster, das auf den Garten blickte. Schwester Augustine winkte mich herein. In der Küche sagte sie: »Verbote müssen beachtet werden, Schwester Holiday.«

»Es ist so stickig hier.«

»Die Polizei will uns nur beschützen.«

»Lass dich von Grogan nicht täuschen. Er ist ein Sadist«, sagte ich.

»Detective Grogan ist ein hingebungsvoller, gläubiger Mann, der nur seine Arbeit tut. Bitte beachte seine Anweisungen. Du kannst das. Ich weiß, dass du es kannst.«

Durch ihre Zuversicht wurde mir leichter ums Herz. »Du bist die Einzige, die an mich glaubt.«

Sie umarmte mich. »Ich bin nicht die Einzige. Du wirst eine starke Stütze der Gemeinde werden, Schwester Holiday, weil du die Mühsal des Lebens verstehst.«

Ich nickte. Sie wandte sich ab und ging, um den Bischof anzurufen.

Durch das Betretungsverbot und die verstärkte Polizeipräsenz waren alle angespannt, wir versuchten uns mühsam in der Dunkelheit zurechtzufinden, aber Schwester Augustine erleuchtete den Weg. *Licht in eine dunkle Welt bringen.*

29

Am Freitag würde gemäß der Entscheidung vonseiten der Diözese kein Unterricht stattfinden. Ich musste die schmutzigen Geheimnisse der Diözese herausfinden, aber das würde schwerer sein, als die Toten zum Leben zu erwecken. Am besten konzentrierte ich mich auf die Spuren, denen ich sofort nachjagen konnte. Die Uhr tickte immer lauter, und ich war Gottes Abgesandte in diesem Fall. Meine Mission war so rein wie Weihwasser, nur meine Detektivarbeit konnte noch etwas Feinschliff vertragen.

Der Morgen verlief banal. Ich nahm eine kurze, kalte Dusche. Schnitt mir am Waschbecken die Nägel und beobachtete, wie die kleinen Halbmonde im Abfluss verschwanden, als ich das Wasser laufen ließ. Ich zog meine schwarze Ordenskleidung an, Bluse mit Kragen und Halstuch, während mir aus den Haaren Wasser hinter die Ohren lief.

Die Schwester, die morgens als Erste die Küche betrat, kochte den Kaffee, also stellte ich den schweren Kessel auf den Herd und mahlte Kaffeebohnen in der handbetriebenen Mühle, während das Wasser kochte. Ich bestrich zwei Scheiben Vollkornbrot mit Butter und wickelte sie in eine grüne Stoffserviette, um sie in die Schule mitzunehmen. Ich würde sie nach der Messe essen. In der Küche war es schon so heiß, dass ich auf der Suche nach Erleichterung das Eisfach öffnete und meinen Kopf hineinstreckte, das Gesicht dicht über dem Eiswürfelbehälter und den einzigen Lebensmitteln, die wir kauften, Beutel mit Erbsen und Mais. Als der Kaffee fertig war, füllte ich meinen Thermobecher. Ich wischte die Krümel von der Theke und ging in den Garten, um eine Satsuma zu essen.

An der Messe gab es wie üblich nichts Bemerkenswertes, bis auf die immer noch steigende Besucherzahl. An diesem Tag war sie noch höher, weil kein Unterricht stattfand. Pater Reese war erstaunlich stumpfsinnig, ein erschütternder Gegensatz zu Schwester Augustine, die den Menschenmengen draußen so überzeugend Mut zugesprochen hatte. Die wachsende Zuhörerschaft brauchte Trost. Ich beobachtete unsere Gemeindemitglieder, wie sie mit unruhigen Blicken ihre Gesangbücher aufschlugen und wieder zuklappten. Sie sehnten sich sichtlich nach Zuspruch. Sie rochen sogar ängstlich. Ein stechender, wächserner Geruch. Wir alle brauchten einen Hirten.

Am Himmel über dem Mississippi überlagerten sich drei Blautöne. Ein sanfter Wind mit dem Duft von Jasmin weckte die Palmen. Ich überquerte die Prytania Street und nickte auf dem Weg in die Schule einer Polizistin zu, die mir mit einem trägen Nicken nachsah.

Das Lehrerzimmer war leer bis auf Bernard, der ein Snickers zum Frühstück aß und eine Cola trank. Ich schob mich auf den Platz neben ihm. Sein Jeansoverall roch nach geschnittenem Gras und Benzin. Einen Moment lang ließ mich der Geruch zittern.

»Hey. Fühlt sich an wie eine Geisterstadt«, sagte Bernard. Die Lehrer waren im Gebäude, aber ohne Schüler wirkten die Flure gespenstisch still.

»Ich wollte dich schon vorher fragen, aber ich wusste nicht, wie.« Ich legte mein Brot auf den Tisch. »Was hat es mit den Streichholzbriefchen auf sich?«

Bernard schluckte einen großen Bissen herunter, ohne zu kauen, und würgte leicht. »Hä?« Er spülte den Schokoriegel mit einem Schluck Cola herunter.

»Als ich in der Putzkammer eingeschlossen war, habe ich eine Metallkiste mit Streichholzbriefchen gefunden. Lange Geschichte. Aber warum so viele?«

Er zog die dicken Augenbrauen hoch. »Ich nehme von jeder Bar, in der ich Livemusik höre, welche mit.« Als er sprach, sah ich eine kleine, abgebrochene Ecke an seinem Schneidezahn.

»Okay.« Ich hatte ein schlechtes Gewissen, weil ich danach gefragt hatte, weil ich meinem Freund nicht vertraut hatte. Aber ich vertraute mir ja selbst nicht.

»Meine Erinnerung an die Orte, an denen ich war, und die Dinge, die ich gehört habe.« Er zerknüllte die Verpackung des Schokoriegels und warf sie in den Mülleimer.

Ich drückte die Stirn gegen meine Hände, wie ich es nach dem Abendmahl tat. »Das verstehe ich. Ich dachte, ich wäre mit dreißig auf einer Tour. Sieh mich jetzt an.«

»Machst du Witze?«, fragte er. »Du bist großartig. Immer die Coolste von allen.« In diesem Moment fiel mir auf, dass Bernard ein schwarzes Halstuch trug, meinem ganz ähnlich. Er hatte gesagt, dass er alles für mich tun würde, und ich glaubte ihm.

John Vander Kitt kam ins Lehrerzimmer. »Seid gegrüßt, Erdlinge. Einen wunderschönen guten Morgen.«

Bernard sprang auf und gab ihm fünf.

Kurz darauf tauchten ein Polizist und Riveaux auf. Ich hatte sie noch nie in unserem Zimmer gesehen. Es war ein wenig, als würde man seiner Grundschullehrerin auf der Eisbahn über den Weg laufen.

Riveaux sagte: »Morgen, Schwester.«

»Morgen.«

»Mr Vander Kitt«, wandte Riveaux sich an John, »können wir uns unterhalten?«

»Klar. Ich bringe nur schnell diese Aktenmappe in mein Büro, bevor ich es vergesse. Meine Mackenakte, wie ich sie nenne.« Er prustete über sein lahmes Wortspiel.

»John, Sie haben ja schon Ihren Kaffee«, sagte ich, um Riveaux einen Hinweis darauf zu geben, wo er den Alkohol versteckte. Der Nervenkitzel der Ermittlungen stach meine Zweifel und Gewissensbisse aus.

»Vander Kitt?«, fragte der Polizist mit tiefer, aber sanfter Stimme. Ein Schweißtropfen rann von seinem kahlen Schädel zum rechten Kiefer. »Wir müssen vor die Tür treten. Können Sie uns begleiten?«

»Ist etwas mit Kathy?«, fragte John besorgt.

»Es geht um *Sie*, John.« Riveaux streckte Kinn und Brust hervor. Ihr Körper stählte sich zu einem Schild. Welche Zauberformel sprach sie, um sich in eine Rüstung zu verwandeln? Oder gab der Körper es dem Verstand vor? Kampf oder Flucht.

Johns sonst freundlicher Blick wurde verständnislos. »Worum geht es?«

»Was ist in Ihrem Becher?« Riveaux zeigte darauf. »Alkohol bei der Arbeit?«

»Was, nein!«

»Schwester Holiday hat es bestätigt.« Der Polizist deutete mit dem Daumen auf mich.

John blinzelte überrascht. »Schwester Holiday hat es bestätigt?«

Ich schloss ein Auge, als könnte das diesen schmerzlichen Moment auch nur ansatzweise erträglicher machen. »Es tut mir leid, aber Sie brauchen Hilfe.«

Er sah mich fragend an.

»Gibt es noch etwas, das Sie uns verheimlichen?«, fragte ich.

»Nein!«

»Sie sind nicht verhaftet«, erklärte der Polizist. »Aber Sie müssen das Grundstück verlassen. Sie sind betrunken.«

»Schwester Holiday, wie –« Seine Beine versagten, er stolperte, seine Ellbogen trafen die Tischkante. »Wir sind doch Freunde.«

»Sie würde nie –« Bernard brachte den Satz nicht zu Ende, als er sah, dass meine Augen feucht wurden.

»John«, sagte ich, »ich habe aus Ihrem Thermobecher in Ihrem Klassenzimmer getrunken. Es –«

»Ich kann das erklären!« Er schüttelte den Kopf. »Es ist nicht so, wie Sie denken. Es geht mir gut, sehen Sie. Ich muss nur für meine Familie sorgen, das ist alles. Eine große Verantwortung.« John stieß hektische Satzfetzen aus, während der Polizist ihn zügig hinausbegleitete. »Bin sehr belastet. Ich hole Hilfe. Darf meine Stelle nicht verlieren. Kathys Krankenversicherung!«

»Mir wird sogar vor mir selbst schlecht«, sagte ich zu Riveaux, nachdem die Situation sich aufgelöst hatte.

»Sie haben das Richtige getan. Sie haben an Ihre Schüler gedacht.«

»Ich habe an mich selbst gedacht«, widersprach ich. »Und dafür John verraten.«

Sicher, Johns und Rosemarys Antwort auf die Frage nach ihren Alibis hatte verdächtig gewirkt, aber ich wollte Riveaux und Schwester Augustine beeindrucken, wollte beweisen, dass ich es wert war, mich in der Nähe zu behalten. Mich würde niemand mehr hinauswerfen. Aber Bernard würde mich verachten. Ich hätte über Johns Trinken hinwegsehen können. Er brauchte wirklich Hilfe, aber das hätte man ihm mitfühlender klarmachen können.

Der Fall – ich brauchte ihn. Meine Besessenheit half mir, weiterzumachen.

Was bliebe mir denn, wenn ich aufhören würde?

Was würde ich noch verlieren, wenn ich weitermachte?

Ich ging hinaus und wartete in Schwester Augustines Büro, ganz versessen darauf, ihr zu erzählen, wie ich meine Loyalität der Schule gegenüber bewiesen hatte. Meinem Zuhause gegenüber. Ich wartete zehn Minuten. Zwölf. Fünfzehn Minuten. Ich saß in Schwester Augustines Büro, wo sonst Schüler schmorten, wenn sie wegen einer Verfehlung ausgeschimpft wurden, wo sie geistlichen Rat suchten. Die Bürde der moralischen Haltung lag auf mir, ich musste mich wappnen, den Preis für das höhere Ziel zahlen. Es musste Bewegung in den Fall kommen. Es musste weitergehen.

Schwester Augustine kam nicht. Ich blickte durch das Fenster auf den Gehweg. Sie war dort draußen, mit Prince Dempsey, beide vor dem Schrein die Arme zum Gebet emporgereckt.

30

Nach dem schäbigen Verrat an John am Freitag und meiner unwürdigen Art, sein Problem anzugehen, nahm Riveaux mich und Schwester Augustine mit zum Gericht. Wir saßen in der zweiten Reihe des stickigen Raums, als Prince' Verhandlung begann. Normalerweise dauert es Monate, einen Strafprozess auf die Beine zu stellen, aber als der Stellvertretende Bezirksstaatsanwalt ein besonders zügiges Verfahren vorgeschlagen hatte, hatte Sophia Khan freudig zugestimmt – sie war unglaublich großspurig, genau wie ihr Mandant.

»Alle aufstehen«, blaffte der Gerichtsdiener. »Heute wird verhandelt: *Das Volk gegen Prince Dempsey* mit zwei Anklagepunkten: schwerer Vandalismus an der Kathedrale Eau Bénite und Besitz einer Schusswaffe ohne Erlaubnis.«

Ich stieß Riveaux an. »Den Widerstand gegen die Verhaftung haben sie fallenlassen?«

»Sie können von Glück reden, dass sie noch den Waffenbesitz haben«, lautete Riveauxs ärgerliche Antwort. »Er hätte sagen können, er brauche die Pistole für sein ›seelisches Wohlbefinden‹.«

Zwei Geschworene fächelten sich mit Papier Luft zu.

Anwältin Khan rückte ihren Stuhl vom Tisch zurück. Neben ihr saß seelenruhig Prince Dempsey, rasiert und die blonden

Haare gewaschen. Ordentlich angezogen und ohne BonTon an seiner Seite sah Prince nicht älter aus, sondern jünger, ein frischer, anständiger Knabe, der seiner Zukunft entgegensieht.

»Meine Damen und Herren Geschworenen.« Anwältin Khan legte bestens vorbereitet einen starken Anfang hin. »Bei diesem Fall handelt es sich eindeutig um den Versuch, einen jungen Mann vom Rande der Gesellschaft zu sabotieren. Manche Menschen mögen Prince Dempsey ansehen und das Schlimmste denken, aber ich versichere Ihnen, mein Mandant ist unschuldig. Ich bitte Sie inständig, diesem Prozess unvoreingenommen und mit offenem Herzen beizuwohnen. Prince Dempsey ist nur einer Sache schuldig: ein leichtes Ziel zu sein für eine Polizeibehörde, die hoffnungslos überlastet und unzureichend ausgestattet ist.«

Voller Inbrunst fuhr sie fort: »Dieser junge Mann hatte nie ein einfaches Leben. Als er ein Baby war, wurde seine Familie entwurzelt durch den Hurrikan Katrina, einen grausamen Akt Gottes« – sie sah Schwester Augustine und mich an –, »und er wurde jahrelang von Pflegeheim zu Pflegeheim weitergereicht, wo er mehrfach missbräuchliche Situationen erleben musste.«

Khan trat hinter Prince, jeder Schritt ein Haute-Couture-Klackern auf dem Boden des Gerichtssaals. »Trotz dieser schlimmen Erfahrungen kämpft Prince Dempsey für eine bessere Zukunft. Er will sogar das erste Mitglied seiner Familie werden, das die Highschool abschließt und ein College besucht. All das wird nun *bedroht*« – sie streckte den Geschworenen beide Handflächen entgegen – »weil Prince sich den Vorwürfen des schweren Vandalismus und des Schusswaffenbesitzes ausgesetzt sieht, obwohl er vollkommen unschuldig ist.«

Anwältin Kahn war dem Sprecher der Geschworenen so nah, dass sie praktisch auf seinem Schoß saß. »Die Anklage wird Ihnen Überwachungsaufnahmen zeigen und behaupten, sie würden meinen Mandanten am fraglichen Abend am Tatort zeigen. Aber Technik lässt sich manipulieren. Es gibt keine Schutzmaßnahmen, keine hundertprozentige Garantie, dass diese Aufnahmen tatsächlich echt sind. Sie werden auch beeidete Aussagen von den Leitern des Tierheims hören, in dem Prince Dempsey an dem Abend, an dem der Vandalismus begangen wurde, ehrenamtlich gearbeitet hat. Wie die jungen Leute heutzutage sagen, wir haben die Quittungen.«

Ein junger Geschworener lächelte, ein anderer kicherte leise.

Anwältin Khan schüttelte den Kopf, als wollte sie einen bösen Geist aus dem Gerichtssaal vertreiben. »Ist Prince Dempsey *perfekt*? Ist irgendjemand von uns perfekt? Natürlich nicht.« Zwei Geschworene nickten. »Wir sind *Menschen.*«

»Wen will die verarschen?« Riveaux stieß mich mit dem Ellbogen an. »Ist das zu glauben?« Ihre Knochen waren scharf wie Brecheisen.

Während einer zehnminütigen Verhandlungspause lief Riveaux auf dem Flur auf und ab. Sie war zum Bersten angespannt.

»Was ist mit Ihnen los?« Ich gab ihr ein sauberes Taschentuch, mit dem sie sich den Schweiß von der Stirn wischte.

»Ich habe etwas vergessen, und ich weiß nicht, was«, sagte sie.

»Sie sind high.« Mir war seit einiger Zeit aufgefallen, dass Riveaux sich zunehmend unberechenbar verhielt. Anfangs hatte ich sie für unfähig gehalten und sie manchmal sogar verdächtigt, an den Brandstiftungen beteiligt zu sein. Vielleicht mit der Polizei unter einer Decke zu stecken. Autoritäre Typen sind zu so etwas fähig. Durchtriebene Kanaillen. Wer Regeln durchsetzt, lernt naturgemäß auch, wie man sie bricht. Aber ich erkannte es, wenn jemand süchtig war. Ich bemühte mich, die Wärme in meinen Worten durchklingen zu lassen, aber ich wollte ihr klarmachen, wie ernst es mir war, dass sie mir nichts vormachen konnte, und dass ich wusste, dass sie mit einer Art Feuer spielte. »Was ist es?«, fragte ich. »Vicodin? Oxy? Valium?«

»Endlich liegen Sie mal richtig«, zog sie mich auf. »Vielleicht sind Sie klüger, als Sie aussehen.« Sie tippte auf ihren Eckzahn. »Woher wussten Sie es?«

»Göttlicher Durchblick«, sagte ich. »Und Ihre Stimmungsschwankungen. Das Schlafen im Auto. Ihr unsinniges Gerede. Sie haben jetzt auch was eingeworfen, oder?«

»Ja, ich meine, nein.« Sie errötete. »Irgendwas habe ich immer eingeworfen. Oxy. Percocet. Valium. Alles zusammen. Ich weiß es nicht mehr.«

»Wann hat es angefangen?«

»Vor sechs Jahren bin ich von einer Leiter gefallen. Als ich einen Hausbrand in der Annunciation Street untersucht habe. Ein Wirbel angebrochen, acht Bandscheibenvorfälle. Musste dreimal am Rücken operiert werden.«

»Scheiße.«

»Konnte nicht schlafen oder sitzen oder *denken*. Solche Schmerzen hatte ich noch nie. Ich konnte nicht mal blinzeln. Aber mit Oxy waren die Schmerzen komplett weg. Mein Vicodin liebe ich auch. Man schwebt so schön.« Ihre Gedanken schweiften ab. »Freiheit pur. Aber ich habe angefangen, Sachen zu vergessen. Habe Beweismittel nicht registriert. Jegliche Erinnerung an wichtige Einzelheiten von Befragungen verloren. Mir Daten falsch gemerkt. Mein Verstand fühlt sich jetzt ganz anders an. Diese Arbeit ist anders. Sie ist nicht für empfindungsfähige Wesen gedacht. Was wir sehen – das können Sie sich nicht vorstellen. Die Bilder verliert man nicht mehr. Man kann von der Arbeit nichts mit nach Hause nehmen.«

»Man führt zwei Leben.« Ich dachte an Dad, hart wie eine Pistole, ein Herz aus Stein, so viel Angst vor Gefühlen, dass er alle Emotionen abgestellt hatte. »Wie kommen Sie überhaupt an Oxy? Nach den ganzen Klagen weigern die Ärzte sich doch.«

Sie schüttelte den Kopf und wischte sich Lachtränen aus den Augen. Oder normale Tränen, ich konnte es nicht erkennen. »Geld, Schätzchen. Rockwell besorgt immer wieder neue Rezepte, bei jeder Reise geht er in eine andere Klinik. Wenn ein Arzt sagt, *mehr gibt es nicht*, geht er zum nächsten. Wer Leute so gut um den Finger wickeln kann wie Rock, bekommt immer, was er will.«

»Was will er denn?« Ich erinnerte mich an den Drecksack auf Riveauxs Foto. *Ein blonder Teufel*, hätte Dashiell Hammett vielleicht gesagt. Dieses schmallippige Grinsen. Das hätte ich ihm zu gern aus dem dummen Gesicht geschlagen.

»Er will, dass ich so bin wie jetzt«, sagte Riveaux, »von ihm abhängig, nicht klar im Kopf. Das ist das Einzige, wofür ich ihn brauche.«

»Wichser.«

»Gestern habe ich den Arsch rausgeworfen.« Sie zog ein Taschentuch aus ihrer Gesäßtasche und wischte sich wieder den Schweiß von der Stirn. »Er ist unterwegs nach Houston und will bei seinem Bruder wohnen. Ich habe gesagt, dass ich clean werden muss. Ein glatter Bruch ist das Beste.«

Kein Bruch ist glatt, dachte ich. Jede Fraktur begräbt einen Geist. »Danke, dass Sie mir das alles erzählt haben.«

»Na ja, wir sind doch Freundinnen«, sagte sie.

»Ach ja?«

»Der Captain hat mich heute Morgen gefeuert. Er hatte es schon eine Weile auf mich abgesehen. Grogan hat ihm einen Floh ins Ohr gesetzt. Die alten Knaben ertragen es nicht, auf einer Stufe mit einer Schwarzen Frau zu stehen. Sie haben panische Angst vor Veränderung. Außerdem habe ich einen Bericht und mehrere Beweisstücke verloren.«

Unfassbar, dass ich auch nur einen Moment geglaubt hatte, Riveaux könnte mit einem Widerling wie Grogan gemeinsame Sache machen und hinter den Kulissen mit einem so feigen Sack zusammenarbeiten.

»Welche Beweisstücke?«, fragte ich und fürchtete die Antwort schon.

»Ihre Bluse und den Handschuh.«

Einen Moment lang hingen ihre Worte in der Luft, dann bohrten sie sich wie Schwerter in meinen Kopf. »Sie haben sie verloren?«, fragte ich ungläubig. »Sie sind *weg*?«

»Ich kann mich dunkel erinnern, dass ich die Asservatenbeutel in einen Briefkasten in Uptown geworfen habe.«

Ich sackte fast auf die Knie. »Großer Gott. Riveaux. Dafür wurden Sie nicht verhaftet? Beweismittel zu manipulieren ist ein Verbrechen.«

»Verlieren ist nicht manipulieren.« Sie nahm die Brille ab und drückte ihre Fingerknöchel auf die Augen. »Ich weiß nicht mehr, was ich glaube zu tun, und was ich tatsächlich tue.«

»Und was jetzt?«, fragte ich.

»Entzug in Atlanta, wieder und wieder, bis ich diesen Dämon töte. Oder bis er mich tötet.« Ihre Augen waren trüb, wie antike Spiegel. »Und ich muss mich von Rock entwöhnen.«

»Das Gefühl kenne ich.«

Sie schob sich die Brille auf ihrer verschwitzten Nase hoch. »Dann werde ich mich als Privatdetektivin versuchen und nebenbei Parfums machen. Ich muss mich beschäftigen, was aus meinen Fähigkeiten machen. Zeit, meine eigene Chefin zu werden.«

Vor Neid bekam ich schwitzige Hände. »Die Vorschriften für Privatdetektive in New Orleans sind verrückt. Für eine Lizenz muss man tausend Stunden Ausbildung absolvieren.«

»Nach dem Entzug suche ich mir eine Stelle bei einem Ermittler.«

Der Plan schien Riveaux zu beruhigen, ihr einen Funken Hoffnung zu geben. Ein kleiner Funken, mehr braucht man nicht.

»Sie schaffen das«, sagte ich ernst.

Sie lächelte. »Dann können Sie mich begleiten und auch eine Lizenz machen.«

»Was?« Eine überraschende und betörende Vorstellung. »Ich glaube kaum, dass die Diözese das absegnen würde.«

»Wer sagt denn, dass wir der Diözese davon erzählen?« Sie grinste. Ein kurzer heiterer Moment. »Magnolia Riveaux & Schwester Holiday, Detektei Erlösung. Wir klären Ihren Fall und vergeben Ihre Sünden.«

»Das zwei-für-eins-Sonderangebot.« Ich zog mein schrecklich schweißdurchtränktes Halstuch zurecht. »Aber Sie müssen uns einen Pick-up mit funktionierender Klimaanlage besorgen.«

Sie stieß einen Pfiff aus. »Ich muss so einiges in Ordnung bringen.«

Zehn Minuten später ging die Verhandlung weiter.

Anwältin Khan sagte: »Die Verteidigung ruft ihre erste Zeugin auf: Schwester Augustine.«

Voller Pflichtgefühl erhob sich Schwester Augustine und nahm ihren Platz neben dem Gerichtsdiener ein. Ihr Schleier folgte ihr, so geduldig wie eine Feder.

Der Gerichtsdiener hielt eine in Leder gebundene Bibel vor ihre geschmeidige Gestalt. Eine erwartungsvolle Atmosphäre machte sich im Raum breit. »Bitte heben Sie Ihre rechte Hand«, sagte er.

Als Schwester Augustine die linke Hand auf die Bibel legte und die rechte erhob, rutschte der Ärmel ihrer schwarzen Bluse herunter. Mit mir im Zuschauerraum und ihr im Mittelpunkt sah ich sie zum ersten Mal als Menschen, nicht als meine Mutter Oberin. Ich studierte ihr Gesicht. Ihre Gesten. Das nicht Offensichtliche.

Der Gerichtsdiener fragte Schwester Augustine: »Schwören Sie, die Wahrheit zu sagen, die ganze Wahrheit, so wahr Ihnen Gott helfe?«

Ich betrachtete ihr Gesicht, ihren gelassenen Blick. Die Haut an der Innenseite ihres rechten Handgelenks und des Unterarms. Da war etwas Auffälliges. Am Handgelenk. Dort, wo sich die Adern berühren. Eine Stelle in dunklem Burgunderrot. Einen Sekundenbruchteil sah es aus wie eine Tätowierung. Nein.

Ich reckte den Hals und fiel fast vom Stuhl, als ich näher hinsah.

»Ich schwöre«, antwortete Schwester Augustine.

Es war eine Verbrennung.

Von meinem Platz aus, im Schattenspiel des Neonlichts im Gerichtssaal, hatte Schwester Augustines Verbrennung die Form eines Kreuzes, der sich überschneidenden Geraden, die mich gerettet hatten. Eine Wunde an der Innenseite des rechten Handgelenks, genau da, wo meine gestohlene Bluse den Brandfleck hatte.

Die fehlende Mullbinde aus dem Verbandskasten. Sie hatte sich selbst verarztet.

Sofort fiel es mir ein: *Du riechst wie neue Bäume und Ringelblumen.* Das hatte Schwester T am Morgen nach dem ersten Feuer zu Schwester Augustine gesagt.

Ich sah Riveaux an, die benebelt auf ihrem Stuhl hin und her rutschte und immer wieder die Hände umeinanderdrehte.

»Riveaux«, flüsterte ich. »Wofür nutzt man Ringelblumen?«

»Homöopathisches Mittel. Zur Entspannung. Hilft bei der Wundheilung. Gut bei Verbrennungen.«

Eine Brandsalbe.

31

Schwester Augustine war höchstens zehn Minuten im Zeugenstand. Aber es fühlte sich wie eine Ewigkeit an. Alle Teile passten zusammen, auch wenn alles in die Brüche ging. Ich musste eine Hand aufs Herz drücken, durch den Mund atmen und die Sekunden zählen.

Meine Welt implodierte.

Sergeant Decker und Detective Grogan unterhielten sich leise hinten im Gerichtssaal, während Schwester Augustine aussagte. Sie beantwortete alle Fragen über Prince, seine kaputte Kindheit, seinen Platz an der Saint Sebastian's, Gottes Liebe für ihn. Jede Silbe erschien mir wie eine Lüge.

Am Tisch der Verteidigung wippte Prince Dempsey mit dem Kopf. Anwältin Khan raunte ihm etwas ins Ohr, und er setzte sich aufmerksam hin. Grogan fing meinen Blick auf. Mit seinen frisch geschnittenen Haaren sah er aus wie ein Army Captain.

Bevor Riveaux als Sachverständige befragt wurde, verließ Schwester Augustine den Saal. Ich sprang auf und lief ihr hinterher, sah sie aber nicht. Ich lief den ganzen Flur entlang, doch sie blieb verschwunden. Ich machte kehrt und sah am Haupteingang, wie Schwester Augustine das Gerichtsgebäude verließ. Ihr schwarzer Schleier wehte im Wind.

»Schwester!«

Sie drehte sich um.

»Ich weiß es.« Ich war außer Atem.

»Was weißt du?«

»Alles.«

»Was?« Das Lächeln verschwand aus ihrem Gesicht.

»Ich weiß, was du getan hast. Die Brände. Jack. Schwester T. Der Schulbus. Die Saint Anne's.«

Sie seufzte. »Gott verlangt von uns, das Unvorstellbare zu tun, einen neuen Weg einzuschlagen. Es war meine Pflicht. Gottes Werk.«

Ich stützte mich mit den Händen auf den Knien ab und versuchte, zu Atem zu kommen. »Ich kann es nicht glauben.«

»Was Gott von uns verlangt, das *müssen* wir tun. Das Opfer bringen.« Ihr Blick war leer. Tote Batterien. Kein Funke dahinter. »Ich habe mehr Glück als die meisten Frauen. Ich …« Schwester Augustine verstummte. »Ich werde tun, was Gott verlangt.«

»Keine Reue? Was zum Teufel bist du? Bist du überhaupt noch menschlich?«

Ihr Gesicht entspannte sich zu einem Lächeln. »Schwester Therese und Jack sind nun ewig im Reich Gottes, wie alle Menschen, die seit Anbeginn der Zeit geopfert wurden. Das Unmögliche ist unsere wahre Prüfung. Das weißt du doch am besten, Schwester Holiday.« Sie nahm meine Hände.

Ich riss sie zurück und erhob die Stimme, mir war egal, wer es hörte. »Willst du ernsthaft behaupten, das sei Gottes Wille gewesen? Es war *dein* Wille.«

»Gott hat von Judit verlangt, ein Leben zu nehmen.«

Ihre Worte waren reiner Irrsinn, aber so aufrichtig gesprochen, dass es erschreckend war.

Sie senkte den Blick. »Judit hat gespürt, wie unter ihren

Händen der Atem erlosch. Gott hat von Abraham verlangt, sein eigen Fleisch und Blut zu opfern, *seinen Sohn*, Isaak. Mein Vater hat mich auch geopfert. All das Leid nach dem Krieg. Er musste es irgendwo loswerden. Wieder und wieder, jahrelang. Er konnte nicht aufhören. Meine Mutter tat so, als würde sie nichts bemerken, als würde sie meine Schreie nicht hören. Dann ist mein Bauch dick geworden.«

Mir wurde schlecht. »Dein Vater hat dich vergewaltigt? Dich geschwängert?«

»Gott hat es so bestimmt – und die Schwangerschaft hat mich gerettet. Mit vierzehn wurde ich ins Kloster – unser Kloster – geschickt, wo die Schwestern mir Zuflucht boten, wo ich das Kind bekam. Wir haben ein helles Licht, einen Jungen, in diese dunkle Welt gebracht, während mein Vater Tausende Kilometer entfernt eine Schlinge geknüpft hat. Scham frisst einen auf.«

»Es tut mir leid.«

Scham kann einen Menschen wirklich kaputtmachen, und vorher macht sie einsam. Moose hätte sie fast umgebracht. Mich bringt sie vielleicht auch um, wenn ich so weitermache.

»Als die Diözese, diese drei gerissenen Scharlatane, uns alles genommen haben, unsere Macht, unsere Autonomie, hat Gott mir *befohlen*, es zurückzuholen. Sterbliche Männer sind schwach, deshalb hören sie nie auf.«

Damit hatte Schwester Augustine recht. Ihr eigener Vater. Moose' Angreifer.

»Du hast Bernards Arbeitshandschuhe angezogen, um das Feuer zu legen?«, fragte ich. Mir war schwindlig, ich konnte kaum stehen. »Sie müssen dir beim Krankenwagen heruntergefallen sein.«

»Als ich die Arme zum Gebet erhob, ist einer heruntergerutscht«, sagte sie. »Den anderen habe ich im Schulbus verbrannt.«

»Schwester T hat die Ringelblume in deiner Brandsalbe gerochen.«

»Sie hat mich gedrängt, zu gestehen, es der Polizei zu sagen«, erzählte Schwester Augustine mit einer Stimme, die so fern und doch nah klang. Sie hörte sich ganz fremd an, wie eine Bauchrednerpuppe.

Nur wer leidet, will andere leiden lassen, hatte meine Mutter gesagt.

Sublimierung kann sich verheerend auswirken. Machtlosigkeit nährt das Bedürfnis nach Kontrolle. Brennstoff fürs Feuer. In jedem Geheimnis keimt Gift. Die Frage ist nicht, ob, sondern wann Geheimnisse einen von innen heraus erdrosseln.

»Du hast das Feuer im Schulbus und in der Saint Anne's gelegt, um Chaos zu verursachen. Du hast mein Plektrum neben Schwester Ts Leiche platziert, meine verbrannte Bluse in meinem Musikraum in den Papierkorb gelegt.« Ihr Schweigen machte mich wütend. »Du hast meine Post geöffnet«, sagte ich, »und meine Sachen durchwühlt.«

»Schwester Honor hat deine Post gelesen. Sie war sich sicher, du wärst in die Sache verwickelt. Du bist nicht die einzige Detektivin an der Saint Sebastian's.«

»Du wolltest mir die Schuld zuschieben, du hast mich ausgetrickst, von Anfang an«, sagte ich. »Hat *Gott* dir auch gesagt, dass du mir die Sache anhängen sollst?«

Ich war ein leichtes Ziel. Schwester Augustine war der Heilige Geist. Das Opfer. Die Brandstifterin. Der Teufel. Wie Schönheit liegt auch das Böse im Auge des Betrachters.

Schwester Augustine strich ihren Schleier glatt. »Ich wusste, dass du nicht an mir zweifeln würdest. Ich hatte dich aufgenommen – völlig verloren, ohne Hoffnung, aber allzu bereit, Befehle zu befolgen –, als niemand sonst dazu bereit war.«

»Du hast mich in der Putzkammer eingeschlossen.«

»Du bist eine Seele auf Abwegen, du musst –«

»Frei sein.«

»Nein, ganz im Gegenteil. Du brauchst jemanden, von dem du abhängig bist. Wie Prince Dempsey.«

»Was soll das heißen? Was hat das mit Prince zu tun?«

»Ihr beide braucht mich – du und Prince, meine beiden verlorenen Kinder. Aber manchmal braucht ihr eine kleine Erinnerung. Ich habe sein Insulin überdosiert, ein wenig nur, so wie ich deine Ängste angefacht habe. Gerade genug, damit du von mir abhängig bleibst und misstrauisch. Ich hätte nie zugelassen, dass es mit einem von euch zu weit ging.« Sie hakte ihre bösartigen Taten ab wie Punkte auf ihrer Einkaufsliste. »Was Gott verlangt hat, habe ich getan. Das ist sein Plan, nicht meiner. Ich würde es wieder tun.« Sie tat so fromm. Man konnte schier verrückt werden.

»Ich bringe dich zum Busbahnhof. Du verlässt New Orleans heute noch«, erklärte ich. »Nach dem Abendessen. Ein letztes Abendmahl.«

»Das ist mein Zuhause.«

»Nein, es ist *mein* Zuhause. Du hast es nicht verdient.«

Abends auf dem Weg zum Kloster hätte ich Riveaux alles erzählen können. Dass ich alle Hinweise übersehen hatte. Dass es Schwester Augustine war, die die Feuer gelegt hatte, die Jack und Schwester T getötet hatte, um die Kontrolle zu behalten, um übergriffige Männer zu bestrafen. Um die Kirche zu retten, die Schule, ihre Geschichte und ihre Macht. Sie hatte die vollendete Täuschung eingefädelt, und ich war das Bauernopfer. Mit Bernards Arbeitshandschuhen hatte sie das Streichholz angezündet. Sie hatte vor den Bränden die Mensa und auch den Bus betreten, ohne dass es jemand bemerkt oder behalten hätte. Die Leute sehen, was sie sehen wollen. Mit dem Schleier und der Tunika sind Nonnen unsichtbar.

Schwester Augustine hatte mich benutzt. Ich dachte, sie hätte mich letztes Jahr in den Orden aufgenommen, weil ihr Glaube so stark war. Ich könnte Erlösung finden, könnte helfen, der heiligen Schrift neues Leben einzuhauchen, sagte sie, dem Mitgliederschwund entgegenwirken, ein neues Kapitel für die Kirche aufschlagen. Dabei hatte sie die ganze Zeit im Hintergrund die Fäden gezogen. Wollte sich das bisschen Kontrolle zurückholen, das sie verloren hatte. Schwester Augustine könnte nie selbst Priester oder Bischof werden. Keine Frau konnte das. Sie wollte nicht zulassen, dass die Diözese sie aufs Abstellgleis schob. Ihr Hirn und ihr Herz waren durch ihren Missbrauch, durch die Fäulnis in der Institution, durch jahrzehntelanges Gären zersetzt worden.

Und ich hatte es verdient.

Alles.

Als Strafe.

Sobald Riveaux die Wahrheit erfuhr, würde sie es Decker und Grogan sagen. Ich durfte erst reden, wenn ich sicher sein konnte, dass Schwester Augustine fort war. Sonst würde sie den Rest ihres Lebens im Gefängnis verbringen. Schwester Augustine hatte die größte Sünde begangen, aber das hatte ich auch. Eine Mutter hatte ich schon getötet. Eine zweite würde ich nicht verlieren.

32

Das Abendessen war ein Inbegriff angespannter Stille. Nicht einmal der Deckenventilator gab ein Geräusch von sich. Als ich Schwester Augustines Teller mit dampfendem Fischeintopf füllte, der so lange geköchelt hatte, dass der Fisch zerfiel, erstaunten mich ihr ausgesprochen ruhiges Verhalten, ihre stoische Entschlossenheit.

Ich versuchte mir vorzustellen, welches Drehbuch oder welcher Bibelvers ihr durch den rätselhaften Verstand gingen. Beim letzten Abendmahl forderte Jesus Judas auf, er solle sich beeilen. Er sah den Verrat nicht nur voraus, er ließ ihn auch geschehen. Zumindest meiner Einschätzung nach hat er der Sache grünes Licht gegeben.

Man kann nicht zurückgehen. Nur voran. Bis auf Jack und Schwester T, die in Särgen lagen.

Und John, der unbezahlt freigestellt war und auf ein Urteil der Diözese wartete. Sollte Johns Lehrbefugnis widerrufen werden, würde er seine Arbeit verlieren, und Kathy wäre ohne die Krankenversicherung geliefert. Weitere Opfer von Schwester Augustine. Und von mir.

Zum Glück waren Lamont und Jamie auf dem Wege der Besserung. Wenn sie das Feuer überleben konnten, würden sie auch mit dem schäbigen Verhalten ihrer Familien umgehen können. Vielleicht war das ein Hoffnungsschimmer. Eine positive Entwicklung, die sich noch zeigen musste.

Bernard lieh mir sein Auto. Ich log, dass ich einem Schüler in einer Notsituation helfen musste. Obwohl ich keinen Führerschein mehr besaß und er mich nie hatte fahren sehen, zuckte Bernard nicht mit der Wimper. »Was immer du brauchst, Schwester.«

Mit dem Geld, das er mir ein paar Tage zuvor für das Judit-Tattoo gegeben hatte, und hundert Dollar, die ich aus der Portokasse des Klosters gestohlen hatte, würde Schwester Augustine genug Geld für ein Ticket nach Mexiko haben. Ich fuhr sie zum Busbahnhof und betete, dass uns niemand bemerkte.

Die Luft in Bernards Auto war modrig. Meine Bluse war durchgeschwitzt. Mit dem Bahnhof in Sichtweite brach ich das Schweigen. »Ich dachte, du liebst mich.«

»Es geht dabei nicht um *dich*«, sagte Schwester Augustine. »Die Sache ist viel größer als du.«

»Du hast so viel kaputtgemacht. Du hast mein Vertrauen missbraucht. Und mir das Herz gebrochen.«

»Gott wird dein Herz heilen, wenn du dich ihm unterwirfst. Der Bischof kann sich nicht unterwerfen – er hält sich selbst für einen Gott, aber es gibt nur *einen*. Mein Vater konnte sich weder unterwerfen noch Buße tun, und er hat mit seinem Leben bezahlt. Mutter auch, weil sie weder die Ursünde noch Erlösung verstanden hat.« Obwohl es im Auto so heiß war, lag Eis in ihrer Stimme. »Hast du gar nichts gelernt, seit du dem Orden beigetreten bist?«

Auf dem Busparkplatz öffnete Schwester Augustine die Tür und stieg aus. Mit dem Geld in der Hand, den Schleier fest an ihre weißen Haare gesteckt, zitierte sie Exodus 15,2: »›Meine Stärke und mein Lied ist der Herr, er ist mir zur Rettung geworden.‹« Sie ließ ihren Rosenkranz auf das Armaturenbrett fallen. »Den wirst du brauchen.«

Für Außenstehende hätten wir wie eine Familie wirken können. Eine Nichte, die ihrer Lieblingstante eine gute Reise wünscht. Oder eine Tochter mit ihrer Mutter.

Ohne großes Aufsehen rollte ihr Bus langsam vom Parkplatz. Es war diesig und still. Kein abendlicher Vogelgesang. Keine Zikaden oder Frösche.

In dieser besänftigenden Ruhe nahm ich den Rosenkranz und versuchte zu beten. Versuchte, mit Gott zu sprechen. Ich war noch nicht bereit, zur Kirche oder zum Kloster zurückzufahren. Bei der Vorstellung erstickte ich fast. Meine Finger berührten jede Perle, aber mein Verstand zerhackte immer wieder die Wörter. Nach einigen Versuchen gab ich es auf.

Zurück auf dem Parkplatz der Kirche stieg ich aus und schloss Bernards Auto ab. Als ich zum Kloster ging, fühlte ich mich abgekapselt. Was hatte ich gerade getan?

Die Kerzen des Gehwegschreins blinkten an diesem schwülen Abend wie Glühwürmchen.

Dann sah ich ihn. Am Straßenrand bot sich ein vertrauter Anblick. Riveauxs roter Pick-up war aus der Werkstatt zurück.

Ich lief hinüber. Der Schlüssel steckte wie üblich in der Zündung. Ich klopfte ans Fenster – »Riveaux?« –, aber sie war nicht da.

Auf dem Fußweg vor der Schule sah ich, dass Licht aus der Kirche durch die Buntglasfenster strömte.

Ich streckte den Kopf hinein. »Hallo?«

Riveaux stand mitten in der Kirche, zwischen den Bankreihen.

»Was ist los?«, fragte ich. »Ist Ihnen nach einem nächtlichen Gebet oder so?«

Riveaux telefonierte und hob eine Hand, um mich aufzuhalten.

Kopfschüttelnd näherte ich mich dem Altar.

Ich konnte kaum glauben, was ich da sah.

»Schwester Augustine?«

Schwester Augustine kniete vor Riveaux am Altar. Sie hatte die Hände zum Gebet zusammengepresst, Daumen an Daumen. Handschellen hielten ihre schmalen Handgelenke zusammen.

»Was zum Teufel soll das?«

Riveaux lachte, eine Hand auf Schwester Augustines Arm gelegt. »Sie sind unglaublich. Das fragen Sie mich?«

Schwester Augustine rührte sich nicht aus ihrer Gebetshaltung. Sie sah nicht herüber und ließ sich nicht in ihrer Konzentration stören.

»Sie raten nie, wer die Feuer gelegt hat«, sagte Riveaux trocken und trank aus ihrer Wasserflasche.

Ich drückte eine Hand aufs Herz. »Ich kann das erklären!«

»Sie haben den Fall geknackt.« Riveaux hob nicht einmal den Blick vom Boden, als wäre das zu viel verlangt. Als wäre ich es nicht wert, dass man mir ins Gesicht sah. »Gut gemacht, Schwester Goldzahn.«

Ich war sprachlos.

»Ich habe Ihr kleines Zwiegespräch nach Schwester Augustines Aussage gehört.« Sie stockte unbeholfen, als müsste sie sich zwischen Mitgefühl und Wut entscheiden. »Aber das war nicht alles. Ich habe auf jedes Wort geachtet, das Sie in den letzten zwei Wochen in meinem Pick-up gesagt haben. Die Antwort findet sich immer in den Beweisen. Alles hat auf den Orden hingewiesen. Sie alle hatten Zugang und die Zeitpläne. Ich bin Ihnen wochenlang gefolgt. Habe sogar gesehen, wie Sie Prince Dempsey verdroschen haben. Ein echtes Klischee, die Nonne mit dem Lineal. Ich bin Ihnen zum Busbahnhof gefolgt.«

»Sie sind mir gefolgt? Sie haben mich die ganze Zeit nur mitgenommen, damit Sie mich bespitzeln konnten?«, fragte ich. »Sie haben gesagt, wir wären ein Team. Freundinnen. Sie haben gelogen!«

»*Ich?* Sie haben versucht, sie außer Landes zu schaffen. Ich mache nur meinen Job.«

»Es ist nicht mehr Ihr Job«, korrigierte ich.

Sie ignorierte mich. Plötzlich war ich eine Fremde. »Nach Ihrer Spritztour zum Bahnhof habe ich ihren Bus angehalten. Ich kann sie nicht offiziell verhaften, aber Grogan und Decker können es. Ich habe sie angerufen. Sie sind unterwegs.«

»Nein.«

»Schwester Augustine war erleichtert, dass ich sie gefunden habe. Sie hat um Zeit gebeten, ein letztes Mal vor dem Altar zu beten, bevor ich sie der Mordkommission übergebe.«

Zittrig versuchte ich, das Knie zu beugen, aber ich fiel. Meine Knie schlugen heftig auf den Boden, statt ihn sanft zu berühren. »Wird Grogan mich auch verhaften?« Die Kirche drehte sich. Das Buntglas wurde zu einem schwindelerregenden Kaleidoskop.

»Ja. Sie haben Beihilfe geleistet.«

»Ich werde lügen.« Ein eigenartiger, aber vertrauter Instinkt fand mich. Überleben. Um jeden Preis. »Ich werde sagen, dass

Sie auf Drogen waren, völlig weggedröhnt, und Beweismittel verloren haben. Und dass ich absolut keine Ahnung hatte, dass Schwester Augustine etwas damit zu tun hatte.«

»Wie christlich von Ihnen.«

Ein lauter Knall hallte in meinen Ohren wider. Die Kirchentür, durch die so viele Gemeindemitglieder treten, um Erlösung zu suchen. Jetzt kamen Prince und BonTon auf uns zu.

Schwester Augustine stand auf. Ihre Hände waren vor dem Körper gefesselt.

»Prince, gehen Sie raus.«

»Steigt hier etwa eine Party ohne mich?«

»Raus!«, wiederholte ich. »Sofort.«

Prince sah mich an, dann Schwester Augustine. »Was soll der Scheiß?«, rief er. »Warum trägt sie Handschellen?«

BonTon bleckte die Zähne und machte einen Sprung auf Riveaux zu.

»Schaffen Sie mir den verdammten Köter vom Hals.« Riveaux zuckte zurück.

»Oder was?«, fragte Prince. »Sie sind kein Bulle, also haben Sie keine Knarre.«

»Gehen Sie raus«, flehte ich ihn an. »Schwester Augustine, bitte bring Prince dazu.«

Ich drehte mich um und wollte Schwester Augustines Reaktion sehen, aber sie war verschwunden. Während des Theaters mit Prince getürmt. »Riveaux«, sagte ich.

»Was denn?« Riveaux drehte den Kopf so schnell in meine Richtung, dass ihr fast die Brille von der Nase flog.

»Schwester Augustine ist weg.«

»Verdammt. Gehen Sie vorne raus«, sagte Riveaux. »Ich nehme die Seitentür.«

Der Hund bellte, als ich an Prince vorbeirannte. Ich lief durch den Haupteingang, sah aber nichts. Riveaux bewegte sich langsam, kaum im Laufschritt, noch hölzerner als sonst. Bis sie die Seitentür verließ, hatte ich zwei Runden um die Schule gedreht.

»Wo zum Teufel ist sie?«, fragte ich.

»Sie trägt Handschellen.« Riveaux war wütend, aber vernünftig. »Und sie ist alt. Sie kommt nicht weit.«

»Schwester«, rief ich laut, »so bist du doch nicht.«

Nicht, dass ich noch gewusst hätte, wie sie war.

Riveaux zeigte mit dem Fingern. »Der Schuppen!«

Die Tür des Geräteschuppens auf der anderen Seite des Innenhofs stand offen. Etwas klapperte darin.

Ich sprintete zum Schuppen, so schnell ich konnte, während Riveaux mir weit abgeschlagen schwitzend folgte.

»Schwester Augustine.«

Im Schuppen roch ich es. Diesen stechenden, heißen, süßlichen Geruch. Benzin.

»Schwester, nicht.«

Ich schaltete das Licht an und sah Schwester Augustine auf dem nassen Boden knien. Sie hatte sich mit Benzin übergossen. Der rote Kanister, mit dem Bernard den alten Rasenmäher füllte, lag leer auf der Seite. Von ihrem Schleier, den sie immer noch trug, tropfte Benzin. Ihre Tunika war durchtränkt.

»Schwester. Was machst du denn?«

»Es ist so weit.« Sie stand auf. »Die Zeit ist gekommen. Heute Abend findet meine Wiedergeburt statt. Wir beten in Gottes Namen.« In den Fingern hielt sie eines von Bernards Streichholzbriefchen.

Riveaux keuchte hinter mir. »Was ist hier los?«

»Bleiben Sie zurück«, flehte ich. »Lassen Sie ihr Platz.«

Schwester Augustine kam aus dem Schuppen und ging an mir vorbei. Von den Benzindämpfen sah ich dreifach. »Schwester Augustine. Bitte.«

Draußen, im matten Schein der Straßenlaterne, kehrte Schwester Augustines Lächeln zurück.

Ich kniete vor ihr nieder. »Sich das Leben zu nehmen ist eine Sünde.«

»Mord auch«, sagte sie sanft. »Aber der Herr will es so.«

»Aber du kannst noch Buße tun.« Ich weinte. »Was, wenn es wahr ist? Wenn alles wahr ist? Dann bist du für alle Ewigkeit in der Hölle.«

Irgendwann musste Schwester Augustine ihre knochigen Hände in den Handschellen so verdreht haben, dass sie das rote Streichholzbriefchen öffnen konnte. Sie riss ein Papierstäbchen von der Reihe ab.

»Leg die Streichhölzer hin, bitte«, sagte ich. »Vergiss nicht: ›Gott hat uns nicht erschaffen, um seine Schöpfung zu besitzen, sondern um sie zu bewahren.‹ Wir leihen diese Körper nur. Wir gehören Gott.«

Schwester Augustine fiel auf die Knie.

Ich streckte ihr die Hände entgegen.

»Du hast recht, Schwester Holiday. Es steht mir nicht zu, mein Leben zu beenden.« Sie zitierte den Katechismus: »›Wir sind nur Verwalter, nicht Eigentümer des Lebens, das Gott uns anvertraut hat. Wir dürfen darüber nicht verfügen.‹«

Sie wollte ihre gefesselten, sanft zu Fäusten geballten Hände dem Himmel entgegenstrecken. Ich entriss ihr das Streichholzbriefchen und warf es Riveaux zu. Der Aufruhr hatte offenbar Schwester Honor geweckt. Vorsichtig näherte sie sich der offenen Schuppentür.

»Ich muss Buße tun«, sagte Schwester Augustine. »Herr, mein Erlöser. Alles, was ich tue, tue ich für dich. Ich habe unseren Bruder Jack und unsere Schwester Therese dir zu Ehren geopfert.«

Schwester Honor fauchte wie ein verletztes Tier. »Was?«

»Jetzt nicht«, drängte Riveaux.

»Was hast du gesagt?«, fragte Schwester Honor.

»Es ist alles für dich, Herr.«

»Du hast Jack und Schwester Therese *geopfert*«, donnerte Schwester Honor, dass ihr Speichel flog.

»Halt dich zurück«, sagte ich.

Schwester Honor packte Schwester Augustine an den Armen, zog sie hoch und warf sie von außen gegen den Schuppen. Ich versuchte, Schwester Honor zurückzuziehen, aber sie stieß mich weg.

»Hören Sie auf«, sagte Riveaux. »Das ist keine Hilfe.«

»Was hast du getan?«, fragte Schwester Honor giftig.

»Es tut mir nicht leid«, sagte Schwester Augustine. »Es tut mir nicht leid.«

Schwester Augustine löste sich vom Schuppen. Schwester Honor war wutentbrannt. Ich legte ihr wieder eine Hand auf den dicken Arm. »Was hast du getan?«, fragte Schwester Honor. »Wie kannst du das sagen? Du hast uns alle verraten.«

Schwester Augustine wich weinend auf dem Gehweg zurück. »Alles, was ich tue, was ich jede Minute von jedem Tag getan habe, ist für Gott. Ich konnte nicht zulassen, dass wir und unsere Arbeit einfach weggewischt werden.«

Schwester Honor brüllte sie weiter an, wurde aber von Riveaux zurückgehalten. Schwester Augustines Tränen ergossen sich als wahre Flut, so wie Jamies Blut hervorgeströmt war.

»Nein«, rief Prince. »Hören Sie auf. Lassen Sie sie in Ruhe.« BonTon zwickte Riveaux ins Bein, wodurch sie zurücksprang und Schwester Honor nicht mehr halten konnte.

Als Honor sich losriss, spie sie endlose Beleidigungen. Schwester Augustine wich weinend zurück, Schritt für Schritt, bis es zu spät war. Wir waren so darauf konzentriert, Schwester Honors verbale Attacken zu unterbinden, dass niemand bemerkte, was geschah. Schwester Augustine war rückwärts in den Gehwegschrein geraten. Dutzende und Dutzende Kerzen standen dort, aber ein brennender Docht reichte. Ihr benzingetränktes Habit explodierte zu einer Flammenwand. Schneller als ein *Amen*.

»Schwester!«, schrie ich. »Nein!«

»Retten Sie sie!« Prince lief um ihren brennenden Körper herum. BonTon winselte.

Schwester Augustine wedelte mit den Armen. Brüllend fiel sie um wie ein aufgespießtes Tier.

So instinktiv, wie man blinzelt, streckte ich die Hand nach ihr aus. Um sie zu retten oder das Feuer selbst zu spüren. Um mit ihr in den Flammen unterzugehen. Mit Mom.

Jetzt war ich an der Reihe.

Ein glühender Funke sprang über wie ein Floh und setzte meinen Arm in Brand. Ich war zu überrascht, um zu schreien. Mein Arm stand in Flammen. Eine böse Sekunde lang spürte ich es. Die ganze Tragweite des Moments, die köstliche Erleichterung, einfach aufzugeben, loszulassen, *alles* loszulassen. Keine Erlösung, aber Freiheit. Die Hitze zerfetzte mich mit gezackten Klingen, zerschnitt meine Kleidung, verbrannte meine Haut, ließ das metallene Kreuz auf meiner Brust heiß werden.

Aber dann wurde ich hochgehoben. Riveaux hatte mich weggezerrt, auf den trockenen Gehweg. Ich wollte wieder aufspringen.

Riveaux hielt mich fest. »Nein.«

Ich heulte, als Riveaux die brennende Glut auf meinem Arm mit der Hand löschte.

Schwester Augustine lag kreischend auf dem Bauch. Schwester Honor schlug mit ihrem Schleier wie wild auf die Flammen ein, die sie verzehrten. Aber das Feuer hatte sich so weit ausgebreitet, es wütete so heftig, dass es unsere Mutter Oberin in gleißendem Licht verschlang. Ihre Schreie waren so hoch, als stammten sie von einem Seraph.

»Hören Sie auf«, flehte ich Riveaux an, die unerschrocken wie eine Boxerin im Ring vorsprang. Sie zog Schwester Honor zu Boden.

Prince umarmte fluchend BonTon. Er spuckte immer so große Töne, und jetzt konnte er nicht mehr tun als weinen.

Ich rannte in den Schuppen, eine Hand auf meinen Oberarm gedrückt, und lief durch die Benzinlache auf dem Boden. *Gegrüßet seist du, Maria. Unser Leben, unsre Wonne, unsre Hoffnung.* Der Gartenschlauch war aufgewickelt, deshalb nahm ich den Eimer und warf ihn in das große Becken. Füllte ihn und rannte zurück.

Als ich sie erreichte, drehte Schwester Honor sich wie ein Feuerrad im Kreis, ihr gesamter rechter Arm stand in Flammen. Sie schlug der Länge nach zu Boden, einen Meter neben Schwester Augustines Feuersbrunst.

»Rollen!«, brüllte Riveaux. »Rollen Sie herum! Halten Sie sich den Mund zu!«

Ich hatte nur einen Eimer.

Riveaux schrie: »Machen Sie schon!«

Ein Schwall Wasser für zwei brennende Menschen.

Ob aus Logik, Instinkt oder Gott, der durch mich wirkte, ich entschied mich für Schwester Honor und kippte das Wasser auf ihren brennenden Arm. Das Auge des Feuers blinzelte für einen Sekundenbruchteil, als hätte es mich beobachtet.

Es strahlte hell auf und erlosch dann.

»O Gott.« Schwester Honor war außer Atem. Mit geschlossenen Augen hielt sie ihren verbrannten Arm hoch, wohl aus Angst, etwas könnte ihn berühren.

Als sich der Rauch teilte, konnte ich Schwester Augustine sehen, eine verkohlte Leiche auf dem Boden.

»Warum hast du mich gerettet?« Schwester Honor erhob sich auf die Knie. »Du hättest sie wählen sollen.«

»Das ist eine jämmerliche Art, mir zu danken.«

»Sie ist fort.« Auf dem schmutzigen Gehweg kniend sank Schwester Honor in sich zusammen. »Es ist vorbei. Alles ist vorbei.«

Es gab nichts zu sagen außer: »Wir fangen von vorne an.«

»Wie?«

»Weil wir es müssen.«

Ich hatte wieder eine Mutter verloren, aber dieses Mal war es nicht meine Schuld.

Schwester Augustine hatte ihre Wahl getroffen.

»Es tut mir leid!« Schwester Honor schlug sich gegen den Kopf, riss sich fast die Haare aus. »Vergib mir! Es tut mir so leid.«

Ich blickte auf und sah Grogan und Decker, die von der anderen Straßenseite herüberrannten. Decker kümmerte sich um Schwester Honor, Grogan untersuchte Schwester Augustines Körper, der schwelte, aber vollkommen reglos dalag. Wie mein schräger Kumpel Jack nach seinem Sturz ins Unbekannte. Die Scheinwerfer der nahenden Feuerwehrwagen erleuchteten die

Straße. Prince umklammerte schluchzend BonTons festen, kompakten Körper.

Als ich auf dem heißen Boden kniete, fühlten sich die Verbrennungen an meinem rechten Arm wie radioaktive Strahlung an.

Schwester Honor versuchte wehklagend, ihren Arm stillzuhalten, während Decker ihr zu dem Krankenwagen half, der bei den Palmen gehalten hatte.

Das Feuer hatte den größten Teil von Schwester Augustines Gesicht zerfressen, wie ein See aus Säure. Feuer ließ sich nicht aufhalten.

Vielleicht war ich nie dazu bestimmt gewesen, meine Mutter zu retten oder meine Mutter Oberin. Der Tod ist nicht nur unumkehrbar, er ist auch unausweichlich. Menschen sind dafür geschaffen, Verlust um Verlust zu ertragen. *Gott* ist der Name, den wir von unseren eigenen Lippen hören müssen, um weiterleben zu können. Und wir brauchen Gottes Prüfungen. Wie temperiertes Glas werden auch wir durch Hitze stärker. Heiliger und schöner.

Grogan trug mich über die Straße, eine billige Zurschaustellung von Edelmut. »Ich weiß nicht, ob Sie selbst Pech haben oder es allen anderen bringen«, sagte er mit einer Stimme wie angebranntes Karamell.

Riveaux folgte uns atemlos. Als Grogan zurück zu Schwester Augustines Leiche lief, lehnte sie sich näher. »Ich werde Sie nicht verpfeifen. Ich sage nicht, dass Sie ihr geholfen haben, aus der Stadt zu verschwinden.«

»Wie soll ich Ihnen ein Wort glauben?«

Sie sah mir unverwandt in die Augen. »Lügen Sie wegen des Bustickets, und lügen Sie gut. Ich gebe Ihnen Rückendeckung.«

»Ich brauche Sie nicht.«

»Doch, tun Sie«, sagte sie.

Sie tippte sich auf den Eckzahn, wandte sich ab und ging.

Einige Zeit später tauchte Rosemary Flynn mit einer Wasserflasche auf. Tränen hatten ihre sonst perfekte Wimperntusche verschmiert.

»Ist die ganze Stadt hier?« Ich tat, als wäre ich verärgert, sie zu sehen, aber als Rosemary in meine Nähe kam, zuckten Blitze durch meine Hände, unter meiner Haut, als würde mein Blut schwitzen.

»Seien Sie still, ich helfe Ihnen.« Sie stützte meinen Arm, was mich vor Schmerzen aufschreien ließ. »Tut mir leid.«

»Das war jetzt keine Hilfe.« Ich verzog das Gesicht.

»Ich war auf der Saint Charles, habe Sirenen gehört und bin Ihnen nachgefahren.«

Meine verbrannte Stelle juckte qualvoll. Tattoos und Narben, Andenken daran, wo und wer ich einmal war. Ich hätte Rosemary am liebsten geküsst, als sie weiter an meinem Arm herumhantierte. Mein Gesicht ihrem genähert und kurz vor der Berührung innegehalten. Der zarte Schock des ersten Kusses. Die Spannung, die ein totes Herz wieder zum Schlagen bringt.

Versprechen. Gelübde.

Ich hatte meiner Mutter versprochen, dass ich einen Sinn finden würde. In ihrem Tod. In diesem Leben.

Riveaux und ich hatten versprochen, die Geheimnisse der anderen zu wahren.

Schwester Honors Augen waren blutrot, als wären sie gefärbt wie Ostereier. Ihre kurzen weißen Haare waren entblößt. Sie hielt meine linke Hand. Um eine Verbindung zu schaffen zwischen dieser Welt und der, die auf uns wartete, sprachen wir voller Tränen Worte, die hoffentlich mit dem Rauch ins nächste Reich aufsteigen würden.

»›Asche zu Asche, Staub zu Staub. Im Schweiße deines Angesichts wirst du dein Brot essen, bis du zum Erdboden zurückkehrst; denn von ihm bist du genommen, Staub bist du und zum Staub kehrst du zurück.‹«

Ich bin eine Sünderin, aber wenn ich meinen verbrannten Arm berühre, die Narbe, die sich bildet, spüre ich die Wärme von etwas Göttlichem, wie der Hostie, die auf meiner Zunge zergeht.

Ich soll glauben, dass Gott ein mächtiger weißer Mann mit einem weißen Bart ist, der auf einer marshmellowweißen Wolke sitzt, aber das tue ich nicht. Gott ist kein Individuum. Gott ist alles, überall, in allem, in den Einzelheiten, an die ich mich erinnere, und allem, was ich vergessen habe. Der Hartnäckigkeit des Feuers. In Spuren, die so offensichtlich sind, dass sie einen blind machen. In Blut, das läutert, und Blut, das tötet. Gott ist Vollkommenheit, selbst in der Zerstörung. Vielleicht das Einzige, dessen ich mir sicher bin: Gott ist in Frauen besonders lebendig. Der Schwung einer Schulter, die graue Tiefe eines Blicks, die Hand, die stark genug ist, sich auszustrecken und zu nehmen, die Hand, die stark genug ist, um zu geben.

DANKSAGUNG

Meinen Agentinnen Laura Macdougall und Olivia Davies: ewiger Dank. Euer Scharfsinn und Verständnis, eure Großzügigkeit und Entschlossenheit haben das Feuer am Leben erhalten.

Meinen Buchengeln Gillian Flynn und Sareena Kamath: Ich danke euch unendlich, dass ihr euer Wissen und Können eingesetzt und Schwester Holiday den Weg in die Welt bereitet habt. Ich danke dem Traumteam bei Zando und Evan Gaffney und Will Staehle für das tolle Cover.

Meinen ersten Lesern, den Krimikennern, aktiven Zuhörern und Zauberkünstlern in meinem Leben: Puya Abolfathi, Jenn Ashworth, Sienna Baskin, Rebecca Castro, Adam Dunetz, George Green, Summer J. Hart, Tonya C. Hegamin, Hilary Hinds, Lee Horsley, Debra Jo Immergut, Nguyễn Phan Quề Mai, Edie Meidav, Petra McNulty, Anthony Psaila, Michael Ravitch, Liz Ross, Pamela Thompson und Todd Wonders. Für eure präzisen Anmerkungen und Neongeistesblitze bin ich zutiefst dankbar. Ich danke auch den örtlichen Feuerwehrleuten, die mich an ihrem Fachwissen teilhaben ließen (und für unsere Sicherheit sorgen) und den Polizisten, die mir erlaubt haben, sie zu begleiten und die Grundlagen zu lernen.

Die Unterstützung des Massachusetts Cultural Councils, der I-Park Foundation of Connecticut, des Vermont Studio Centers, der Sisters in Crime und der Eastern Frontier Foundation Norton Island Residency halfen mir, dieses Buch Realität werden zu lassen.

Mein unendlicher Dank gilt meiner Familie für ihre beständige Unterstützung. Und auf ewig danke ich meiner Partnerin Bri Hermanson, die die Schönheit jeden einzelnen Tages zu schätzen weiß und nie zulässt, dass ich aufgebe.

Den Nonnen, Mystikerinnen, Hexen, den unbeugsamen Optimistinnen, den queeren Heilern, den Feuerspuckern: Danke. Der Stadt New Orleans: Danke, dass du mir dein feuriges Herz geöffnet hast.

Dieses Buch ist für Sie, liebe Leserinnen und Leser, wo und wann immer Sie sein mögen. Es besteht Hoffnung für uns.